獨坐悲雙鬢空堂欲二更雨中山果落燈下草蟲
鳴白髮終難變黃金不可成欲知除老病惟有學
無生。

冬晚對雪憶胡居士家（一作廬）

寒更傳曉箭（一作催唱曉）清鏡覽衰顏隔牖風驚竹開門雪滿
山灑空深巷靜積素廣庭閒借問袁安舍脩然尚
閉關。

中国社会科学院老年学者文库

唐诗文献

整理方法例释

陈铁民 著

山居秋暝

空山新雨後天氣晚來秋明月松間照清泉石上
流竹喧歸浣女蓬動下漁舟隨意春芳歇王孫自
可留。

山居即事

寂寞掩柴扉蒼茫對落暉鶴巢松徑遍人訪蓽門
稀嫩竹含新粉紅蓮落故衣渡頭燈火起處處採
菱歸

自是推持顧云決非俗竹可及

總無可點自是好

社会科学文献出版社
SOCIAL SCIENCES ACADEMIC PRESS (CHINA)

目　录

导　言

　　1981 年我在北京大学中文系任教时，曾为高年级学生开了一门《唐诗整理》的选修课。当时选修这门课的，有部分文学专业 1977 级和 1978 级本科生，以及古典文献专业 1977 级本科生，还有一些古代文学专业的研究生和进修教师。记得上课的教室为课室楼（后改为第二教室楼）101，能容纳一百人左右，第一次上课时，教室里几乎坐满了人，我当时真没估计到想上这门课的人有这么多，心里想对资料考证有兴趣的学生应该不会有这么多吧，于是在第一堂课结束时就对听课的学生说：大家最好再仔细考虑一下是否选修这门课，这门课的内容确实比较枯燥，听起来不会是一种艺术享受，甚至可能要硬着头皮才听得进去，所以如果对资料考证确无兴趣，就不要选这门课了，以免白浪费时间。结果坚持听完这门课的学生，有 60 人左右。因为在北大上课从来不点名，又是选修课，就没有向系办公室要选修这门课的学生的名单，所以直到课程结束考试时，我才知道真正选修这门课、想拿学分的学生，只有十几人。据我所知，从 1952 年院系调整至 1983 年我调离北大，中文系文学专业还没有人开过这样的课程，也许正是因为没有人开过这样的课程，才出现了 40 多个没选修这门课的学生却坚持听完这门课的现象。

　　那么，我在这门课里，都讲了一些什么呢？第一，唐代诗人生平事迹的考证。其具体内容如下。（1）利用各种类型的传记资料（包括出土墓志）进行考证；利用各种类型的传记资料进行考证应注意的问题和易犯的错误（如应注意辨析传记资料的真伪正误、注意广泛搜集各种资料，切忌资料未全遽下结论等）。（2）利用本人的诗文资料进行考证（如通过对诗文中涉及的事件、人物、典制、地理等的考证以弄清作者的生平、活动等）；利用本人的诗文资料进行考证应注意的问题和易犯的错误（如考证时应充分占有各种材料，避免犯坐实典故、误解诗意、不明典制的错误等）。（3）从与同时代人的交往来考证诗人的事迹（如以和同时代人的赠答、唱和、同咏之作为线索进行考证等）。（4）综合运用上述各种方法和手段，从多方面取得证据，使考证更加可信。我们讨论整理唐人诗文集，为什么要谈考证唐诗人的生平事迹呢？我们知道，孟子讲"知人论世"，所以我们读唐人的诗，想弄清它的意蕴，给予正确评价，就必须了解诗人的生平、为人以及诗歌的写作时地、背景，这就需要作生平事迹考证；又，诗文集的编排，以"编年为上"，而要为诗文作编年，首先必须对作者的生平事迹进行考证。

第二，唐代诗歌的编年和辨伪。其具体的内容是：（1）关于编年（如讨论诗文集的编排，为何以编年为上，谈诗文编年的方法等）；（2）关于辨伪（如介绍《全唐诗》中误收的非唐五代人作品与大量的重出诗，谈辨伪及甄辨重出诗归属的方法与应注意的问题等）。

第三，唐诗的校勘。其具体的内容是：（1）唐诗为什么必须校勘；（2）唐诗校勘的四种基本方法（对校法、他校法、本校法、理校法）；（3）运用这四种校勘方法校正错误时应注意的问题；（4）古书致误原因的知识及其在唐诗校勘上的作用；（5）校勘的根本原则（返真，恢复古书的文字原貌）及其在唐诗校勘上的运用；（6）校改方式与校勘记撰写。

第四，唐诗的注释。其具体的内容是：（1）查出典故并对它作正确的解释（如谈如何查找典故，在典故查找上常犯的错误，以及如何联系上下文义对查出的典故作解释等）；（2）诗中涉及的人名、地名、物名等的查考（如谈唐人同时代人名的考证、偏僻地名的查考等）；（3）诗中涉及的史事与典制的查考（如谈史事与典制如何查考等）；（4）词义与语词的训释（如谈训释时如何正确地选择辞典中列出的义项，对辞典中未曾列出的义项如何找到正确的解释，对辞典中所无的词语如何进行训释，训释词义时易犯的错误等）；（5）诗歌的特点与注释时应注意的问题（如谈诗歌叙述的跳跃式，以及想象、夸张等）。

我为什么要开这样一门课，要讲上述这些内容呢？清代学者如王鸣盛、戴震等，曾探求过考据与义理的关系，认为义理离不开考据，应从考据入手以求得义理。这一观点对于我们今天厘清唐诗史、唐诗思想艺术研究与唐诗文献整理、考证的关系，具有重要的参考价值。上面所说的考证、辨伪、校勘、注释等，归根结底是为了读懂、弄通唐代诗人的作品，这是诗史、思想艺术研究的基础，有这个基础与没有这个基础是大不一样的，有这个基础，就不大会在研究中出现文本误读与误信错误史料的硬伤，不大可能产生据误本或伪作进行研究、乱发议论的笑话；还有为唐诗作正确编年，对于我们研究诗人作品思想内容与艺术风格的发展变化，也是完全有必要的。同时，文献整理、考证本身也是一种研究工作，而且不是一件容易的工作，如果一个古典文学研究工作者，既会分析诗歌的思想艺术，又会搞文献整理、考证，那么他的研究路子就宽广多了，出的成果也就会更丰富，学术史上的唐诗研究大家，就大多是兼通思想艺术分析与文献整理、考证的。人各有长短，有的可能擅长思想艺术研究，有的可能擅长文献整理、考证，不必强求一律，但擅长思想艺术研究的人，也必须懂点文献整理、考证，这样才能使自己的研究具有牢靠、扎实的基础。再从北大中文系的培养目标和学生毕业后从事的工作来看，有不少学生毕业后当了高校的古典文学教师、专业研究机构的古典文学研究者、出版社的古典文学编辑，这些人的工作都同古典文学研究有直接的关系，所以让他们在北大学习期间，学一学如何搞文献整理、考证，弄明白其中的方法和门径，我想这对于他们毕业后的工作，应该是很有好处的。正是基于上述考虑，我才决定开设这样一门选修课。

　　这门课我只在北大讲过一学期，调到中国社会科学院文学研究所工作后，这门课的讲稿也就束之高阁，直到 1997 年和 2000 年，各招到一名唐代文学方向的博士研究生，考虑到他们在大学学习期间，都没有受过文献整理、考证方面的训练，于是决定把旧讲稿拿出来，分别给他们各讲了一学期一对一的"唐诗整理"课。接着我就退休了，讲稿再次束之高阁。听过这门课的 1997 级唐代文学博士生陈才智毕业后留在文学所工作，近几年他多次建议我将讲稿整理出版，以作为古代文学专业研究生的教材或参考书，我觉得他的建议可以考虑，但因为手里还有别的活，便把整理讲稿的事搁下了。

　　现在我已年过八十，手里别的活也已忙完，所以就将整理旧讲稿的事拣了起来。我先把旧讲稿拿出来读了一遍，发现其内容虽然还站得住，但显得有些单薄，于是决定对它作大的修订、增补。这次的修订、增补，主要有下面几个方面的内容：（1）将唐代诗人生平事迹考证与诗歌编年合为一章；（2）增补"唐诗辑佚"的相关内容，将唐诗的辨伪与辑佚合为一章；（3）介绍如何使用讲稿写成后近四十年来的唐诗考订成果，以及使用这些成果时应该注意的问题；（4）更换或增补各章用来说明唐诗整理、考证方法与整理、考证中应注意问题的例子，使之更具有典型性，更能说明问题；（5）对从事唐诗整理、考证的个人体会和他人的经验作进一步的总结；（6）增加利用电脑检索进行整理、考证和作词义训释的内容。

　　本书主要举例说明唐诗文献整理、考证的方法和门径，即从自己从事这方面研究的体会和他人的有关经验出发，归纳、总结出一些基本的方法和门径，还有若干应注意的问题，再找出众多具体、典型的例子（以唐诗为主，间及唐文），予以论证和说明。正因为这样，我决定书稿不再沿用《唐诗整理》的名称，而改为《唐诗文献整理方法例释》。本书用来说明唐诗整理、考证方法和应注意问题的例子，分正与反或者说正与误两个方面。之所以列举误例，是想引起研究者的警惕，避免重蹈覆辙。那么，所举误例，是否注出处（注作者名、书刊名）呢？注了出处，会不会有自炫高明之嫌？这事我修改书稿时反复考虑过，最后考虑的结果是：决定注明出处。具体原因有四：其一，本书中列举的误例，都是实例，见于各种书刊，而不是为了说明问题而虚拟的，实例才能引起人们的注意，起到警示作用，实例而不注出处，会令人怀疑是虚拟的，这样就起不到应有的作用了；其二，我所认定的误例，是否正确，读者可自己经过查考、覆按，作出判断，这样也就很有必要注明出处了；其三，在唐诗文献整理、考证上出点错，不足为怪（一点不出错才是令人奇怪的），大家、名家也难以避免，笔者所举误例，就有一些出自大家、名家的书中，所以不必因为被摘出错误，就认为是丢面子，连大家、名家都会出错，说明我辈更宜谨之慎之而已；其四，所举误例，也有笔者自己的，可见摘出误例，意在从中吸取教训，而非自炫高明也。

唐诗文献的整理、考证，是一种实践性很强的学问，所以本书在论述这方面的内容时十分注重实用性，而很少用力于相关的理论探求和概念辨析。本书虽专述唐诗文献的整理、考证，但对于魏晋以来历朝诗歌文献的整理、考证，也会有一定的参考价值，因为各代诗歌文献的整理、考证方法都是相通的。另外，研习中国古代历史和哲学的同学，我认为也有必要了解一些文献整理、考证方面的知识，所以如有时间读一读本书，或许对他们也有一些益处。

本书肯定会存在一些缺点和不足，敬希专家和读者不吝赐教。

第一章　唐代诗人生平事迹考证与诗歌编年

我们讨论唐诗文献的整理，为什么要先从唐代诗人生平事迹考证与诗歌编年说起呢？孟子说："以友天下之善士为未足，又尚论古之人。颂其诗，读其书，不知其人，可乎？是以论其世也。"[①]孟子讲"知人论世"，所以我们吟咏古人的诗，想弄清它的意蕴，给以正确评价，就必须了解诗人的生平、为人，诗歌写作的时代背景。不了解诗人与当时社会生活的联系，离开对具体社会历史的认识，要确切地理解其诗歌的内容，弄清它在整个文学发展中的地位，是不可能的。清赵殿成在《王右丞集笺注·笺注例略》中说："叙诗之法，编年为上，别体次之，分类又其次也。"鲁迅《且介亭杂文·序言》说："分类有益于揣摩文章，编年有利于明白形势，倘要知人论世，是非看编年的文集不可的。"为诗文集作编年，才能弄明作品与当时社会生活的关系，确切地理解诗歌的意蕴，真正做到知人论世。又，为古代诗歌编年，还有助于我们掌握诗人思想的发展变化及其诗歌内容和艺术风格的发展变化。所以编集整理唐人诗文集，只要条件允许，就应当采用编年的方式编排。而要采用这种方式编排，就必须首先为诗人的作品进行编年，而要为诗人的作品作编年，就必须对其生平事迹进行考证。即便没有条件对唐代诗人的作品进行编年，考证诗人的生平事迹也是极有必要的。因为生平事迹考证的

[①] 《孟子·万章下》，见杨伯峻译注《孟子译注》，中华书局，1961，第251页。

工作不做，是难以真正做到知人论世的。

下面讨论生平事迹考证的途径和方法。

第一节　利用各种类型的传记资料进行考证

利用各种类型的传记资料进行考证，是进行生平事迹考证的途径和方法之一。能用来考证唐代诗人生平事迹的传记资料，大致可分为以下几种类型。

一　正史传记及其他资料

正史指《旧唐书》《新唐书》《旧五代史》《新五代史》等。《旧唐书》有《文苑传》，《新唐书》有《文艺传》，其中载有不少唐代诗人的传记，如初唐四杰、杜审言、沈佺期、宋之问、陈子昂、贺知章、王维、李白、杜甫、李益、李贺、李商隐、温庭筠等。还有一些诗人，如李峤、张说、张九龄、高适、元结、韩愈、孟郊、刘禹锡、柳宗元、元稹、白居易、杜牧、韩偓等，两《唐书》中也有他们的专传（不收入文苑、文艺等合传中）。五代诗人如冯道、和凝等，新旧《五代史》中有他们的传记。还有若干记载五代人物事迹的纪传体史书（虽非正史，也富有史料价值），如陶岳《五代史补》、马令《南唐书》、陆游《南唐书》、龙衮《江南野史》、吴任臣《十国春秋》等，也有一些五代诗人（如徐铉、徐寅、沈彬等）的传记。另外，如果我们想在两《唐书》中查考某唐代诗人的生平，则除了查看其本传外，还应把其他人的传记及本纪中涉及其事迹的一些材料，都找出来，例如我们要考证王维的生平，除查两《唐书》王维本传外，《旧唐书》之《王缙传》《韦陟传》《韦斌传》与《新唐书》之《王缙传》《孟浩然传》《韦抗传》《郑虔传》中，都有关于王维事迹的材料，也应加以搜集。

如果我们想弄清唐代某诗人的生平事迹，当然首先要查一下两《唐书》中有无其传记，若有其传记，它或许就可以成为我们考证这个诗人生平事迹的一个基础或出发点。我们要查的两《唐书》中的某诗人传记，一般说来，其内容往往比较集中，比较可靠，所以对于弄清这个诗人的生平事迹来说，比较重要，而且不必费力就能查到（查一下《新旧唐书人名索引》即可）。但两《唐书》中的诗人传记，也有一些是极其简略的，如《旧唐书·文苑下·王昌龄传》云："王昌龄者，进士登第，补秘书省校书郎。又以博学宏词登科，再迁汜水尉。不护细行，屡见贬斥，卒。昌龄为文，绪微而思清。有集五卷。"①《孟浩然传》云："孟浩然，隐鹿门山，以诗自适。年四十来游京师，应进士不第，还襄阳。张九龄镇荆州，署为从事，与之唱和。不达而卒。"②两传都只有四五十字，所述缺略甚多。也有所述较详者，如两《唐书》之《王维传》《高适传》等，但也各有其不足，如《旧唐书·王维传》云："维开元九年进士擢第。……历右拾遗、监察御史、左补阙、库部郎中。居母丧，柴毁骨立，殆不胜丧。服阕，拜吏部郎中。天宝末，为给事中。禄山陷两都，玄宗出幸，维扈从不及，为贼所得。……贼平，陷贼官三等定罪。……责授太子中允。乾元中，迁太子中庶子、中书舍人，复拜给事中，转尚书右丞。……乾元二年七月卒。"③《新唐书·王维传》云："开元初，擢进士，调太乐丞，坐累为济州司仓参军。张九龄执政，擢右拾遗。历监察御史。母丧，毁几不生。服除，累迁给事中。安禄山反，玄宗西狩，维为贼得……贼平，皆下狱。……下迁太子中允。久之，迁中庶子，三迁尚书右丞。……上元初卒，年六十一。"④将新旧《唐书》的王维传作对比，不难发现，两传所述王维历官，都不完整，而且只说做什么官，不说哪一年做什么官，这就需要作进一步的考证；又，两传说法不一（如关于王维的登第之年与卒年等），这就存在着正误问题（一正一误，

---

① 《旧唐书》卷一九〇下《文苑传下》，中华书局，1975，第5050页。
② 《旧唐书》卷一九〇下《文苑传下》，第5050页。
③ 《旧唐书》卷一九〇下《文苑传下》，第5051~5053页。
④ 《新唐书》卷二〇二《文艺传中》，中华书局，1976，第5764~5766页。

或两说皆误），须作辨析。所以，即便两《唐书》中对某诗人的事迹记述较详，顶多也只能作为我们考证这个诗人生平事迹的一个基础，离完全弄清这个诗人的生平事迹，尚有较远的距离。另外，应该指出，唐代的多数诗人，尤其是中小诗人，如李颀、王之涣、储光羲、岑参、常建、刘长卿、韦应物、王建、许浑、李群玉、皮日休等，两《唐书》中皆无传，那我们只有另找别的途径，对他们的生平事迹进行考证了。

正史中的其他资料，主要指《新唐书·艺文志》和《宰相世系表》。《艺文志》在所著录的唐人诗文集下，附载了若干诗人的生平资料。如《艺文志四》云："《崔国辅集》，卷亡。应县令举，授许昌令，集贤直学士、礼部员外郎。坐王銲近亲，贬竟陵郡司马。"[①] 这类生平资料，多是两《唐书》中无传的诗人的，其中有些资料，还不见于他书记载，值得重视。《新唐书·宰相世系表》，共收载唐代宰相三百六十九人凡九十八族的世系，记录的唐代人物达数万名，其中所记许多中小诗人的世系、字号、官爵，未见两《唐书》纪、传与其他文献资料提及，颇具参考价值。如于经野，两《唐书》无传，今存诗仅一首（见《全唐诗》卷一〇四），《宰相世系表二下》载，经野为彭州刺史钦明之孙，官户部侍郎（他书未提及，《唐诗纪事》卷一二作"户部尚书"，误）；即便两《唐书》中有传的诗人，如王维，《宰相世系表二中》关于王维、王缙兄弟世系的记载，也可补两《唐书》本传记载的不足。又，赵超编著《新唐书宰相世系表集校》（中华书局1998年版），将宋吴缜以来对《宰相世系表》中的错误进行的校正汇聚书中，并根据出土墓志，作了新的考订和补充，书后又附有人名索引，是我们使用《宰相世系表》时必须参考的。

下面，顺便介绍一下唐代林宝的《元和姓纂》（以下简称《姓纂》），它也是一部姓氏谱牒书，性质和作用与《新唐书·宰相世系表》接近，

---

① 《新唐书》卷六〇《艺文志四》，第1603页。

所不同者，《宰相世系表》仅记载宰相及其族人，而《姓纂》则广及诸姓氏。据岑仲勉先生研究，《世系表》实本于《姓纂》，但《姓纂》成书于宪宗元和年间，所以元和以后人物的世系，是由《世系表》作者自己搜集故家谱牒资料进行补充的。《姓纂》于北宋时即颇有散佚，今本是从《永乐大典》辑出的，故讹误颇多，岑仲勉著《元和姓纂四校记》，对《姓纂》作了全面校订，纠正了其中的许多错误，但未附《姓纂》原文，不便使用。1994年中华书局出版了郁贤皓、陶敏整理的《元和姓纂》，将《姓纂》与《四校记》合为一书，并作校勘和附人名索引，是《姓纂》的一个最佳版本。

二　唐宋人撰写的序文、传记、碑志、年谱等资料

序文主要指唐宋人为唐人诗文集所作的文集序、诗集序等，唐人的这类文字，主要保存在今传的唐人别集和《全唐文》中，宋人的这类文字，多附载于今存的唐人别集刻本中。如卢象两《唐书》无传，刘禹锡《唐故尚书主客员外郎卢公集纪》云："尚书郎卢公讳象……由前进士补秘书省校书郎，转右卫仓曹掾。丞相曲江公方执文衡……擢为左补阙、河南府司录、司勋员外郎。……左迁齐、汾、郑三郡司马。入为膳部员外郎。时大盗起幽陵，入洛师……公堕胁从伍中。初谪果州长史，又贬永州司户，移吉州长史。……征拜主客员外郎。道病，留武昌，遂不起。"① 这是今存有关卢象生平的最重要材料。又如王钦臣作于宋嘉祐元年（1056）之《韦苏州集序》云："韦苏州，唐史不载其行事。……天宝中扈从游幸，疑为三卫。永泰中任洛阳丞，京兆府功曹。大历十四年，自鄠县令制除栎阳令，以疾辞归善福精舍。建中二年，由前资除比部员外郎，出为滁州刺史，改刺江州。追赴阙，改左司郎中。贞元初，

---

① 刘禹锡撰，陶敏、陶红雨校注《刘禹锡全集编年校注》卷一九，岳麓书社，2003，第1244页。

又历苏州。罢守，寓居永定精舍。其后事迹，究寻无所见。"①所叙韦应物事迹，虽嫌简略，还是颇具有参考价值的。

传记包括自传、行状等，唐人的这类文字，也主要保存在今传的唐人别集和《全唐文》中；宋人有关唐人的传记，亦多附载于今存的唐人别集刻本中。如李商隐《李贺小传》云："京兆杜牧为《李长吉集叙》，状长吉之奇甚尽，世传之。……长吉细瘦，通眉，长指爪。能苦吟疾书，最先为昌黎韩愈所知。……每旦日出与诸公游，未尝得题然后为诗……恒从小奚奴，骑距驴，背一古破锦囊，遇有所得，即书投囊中。及暮归，太夫人使婢受囊出之，见所书多，辄曰：'是儿要当呕出心乃已尔！'上灯，与食，长吉从婢取书，研墨叠纸足成之，投他囊中。非大醉及吊丧日率如此，过亦不复省。……长吉往往独骑往返京、洛，所至或时有著，随弃之。……长吉生时二十七年，位不过奉礼太常，时人亦多排摈毁斥之。"②李贺两《唐书》虽有传，但《旧唐书》本传叙事极简略，《新唐书》本传则基本承袭《李贺小传》与《旧唐书》本传，已非第一手材料。又如许浑，两《唐书》无传，宋元祐庚午（1090）胡宗愈撰《唐许用晦先生传》云："公讳浑，字用晦……公幼颖悟，善诗词，顷刻千言，出人意表。登唐文宗大和六年进士第，授监察御史，抱疾归隐京口丁卯桥别墅。后再起，历郢、睦二州刺史。公志在考槃，不乐仕进，寻亦解组归隐。……所著有《丁卯集》二卷行于世。其宅在润城南五里丁卯涧……故以'丁卯'名集。"③记述虽简，却是许浑今存最早的传记，颇有参考价值。唐诗人之自传，如陆羽有《陆文学自传》，刘禹锡有《子刘子自传》等；行状如陈京，有柳宗元《唐故秘书少监陈公行状》，如沈传师，有杜牧《唐故尚书吏部侍郎赠吏部尚书沈公行状》等，这类资料，对于考证诗人的生平事迹，也很有用。另外，唐人的祭文、

---

① 韦应物撰，陶敏、王友胜校注《韦应物集校注》附录三，上海古籍出版社，1998，第624~625页。

② 《全唐文》卷七八〇，中华书局，1983，第8149页。

③ 许浑撰，罗时进笺证《丁卯集笺证》附录一，江西人民出版社，1998，第362~363页。

授官诏书中，也往往有一些诗人生平事迹资料，值得我们注意。

碑志（包括墓志、神道碑、纪德碑等）数量庞大，其中有一部分载于《全唐文》（《全唐文》编纂时，除录入别集中原有的碑志外，又广泛搜辑别集中所无的碑志入本集）；另有一部分则未见于《全唐文》（其中有一些是《全唐文》漏辑的，更多的则是嘉庆十九年《全唐文》成书后新发现的碑志）。未见于《全唐文》的碑志，陆心源《唐文拾遗》《唐文续拾》收录了一些，周绍良、赵超主编的《唐代墓志汇编》收录1984年以前发现的《全唐文》未收墓志3600余件，周、赵二人主编的《唐代墓志汇编续集》收录1984年以后至1996年新出土的墓志1564件（以上二书都附有人名索引，颇便查找）。近20余年来，又陆续有若干汇集新出土墓志的书籍出版。如吴钢主编《全唐文补遗》，杨作龙、赵水森主编《洛阳新出土墓志释录》，等等。还有些刊物也发布了一些新出土墓志。下面举例说明墓志对考证唐代诗人生平事迹的作用，如卢殷，两《唐书》无传，《全唐诗》存其诗13首，韩愈《唐故登封县尉卢殷墓志》云："元和五年十月日，范阳卢殷以故登封县尉卒登封，年六十五。君能为诗，自少至老，诗可录传者在纸凡千余篇。……与谏议大夫孟简、协律孟郊、监察御史冯宿好，期相推挽，卒以病不能为官。在登封，尽写所为诗抵故宰相东都留守郑公余庆。留守数以帛米周其家，书荐宰相，宰相不能用，竟饥寒死登封。……韩愈与买棺，又为作铭。"①这是今存关于卢殷生平的唯一材料。又如苑咸，以"文诰"著称，两《唐书》无传，《新唐书·艺文志四》（下简称《新志》）云："《苑咸集》，卷亡。京兆人，开元末上书，拜司经校书、中书舍人，贬汉东郡司户参军，复起为舍人、永阳太守。"②所叙苑咸生平事迹非常简略，且有错误。新出土苑论《唐故中书舍人集贤院学士安陆郡太守苑公墓志铭并序》（下简称《墓志》）云："有唐故中书舍人、集贤院学士、

---

① 屈守元、常思春主编《韩愈全集校注》，四川大学出版社，1996，第1818~1819页。
② 《新唐书》卷六〇《艺文志四》，第1602页。

安陆郡太守、馆陶县开国男苑公，以至德三年正月廿九日，薨于扬州之官舍，享年卅九。权窆于禅智寺北原……公讳咸，字咸。……七岁诵诗书，日数千言，十五能文，十八应乡赋，耻以文字进，以经济为己任。开元中，声明文物，振迈汉魏，求名之士，难于登天。公当此时，年始弱冠，为曲江公张九龄表荐，玄宗亲临前殿策试，除太子校书，仍留集贤院。上以董仲舒、刘向比之，由是除右拾遗。无何，丁太夫人忧。服阕，历左拾遗、集贤院学士，旋除左补阙，迁起居舍人，仍试知制诰。时有事于南郊，撰册文，封馆陶县开国男，改考功郎中、兼知制诰，拜中书舍人。诸弟犯法，公素服诣阙，请以身代，由是贬汉东司户。未几，复除中书舍人。天宝末，权臣怙恩，公道直，不容于朝，出守永阳郡，又移蕲春，旋拜安陆郡太守。属羯胡构患，两京陷覆，玄宗避狄，分命永王都统江汉，安陆地亦隶焉。永王全师下江，强制于吏。公因至扬州，将赴阙廷，会有疾，竟不果行，呜呼哀哉！……文集十卷，行之于世。"[1]《墓志》作者苑论为墓主"遗孙"，所叙苑咸生平、历官，比起《新志》所记，详尽多了，且两者可相互印证，并据以纠正《新志》之误。如据《墓志》，苑咸至德三载（758）卒于扬州，因为世乱，"权窆于"扬州，直至元和六年（811）正月，方由其孙扶榇归葬"于洛阳县平阴乡之邙原"，则苑咸当为洛阳人，而非"京兆人"（《唐诗纪事》作"成都人"，亦误）。又，《新志》称苑咸"开元末上书，拜司经校书"，按《新唐书·百官志四上》载，东宫有司经局，下置"校书四人，正九品下"，则"司经校书"，即《墓志》之所谓"太子校书"；《新志》所称"上书"，当指上书拜官，我们知道，唐有"进献文章，并上著述之辈，或付本司，或付中书考试，亦同制举"[2]的制度，当时献书或文章的渠道，大致有投匦以献、诣阙呈献以及由高官上表代为进献（如令狐楚自草表荐张祜，以其诗三百首献于朝廷）等三种，《墓志》称"张九龄表

①　杨作龙等编《洛阳新出土墓志释录》，北京图书馆出版社，2004，第 156 页。

②　封演撰，赵贞信校注《封氏闻见记校注》卷三《制科》，中华书局，2005，第 19 页。

荐",就是指张上表举荐苑咸,并代为进献其文章于天子;《墓志》称张之"表荐",在苑咸"年始弱冠"时,即开元十七年(据《墓志》所载苑咸的卒年与享年推算,此年苑咸二十岁),则《新志》称苑咸"开元末上书",显然是错误的。

为唐代诗人编年谱,始于宋代,如吕大防有《杜少陵年谱》、留元刚有《颜鲁公年谱》、文安礼有《柳先生(宗元)年谱》等,又宋人为韩愈编的年谱,今存即有洪兴祖《韩子年谱》等五种。为什么我们这里只提宋人编的唐代诗人年谱呢?因为它们往往保存了一些已佚失的史料,可作为我们今天考证唐代诗人生平事迹的原始依据。虽然明清以后直至当代,人们编撰的唐代诗人年谱越来越多,考证也日臻精密详备,但就其功用而言,这些年谱都只是可供我们参考、使用的研究成果,与宋人编的年谱,还是有一些区别的。

上面说的墓志,其作者都是唐人,序文、传记的作者,也多为唐人,他们或与墓主、传主、文集作者同时代,或是墓主、传主等的晚辈,所以他们的记述,大都比较真实可信,可补史传记载之不足,并纠正其讹误。当然,它们也都存在着局限性,例如文字一般不长,记述尚欠详尽;还有载于《全唐文》的序文、传记、墓志等,由于《全唐文》没有人名索引,查找不便(不过现在古籍已有许多电子版、网络版,我们可通过电脑检索解决这个问题);又,登载新出土墓志的书刊比较零散,需研究者自己花时间搜集、整理,才能够使之发挥在生平事迹考证上的作用;等等。

三 唐宋人编的诗选、诗文评类书与目录中的资料

唐人编的唐诗选,有上海古籍出版社编辑出版的《唐人选唐诗(十种)》(1962年)、陕西人民出版社出版的傅璇琮编《唐人选唐诗新编》(共十三种,1996年),其中有些诗选,评语中每每涉及入选诗人的生平官职,如殷璠《河岳英灵集》卷上:"常建,高才而无贵仕,诚哉是

言。曩刘桢死于文学，左思终于记室，鲍昭卒于参军，今常建亦沦于一尉，悲乎！"①说明常建开元十五年登第后，只任过一任县尉。高仲武《中兴间气集》卷上："（苏）涣本不平者，善放白弩，巴中号曰白跖。賨人患之，以比庄矫。后自知非，变节从学，乡赋擢第，累迁至御史，佐湖南幕。崔中丞瓘遇害，涣遂逾岭扇动哥舒，跋扈交广，此犹蛟龙见血，本质彰矣。三年中作变体律诗十九首，上广州连帅李公勉，其文意长于讽刺，亦育有陈拾遗一鳞半甲。"②这是今存关于苏涣生平与作品的最早和最全面的记载。又如芮挺章《国秀集》收录杜俨等二十五位小诗人的作品，皆未见于他书收载，依仗此集才得以保存，《全唐诗》中这些诗人的小传，也采自《国秀集》目录中记载的官职。又《翰林学士集》《珠英集》收载诗歌，都署有作者官称，亦有裨于生平考证。另外，姚合《极玄集》有入选诗人小传，虽然有的学者认为，《极玄集》影宋抄本无作者小传，这些小传当非姚合所撰，但它们也仍具有参考之价值。宋王安石编《唐百家诗选》，也为一些中小诗人作了小传，如卷十九作王驾小传云："字大用，河中人。大顺初进士及第，仕至尚书礼部员外郎。自称守素先生，与司空图、郑谷相善，为诗友。"③最早记录了王驾的主要生平事迹。这类小传，无疑具有一定的参考价值。

　　说到宋人编撰的诗文评类书中的唐诗人生平资料，首先应该提到的是南宋计有功的《唐诗纪事》，此书"取自唐初首尾，编次姓氏可纪，近一千一百五十家；篇什之外，其人可考，即略纪大节，庶读其诗，知其人"（计有功《唐诗纪事序》），保存了大量名不见经传、诗集不传于世的小诗人的生平资料。如卷二二"邹象先"条云："象先尉临涣，萧颖士自京邑无成东归，以象先同年生也，作诗赠之。来年，萧补正字，象先寄诗重述前事云：'六月度关云，三峰玩山翠。尔时黄绶屈，别后

---

① 傅璇琮编撰《唐人选唐诗新编·河岳英灵集》，陕西人民教育出版社，1996，第115页。
② 傅璇琮编撰《唐人选唐诗新编·中兴间气集》，第491页。
③ 王安石编《唐百家诗选》卷一九，康熙癸未宋牧仲吴门刊本。

青云致。'萧答云：'桂枝常共擢，茅茨冀同荐……'"① 卷三四"史延"条云："《清明试新火》云……大历九年，留守蒋涣试进士于东都，（史）延登第。"② 邹象先、史延今存诗都只有一首，其诗作与生平事迹，皆仅见于《纪事》记载。《纪事》所采史料虽极广博，但也有点庞杂，有时对史料的真伪正误，未作仔细甄辨，因此留下一些失误。如卷一七"苑咸"条，在袭用了《新志》的记载（见前）之后写道："始，咸举进士在京，仲夏忽染疾而卒，三日复苏。云见人追至阴司，见刘敬则为冥官……问其故，乃曰：追城，乃误召公。速遣押还。咸曰：数上京不捷……若有科第官职，即愿生还。刘谓曰：君来春登第，历台省，至中书舍人。"③ 这条材料明显出自小说家书，《纪事》未加甄辨，即将其当作信史收入。实际上苑咸的出身，是上书拜官，而非进士及第（见前），前引《苑咸墓志》说："十八应乡赋，耻以文字进，以经济为己任。"知苑咸十八岁曾以乡贡进士的身份应举，失利，遂不复应进士试（"文字"者，诗赋也）。宋人诗话中，也保存了一些唐诗人的生平资料，如阮阅《诗话总龟》前集卷一五云："权审常侍著诗千首。常《题山院》曰：'万叶风声利，一山秋气寒。晓霜浮碧瓦，落日度朱栏。'"知权审累官至散骑常侍，有诗千首，但今只存两首。

宋人编的目录，可分为书目与碑目（碑刻目录）两类。载有唐代诗人生平资料的书目，主要有南宋晁公武《郡斋读书志》和陈振孙《直斋书录解题》。这两种书目都有解题，如《郡斋读书志》卷四中云："沈颜《聱书》十卷。右伪吴沈颜，字可铸，传师之孙，天复初进士，为校书郎。属乱离，奔湖南，辟巡官。吴国建，为淮南巡官、礼仪使、兵部郎中、知制诰、翰林学士。顺义中卒。……取元次山'聱叟'之说附己志而名书。"④ 沈颜今存诗只有两首，其事迹依仗《读书志》才得以保存。

---

① 计有功：《唐诗纪事》卷二二，上海古籍出版社，1987，第319页。
② 计有功：《唐诗纪事》卷三四，第527~528页。
③ 计有功：《唐诗纪事》卷一七，第258页。
④ 晁公武：《郡斋读书志》卷四中，《四部丛刊》本。

又《直斋书录解题》卷一九云："《卢士衡集》一卷，后唐卢士衡撰，天成二年进士。"[①] 卢士衡今存诗十首，其事迹仅见于《书录解题》记载。宋人编的碑目，有欧阳棐《集古录目》、赵明诚《金石录》、陈思《宝刻丛编》、阙名《宝刻类编》等。碑目主要记载碑刻名称，书、撰人姓名，刻石时地等，虽只具提要性质，并未载原刻文字，但也具有参考的价值。如《宝刻丛编》卷八"京兆府万年县"据《京兆金石录》载："《唐国子助教温庭筠墓志》，弟庭皓撰，咸通七年。"[②] 据这一碑目，即可纠正今人关于温庭筠卒年考证的错误。

以上谈的这类唐诗人的生平资料，叙写都较简略，仅"略纪大节"，但材料来源较早，有一些未见于他书记载的珍贵史料，所以值得重视。以上资料，除碑目外，都可通过傅璇琮、张忱石、许逸民合编《唐五代人物传记资料综合索引》（中华书局 1982 年版）查找到，颇为方便。

四　唐宋笔记、小说中的资料

今存的唐宋笔记、小说数量众多，内容驳杂，根据其性质和作用的不同，大致可分成两类。一类为笔记，如刘餗《隋唐嘉话》、封演《封氏闻见记》、刘肃《大唐新语》、李肇《唐国史补》、赵璘《因话录》、裴庭裕《东观奏记》、王定保《唐摭言》、孙光宪《北梦琐言》、钱易《南部新书》、王谠《唐语林》等。传统的四部分类法皆将此类书归入史部（多入杂史类，也有入政书类、载记类的）和子部杂家类。另一类为小说（包括志怪、传奇等），如牛僧孺《玄怪录》、薛用弱《集异记》、谷神子《博异记》、张读《宣室志》、李冗《独异志》、康骈《剧谈录》、皇甫枚《三水小牍》、何光远《鉴戒录》、李昉《太平广记》（集宋以前笔记、小说之大成者）等。传统的四部分类法皆将这类书归入子部小说家类。

---

① 陈振孙：《直斋书录解题》卷一九，《丛书集成初编》本。
② 陈思：《宝刻丛编》卷八，《丛书集成初编》本。

　　下面举例说明唐宋笔记对于考证唐代诗人生平事迹的作用，如《大唐新语》卷八云："刘希夷一名挺之，汝州人。少有文华，好为宫体，词旨悲苦，不为时所重。善抟琵琶，尝为《白头翁咏》曰：'今年花落颜色改，明年花开复谁在？'……诗成未周，为奸所杀。或云宋之问害之。后孙翌撰《正声集》，以希夷为集中之最，由是稍为时人所称。"① 这是今存关于刘希夷生平事迹的最早和最为重要的材料。又如《唐摭言》卷八云："公乘亿，魏人也，以辞赋著名。咸通十三年，垂三十举矣。尝大病，乡人误传已死，其妻自河北来迎丧，会亿送客至坡下，遇其妻。始，夫妻阔别积十余岁，亿时在马上见一妇人，粗缯跨驴，依稀与妻类，因睨之不已；妻亦如是，乃令人诘之，果亿也。亿与之相持而泣，路人皆异之。后旬日，登第矣。"② 又卷二云："乾符四年，崔湜为京兆尹，复置等第，差万年县尉公乘亿为试官。"③ 公乘亿今存诗仅四首，两《唐书》无传，《摭言》所记，是公乘亿早期的重要事迹，可信度颇高。《北梦琐言》卷二载，公乘亿咸通中在"礼部侍郎高湜"下登第，考高湜知贡举在咸通十二年（见《登科记考》卷二三），则作"十三年"当误，但"二""三"形近，作"三"有可能是流传过程中产生的错误，而非《摭言》原误。上述这类笔记，总的说来较真实可信，有些记载虽然零星，亦有裨于生平考证；但这类笔记，属个人著述，写起来比较随意，不少内容，系得自传闻或传说，未经核实，往往真伪混杂，所以我们使用时，必须严格审察其真实性，不可轻易相信。

　　唐宋小说对考证唐代诗人生平事迹也有一定作用。志怪小说虽然事涉虚诞，但作者有时为了增加故事的可信度，往往插入一些真实的人物及其事迹。

　　如沈既济《任氏传》，叙狐精任氏的爱情故事，开《聊斋志异》之

---

① 刘肃：《大唐新语》卷八，中华书局，1984，第128页。
② 王定保：《唐摭言》卷八"忧中有喜"条，古典文学出版社，1957，第88页。
③ 王定保：《唐摭言》卷二"置等第"条，第14~15页。

先河。《任氏传》末云："建中二年，既济自左拾遗与金吾将军裴冀、京兆少尹孙成、户部郎中崔需、右拾遗陆淳，皆谪居东南，自秦徂吴，水陆同道。时前拾遗朱放，因旅游而随焉。浮颖涉淮，方舟沿流，昼宴夜话，各征其异说。众君子闻任氏之事，共深叹骇，因请既济传之，以志异云。"① 言之凿凿，是否可信呢？考两《唐书》之《沈既济传》载，建中初，杨炎为宰相，荐既济才堪史任，召拜左拾遗、史馆修撰，建中二年（781），"杨炎谴逐，既济坐贬处州（今浙江丽水西）司户"，这与既济的自述完全相合；至于"裴冀"，《新唐书·宰相世系表一上》载："（裴）冀，右金吾将军。"亦与既济所述合；"孙成"，《唐代墓志汇编》贞元〇二六孙绛《孙成墓志铭》称，孙成因与杨炎为友，自京兆少尹出为"信州（今江西上饶）刺史"；"崔需"，"需"当为"儒"之形讹字，《新唐书·宰相世系表二上》载，崔宗之之子"儒，户部郎中"，《郎官石柱题名》"户部郎中"即有崔儒；"陆淳"，即陆质，贞元二十一年因避宪宗讳，改名质，据两《唐书》之《陆质传》载，"陈少游镇淮南，表在幕府，荐之朝，授左拾遗"②，少游为淮南节度使，在大历八年（773）至兴元元年（784），这与既济所称建中二年陆自左拾遗谪居东南的说法也相合，可见《任氏传》中既济所述，都真实可信。又，关于"朱放"，他长期隐居，同时代的诗人多称之为"朱山人"，《新唐书·艺文志四》谓其"隐居剡溪，嗣曹王皋镇江西，辟节度参谋，贞元初召为拾遗，不就"③。考李皋自建中三年（782）七月至贞元元年（785）四月为江西节度使（见《旧唐书·德宗纪上》），朱放任节度参谋当在这个期间，则建中二年沈既济等东南行时，朱放应尚未居官任职，故得"因旅游而随焉"。梁肃《送朱拾遗赴朝廷序》云："上将以道莅天下，先命大臣举有道以备司谏，故朱君长通（朱放字）有拾遗之拜。……长通方移

---

① 李昉等编《太平广记》卷四五二"任氏"条，中华书局，1961，第3697页。
② 《新唐书》卷一六八《陆质传》，第5128页。两《唐书》均作"左拾遗"，而前引《任氏传》作"右拾遗"，疑误。
③ 《新唐书》卷六〇《艺文志四》，第1610页。

疾饵药不出东山者三年……由是不俟驾，亦不敢言病，献岁之吉，涉江而西。"①据此《序》，可推知朱放任江西节度参谋后不久，即辞职归山；又，他出任拾遗（并非"不就"），是因为受到大臣的举荐和诏书的征召（刘长卿《寄别朱拾遗》"天书远召沧浪客"），而非应制举韬晦奇才科中第（见《登科记考》卷一二）。顾况《右拾遗吴郡朱君集序》云："（朱君）虽有谏职，心游江湖，谢病而来……终于广陵舟中。"②知朱放任右拾遗后不久，即托病辞官，卒于归吴郡舟中；据顾《序》，前述《任氏传》中之"前拾遗"，当为"右拾遗"之误，《任氏传》的写作时间，应在朱放出任拾遗后，即《新志》说的"贞元初"（《极玄集》卷下同），而非建中二年。《任氏传》的例子说明，志怪小说中的有些记载，的确有裨于生平考证。

又如张鷟《朝野佥载》卷一云："太常卿卢崇道坐女婿中书令崔湜反，羽林郎将张仙坐与薛介然口陈欲反之状，俱流岭南。经年，无日不悲号，两目皆肿，不胜凄楚，遂并逃归。崇道至都宅藏隐，为男娶崔氏女未成，有内给使来取充贵人，崇道乃赂给使，别取一崔家女去入内。事败，给使具承，掩崇道，并男三人亦被纠捉，敕杖各决一百，俱至丧命。"③卢崇道今存诗只有一首，其事迹仅见于《佥载》及《唐诗纪事》卷一三，然《纪事》所载，实即抄自《佥载》。《佥载》因记述了不少荒诞离奇的神怪故事，"且多媟语"（《容斋续笔》卷一二），一向被归入子部小说家书，但也确有不少真实史料，有裨于生平考证。

总的说来，唐宋小说的真实性、可信度更不如唐宋笔记（虽然这两者难以严格区分），所以我们不能随便将它们当作信史来使用。唐宋笔记小说中的唐诗人资料，大多可通过方积六、吴冬秀编《唐五代五十二种笔记小说人名索引》（中华书局 1992 年版）查找到。

---

① 李昉等编《文苑英华》卷七二五，中华书局，1966，第 3762~3763 页。
② 《文苑英华》卷七〇三，第 3623 页。
③ 张鷟：《朝野佥载》卷一，中华书局，1979，第 16 页。

五 各种人物专传与其他专门资料

所谓人物专传，主要指唐五代诗人专传、书画家专传、僧人道士专传等。元辛文房《唐才子传》，就是一部诗人的专传，书里共为唐五代278个诗人立传，其中只有约100人在两《唐书》中有传，其余传记，则是作者自己广泛搜采各种文献，撰拟成篇的。辛文房生活的时代虽然较晚，但他所能看到的有关唐代诗人生平的资料，毕竟比我们今天所能见到的要多，如关于唐代诗人登第年份的记载，就有不少为他书所无（可能利用过当时尚未佚失的唐登科记一类的书），后来清徐松撰《登科记考》，即以辛氏此书的记载为主要依据之一。辛氏虽为众多诗人立传，但其主旨似乎在于品评传中各诗人之诗，故叙写诗人行迹，都较简略；且书中杂采笔记、小说等各种材料，对其真伪正误未作甄辨，所以史实上的疏误，几乎随处可见。20世纪八九十年代，傅璇琮主编的《唐才子传校笺》，分五册由中华书局出版。前四册笺证部分的内容主要有三：探索原书材料的来源，纠正原书史实的错误，补考原书未备的唐五代诗人的重要事迹。第五册是陶敏、陈尚君作的"补正"，对前四册笺证部分的遗漏和疏失，作了补充和订正。使用《唐才子传》的材料进行生平事迹考证时，《校笺》是我们必须要参考的。

唐五代诗人而又兼书画家者，其事迹多可从书画家专传中查找到。重要的书法家专传有唐窦臮《述书赋》、张怀瓘《书断》、宋阙名《宣和书谱》、陈思《书小史》，元陶宗仪《书史会要》等；画家专传有唐张彦远《历代名画记》、朱景玄《唐朝名画录》，宋黄休复《益州名画录》、刘道醇《五代名画补遗》、阙名《宣和画谱》、郭若虚《图画见闻志》等。这些专传叙事都较简略，但也具有一定的参考价值。

唐五代僧人中有不少诗人，其事迹多可从唐释道宣《续高僧传》、宋释赞宁《宋高僧传》、宋释道原《景德传灯录》等僧人专传中查找到。如诗僧灵一，今存诗一卷，《宋高僧传》卷一五云："释灵一，姓吴氏，广陵人也。……年肇九岁，僻嫌朽宅，决入梵园……暨乎始冠，受其具足，学习无倦，律仪是修。示见谈笑，欲明解脱，示人文艺，以诱世智。……以宝应元年冬十月十六日，寂灭于杭州龙兴寺，春秋三十五，凡满十五安居。临终，顾谓弟子行荼毗法，树小浮图焉。时左卫兵（曹）参军李纾、嘉兴县令李汤、左金吾卫兵曹参军独孤及，相与悼梁木之既坏，虑陵谷之当迁……故刻石于武林山东峰之阳也。……自尔叩维阳法慎师，学相部律，造乎微而臻乎极。……初舍于会稽山南悬溜寺……或游庆云寺，复居余杭宜丰寺。……于是著《法性论》，以究真谛，此一之了语也。每禅诵之隙，辄赋诗歌事，思入无间，兴含飞动。……与天台道士潘志清、襄阳朱放、南阳张继、安定皇甫曾、范阳张南史、吴郡陆迅、东海徐嶷、景陵陆鸿渐为尘外之友，讲德味道，朗咏终日。"①此《传》既提供了灵一生平的重要资料，又叙及其与文士们的交往，这对于考证其他文士的事迹，颇有裨益。唐五代道士中的诗人不多，其事迹或可从宋陈葆光《三洞群仙录》（道藏本）、元赵道一《历世真仙体道通鉴》（道藏本）以及《太平广记》所引《续仙传》《仙传拾遗》等书中查找到。

所谓其他专门资料，主要指关于郎官、御史、翰林学士的专门资料。郎官的专门资料，指《郎官石柱题名》（下简称《郎官题名》）。唐人重郎官，曾立两石柱于尚书都省南檐下，上刻曾任郎官者姓名，现其中一石柱已丢失，一石柱存于西安碑林。保存下来的石柱，刻了自唐初至唐末的左司郎中、员外郎及吏、户、礼三部共十二司郎官的姓名。清乾隆时，赵魏和王昶曾先后把石柱上的郎官题名过录下来，成为两个不同版本的《郎官石柱题名》。由于石柱曾断裂，后来重新拼接时错位，而赵、王没有发现，加上年深月久，字迹漫漶，所以赵、王的版本并不准确。后来劳格、赵钺著《唐尚书省郎官石柱题名考》（中华书局，1992。下简称《题名考》），发现并纠正了断石拼接错位等错误，所著录

---

① 赞宁：《宋高僧传》卷一五《唐余杭宜丰寺灵一传》，中华书局，1987，第359~360页。

郎官题名已较前准确（著录人数 3256 人）。《题名考》还对所著录郎官的事迹进行考证，又对《郎官题名》中所无的左中、左外及吏、户、礼三部郎官的题名作"补遗"（凡补 650 人），并对补遗名单中诸人之事迹作考证，这些都富有参考的价值。1939 年岑仲勉作《郎官石柱题名新著录》（见《金石论丛》，上海古籍出版社，1981），通过对拓片的仔细核查、辨识，著录人数增至 3439 人，成为迄今为止最好的一个著录本。1961 年岑仲勉又著《郎官石柱题名新考订》（上海古籍出版社，1984），对《题名考》的考证作了补充和订正。应该指出，由于字迹漫漶等原因，《郎官题名》已残阙，全阙者有礼中、礼外、膳中、膳外，部分阙者有左中、考中、考外、度中、度外、仓中、仓外、祠中、主中等，因此《郎官题名》所保存的唐郎官姓名，大抵不到全部郎官姓名的十分之四，所以我们在利用《郎官题名》作考证时，要注意它的使用范围（说见后）。又，石刻题名大致以任职的先后为序，"然所载姓名次序亦不甚合"（《题名考卷首例言》），使用时也应注意。

关于御史的专门资料，指《唐御史台精舍题名》（简称《御史题名》）。《御史题名》今存西安碑林，刻于崔湜御史台精舍碑碑阴，碑左棱、右棱，碑阴左棱、右棱，碑左侧、右侧，碑额，碑阴额等处，总计 1100 余人次。其中有三院（台院、殿院、察院）御史分别题名的（如碑阴、碑右侧、碑额、碑阴额题名），也有三院御史混合题名的（如碑左棱、右棱，碑阴左棱、右棱，碑左侧题名），其时代多为武后中至玄宗末，也有少数德宗至宪宗（如碑额额题名）及宣宗、懿宗时题名（如碑中嵌入题名）。又，题名似乎没有严格以任职的先后为序。《御史题名》最早由赵魏和王昶著录，后劳格、赵钺撰《唐御史台精舍题名考》（中华书局，1997），对《御史题名》中诸人的事迹，作了颇有价值的考证，值得我们重视。

关于翰林学士的专门资料，主要指唐韦执谊《翰林院故事》、元稹《翰林承旨学士院记》、丁居晦《重修承旨学士壁记》。翰林学士的设置，始于玄宗开元时，但当时还没有厅壁记，翰林院题名（墨书）是韦执谊在《翰林院故事》中首先编定的，其中玄、肃、代宗三朝学士，均未载明入院、出院时间（韦氏所谓"先后岁月，访而未详"），至德宗以后，方载入、出院时间。《故事》作于贞元二年（786）十月，而今本所叙至于元和末，这应该是由后人续题的。翰林承旨学士始置于宪宗即位后，其地位在诸翰林学士之上，元稹《承旨学士院记》，专载承旨学士，作于长庆元年（821）八月，其最后三条（叙至长庆四年），乃后来所续题。丁居晦《重修承旨学士壁记》，实际应作《重修翰林学士壁记》，因为它并非专记承旨学士，而是兼及其他翰林学士，丁《记》元和、长庆以前部分，多据韦、元之书，自敬宗至文宗开成二年（837），为丁氏自撰，这以后直至懿宗咸通间，则后人所续题。以上三书，大抵除记学士入、出院时间外，兼载其以何官职入院、在院中官位的迁转以及出院后所任的职务，记述可靠，价值远在私家笔记之上。1942 年岑仲勉作丁《记》注补，详考在院学士的事迹，并补正以上三书的遗漏和错误；又另作《补僖昭哀三朝翰林学士记》《元稹翰林承旨学士厅壁记校补》《补文宗至哀帝七朝翰林承旨学士记》等（以上皆载于《郎官石柱题名新考订》一书），这些著作，对于我们考证曾任翰林学士的诗人的事迹，很有帮助。

以上资料，大抵可通过《唐五代人物传记资料综合索引》查找到，较为方便。

六　方志中的资料

方志特别是宋元方志中，保存了不少唐五代诗人的生平资料。方志中多有人物志，如宋范成大《吴郡志》卷二二"人物"有唐诗人陶岘、归崇敬、归登等的传记。宋梁克家《淳熙三山志》卷二六"人物类一·科名"，列唐五代福州籍登科者的姓名与小传，如："大顺二年辛亥崔昭矩榜。黄璞，字德温，《唐·艺文志》作字绍山，侯官人，后迁莆，官至崇文馆校书郎。当昭宗之世，杜门不出，黄巢入闽，过其居曰，此儒者家也，灭炬勒军而去。自号雾居子，有集二十卷。"[1]省志也有人物志，如卢宗回，存诗仅一首，《唐诗纪事》卷四八载其事迹只有一句话："登元和进士第。"清郝玉麟等纂修《广东通志》卷四四"人物志"云："卢宗回，字望渊，南海人。善学不倦，同舍生见其所作，嫉之，假以他事殴宗回，宗回逊谢，恬不与校，由是为乡党所重。举元和十年进士，官至集贤校理。久之，闻父有疾，浩然乞归。宗回常寓长安，有题慈恩寺塔诗，时人玩诵爱之，刻榜以传。"[2]又如宋刘永富《淳熙严州图经》卷一，俱录唐代严州刺史名衔、除授年月，颇有助于考证。

我们使用方志中的资料对唐诗人的事迹作考证时应该注意，方志编者或囿于才识、闻见，或秉持为乡里增光的理念，往往难以避免这样或那样的错误，如关于唐诗人遗迹的记载，屡屡有张冠李戴的现象出现，所以我们使用这些资料时，对其真伪正误，必须认真鉴别。上述资料，大抵可通过《唐五代人物传记资料综合索引》、朱士嘉编《宋元方志传记索引》（上海古籍出版社，1986）以及运用电脑检索，加以查找。

第二节　利用各种类型传记资料进行考证时应注意的问题和易犯的错误

利用各种类型的传记资料进行考证应注意的问题和易犯的错误，主要有以下几点。

一　破除对于正史传记的迷信，切莫以其记载作为衡量正误的标准

下面先举一个例子说明。宋吴缜《新唐书纠谬》卷一九"王维王缙

---

① 梁克家：《淳熙三山志》卷二六，中华书局，1990。

② 郝玉麟等编《广东通志》卷四四，《景印文渊阁四库全书》第564册，台湾商务印书馆，1982，第19~20页。

兄弟"条云：

> 按《缙传》云："禄山乱，擢太原少尹，佐李光弼，以功加宪部侍郎，迁兵部。史朝义平，诏宣慰河北，使还有指，俄拜黄门侍郎、同中书门下平章事。"则缙未尝历为蜀州及常侍，此可疑者一也。又《缙传》云："禄山乱，擢太原少尹……诏宣慰河北。"而《维传》云，维以上元初卒。今按禄山以天宝十四载作乱，与其子庆绪及史思明及其子朝义，相继叛逆，至代宗广德元年而朝义平。……是年春，史朝义死，缙宣慰河北，是时维之卒已久矣。自丙申（756）至庚子（760）五、六年之间，缙未尝有入蜀及为常侍之事，此可疑者二也。又《维传》云，禄山反，维为贼得，迫为给事中，贼平，皆下狱，时缙位已显，请削官赎维罪，肃宗亦自怜之……今按安禄山以天宝十五载（756）六月陷京师，至至德二载（757）九月复京师，十月复东京，凡陷贼官下狱，当在此际，方是时缙官位已显，则何由复有为蜀州等事，此可疑者三也。由是言之，《维传》所言，殆皆无之。①

按，所谓"《维传》所言，殆皆无之"，是指《新唐书·王维传》所说："缙为蜀州刺史未还，维自表'己有五短，缙五长，臣在省户，缙远方，愿归所任官，放田里，使缙还京师。'议者不之罪。久乃召缙为左散骑常侍。"②吴缜的所谓"可疑者一"，是以《新唐书·王缙传》的记载作为衡量正误的标准，来否定同书《王维传》中有关王缙事迹记述的可靠性。自司马迁创立纪传体史书以来，史家就有互见之法，如关于王维王缙兄弟的事，有的放在《王维传》里说，有的则放在《王缙传》里说，以避免重复。"维自表'己有五短，缙五长……'"云云，见于王维《责

---

① 吴缜：《新唐书纠谬》卷一九"王维王缙兄弟"条，《丛书集成初编》本。
② 《新唐书》卷二〇二《文艺传中》，第5764~5766页。

躬荐弟表》:"臣弟蜀州刺史缙……臣之五短,弟之五长,加以有功,又能为政,顾臣谬官华省,而弟远守方州。……弟之与臣,更相为命,两人又俱白首,一别恐隔黄泉。……伏乞尽削臣官,放归田里,赐弟散职,令在朝廷。"①上面所引王维说的这些话,属于第一手资料,而吴缜却不相信,宁愿相信第二手资料,这岂不是本末倒置?此即对正史本传记载盲从的表现。本章第一节我们谈过,两《唐书》之《王维传》所述王维的仕履都不完整。事实上史传中对于传主人的仕履,都是择要记录,很少有将其所任官职一一记录下来的。仅因为《新唐书·王缙传》中对王缙的某些官职未加著录,就认为王缙未任过该官职,这种逻辑是站不住脚的。至于说王维下狱后,"缙官位已显",便不会"复有为蜀州等事",更是毫无根据的猜测,据《旧唐书·王缙传》,乾元二年(759)前后,王缙不是已经先当过"凤翔尹、秦陇州防御使"了吗?

实际上,王缙当过蜀州刺史和左散骑常侍,有多种材料可以证明。杜甫《和裴迪登新津寺寄王侍郎》曰:"何恨依山木,吟诗秋叶黄。……风物悲游子,登临忆侍郎。"诗题下原注:"王时牧蜀。"《英华》注:"即王蜀州。"《杜诗详注》曰:"梦弼注:王侍郎,王维弟缙也。"又曰:"鹤注:此必公暂如新津,与裴同至寺中,故有此作,当在上元元年。蜀州至成都才百里,故可唱和也。"②据此,知缙上元元年(760)秋正官蜀州刺史。又,皇甫澈贞元中为蜀州刺史,作《赋四相诗》并序(见《全唐诗》卷三一三),称据《蜀州刺史厅壁记》,张柬之、钟绍京、李岘、王缙四相(四人按任职的先后为序),皆曾为蜀州刺史,王缙为蜀州刺史在李岘后。考岘刺蜀州在乾元二年五月(见《旧唐书·德宗纪》),则缙刺蜀州当在上元元年。《旧唐书·工缙传》云:"寻入拜国子祭酒,改凤翔尹、秦陇州防御使,历工部侍郎、左散骑常

---

① 王维撰,陈铁民校注《王维集校注》卷一一,中华书局,2020,第1244~1252页。
② 杜甫撰,仇兆鳌注《杜诗详注》卷九,中华书局,1979,第763~764页。

侍。"① 缙官蜀州刺史，当在其为工部侍郎之后、除左散骑常侍之前。王维《谢弟缙新授左散骑常侍状》云："臣之兄弟，皆迫桑榆，每至一别，恐难再见。……临老之年，实悲远道。陛下……尚录前劳，仍收旧齿，使备顾问，载珥貂蝉……不材之木，跗萼联芳；断行之雁，飞鸣接翼。……上元二年五月四日，通议大夫守尚书右丞臣王维状进。"② 按，状文中"臣之兄弟"四句，意同《荐弟表》中"弟之与臣"四句；"远道"即谓"弟远守方州"；"断行之雁"二句，喻己与弟远别之后，又复相聚。细玩状文之意，缙除左散骑常侍之前，当官蜀州刺史，若除左散骑常侍之前官工部侍郎，则状文中的"实悲远道""断行之雁，飞鸣接翼"等语便没有了着落。又，杜甫所和裴迪原诗称缙为"王侍郎"，亦可证缙官蜀州刺史当在其为工部侍郎之后。所以，缙无疑是做过蜀州刺史的，其时间约在上元元年秋至二年五月之间（参见拙作《王维集校注》修订本附录《王维年谱》）。

接下再举一例说明。清赵殿成《王右丞集笺注》卷末《右丞年谱》云：

【纪年】天宝元年壬午，正月改元。【时事】八月，加李林甫尚书左仆射，裴耀卿尚书右仆射。【出处】时为左补阙，迁库部郎中。【诗文】《三月三日曲江侍宴应制》诗云："从今亿万岁，天宝记春秋。"知此诗为是年所作。《和仆射晋公扈从温汤》诗、《春日值门下省早朝》诗、《赠苑舍人》诗、《重酬苑舍人》诗。③

按，《旧唐书·王维传》云："与弟缙俱有俊才……历右拾遗、监察御史、左补阙、库部郎中。"④《赵谱》称天宝元年（742）王维自左补阙（从七品上）迁库部郎中（从五品上），所据就是《旧唐书》本传的记

---

① 《旧唐书》卷一一八《王缙传》，第3416~3418页。
② 《王维集校注》卷一一，第1252~1254页。
③ 王维撰，赵殿成笺注《王右丞集笺注》卷末，商务印书馆，1937，第593~604页。
④ 《旧唐书》卷一九〇下《文苑传卜》，第5051~5053页。

载。前面我们说过，事实上史传中对于传主人的仕履，都是择要记录，赵殿成既未弄清这一点，又迷信正史传记的记载，结果安排王维做了一个一年之内超迁八阶的子虚乌有"美梦"（唐代官品共九品三十阶，自从七品上至从五品上，差八阶）。不妨先看一看唐人小说中写的升官美梦。晚唐陈翰所编《异闻集》，有《樱桃青衣》一文，写"频年不第"的"范阳卢子"作一美梦："明春遂擢第。又应宏词……及榜出，又登甲科，授秘（疑当作校）书郎。……数月，敕授王屋尉。迁监察，转殿中，拜吏部员外郎，判南曹。铨毕，除郎中，余如故。"①王维的"美梦"，比起"范阳卢子"的美梦，可谓有过之而无不及。我们知道，从开元四年（716）开始，六品以下常参官（如拾遗、补阙、监察御史、殿中侍御史、侍御史、员外郎等）的任命，不由吏部铨选决定，而由宰相进拟，而后报皇帝批准，称为"敕授"。已"出选门"的"敕授"官，即可开始进入一条快捷的升进通道，就如"范阳卢子"迁监察御史（常参官，正八品下），转殿中侍御史（从七品下），再拜吏部员外郎（从六品下），终于升为五品郎中（以上可参见拙作《守选制与唐代文人的诗歌创作研究》第二章第一节、第二节）。"范阳卢子"的美梦世间已极难遇见，结果王维的"美梦"竟然还超过了他："卢子"自从七品下的官，经过从六品下的官，再升为五品郎中，而王维却自从七品上的官，直升为五品郎中，这样的升进速度，前所未有，难免令人产生疑问。

然而，王维的"美梦"，实际上是不存在的。王维《三月三日曲江侍宴应制》《和仆射晋公扈从温汤》《春日值门下省早朝》确实都作于天宝元年，当时他官左补阙，然而他迁任库部郎中，却并不在天宝元年。在迁任库部郎中前，他还任过侍御史、库部员外郎。王上源《孟浩然集序》曰："丞相范阳张九龄、侍御史京兆王维……率与浩然为忘形之

---

① 李时人编校《全唐五代小说》卷七一《樱桃青衣》，陕西人民出版社，1998，第1966~1968页。

交。"又云："天宝四载徂夏，诏书征谒京师……始知浩然物故。"① 王维任侍御史（从六品下）的时间，约在天宝四载；又陶翰《送惠上人还江东序》亦有"侍御史王公维"之语，《大唐御史台精舍题名碑》在"侍御史兼殿中"项下，列王维名；又胡适辑《神会和尚遗集·神会语录》载，"侍御史王维"于南阳郡，"在临湍驿中屈（神会）和上及同寺慧澄禅师语经数日"，问"和上若为修道得解脱净"。② 这些都说明王维曾任过侍御史。如果说赵殿成真不知道王维曾任过侍御史，则他曾任过库部员外郎（从六品上），赵氏应该是知道的。《王右丞集笺注》卷一〇录王维《苑舍人能书梵字……》诗，并附载苑咸《答诗》，其诗序云："王员外以予尝学天竺书，有戏题见赠……。"③ 直称王维为"王员外"。又卷二七录《奉和圣制圣札赐宰臣连珠词五首应制》，题下注："时为库部员外。"王维任官库部员外郎约在天宝五载。按照唐代官员迁除常规，王维当先任侍御史，后任库部员外郎，再任库部郎中，他任库部郎中的时间，约在天宝八载（以上均参见拙作《王维集校注》修订本附录《王维年谱》）。既然赵氏已默知王维任过库部员外郎，那么为什么不说出来呢？说来说去，潜意识里还是迷信正史传记，认为它大概是不会有错的。

二　注意对各种资料的真伪正误作认真辨析

前一节我们对各种不同类型的资料作了介绍，总的说来，不管哪一类资料，我们使用时都必须认真地进行辨析，特别是笔记、小说一类资料，使用时更应小心。下面举一个例子说明。郑处海《明皇杂录》卷上载有萧颖士及第后的一件逸事：

　　　　萧颖士开元二十三年及第，恃才傲物，曼无与比，常自携一

---

① 《全唐文》卷三七八，第3837~3838页。
② 见《王维集校注》附录二，第1346页。
③ 《王右丞集笺注》卷一〇，第219~221页。

壶，逐胜郊野。偶憩于逆旅，独酌独饮。会有风雨暴至，有紫衣老人领一小童，避雨于此。颖士见其散冗，颇肆陵侮。逡巡，风定雨霁，车马卒至，老人上马呵殿而去。颖士仓忙觇之，左右曰："吏部王尚书，名丘。"初，萧颖士常造门，未之面，极惊愕。明日，具长笺造门谢，丘命引至庑下，坐责之，且曰："所恨与子非亲属，当庭训之尔。"顷曰："子负文学之名，踞忽如此，止于一第乎？"颖士终扬州功曹。①

按，《唐摭言》卷三亦载此事（文字略有不同）。又，《云溪友议》卷中"李右座"条云："右座曰：'有一萧颖士，既叨科第，轻时纵酒，不遵名教，尝忤王吏部丘，然以文识该通，孰为其敌？'"②《明皇杂录》虽属"史部·杂史类"，但作者登第的时间（大和八年），较萧颖士晚九十九年，他所得颖士信息，恐多来自传闻，未必合于事实。首先，据两《唐书》之《王丘传》及严耕望《唐仆尚丞郎表》载，王丘从未任过吏部尚书，只是曾于开元八年至十年任过吏部侍郎。开元二十一年三月，侍中裴光庭卒，韩休代之为相，并荐王丘为御史大夫，"丘讷于言，所白奏帝多不喜，改太子宾客……以疾徙礼部尚书，致仕"。③开元二十三年春颖士登第时，王丘大抵正在太子宾客任上（属于闲职）。又，据李华《扬州功曹萧颖士文集序》《三贤论》载，颖士登第后，授金坛尉，适遇其父莒县丞萧旻获罪，颖士"自洛至莒"解救，未能在官府规定的期限内到任，从而没有当成金坛尉（参见拙作《萧颖士系年考证》，载《文史》第37辑），看来，颖士登第后根本没有闲功夫去"逐胜郊野""独酌独饮"。其次，颖士《赠韦司业书》说："仆有识以来，寡于嗜好，经术之外，略不婴心。……有时疲顿，即聊自止息，不过临池水视游鱼

---

① 郑处诲：《明皇杂录》卷上，中华书局，1994，第14页。
② 范摅：《云溪友议》卷中，古典文学出版社，1957，第9页。
③ 《新唐书》卷一二九《王丘传》，第4481页。

耳。……己又酒性不多，涓滴辄醉。"①这同"逐胜郊野"，"独酌独饮"，"轻时纵酒，不遵名教"的说法，相去甚远。再次，根据颖士的自述和李华等的记载，颖士立身刚正不阿，"平生峻节，未尝屈下"（《赠韦司业书》），"若百炼之钢，不可屈折"（《三贤论》）。又疾恶如仇，少所容忍，"萧病贬恶太亟"（《三贤论》），"直性褊中，少所容忍"（《赠韦司业书》）。且在权贵面前，颇有傲骨，而对于后进，却乐于推引，"颖士乐闻人善，以推引后进为己任"（《新唐书·萧颖士传》），"萧病……奖能太重"（《三贤论》）。另外，他好古道，宗经术，"以名教为己任"（《赠韦司业书》），无论志行、好尚，皆与流俗相异，李华说他"萧之志行，当以中古易今世"，"志与时多背，恒见诟于人"（《三贤论》）。颖士自己也说："寮列不谐，悉异之。又以为务恃文词，傲弄当世，同声悉疾。"（《赠韦司业书》）综上所述，《明皇杂录》的说法（包括对一老父"颇肆陵侮"，及知其为达官，又"具长笺造门谢"等事），皆与事实相违，不可轻信。但颖士在当时被流俗视为异己，遭受飞短流长的攻讦，在那个社会却是真实的。

下面再举一个子部小说家书的例子，来说明应避免将小说家书当作信史，以之考证唐诗人的生平事迹。唐薛用弱《集异记·王维》云：

> 王维右丞，年未弱冠，文章得名。……游历诸贵之间，尤为岐王之所眷重。时进士张九皋，声称籍甚，客有出入于（宋曾慥《类说》卷八、杨伯嵒《六帖补》卷二〇引《集异记》皆作"九"，作"九"是）公主之门者，为其致公主邑司牒京兆试官，令以九皋为解头。维方将应举，具其事言于岐王，乃求庇借。岐王曰："贵主之强，不可力争。吾为子画焉，子之旧诗清越者，可录十篇；琵琶之新声怨切者，可度一曲，后五日当诣此。"维即依命，如期而

---

① 《全唐文》卷三二三，第3273~3279页。

至。……岐王因曰："若使京兆今年得此生为解头，诚为国华矣。"
公主乃曰："何不遣其应举？"岐王曰："此生不得首荐，义不就试，
然已承贵主论托张九皋矣。"公主曰："何预儿事，本为他人所托。"
顾谓维曰："子诚取解，当为子力。"维起谦谢。公主则召试官至
第，遣宫婢传教，维遂作解头而一举登第矣。①

按，《集异记》为小说家书，《新唐书·艺文志三》子部小说家类云：
"薛用弱《集异记》三卷字中胜，长庆光州刺史。"《郡斋读书志》卷三下小
说类云：《集异记》三卷。右唐薛用弱撰，集隋唐间谲诡之事。"关于
《集异记》的上述记载是否可信，学界已争论了几十年，如有的学者认
为，《集异记》之"贵主"，非太平公主莫属，然经我们仔细考证，则其
漏洞立现，不能自圆其说。还有的学者误读《通鉴考异》，将"九公主
（玉真公主）、女媛"当成一人，并说九公主就是"玄宗父睿宗生前所宠
嫔妃"②。真是越考越离奇，越考漏洞越多，究其原因，就在于以《集异
记》为信史，力图用它来考证王维的生平事迹。③

　　下面笔者拟着重从唐代科举制度发展的角度，来证明《集异记》
并非信史，有不少虚构成分。唐代应试举子，可分为生徒、乡贡两
类，"由学馆者曰生徒，由州县者曰乡贡，皆升于有司而进退之"（《新
唐书·选举志上》）。京兆府解送，属于乡贡一类，《唐国史补》卷下：
"京兆府考而升者，谓之等第。"④《唐摭言》卷二《京兆府解送》："神州
解送，自开元、天宝之际，率以在上十人，谓之等第……小宗伯倚而
选之，或至浑化，不然，十得其七八。苟异于是，则往往牒贡院请落

---

① 薛用弱：《集异记·王维》，见汪辟疆校录《唐人小说》，上海古籍出版社，1978，第
　　250~251页。
② 李剑国：《唐传奇校读札记（二）》，《文学遗产》2010年第5期。
③ 陈铁民：《考证古代作家生平事迹易陷入的两个误区》，《文学遗产》2017年第4期。
④ 李肇：《唐国史补》卷下，上海古籍出版社，1979，第57页。

由。"① 谓京兆解送置等第始于开元、天宝之际。等第之置，同唐时生徒、乡贡地位轻重的变化有着密切的关系。《唐摭言》卷一《进士归礼部》："永徽之后，以文儒亨达，不由两监者稀矣。于时场籍，先两监而后乡贡。"② 又卷一《两监》："开元已前，进士不由两监者，深以为耻。"③ 这是说，初唐与开元时期，进士及第而有文名者，大多自两监（指长安和洛阳的国子监）生徒出身，若不经由两监就学，"深以为耻"。开元时早著文名的储光羲、丁仙芝、萧颖士、李华、赵骅、邵轸等，皆由太学生徒登第，可见《唐摭言》所言不虚。由于初唐与开元时期，社会风气是重生徒而轻乡贡，所以属于乡贡一类的京兆解送，尚不为时人所关注，等第也就没有设置。这就是说，在开元九年王维登第的前后几年，京兆解送尚未置等第，因此也就根本不存在争等第、争解头之事。

京兆府置等第，虽然始于开、天之际，但争等第、争解头的风尚，却直到德宗贞元、宪宗元和年间，才真正盛行。《唐国史补》卷下："天宝中，则有刘长卿、袁成用分为朋头，是时常重东府西监（《唐摭言》卷一引作"两监"）。至贞元八年，李观、欧阳詹犹以广文生登第，自后乃群奔于京兆矣。"④ 明言贞元八年以后，举子乃群奔于京兆府求解送。《唐摭言》卷二《废等第》："大中七年，韦澳为京兆尹，榜曰：'朝廷将裨教化，广设科场……及贞元、元和之际，又益以荐送相高。'"⑤ 所谓"以荐送相高"，是说举子在荐送方面互比高下，即互比由哪个府州荐送，是否为解头等；出现这种现象的时间，榜文明言为"贞元、元和之际"。又，《唐摭言》卷二《元和元年登科记京兆等第榜叙》："神州（指京兆府）之雄，选才以百数为名，等列以十人为首……今所传者始于元和景戌（即丙戌，元和元年）岁，次叙名氏，目曰'神州等第录'。"⑥ 有

---

① 王定保：《唐摭言》卷二，第 13 页。
② 《唐摭言》卷一，第 11 页。
③ 《唐摭言》卷一，第 5 页。
④ 《唐国史补》卷下，第 56 页。
⑤ 《唐摭言》卷二，第 14 页。
⑥ 《唐摭言》卷二，第 13 页。

专门的始于元和元年的《神州等第录》的编辑，说明元和年间正是京兆解送最为风行、最为人们关注的时候。

另外，唐代登科史上以京兆解头、进士状头、宏词敕头名世者共有三人，都出现在德宗、宪宗时。一是崔元翰，德宗建中二年登进士第。《南部新书》卷三："崔元翰晚年取应，咸为首捷：京兆解头、礼部状头、宏词敕头、制科三等敕头。"① 二是武翊黄，宪宗元和元年登进士第。《唐语林》卷六："武翊黄，府送为解头，及第为状头，宏词为敕头，时称'武三头'。"② 三是张又新，元和九年登进士第。《唐摭言》卷二《争解元》："张又新时号张三头：进士状头、宏词敕头、京兆解头。"③ 由这些事例，不难看出当时推重京兆解送的社会风尚。《唐摭言》卷一《乡贡》："有唐贞元已前，两监之外，亦颇重郡府学生……尔后膏粱之族，率以学校为鄙事。"④ 又《两监》："繇是贞元十年已来，（生徒）殆绝于两监矣。"⑤ 皆称贞元以后出现轻两监重乡贡的现象，争等第、争解头的风尚就是在这样的背景下大盛的。

唐代举子群奔于京兆府求解送的原因，除了与京兆解送列入等第（前十名）者"或至浑化（全部录取），不然，十得其七八"有关外，还与乡贡举子是否必须在本贯取解之规定有密切关系。《唐会要》卷七六《缘举杂录》："（开元）十九年六月敕：诸州贡举，皆于本贯籍分信明者。然依例，不得于所附贯便求申送。如有此色，所由州县即便催科，不得递相容许。"⑥ 这一敕令规定，诸州应举者必须于本贯取解（解状，即准予参加省试的资格证书），不容许附籍于他乡的人在他乡求得解送。估计在这一敕令发布以前，存在着不于本贯取解的现象（如王维为蒲州

---

① 钱易：《南部新书》卷三，中华书局，2002，第35页。
② 王谠撰，周勋初校证《唐语林校证》卷六，中华书局，1987，第598页。
③ 《唐摭言》卷二，第18页。
④ 《唐摭言》卷一，第7页。
⑤ 《唐摭言》卷一，第5页。
⑥ 王溥：《唐会要》卷七六，中华书局，1955，第1384页

人，却在京兆府取解），所以才在这一敕令中，重申了必须在本贯取解的规定。我们知道，安史之乱发生后，士人避乱南方、移居他乡的现象相当普遍，这样应举者必须在本贯取解规定的执行便发生了困难，估计就在这种情势下，敕令的规定便逐渐被突破。等到了贞元、元和时期，取解已发生了不再受本贯限制的变化。韩愈《进士策问十三首》："今之举者，不本于乡，不序于庠，一朝而群至乎有司，有司之不之知也宜矣。"①《策问》是贞元十四年韩愈主持汴州进士试时所撰试题，从中可以看出，当时乡贡举子赴他乡求解送已不再受到限制。正是在这样的背景下，才可能出现非京兆府士人群奔于京兆府求解送的现象。

综上所述，开元前期京兆解送尚未置等第，因此也就根本不可能存在王维与张九皋争等第、争解头之事；《集异记》的作者薛用弱生活于元和、长庆时代，那时候各地举子群奔于京兆府求解送、争解头的风气很盛，所以我们可以说，薛用弱实际上是假托王维、岐王、玉真公主之名虚构故事，以反映当时的社会现实（争京兆解头的现象和请托之风），这就是小说家的手段。

三 对墓志的正误作辨析

前一条我们谈了对可信度较差的笔记、小说一类资料的正误作辨析，本条则谈对可信度较高的墓志资料的正误作辨析。唐人撰写的墓志，一般错误很少，但也不是完全没有错误。错误主要有两种，一种是因为墓志作者误记造成的，像那种墓主的卒年距墓志的作年较远者（多由于迁葬重作墓志的原因），易出现此类错误；另一种是由于"为尊者讳"而出现的避忌或美化。先谈第一种错误，《文学遗产》2009 年第 5 期发表了王胜明《新发现的崔郾佚文〈李益墓志铭〉及其文献价值》一文（以下简称"王文"），刊布了新发现的现藏于洛阳孟津农家的《李益墓志》：

---

① 韩愈撰，马其昶校注《韩昌黎文集校注》，上海古籍出版社，1986，第 104 页。

公讳益，字君虞……大历四年，年始弱冠，进士登第。其年，联中超绝科。间岁，天子坐明堂策贤俊，临轩试问，以主文谲谏为目。公辞藻清丽，入第三等，授河南府参军。府司籍公盛名，命典贡士……精鉴朗试，遐迩攸伏。转华州郑县主簿，郡守器仰，延于宾阶。秩满赴调，判入等第，为渭南县尉。

按，《墓志》所说李益当的三任州县官的顺序，应该有误。《墓志》称李益大历四年（769）登第当年，"联中超绝科"，所谓"超绝科"，即书判拔萃，《通典》卷一五："选人有格限未至（选格规定的守选年限未到），而能……试判三条，谓之拔萃，亦曰超绝。词美者，得不拘限而授职。"[1]大历时已实行新及第进士的守选制[2]，进士及第后须守选三年才能授官，但及第进士如果又考中书判拔萃（科目选），即能马上授官，《新唐书·选举志下》："选未满（守选年限未满）而……试判三条，谓之拔萃。中者即授官。"[3]李益既然于大历四年登第当年又考中书判拔萃，自然应于当年立即授官，但《墓志》却未提到授官的事，这就与唐代的制度不合。笔者认为，李益大历四年授的官应是华州郑县（望县）主簿，唐代进士及第后守选期满，一般授给紧县簿尉（参见《册府元龟》卷六四《贡举部·条制三》），李益进士及第当年又中书判拔萃，稍予优待，授给望县主簿，符合常规；又据《墓志》所言，李益为河南府参军（正八品下）秩满后，转郑县主簿（正九品下），不升反降，也不符合唐代的迁除常例。《墓志》说李益登第"间岁"，即应制举主文谲谏科中第，所谓"间岁"，隔一年也，《汉书·韦玄成传》："间岁而祫。"师古注："间岁，隔一岁也。"则李益制举中第并授河南府参军，应在大历六年。盖其任郑县主簿尚未秩满，即应制举（唐时允许现任官应制举）中

---

[1]　杜佑：《通典》卷一五，中华书局，1988，第362页。
[2]　参见陈铁民《唐代守选制的形成与发展研究》，《文史》2011年第2期。
[3]　《新唐书》卷四五《选举志下》，第1172页。

第。李益任河南府参军，当于大历十年秩满（四考秩满，"王文"称唐代三考秩满，非是，唐代州府属官与县级官吏改为三考秩满，始于建中三年闰正月，见《唐会要》卷五四《省号上·中书省》），当时实行六品以下文官的守选制，所以李益秩满后还得守选数年（具体的守选年限已难考知）才能"赴调"，即参加吏部的常选并授官，假设他守选三年后赴选，"判入等第（即平判入等）"，则当于大历十三年（778）授渭南尉（畿县尉，品秩虽低，却是唐人眼中的"八隽"之一，和成为六品以下常参官的一个阶梯，说见拙作《制举——唐代文官摆脱守选的一条重要途径》，载《文学遗产》2012 年第 6 期）。接着，他为渭南尉尚未秩满，即于建中元年（780）受辟入朔方崔宁幕府（说见拙作《李益五入边地幕府新考》，载《文学遗产》2021 年第 1 期）。《墓志》的上述错误，可能是作者误记造成的。据《墓志》，李益卒时年八十四，距其登第授官，已经过去六十余年，所以误记在所难免。

下面谈另外一种"为尊者讳"的问题。《洛阳考古》2015 年第 1 期《洛阳唐代达奚珣夫妇墓发掘简报》载达奚珣之子达奚说所撰《唐故先府君河南尹达奚公墓志铭一首并序》云：

> 先府君讳珣，字子美，河南洛阳人也。……府君进士出身，解褐授临清县主簿。……拜礼部侍郎，迁吏部侍郎。……拜正议大夫、河南尹。……天宝十四载夏六月，至洛邑，其年冬，安禄山叛逆……居无何，戎□充斥，洛城陷没，官军败丧，节使逃亡，窜身无路，遂被拘执，积忧成疾，日益衰羸，孰谓众宇再清，素诚莫达。享年六十八，以至德二年十二月廿九日奄弃孝养，哀缠骨髓，号捬苍旻。先兄亭山县令挚同时获戾，天伦之戚，痛贯心府。……说顷流窜，承恩旋归……以大历四年十一月八日并夫人襄城君上谷寇氏合祔邙山北原，礼也。

按，达奚珣两《唐书》无传，这是达奚说在其父死后十二年迁葬时为他撰写的《墓志》。我们知道，达奚珣是被唐朝廷处死的，《资治通鉴》（下文简称《通鉴》）至德二载十二月载，唐军收复东京后，对于陷贼官的处置，"上从（李）岘议，以六等定罪，重者刑之于市，次赐自尽，次重杖一百，次三等流、贬。壬申，斩达奚珣等十八人于城西南独柳树下，陈希烈等七人赐自尽于大理寺；应受杖者于京兆府门"[①]。当时陷贼官达数百人，被定为前三等罪而处死的共三十九人（其中达奚珣长子挚被杖毙于京兆府门，见《旧唐书·刑法志》）。据史书记载，达奚珣被定为头等重罪而处斩的原因是：天宝十四载（755）十二月，安禄山陷东京，"杀（东京）留守李憕、（留台）御史中丞卢奕，河南尹达奚珣臣于贼"（《新唐书·安禄山传》）；十五载正月，"禄山自称大燕皇帝，改元圣武，以达奚珣为侍中"（《通鉴》至德元载正月）；"禄山之乱，（陈希烈）与张垍、达奚珣同掌贼之机衡"（《旧唐书·陈希烈传》）。当安禄山的宰相，显然就是达奚珣、陈希烈被定罪处死的原因。《墓志》中对达奚珣被朝廷定罪处斩与当安禄山的宰相，皆讳言；将上述达奚珣陷贼后的行为与《墓志》中"积忧成疾，日益衰羸，孰谓众宇再清，素诚莫达"的说法作对比，可以看出《墓志》作者对其父的美化。

四 注意广泛搜集各种材料，切忌材料未全遽下结论

下面举一个例子说明。关于萧颖士的生年，唐李华《扬州功曹萧颖士文集序》云："（颖士）十九进士擢第。"俞纪东《萧颖士事迹考》（《中华文史论丛》1983 年第 2 辑）说：

> 萧颖士自己在《赠韦司业书》中也说："孜孜强学，业成冠岁，射策甲科，见称朝右。"古代男子二十岁举行冠礼，因称二十岁为

---

① 司马光:《资治通鉴》卷二二〇，中华书局，1956，第 7049 页。

冠岁，当然，二十岁左右也可以近似地说成冠岁。所以，李华称萧颖士十九岁中进士是可信的。

考萧颖士开元二十三年（735）登进士第，故"俞文"定颖士生于开元五年（717）。按，萧颖士、李华述及颖士年龄的文章非止一处，"俞文"未将这些材料搜集齐然后作分析，而主要据"十九进士擢第"一句话，就遽下结论。"俞文"的上述结论，与萧、李的一些文章，实多有抵牾之处，故难以成立。例如，萧颖士《爱而不见赋》题下注云："丙辰岁待诏京邑，贻旧知作。"丙辰即开元四年（716），依俞说，颖士此年尚未出生。"俞文"说："'丙辰'两字当是'丙戌'之误。"但这只是一种推测，缺少证据，且抵牾之处非止一端，不好都用传写讹误来解释。又如，颖士《莲蕊散赋》序云："予同生继夭，僭戚所萃。己未岁夏六月，旅寄韦城，忧伤感疾，肿生于左胁之下，弥旬不愈，楚痛备至。友生于逖、张南容在大梁闻之，以言于方牧李公。公，余之旧知也，俯垂惊嗟，远致是散，题曰莲蕊。"① 己未即开元七年（719），依俞说，颖士是年只有两周岁，何来旧知？又怎能作此赋？再如，《赠韦司业书》云："丈夫行己三十年，读书数千卷，尚不能揣摩捭阖，取权豪意旨，况复终年怏怏，折腰于掾吏之下哉！"又云："壮年志气，尽此一行，时耶命耶，若此之甚也！"《赠韦司业书》作于开元二十九年（说见拙作《萧颖士系年考证》），依俞说，颖士此时只有二十五岁，怎好自称"行己（犹言处身行事）三十年"呢？又，二十五岁也不得谓之"壮年"。又，李华《三贤论》说："不幸元罢鲁山，终于陆浑；刘避地，逝于安康；萧归葬先人，殁于汝南。……三贤不登尊位，不享下寿。"② 谓三贤（元德秀、刘挺卿、萧颖士）都没有活到六十岁（下寿）。考德秀卒于"天宝十二载九月二十九日"，"春秋五十九"（李华《元鲁山墓碣铭》），则颖

---

① 《全唐文》卷三二二，第3264~3265页。
② 《全唐文》卷三一七，第3213~3215页。

士之享年，也当有五十余。但依俞说，颖士去世时，却只有四十三岁。

　　据颖士"孜孜强学，业成冠岁；射策甲科，见称朝右"等语，并不能证明颖士擢第即在二十岁左右。"孜孜"二句谓自己努力学习，至冠岁即成就学业（李华《序》称颖士"十五誉高天下"）；"射策"二句则指自己后来登进士高第，受到朝中大官的称赏。古人为文简约，因此容易引起误解。下面试举一例，即可说明这一问题。颖士《登临河城赋》序云："既而射策桂林，校书芸阁，道为知己遇，名为海内称，舅氏之力也。"① "射策桂林"言己擢第，"校书芸阁"指己任秘书正字（芸阁指秘书省），这两句话，极易使人误解成：颖士擢第后即官秘书正字，而实际上，颖士在擢第之后、官秘书正字之前，还任过金坛尉、桂州参军等官（参见《萧颖士系年考证》）。李华《祭萧颖士文》曰："呜呼茂挺（颖士字），平生相知，情体如一。"萧、李是知交，李的记述照理是不应该有误的，但他的文章在流传的过程中却不能保证不发生错误。有鉴于上述的各种矛盾，笔者认为"十九进士擢第"应为"廿九进士擢第"之误。唐人"二十"多写作"廿"，"廿"和"十"形近，易生讹误，又此句之上有"十岁以文章知名"句，所以"廿"也可能是因涉上文之"十"字而误。如果此说可以成立，那么颖士就当生于神龙三年（707）。此说同两《唐书》的记载大抵相合。《旧唐书·韦述传》谓颖士"乾元初，终于扬府功曹"，但未载其享年。乾元只有两年，"乾元初"当指乾元元年（758）。《新唐书·萧颖士传》称颖士"客死汝南逆旅，年五十二"，但未载其卒年。如果据《旧唐书》所载之卒年与《新唐书》所载之享年进行推算，那么颖士正应生于707年。当然，颖士实际上卒于乾元二年，《旧唐书》的记载未确。又，定颖士生于707年，则上文所说的那些矛盾、抵牾之处，就都不复存在（参见《萧颖士系年考证》）。所以，拙说还是有一定根据的。

---

① 《全唐文》卷三二二，第3361~3362页。

下面再举一例说明。王维初被任为右拾遗时作有《献始兴公》诗，始兴公指张九龄，关于九龄封始兴县伯的时间，赵殿成《王右丞集笺注》卷五说：

> 按刘昫《唐书》张九龄本传：开元二十一年十二月，拜中书侍郎、同中书门下平章事，明年迁中书令，二十三年加金紫光禄大夫，累封始兴县伯，二十四年迁尚书右丞相，罢知政事，坐引非其人，左迁荆州大都督府长史，俄请归拜墓，因遇疾卒。而宋祁《唐书》本传以封始兴伯为贬荆州长史后事，非也，当以刘书为正。[①]

按，赵说误。出现错误的原因是搜集材料未全，没有读到朝廷进封九龄始兴县子和始兴县伯的诰命。《四部丛刊》影印明成化九年韶州刊本《唐丞相曲江张先生文集》附录"诰命"有《封始兴县伯制》："金紫光禄大夫、荆州大都督府长史、上柱国、始兴县开国子张九龄，右可封始兴县开国伯，食邑五百户。……开元二十七年七月二十二日。"足证《新唐书·张九龄传》的记载不误。张九龄封始兴县开国伯前的爵位，为始兴县开国子，其封始兴县子的时间，为开元二十三年三月九日，见张集附录"诰命"《封始兴县开国子食邑四百户制》。唐时之爵位凡九等，开国县子为第八等，开国县伯为第七等，诗题"始兴公"中之"始兴"，为始兴县伯或始兴县子的省称，"公"则为尊称，玩诗题之意，此诗当作于开元二十三年三月九日九龄进封始兴县子之后。

第三节　利用作者本人的诗文资料进行考证

利用作者本人的诗文资料进行考证，是进行唐代诗人生平事迹考证所应使用的一种主要的途径和方法。本章第一节我们谈过，许多唐

---

① 《王右丞集笺注》卷五，第110~111页。

代诗人两《唐书》中无传，各类传记资料中，仅有他们的一些简短、零星的记载，所以对其生平，我们所知甚少，然而利用其诗文资料进行考证，仍然可以将其一生的主要活动，勾画出一个大致的轮廓来，例如盛唐著名诗人储光羲便是这样。还有的诗人，如李白，两《唐书》中有他的传，唐李阳冰、魏颢撰有他的集序，李华为他写过墓志，刘全白、范传正、裴敬撰有他的墓碑（参见王琦辑注《李太白全集》附录一），今存的传记资料可谓不少，但关于他的家世、籍贯、出生地、生平事迹等，仍有不少地方弄不清楚。清代以来的学者们利用李白自己的诗文作品进行考证，才使上述问题逐渐明晰起来。可以说，利用现存的各种传记资料进行考证，所能解决的唐诗人生平事迹问题，实在很有限，所以利用诗人本人的诗文资料进行考证，便显得非常重要了。同时，诗文作品，是作者生平思想的真实、具体记录，比起各类传记资料来，它属于第一手的材料，往往很可靠，可用它来检验传记资料的真实性，补充和纠正其记载的缺误。

　　唐代有一些诗人，常常在其诗文中，直接交代自己的生平经历与活动、行迹。如李华《寄赵七侍御》云："昔日萧邵游，四人才成童。华与赵七侍御骅、故萧十功曹颖士、故邵十六轸，未冠进太学，皆苦贫共弊。同年三人登科，相次典校。邵后三人及第也。属词慕孔门，入仕希上公。纬卿陷非罪，折我昆吾锋。邵字纬卿，以冤横贬，卒南中。茂挺独先觉，拔身渡京虹。斯人谢明代，百代坠鹓鸿。萧天宝末知乱，弃官往江东。殡葬先人，逝于江（汝）南。世故坠横流，与君哀路穷。逆胡陷两京，华与赵受辱贼中。相顾无死节，蒙恩逐殊封。华贬杭州司功，赵贬泉州晋江尉。天波洗其瑕，朱衣备朝容。华承恩累迁尚书郎，赵拜补阙、御史。一别凡十年，岂期复相从。"[1]此诗以诗句加自注的形式，记述了自己与几位友人的若干生平经历。又如岑参《优钵罗花歌》序云："参尝读佛经，闻有优钵罗花，目所未见。天宝景申（即丙申，避唐讳

改——引者注）岁，参忝大理评事，摄监察御史，领伊西北庭支度副使。自公多暇，乃于府庭内栽树种药……交河小吏有献此花者，云得之于天山之南。"①以诗序的形式，交代了天宝十五载自己在北庭的职务和活动。再如白居易《长庆二年七月自中书舍人出守杭州路次蓝溪作》，用诗歌的标题，记录了长庆二年作者自己职务与行踪的迁变。上述这类作者自道，都直接将自己的经历、活动说出，我们无须再作任何考证，就能清楚地了解到作者的一些事迹。但是，在作者的诗文中，我们经常遇到的还不是上述这种情况，而是另外的情况，即作者的诗文只是为我们提供了某些线索，我们还要根据这些线索做许多考证工作，才能弄清他们的生平、行迹。

根据作者本人的诗文资料提供的线索作考证，以弄清作者的生平事迹，其中可能涉及的内容，是相当广泛的，这里无法一一谈到，只能选择几个较为主要的方面，作如下介绍。

一　对诗文中涉及的史事进行考证

下面举一个例子说明。储光羲《大酺得长字韵时任安宜尉》云："大道启元命，时人居太康。中朝发玄泽，下国被天光。明诏始端午，初筵当履霜。鼓鼙迎爽气，羽籥映新阳。……小臣惭下位，拜手颂灵长。"②安宜，唐属楚州，在今江苏宝应县西南；大酺，古代皇帝因喜庆事特许民间举行的大会饮。如果能查考出这次大酺的缘由以及史书中的有关记载，那么就可以弄清储光羲任安宜尉的时间。"明诏始端午"，说明这次大酺是皇帝下诏特许的，下诏的时间是端午。端午并非指五月五日端午节，洪迈《容斋随笔》卷一"八月端午"条云："唐玄宗以八月五日生，以其日为千秋节，张说《上大衍历序》云：'议以开元十六年

---

① 岑参撰，陈铁民、侯忠义校注《岑参集校注》卷二，上海古籍出版社，2019，第233~234页。
② 《全唐诗》卷一三九，中华书局，1960，第1415页。

八月端午赤光照室之夜献之.'《唐类表》有宋璟《请以八月五日为千秋节表》云:'月惟仲秋,日在端午.'然则凡月之五日皆可称端午也."① 《旧唐书·玄宗纪上》载:"(开元十七年)八月癸亥,上以降诞日,宴百僚于花萼楼下.百僚表请以每年八月五日为千秋节,王公以下献镜及承露囊,天下诸州咸令宴乐,休暇三日,仍编为令.从之."② 诗中"明诏"句,即指开元十七年八月五日玄宗生日下诏令天下诸州大宴乐(大酺)事,"初筵"句,则谓玄宗发布诏令后,第一次于八月五日大酺.玄宗的诏令下达到天下诸州,当年的千秋节已过去,所以此诗当作于开元十八年千秋节,储始任安宜尉的时间即在此年或此年之前.

下面再举一个例子说明.储光羲《晚霁中园喜赦作》云:"五月黄梅时,阴气蔽远迩.浓云连晦朔,菰菜生邻里.……曛朗天宇开,家族跃以喜.涣汗发大号,坤元更资始.散衣出中园,小径尚滑履.……嘉树如我心,欣欣岂云已."③ 按,安禄山军攻陷长安后,储光羲曾陷贼任伪官,唐军收复两京后,储被定罪流放(时间在至德二载十二月,758年1月至2月间),后又遇赦,这首诗即写他在流放地收到赦令时的喜悦之情.关于储的流放地与遇赦的具体时间,从这首诗中可以找到一些线索.储的流放地,各种传记资料都没有记载,只有《唐才子传》说是"岭南",但储没有作于岭南的诗文,此说难以证成.据诗中"黄梅时""菰菜"等语,储的流放地当在南方.这里离长安颇远,朝廷发布的赦令,需经过一定的时日才能收到.储五月收到赦令,则朝廷发布赦令的时间,应在四月前后.稽之史籍,从乾元元年(758)至宝应元年(762),朝廷共有三次在四月发布赦令.第一次,乾元元年四月,《册府元龟》卷八七载乾元元年四月诏曰:"……可大赦天下,除反逆之党缘坐……自余一切原免."④ 规定了"反逆之党缘坐"不在被赦之列.储受安禄山伪官,自

---

① 洪迈:《容斋随笔》卷一,《四部丛刊续编》本.
② 《旧唐书》卷八《玄宗纪》,第193页.
③ 《全唐诗》卷一三七,第11392~11393页.
④ 《册府元龟》卷八七,中华书局,1960,第1037页.

然算"反逆之党"（同年二月发布的赦令，有"及安禄山反党缘坐，不在免限"的规定，可证），所以他的遇赦，肯定不在这一年。第二次，上元元年（760）闰四月，《唐大诏令集》卷四载上元元年闰四月己卯诏曰："……可大赦天下，改乾元三年为上元元年，自上元元年闰四月十九日昧爽已前，大辟罪已下，已发觉，未发觉，已结正，未结正，系囚见徒，罪无轻重，常赦不免者，咸赦除之。其与逆贼元谋及胁从受驱使，惧法来降，并潜藏不出者，已频处分，但能归顺，赦罪，除元恶之外，一无所问。"① "其与逆贼元谋"云云，说的是"安禄山反党"，今后但能归顺，除首恶之外，并赦其罪，而陷贼官已定罪者，是否在赦除之列，诏令中并未明言。《唐大诏令集》卷八四载上元二年（761）正月诏曰："……诸色流人及左降官等，所由类例并与量移，仍委中书门下复奏取处分。其先缘安禄山伪署，三司有名，应在流、贬者，原情议罪，负国诚深，朕已舍其殊死，窜于荒徼，固当与众共弃，长为匪人，然皆邦家旧臣，常挂缨冕，使其终没裔土，永匿惭魂，孰若贷以殊私，俾令效节，亦准例处分，兼委中书门下量轻重类例奏取处分。"② 这个诏令的颁发，说明在这以前陷贼官已定罪者，并不曾被赦免。如上元元年闰四月的赦令中，已包含赦除陷贼官的内容，则上元二年正月，没有必要再一次颁发类似的赦令。因此，储的遇赦，也不在上元元年。另，根据上元二年正月诏令的内容，储是有可能在这个时候被赦的。但是，第一，诏令中有"兼委中书门下量轻重类例奏取处分"等语，说明对被流、贬的陷贼官的处理，还需经中书门下具体研究并上报处理意见才能决定，不是对所有被流、贬的陷贼官，都无条件地一律赦免。第二，诏令的发布时间（正月）和《晚霁中园喜赦作》的写作时间（五月）不相合。所以，储之遇赦，亦不在上元二年。第三次，宝应元年（762）四月，《册府元龟》卷八七载宝应元年四月诏曰："……其天下见禁囚徒，罪无轻重……四月十五日昧爽

① 宋敏求辑《唐大诏令集》卷四《改元上元赦》，《适园丛书》第四集。
② 《唐大诏令集》卷八四《以春令减罪囚徒德音》，《适园丛书》第四集。

已前，一切放免。左降官宜即量移近处，流人一切放回，有司更不得辄有类例条件。"① 这回是流人无条件地一律放回。紧接着，代宗即位，又于五月发布大赦令："自开元已来，所有诸色犯累者，并宜雪免。左降官并诸流人，及罚镇效力、配军团练等，一切即放还。"（《唐大诏令集》卷二《代宗即位诏》）因此，储之遇赦，应即在宝应元年。

二　对诗文中涉及的典章制度作考察

下面举例说明。卢照邻《大剑送别刘右史》云："金碧禹山远，关梁蜀道难。相逢属晚岁，相送动征鞍。地咽绵川冷，云凝剑阁寒。倘遇忠孝所，为道忆长安。"② 大剑，即大剑山，亦曰剑门，在今四川剑阁县北；金碧禹山，代指蜀地；绵川，绵水，今名绵阳河，流经唐绵州（治所在今四川绵阳东），《元和郡县图志》卷三三："隋开皇五年，改潼州为绵州，因绵水为名也。"剑阁，即剑阁道，自古为秦、蜀间的主要通道，在今剑阁县东北。忠孝所，犹言尽忠行孝的处所，尽忠的处所，指朝廷，也指朝廷里的人；行孝的处所，指刘右史家，也指刘的父母。此诗次联说自己与刘右史在剑门相逢，一入蜀，一出蜀，故相互送别。送别诗一般都从被送者写起，首联说蜀地遥远，蜀道难行，即指刘将入蜀，第五句谓绵水鸣咽，亦写刘入蜀所经，第六句则写自己出蜀赴京所行阁道。末二句谓己到京后，若遇刘朝中的友人与家中的亲人，当代为传达刘思念长安之意。刘右史，刘祎之，《新唐书·刘祎之传》："祎之少与孟利贞、高智周、郭正一俱以文辞称，号'刘孟高郭'，并直昭文馆。俄迁右史、弘文馆直学七。上元（674～675）中，与元万顷等偕召入禁中。"③ 关于右史，《唐六典》卷九载："起居舍人……龙朔二年（662）改为右史，咸亨元年（670）复故。"④ 根据官名改易的情况，

---

① 《册府元龟》卷八七，第1045页。
② 《全唐诗》卷四一，第517页。
③ 《新唐书》卷一一七《刘祎之传》，第4250~4252页。
④ 李林甫等：《唐六典》卷九，中华书局，1992，第278页。

此诗必作于龙朔二年之后、咸亨元年以前。又，卢照邻《早度分水岭》云："丁年游蜀道，斑鬓向长安。徒费周王粟，空弹汉吏冠。马蹄穿欲尽，貂裘敝转寒。层冰横九折，积石凌七盘。"① 分水岭，即嶓冢山，在今陕西宁强县北。《水经注·漾水》引《汉中记》曰："嶓冢以东，水皆东流，嶓冢以西，水皆西流。……故俗以嶓冢为分水岭。"七盘，即七盘岭，在四川广元市北，与宁强县接界。玩诗意，此诗与上一诗皆当作于岁末自蜀地赴长安途中。彭庆生《初唐诗歌系年考》断此二诗作于总章元年（668）冬②，时照邻官新都县（今属四川，唐时属益州）尉，因公事赴京。彭氏之说大抵近之。这个例子涉及唐代官制，唐时多次改易官名，所以我们可以根据诗中所用官名，来考证诗歌的作年，并进而考出诗人的行迹。

下面再举一例说明。王维《哭孟浩然》曰："故人不可见，汉水日东流。借问襄阳老，江山空蔡洲。"诗题下原注："时为殿中侍御史，知南选，至襄阳有作。"③ 唐王士源《孟浩然集序》谓浩然卒于开元二十八年（740），则王维为殿中侍御史及知南选均应在这一年。这个例子涉及唐代的铨选制度（"南选"之"选"，指六品以下官吏的铨选），搞清什么是唐代的南选，就能知道王维在开元二十八年的行迹。关于南选，《新唐书·选举志》云："太宗时，以岁旱谷贵，东人选者集于洛州，谓之东选。高宗上元二年，以岭南五管、黔中都督府得即任土人，而官或非其才，乃遣郎官、御史为选补使，谓之南选。其后江南、淮南、福建大抵因岁水旱，皆遣选补使即选其人。而废置不常，选法又不著，故不复详焉。"④ 《通典》卷一五云："其黔中、岭南、闽中郡县之官，不由吏部，以京官五品以上一人充使，就补御史一人监之，四岁一往，谓之南

---

① 《全唐诗》卷四一，第514页。
② 彭庆生：《初唐诗歌系年考》，北京大学出版社，2012，第116页。
③ 《王维集校注》卷二，第181~182页。
④ 《新唐书》卷四五《选举志下》，第1180页。

选。"①《唐会要》卷七五、《册府元龟》卷六三〇所载与二书同。由以上记载可以得知：第一，经常性的南选只在岭南、黔中二地举行；第二，其他如江南、淮南、福建等地，不过在"因岁水旱"的特殊情况下才偶尔置选；第三，由于襄阳地近洛州（河南府、东都），选人赴洛更为方便，故襄阳未曾置选。因此，所谓"知南选，至襄阳有作"，指的并不是南选在襄阳举行（有人以为南选的选所即在襄阳），而是"知南选"途经襄阳。那么，王维到底往哪里"知南选"呢？由他此行所经之地推断，应是到岭南。《新唐书·孟浩然传》曰："王维过郢州，画浩然像于刺史亭，因曰浩然亭。"郢州（今湖北钟祥）在襄阳之南，濒汉水，盖维至襄阳后，复沿汉水南行，过郢州。王维《送封太守》云："扬舲发夏口，按节向吴门。帆映丹阳郭，枫攒赤岸村。百城多候吏，露冕一何尊。"②诗系在夏口（今武汉市武昌）送封太守赴吴门（今苏州）上任时所作。又，《送康太守》云："城下沧江水，江边黄鹤楼。……铙吹发夏口，使君居上头。"③诗亦作于夏口。可见维抵郢州后，复顺汉水南行至夏口。疑维至夏口后，即溯江而上，历湖湘南行至桂州（今广西桂林）。唐时岭南选所即设在桂州。《唐会要》卷七五曰："开元八年八月敕：岭南及黔中参选吏曹，各文解每限五月三十日到省，八月三十日检勘使了，选使及选人，限十月三十日到选所，正月三十日内铨注使毕。其岭南选补使，仍移桂州安置。"④维既然必须在十月三十日以前赶到桂州，那么他自长安出发的时间，估计应在九月底，而抵襄阳的时间，约在十月初，其时浩然辞世未久，故维赋诗哭之。

三　对诗文中提及的同时代人物作考证

有时通过考证诗文中提及的同时代人物，就可以弄清诗文的写作

---

① 《通典》卷一五，第360~361页。
② 《王维集校注》卷二，第185~187页。
③ 《王维集校注》卷二，第188页。
④ 《唐会要》卷七五，第1369页。

时间和作者的生平、活动。下面举例说明。李华《卧疾舟中相里范二侍御先行赠别序》云："华与二贤早相得，偕修君子之儒而独无成，偕励人臣之道而独失节，偕遇文明之运而独衰病。……先时为伊阙尉，忝相公尚书约子孙之契，不幸孤负所知，亏顿受污，流落江湖，于今六年。……元恶扫除，太阶如砥，天下衣冠，谓华为相府故人，诏书屡下，促华赴职，稽首震惶，恨无毛羽。……侍御史相里公……监察御史范公……望高职雄，持斧登车，江湖霜清，道路风起。华也潦倒龙钟，百疾丛体……并毂无由，呻吟舟中。……江亭凭槛，平视汉皋，武昌柳暗，溢城花发，一荣一枯，有欢有戚，离别之念，又焉得不悲乎？"① 此《序》提及的人物，有相公尚书、侍御史相里公、监察御史范公，将这些人物的姓名考证出来，就能知道《序》的写作时间与李华这年的行踪。相公尚书，当指刘晏，据《新唐书·宰相世系表》，晏自宝应二年（763）正月至广德二年（764）正月为吏部尚书、同中书门下平章事，故称。《新唐书·刘晏传》："天宝中，累调夏令，未尝督赋，而输无逋期。举贤良方正，补温令。"据傅璇琮先生考证，天宝七载（748）春，刘晏正为夏县令（参见《唐代诗人丛考·李颀考》），则他补温县（今属河南）令，当在天宝八载以后；李华为伊阙尉，也在八载以后，独孤及《检校吏部员外郎赵郡李公中集序》云："公名华……（天宝）八年，历伊阙尉。"② 又温县、伊阙同属河南府，故两人得以相交，并"约子孙之契"。"亏顿受污，流落江湖"，指己陷贼接受安禄山伪官和遭贬而言，自乾元元年（758）春李华贬杭州司功参军（见独孤及《序》）至宝应二年刘晏为相，前后恰好经历六年，所以，此文应作于宝应二年春（此文写春景）。关于侍御史相里公、监察御史范公，独孤及《序》介绍《中集》的内容时说："其中陈王业，则《无疆颂》。……自叙，则《别相里造范伦序》。"由此可知，相里公即相里造，范公即范伦，两人两《唐

---

① 《全唐文》卷三一五，第3201~3202页。
② 《全唐文》卷三八八，第3945~3947页。

书》中皆无传，只是各类传记资料里有一些零星记载，据李华此《序》，可以知道相里造为侍御史和范伦为监察御史的具体时间。又，武昌，唐鄂州属县，今湖北鄂州市；溢城，即唐江州州城浔阳，今江西九江市。寻绎《序》文之意，可知宝应二年春，李华再次奉诏赴京，与相里造、范伦同行，在自江州溯江西上赴武昌途中，忽然病发，"并辔无由"，遂送相里、范二人先行，作此序赠别。

下面再举一例。崔峒《扬州选蒙相公赏判雪后呈上》云："自得山公许，休耕海上田。惭看长史传，欲弃钓鱼船。穷巷殷忧日，芜城雨雪天。此时瞻相府，心事比旌悬。"① 这是一首干谒诗，"扬州选"指特殊情况下在淮南（扬州）举行的南选（见前）。考证出诗中的"相公"指谁，就能推知崔峒（大历十才子之一）参加南选的时间和登第的时间。或谓"相公"指崔涣，按，《旧唐书·肃宗纪》谓至德元载（756）十一月，"诏宰相崔涣巡抚江南，补授官吏"，同书《崔涣传》则谓"时未复京师，举选路绝，诏涣充江淮选补使，以收遗逸"，而《新唐书》之《肃宗纪》与《宰相世系表》中皆谓涣是时之官职为"江南宣慰使"，《通鉴》至德元载十二月亦称："上命崔涣宣慰江南，兼知选举。"② 考至德二载二月李白系浔阳（今江西九江）狱，"前后经宣慰大使崔涣及臣（宋若思）推覆清雪"③，同年八月崔涣因在江南选补官吏过滥而被罢职，就近转任余杭太守（《通鉴》至德二载八月），皆可证崔涣是时应在江南巡视并选授官吏，而非在扬州（淮南）掌选。诗中的"相公"当指崔圆，圆曾拜相，上元二年（761）二月至大历三年（768）六月为扬州大都督府长史、淮南节度使（见《旧唐书·肃宗纪》），崔峒此诗当作于上元二年冬（诗写冬景）。崔涣奉命置选江南，是由于当时两京为安史叛军所据，举选路绝；崔圆置选扬州，则由于自乾元二年（759）九月至宝

---

① 《全唐诗》卷二九四，第3341页。
② 《资治通鉴》卷二一九，第7007页。
③ 李白：《为宋中丞自荐表》，见《全唐文》卷三四八，第3529~3530页。

应元年（762）十月洛阳及其附近地区为史思明、史朝义所据（见《新唐书·肃宗纪》），江淮选人赴京参选极为不便。崔峒置选扬州事，史传失载，崔峒此诗可补史传记载之缺。据此诗，崔峒参选所试判词已获崔圆赞许，但尚未注拟，这首诗表现了诗人希求出仕和等待注拟的不安心情。崔峒曾登进士第，但具体时间不详，据此诗，可知他上元二年以前已登第。或谓崔峒大历初登第，非是。

四　对诗文中提及的唐代地名作考证

有时查考诗文中提及的地名，也有助于弄清作品的写作年代和作家的生平、活动。如宋之问《早发韶州》云："炎徼行应尽，回瞻乡路遥。珠厓天外郡，铜柱海南标。日夜清明少，春冬雾雨饶。身经火山热，颜入瘴江消。"① 韶州，治所在今广东韶关。珠厓，汉郡名，治所在今海南琼山东。铜柱，东汉马援征交趾时所立边境界桩，其地约在今越南河内东，《后汉书·马援传》注引晋顾微《广州记》云："援到交趾，立铜柱，为汉之极界也。"火山，唐刘恂《岭表录异》卷上云："梧州对岸西火山，山形高下大小，如桂林独秀山。山下有澄潭，水深无极。其火每三五夜一见于山顶，每至一更初火起，匝其顶如野烧之状，食顷而息。"② 瘴江，在广西合浦，《太平寰宇记》卷一六九岭南道太平军废廉州："州界有瘴江，名为合浦江。"据上述诗中提及的地名，可推知之问此行的目的地为钦州（治所在今广西钦州东北），其中合浦距钦州极近，珠厓与钦州隔海相望，铜柱离钦州亦不远，梧州则是赴钦州途中所经。《旧唐书·宋之问传》云："睿宗即位，以之问尝附张易之、武三思，配徙钦州。"③ 《新唐书·宋之问传》云："睿宗立，以狯险盈恶诏流钦州。"《通鉴》睿宗景云元年（710）六月："越州长史宋

---

① 沈佺期、宋之问撰，陶敏、易淑琼校注《沈佺期宋之问集校注》，中华书局，2001，第551~553页。
② 刘恂：《岭表录异》卷上，鲁迅校勘，广东人民出版社，1983，第4页。
③ 《旧唐书》卷一九〇中《文苑传中》，第5025~5026页。

之间、饶州刺史冉祖雍，坐谄附韦、武，皆流岭表。"①诗即作于睿宗景云年间之问配流钦州途中。又如岑参曾两度出塞，第一次出塞是天宝八载（749）冬至十载春赴安西，在安西节度使高仙芝幕下任职；第二次出塞是天宝十三载（754）夏秋间至至德二载（757）春在北庭，为安西、北庭节度使封常清僚属（参见拙作《岑参集校注》修订本附录《岑参年谱》），我们大致可以根据岑参诗中提及的地名，确定他有哪些诗作于第一次出塞期间，哪些诗作于第二次出塞期间，并据这些诗歌，推知他在两度出塞时的行迹。

　　唐代曾多次改易地名，所以我们可以根据诗中所用地名，来考证诗歌的作年和诗人的行迹。如王维《榆林郡歌》："山头松柏林，山下泉声伤客心。千里万里春草色，黄河东流流不息。黄龙戍上游侠儿，愁逢汉使不相识。"②《新秦郡松树歌》："青青山上松，数里不见今更逢。不见君，心相忆，此心向君君应识。为君颜色高且闲，亭亭迥出浮云间。"③榆林郡，治所在今内蒙古准格尔旗东北十二连城。新秦郡，治所在今陕西神木北，两郡辖地相邻。玩《榆林郡歌》"黄龙"二句之意，此二诗应是王维出使二郡时所作。《旧唐书·地理志》曰："隋置胜州，大业为榆林郡。武德中，平梁师都，复置胜州。天宝元年，复为榆林郡。乾元元年，复为胜州。"又曰："天宝元年，王忠嗣奏请割胜州连谷、银城两县置麟州，其年改为新秦郡。乾元元年，复为麟州。"④榆林郡、新秦郡既然都是天宝时地名，二诗亦应是天宝年间所作。又，《通典》卷二四载，侍御史"掌纠察内外，受制出使，分制台事"，侍御史既然有"受制出使"的职责，因此王维出使二郡，很有可能就发生在天宝四载其任侍御史期间（参见拙作《王维集校注》修订本附录《王维年谱》）。

　　下面谈谈以地名的改易来确定诗歌的作年时应注意的问题。举一个

---

　　① 《资治通鉴》卷二〇九，第6651页。
　　② 《王维集校注》卷三，第271页。
　　③ 《王维集校注》卷三，第270页。
　　④ 《旧唐书》卷三八《地理志一》，第1419页。

例子说明。岑参有《梁园歌送河南王说判官》《送楚丘翱少府赴官》《送人归江宁》《送扬州王司马》四诗，皆述及其兄岑况，闻一多《岑嘉州系年考证》注八说："刘长卿有《曲阿对月别岑况徐说》诗，又有《旅次丹阳郡遇康侍御兼别岑单父》诗。以公《梁园歌送河南王说判官》原注'时家兄宰单父'，及《送楚丘翱少府赴官》诗'单父闻相近，家书早为传'之句证之，此岑单父即公兄况无疑也。曲阿县属丹阳郡。天宝元年正月改润州为丹阳郡，同年八月二十日改曲阿县为丹阳县。长卿二诗于郡称新名，县称旧名，疑作于天宝元年正月至八月之间。天宝元年，况在丹阳，则公《敬酬杜华淇上见赠兼呈熊曜》诗'忆昨癸未岁（按，天宝二年），吾兄自江东'，当即指况，而《送人归江宁》诗曰'吾兄应借问，为报鬓毛霜'，《送扬州王司马》'为报吾兄道，如今已白头'，皆即况矣。"① 李嘉言《岑诗系年》（载《文学遗产增刊》三辑）即据闻说，系上述四诗（《敬酬杜华淇上见赠兼呈熊曜》诗除外）于天宝元年或天宝元年以前。按，闻说实误。刘长卿《曲阿对月别岑况徐说》云："金陵已芜没，函谷复烟尘。"此诗下句指安史之乱长安陷落尚未收复。《旅次丹阳郡遇康侍御兼别岑单父》云："羁人怀上国，骄虏窥中原。胡马暂为害，汉臣多负恩。羽书昼夜飞，海内风尘昏。……绣衣从北来，汗马宣王言。忧愤激忠勇，悲欢动黎元。南徐争赴难，发卒如云屯。"② 此诗为长卿旅居丹阳，有感于安史之乱发生，朝廷至江东募兵而作的，二诗皆当是至德年间的作品，怎么可能作于天宝元年？问题就出在仅看诗题、仅依据地名的改易来确定诗歌的写作年代。地名之改易，的确是确定诗歌写作年代的一种依据，但古人作诗文，对于地名，又往往好选用旧称（如长卿诗中之"曲阿"），很难说用了旧地名，就必定是改成新名前的作品。所以我们以地名的改易来确定诗歌的作年时，需要分别不同的情况：若诗用新地名，而且这一新地名是以前从未有过的，

---

① 闻一多：《唐诗杂论》，古籍出版社，1956，第136页。
② 《全唐诗》卷一五〇，第1549页。

则据此确定诗歌的作年便完全可靠；若诗用旧地名，则据此确定诗歌的作年，就不一定可靠，还应该有别的过硬证据，方可得出可靠的结论。至于岑参上述四诗的写作时间，读者如有兴趣，可自参看《岑参集校注》修订本，这里就不多说了。

五　用同一作者的不同诗文互证

我们还可以用同一作者的不同诗文互证的方法，来弄清他的生平、活动。本节实际上已接触到这个问题，如关于卢照邻自蜀地赴长安之事，即以他的《大剑送别刘右史》和《早度分水岭》诗互证；关于王维出使榆林、新秦二郡事，以他的《榆林郡歌》和《新秦郡松树歌》互证。下面再举一例说明。

关于储光羲的里贯，《四库全书总目提要》卷一四九说："案陈振孙《书录解题》载《储光羲诗》五卷，唐监察御史鲁国储光羲撰。……《唐书·艺文志》储光羲《政论》下注曰：兖州人，开元进士第。……与振孙所叙爵里相同。……又《包融集》条下注曰：融与光羲皆延陵人，与丁仙芝等十八人皆有诗名，殷璠汇次其诗，号曰《丹阳集》。则并其里籍亦异，自相矛盾，莫之详也。"对于这个问题，我们可以用多首光羲诗相互参证的方法加以解决。光羲《赴冯翊作》云："本自江海人，且无寥廓志。大明耀天宇，霭霭风雨被。迢递别荆吴，飘飘涉沂泗。……"[1]五、六二句指自己别故乡（荆吴）涉沂泗（沂水、泗水，流经今山东、江苏二省）北行入京，延陵唐属润州（治所在今江苏镇江），即今江苏金坛西北延陵镇，春秋时为吴地，后归楚，故称为"荆吴"。由此可见储光羲的故乡是延陵而不是兖州（今属山东）。《贻王侍御出台掾丹阳》云："纷吾家延州，结友在童孺。……秋涛联沧溟，舟楫凑北固。……登陟芙蓉楼，为我时一赋。"[2]丹阳，即润州，天宝元年正月改

---

① 《全唐诗》卷一三七，第1393页。
② 《全唐诗》卷一三八，第1401~1402页。

润州为丹阳郡。延州，谢灵运《庐陵王墓下作》："延州协心许，楚老惜兰芳。"延州指延州来季子，又称延陵季子，诗用延陵季子解剑挂徐君墓树而去的故实。季子本封延陵，后复封州来，故称延州来季子。此处光羲即以延州代指延陵。北固，即北固山，在润州城北一里；芙蓉楼，润州西北城楼名，参见《元和郡县图志》卷二五。盖因王侍御要到自己的故乡润州做官，储光羲遂作此诗赠别，并在诗中提到了故乡的风物名胜。又《游茅山五首》其二："世业传儒行，行成非不荣。其如怀独善，况以闻长生。家近华阳洞，早年深此情。"[1]茅山在延陵，《元和郡县图志》卷二五："茅山在（延陵）县东南二十五里，三茅得道之所，事具仙经，不录。"华阳洞在茅山上，光羲《题茅山华阳洞》："华阳洞口片云飞，细雨蒙蒙欲湿衣。玉箫遍满仙坛上，应是茅家兄弟归。"[2]綦毋潜《茅山洞口》："华阳仙洞口，半岭拂云看。"可见光羲无疑是延陵人，而兖州或鲁国，则是其族望。

第四节 利用本人诗文资料进行考证时易犯的错误

利用本人诗文资料进行考证时应注意的问题和易犯的错误，主要有以下几点。

一 应注意避免误释诗文之意

误释诗文之意，是考证中极易犯的一种错误，也是考证工作的大忌。诗文之意一旦被误释，据以得出的结论自然也就站不住，所以对这个问题我们必须给以充分的注意。误释诗文之意，存在多种不同的情况，如有因为对诗文里的词语解释不正确，从而造成误释诗意的，也有因对诗文里的典故失考或理解不正确而导致误释的，等等。下面略举数

---

[1] 《全唐诗》卷一三六，第1378页。
[2] 《全唐诗》卷一三九，第1419页。

例加以说明。

例一，拙作《王维年谱》说："关于维始营蓝田山居之时间……储光羲《蓝上茅茨期王维补阙》云：'山中人不见，云去夕阳过。浅濑寒鱼少，丛兰秋蝶多。……酒熟思才子，溪头望玉珂。''蓝上茅茨'即谓蓝田山居，时维居于此，'山中人'、'才子'皆指维而言。盖储至蓝田山居寻维，维适不在，储留候之，遂有此作。诗中称维之官衔为'补阙'，可见维任左补阙时，已得蓝田山居。"按，此处对"蓝上"的解释有误，蓝上谓蓝水边（犹"河上"指黄河边），钱起有《蓝上采石芥寄前李明府》诗，韦应物《寄子西》云："蓝上舍已成，田家新雨足。"蓝上皆此意。蓝水又称蓝溪、蓝谷水，《长安志》卷一六曰："蓝谷水……出蓝谷，西北流入霸水。"又曰："蓝谷在（蓝田）县东南二十里。"《嘉庆一统志》卷二二七："县志：蓝溪即蓝谷水，至悟真寺前，又谓之清河。"蓝上茅茨当指储光羲在蓝溪边的别业。山中人、才子则指王维，维此时盖居于蓝田山居（即辋川别业），故谓之山中人。辋川别业在蓝田县南辋谷内，《长安志》卷一六："辋谷在（蓝田）县南二十里。"辋谷距蓝谷不远，故光羲邀约王维到自己在蓝谷的别业相聚共饮，然而夕阳已西下，王维却还未到，光羲于是在盼望中作了这首诗。根据这首诗，仍可说明维官左补阙时，已得蓝田山居。这个错误，我在《校注》修订本重印时已作了更正。又，光羲诗中未曾提及蓝上茅茨，但提到"终南幽居"（有《终南幽居献苏侍郎三首时拜太祝未上》诗），蓝上茅茨应该就是终南幽居。古终南亦用为秦岭诸山的总称，蓝谷地处蓝田山（玉山）中，蓝田山属秦岭山脉的一部分，故蓝上茅茨又可称为终南幽居。唐释道宣《续高僧传》卷一四有《终南山悟真寺释净业传》、卷三八有《终南山蓝谷悟真寺释慧超传》，白居易《游蓝田山卜居》云："朝踏玉峰下，暮寻蓝水滨。拟求幽僻地，安置疏慵身。本性便山寺，应须旁悟真。"《游悟真寺诗》云："我游悟真寺，寺在王顺山。去山四五里，先闻水潺湲。自此舍车马，始涉蓝溪湾。"地处蓝谷西崖王顺山和蓝水滨的悟真寺，既然可称为"终南山悟真寺"，那么光羲的蓝上茅茨，自然也可称为终南幽居。光羲于开元二十八、九年后即隐于终南，与王维官左补阙的时间正好相合。

例二，陶敏、傅璇琮《新编唐五代文学编年史·初盛唐卷》开元九年云："《新唐书》本传（按指《王维传》）：'开元初，擢进士，调太乐丞，坐累为济州司仓参军。'按云'调'，知王维前此已为官，惟未知任何职。"[①] 以官职的更换、调动释"调"，其实这是"调"的后起义。清钱大昕说："稽之字书，'调'亦无更换之意，改调、降调之名，《明史》始有之，唐以前未之有也。"[②] 考《汉书·张安世传》云："有郎功高不调。"颜师古注："调，选也。"指官吏的选授。《王维传》之"调"，亦选意，指吏部铨选。唐制，新及第进士，必须经过吏部的铨选才能授官。唐时以"调"指铨选的用法很普遍，如颜真卿《鲜于仲通神道碑》："开元二十年，年近四十，举乡贡进士高第。二十六年，调补益州新都尉。"《唐代墓志汇编续集》天宝〇六八《唐故国子祭酒赵君（冬曦）圹》："（卢怀慎）奏以进士试，对策甲科。是岁调集有司，即授校书郎。"李华《元鲁山墓碣铭》："参调求仕，铨试超等，补南和尉。"元稹《莺莺传》："张生俄以文调（吏部文官的铨选）及期，又当西去。"白居易《唐故武昌军节度处置等使赠尚书右仆射河南元公墓志铭》："公讳稹……十五明经及第。二十四调判（铨选试判）入四等，署秘省校书。"《唐代墓志汇编》天宝〇四九《大唐故左春坊录事郭公墓志铭》："参掌铨衡，调拜奉乘。"《唐会要》卷七五："裴行俭为吏部侍郎……是时苏味道、王剧未知名，因调选，行俭一见，深礼异之。"上述各例，"调"皆当作铨选解。这一例也是因为对词语的解释不正确从而导致误考。不过此例误释的资料，不是作家的诗文，而是史传的记载，说明利用各类传记资料作考证时，对资料同样必须作正确的解读，本章第二节

---

① 陶敏、傅璇琮：《新编唐五代文学编年史·初盛唐卷》，辽海出版社，2012，第395页。
② 钱大昕：《潜研堂集》，上海古籍出版社，2009，第604页。

谈利用各类传记资料进行考证应注意的问题时未提到这一点，这里算是一个补充。因为此例同上一例内容很接近，所以放在一起来叙述。

例三，岑参《银山碛西馆》："银山峡口风似箭，铁门关西月如练。……丈夫三十未富贵，安能终日守笔砚。"此诗作于赴安西途中。闻一多《岑嘉州系年考证》说："（岑参）在安西幕中所守职事，据《银山碛西馆》诗'丈夫三十未富贵，安能终日守笔砚'之语，则似为掌书记。"[①] 按，闻说误，"守笔砚"盖用班超典故，《后汉书·班超传》载：超"家贫，常为官佣（雇佣）书（抄写）以供养。久劳苦，尝辍业投笔叹曰：'大丈夫无他志略，犹当效傅介子、张骞立功异域，一取封侯，安能久事笔研（通砚）间乎！'"后从军，以功封定远侯。这两句是表示作者想抛弃文官的笔墨生涯，到边地建功立业，并非说作者在边地干的是"守笔砚"营生。这一例是因为没想到诗里是用典而致误。

例四，储光羲《观范阳递俘》："北河旆星陨，鬼方狝林胡。群师舞弓矢，电发归燕墟。……方思壮军实，远近递生俘。"[②] 又《效古二首》其一："晨登凉风台，暮走邯郸道。曜灵何赫烈，四野无青草。大军北集燕，天子西居镐。……稼穑既珍绝，川泽复枯槁。"其二："赪霞烧广泽，洪曜赫高丘。野老泣相语，无地可荫休。翰林有客卿，独负苍生忧。中夜起踟蹰，思欲献其谋。"[③] 光羲曾使至范阳（幽州），故有《观范阳递俘》诗；汉时长安有凉风台，"晨登"二句是说，作者从长安出发，走上通往邯郸的大道，"大军"句指安禄山（时为范阳节度使）军集聚于范阳一带，故《效古》诗当是光羲赴范阳途中所作。光羲天宝时先官太祝，后官监察御史（参见拙作《储光羲生平事迹考辨》，载《文史》第12辑），那么他使范阳时任什么职务？马茂元认为，光羲于"天宝之末"使至范阳，《效古》"诗中自称'翰林客卿'，则其时尚未官御史

---

① 闻一多：《唐诗杂论》，第117页。
② 《全唐诗》卷一三七，第1393页。
③ 《全唐诗》卷一三六，第1380页。

也"；又说："《唐才子传》云：'历监察御史。值安禄山陷长安，辄受伪署。'以其言参之，光羲之为御史，当在天宝十四、十五载间，禄山乱起之际。"（《唐诗札丛》，载《中华文史论丛》1979年第4辑）按，马说误，唐之官号，无所谓"翰林客卿"（只有翰林待诏、翰林供奉、翰林学士）；"翰林客卿"系用典，汉扬雄《长杨赋序》云："……雄从至射熊馆，还上《长杨赋》，聊因笔墨之成文章，故借翰林以为主人，子墨为客卿以风。"诗即用其意，"翰林"即主人，指作者途中寄宿之家；"客卿"即客人，乃作者自指，"翰林有客卿"，等于说"主人家有个客人"。可见据"翰林客卿"之语，不能证明光羲"其时尚未官御史"。《通典》卷二四载："大唐监察御史……掌内外纠察，并监祭祀及监诸军、出使等。"[①]《新唐书·百官志》曰："太祝……掌出纳神主，祭祀则跪读祝文，卿省牲则循牲告充，牵以授太官。"参照上述记载，光羲出使范阳时，当正官监察御史，而不当官太祝，因为监察御史有监诸军和出使的职事，太祝则无之。此例是因为用典失考和不明官制而造成误释。

例五，王维《慕容承携素馔见过》："纱帽乌皮几，闲居懒赋诗。门看五柳识，年算六身知。"[②]"年算"句，用《左传》襄公三十年事："晋悼夫人食舆人之城杞者，绛县人或年长矣，无子而往，与于食。有与疑年，使之年。曰：'臣，小人也，不知纪年。臣生之岁，正月甲子朔，四百有四十五甲子矣，其季于今三之一也。'吏走问诸朝。师旷曰：'……七十三年矣。'史赵曰：'亥有二首六身，下二如身，是其日数也。'士文伯曰：'然则二万六千六百有六旬也。'"原典确实指绛县人七十三岁，于是有一些研究者将其坐实，但似乎觉得不大妥当，又不敢完全坐实，而称王维作此诗时年近七十（参见赵昌平《王维生卒年考补》，载《华中师范大学学报》2001年第1期）。此诗当作于王维晚年，具体时间难以确考，姑且算它作于王维辞世的上元二年（761），那

---

① 《通典》卷二四，第674页。
② 《王维集校注》卷六，第564-566页。

么这年王维七十三岁，便比王缙大了十一岁，这就与王维、王缙年龄接近的事实明显不合（参见拙作《王维生年新探》，见《王维论稿》），且《旧唐书·王维传》曰："与弟缙俱有俊才……昆仲宦游两都，凡诸王驸马豪右贵势之门，无不拂席迎之。"王维十五岁就赴长安谋求进取，难道他当时竟带了一个只有四岁的小兄弟一起"宦游"？即使对原典加了个人修正的王维"年近七十"说，也显然与王维、王缙年龄接近的事实不合。其实王维这里不过是取原典中的年老这一含义，借以抒发年老的感慨。笔者考察过唐人诗文中使用这一典故的几乎所有例子，没有一例是将七十三岁当作实事来使用的。如《全唐文》卷二四五李峤《为王及善请致仕表》："直以颓龄向尽，衰疹逾加。二首六身，甲子催其岁月；百骸九窍，寒温煎其骨髓。"《旧唐书·王及善传》说："乃上疏乞骸骨，三上不许，圣历二年，拜文昌左相，旬日而薨，年八十二。"据《新唐书·宰相世系表》，及善拜文昌左相在圣历二年八月，同年九月薨，则其上表"请致仕"，当发生在圣历二年八月前，当时及善年已八十二，说明"二首六身"应指年老而言。又卷九四〇杜光庭《张崇允修庐山九天真君还愿醮词》："乞为臣更蠲罪录，永削灾躔，成匡尧赞禹之功，享二首六身之寿，得倾忠孝，以奉君亲。""享二首六身之寿"盖指享高年长寿，岂能坐实为享七十三年之寿？以上两例，谭庄《学术考辨与文史涵养缺一不可》（《学术界》2012年第2期）、《再谈学术考辨与文史涵养缺一不可》（《学术界》2013年第5期）已谈及，可参看。又如黄彻《䂬溪诗话》卷九："刘宾客《送人赴绛州》云：'午桥群吏散，亥字老人迎。'义山《赠绛台老驿吏》云：'过客不劳询甲子，惟书亥字与时人。'可谓善使事矣。"按，刘禹锡诗原题作《送河南皇甫少尹赴绛州》，乃为送皇甫曙自河南少尹迁任绛州刺史而作，"亥字"与"二首六身"意同，"亥字"句盖谓曙到绛州时，有当地老人前来迎接，总不能将这句诗理解成专找年七十三的老人前来迎接吧！李商隐诗原作《戏题赠稷山驿吏王全》："绛台驿吏老风尘，耽酒成仙几十春。过客不劳询甲子，惟书亥字与时人。"诗题下自注:"全为驿吏五十六年,人称有道术,往来多赠诗章。"稷山属绛州,绛台在绛州西北,诗为商隐路过绛州稷山县时所题,诗谓驿吏"成仙""有道术",则书"亥字"盖称其有仙人之高寿,当作高年长寿解,不能作年七十三解释,何况商隐只是路过戏题,不可能知道驿吏的年龄究竟有多大。再如权德舆《酬冯绛州早秋绛台感怀见寄》:"武符颁美化,亥字访疑年。"谓绛州刺史冯某颁行淳美的教化,尊贤爱老,出访绛州当地的老人,被访者当然不会只限于年七十三者,所以这里也不能当作年七十三解释。综上所述,将"年算六身"坐实为七十三岁,并以之考证王维的生年,是很靠不住的。这一例是因为坐实用典而导致误释。诗文中所用典故,往往只是抒写作者的某种感情或某种状态,如果将其坐实,当成考证作者生平中某一实事(例如生卒年等)的根据,就极易出错。

二 应注意避免因不明唐代典制而误

唐代有各种各样的典章制度,内容很复杂,它们对士人生活的各个方面都有不小的影响。因此,我们考证唐诗人的生平,一定会涉及典制问题。考证须明典制,如果不明典制,就很容易造成误考。这个问题涉及面广,这里难以一一谈到,只能略举数例,以见一斑。

例一,王维《哭孟浩然》曰:"故人不可见,汉水日东流。借问襄阳老,江山空蔡洲。"诗题下原注:"时为殿中侍御史,知南选,至襄阳有作。"王辉斌《王维开元行踪求是》说:"综以上对王维'开元行踪'的考察……是以其'知南选'为研究中心的。兹将所考归纳为:开元二十八年的秋天,王维以监察御史之衔自长安经大散关入蜀,'知南选'于黔州。翌年春正月事毕,乃由渝州顺长江东下至夏口,之后溯汉水而上抵襄阳,并于南阳临湍驿与神会等'说经数日',旋北返长安。翌年改元天宝,唐玄宗下诏令,'内外文武官九品已上,各赐勋两转',王维乃由正八品下的监察御史,擢升为从六品下的侍御史。"(《山西大学学报》2003年第4期）按，关于王维知南选事，本章第三节已谈过。"王文"称王维知南选时，不是官殿中侍御史，而是任监察御史，知南选不是在桂州，而是在黔州，都不能成立，这一点拙作《考证古代作家生平事迹易犯的几种错误》与《再谈考证古代作家生平事迹易犯的几种错误》（载《南京师范大学文学院学报》2006年第1期与2007年第2期）已有论述，这里不再重复。下面只就王辉斌《王维开元行踪求是》所称玄宗下诏内外官各赐勋两转，王维于是由监察御史擢升为侍御史一事作考述。此事涉及唐代官制，岑仲勉说："唐的官制，比起任何朝代，最为复杂不过……说其大概，可分为职事官、散官，爵、勋四项，五品以上的官员，往往各项兼备，最低限度也有职事官和散官两项。"[1]什么是职事官？《旧唐书·职官志》《新唐书·百官志》等所载有员数、职掌、品级的所有内外文武官，都是职事官，据《通典》卷四〇载，开元时职事官的官位，共有18805个。所有职事官都带有散官衔，"贞观年定令，文武入仕者皆带散位，谓之本品"[2]。散官无职掌，是虚衔，"其作用最要在章服"[3]，即谓官员的服色，依其散官的阶位而定，而不依职事官阶而定。勋官计有十二转（十二个等级），亦无职掌，是虚衔，勋官原本是用来酬劳战士的，后来文官也可授勋，"勋官比封爵更滥，咸亨以后，战士授者动以万计"[4]。岑仲勉又说，上述四项"各具独立性质……不定随他项之变动而变动，所以关于每个职事官升调或黜降的制敕，其他各项是否保留，都非附带声明不可"[5]。就是说，某人的职事官升了，或降了，其散官、勋官不一定随之而升、降；反过来，某人的散官、勋官升了，或降了，其职事官也不一定随之而变动。那么，何谓赐勋两转？《新唐书·百官志一》云："司勋郎中……掌官吏勋级。凡十有二转为上

---

① 岑仲勉：《金石论丛》，上海古籍出版社，1981，第461页。
② 岑仲勉：《金石论丛》，第462页。
③ 岑仲勉：《金石论丛》，第462页。
④ 岑仲勉：《金石论丛》，第464页。
⑤ 岑仲勉：《金石论丛》，第461页。

柱国，视正二品；十有一转为柱国，视从二品；十转为上护军，视正三品；九转为护军，视从三品；八转为上轻车都尉，视正四品；七转为轻车都尉，视从四品；六转为上骑都尉，视正五品；五转为骑都尉，视从五品；四转为骁骑尉，视正六品；三转为飞骑尉，视从六品；二转为云骑尉，视正七品；一转为武骑尉，视从七品。"①赐勋两转，是指对现任所有内外职事官，一律在其勋官项上提升两个等级，如原无勋官的，可赐给二转云骑尉，原带勋官云骑尉的，可升为四转骁骑尉，其余以此类推；至于其职事官、散官，则仍不变。监察御史、侍御史都是职事官，是实职，勋官则是虚衔，玄宗的内外官各赐勋两转，不可能使王维由正八品下的监察御史，擢升为从六品下的侍御史，《王维开元行踪求是》一文在这里是犯了把勋官与职事官、虚衔与实职混同的错误。这是一个因不知勋官与职事官、虚衔与实职的区别而导致误考的例子。

例二，岑参《入剑门作寄杜杨二郎中时二公并为杜元帅判官》云："相公总师旅，远近罢金革。杜母来何迟，蜀人应更惜。……二友华省郎，俱为幕中客。良筹佐戎律，精理皆硕画。"②此诗作于永泰二年（766）入蜀途中。杜元帅、相公，即杜鸿渐，永泰二年二月，以丞相兼充山南西道、剑南东西川副元帅，剑南西川节度使，以平蜀乱，故称。张子开《敦煌写本〈历代法宝记〉所见岑参事迹考》说：此诗之杜杨二郎中，即杜亚、杨炎，"只是，岑参此诗很可能是二人为判官时所作，标题则是后来才加上去的；因为，依《历代法宝记》的排列顺序，判官的地位应该比郎中低一些，而标此首诗的题目时，二人显然已经升为郎中了"（《文学遗产》2000年第6期）。按，《历代法宝记》所列永泰二年十月一日随从杜鸿渐到成都空慧寺拜见无住和尚的官员名单，有"郎中杨炎、杜亚、都昂、马雄、岑参，观察判官、员外李布，员外柳

---

① 《新唐书》卷四六《百官志一》，第1189页。
② 《岑参集校注》卷四，第412~416页。

子华"等，其中观察判官李布列在郎中杨炎、杜亚后，所以"张文"认为判官的地位比郎中低一些。"张文"的上述说法，存在两个错误，一个是对唐代使府僚佐的名号、职掌、地位颇陌生，另一个是对使府僚佐多带朝官虚衔（还有宪官虚衔）的情况不知道。先谈第一个错误，"张文"认为判官的地位比郎中低，其实唐节度使幕府中有多种判官，如节度判官、观察判官、支度判官等，其地位不同。节度使兼观察使，置观察判官一人，兼安抚使，置安抚判官一人，兼支度、营田、招讨、经略使，亦皆各置判官一人（见《新唐书·百官志四下》）。其中节度判官（多简称判官）的地位最高，观察、支度等判官都只专门负责协助处理使府某一方面的具体事务（如观察判官专掌协助考察本使府所辖官员的善恶），节度判官则负责协助处理使府的各种军政事务。《通鉴》天宝六载十二月"（高）仙芝为节度使，即署（封）常清判官"胡三省注："唐诸使之属，判官位次副使，尽总府事。"[1]所以节度判官的地位当在观察判官之上。杨炎、杜亚任的是节度判官，李布当的则是观察判官，两者焉能混同？下面谈第二个错误，郎中是唐尚书省六部诸司的正长官，杨炎、杜亚远在成都府，岂能履行郎中的职责，所以郎中不过是他们所带的朝官虚衔，节度判官才是他们的实际职务。《全唐文》卷三八七独孤及《送吏部杜郎中兵部杨郎中入蜀序》称，丞相入蜀平乱，"择佐命介"，辟杜亚、杨炎为判官，从题目上看，当时两人已带着郎中朝衔；又《全唐文》卷四一〇常衮《授庾准杨炎知制诰制》："检校尚书兵部郎中充山南副元帅判官、赐绯鱼袋杨炎……可守尚书礼部郎中、知制诰。"制书称杨炎为杜鸿渐判官时，带"检校尚书兵部郎中"衔，岑仲勉指出："凡官衔上带'检校'字样者都是虚衔，并无实在职务。"[2]可见杨、杜入蜀为杜鸿渐幕府判官时，已分别带着兵部郎中和吏部郎中的虚衔，根本不存在两人先为判官后升任郎中的问题，标题也不可能是"后来才

---

[1]　《资治通鉴》卷二一六，第6888页。
[2]　岑仲勉：《金石论丛》，第474页。

加上去的"。唐时的使府僚佐，多带朝官虚衔，如广德二年（764）杜甫在剑南节度使严武幕府为节度参谋，带"检校工部员外郎"衔，李布在杜鸿渐幕府为观察判官，亦带员外郎衔。所带朝官衔虽是虚设，却可作为入朝任职的资历依据，如杨、杜入蜀前皆在朝任员外郎（从六品上），自蜀还朝后就都官真郎中（从五品上）了（杨官礼部郎中，杜官吏部郎中，见《旧唐书·杜亚传》）。至于节度判官的地位是否比郎中低一些，则难以作出确切判断，因为唐时的郎中有品秩，而节度使及其僚佐皆无品秩。[①] 唐代的节度判官，有带郎中衔的，也有带员外郎衔的。在杜鸿渐幕府中，节度判官带郎中衔，观察判官带员外郎衔，由此亦可证节度判官的地位必在观察判官之上。杨、杜在使府中既有实职，又带虚衔，人们既可用实职相称，也可用所带虚衔相称，所以《历代法宝记》中，便统称他们为"郎中"。这也是一个因不明官制而导致误考的例子。

例三，王维《敕借岐王九成宫避暑应教》云："帝子远辞丹凤阙，天书遥借翠微宫。"《新编唐五代文学编年史·初盛唐卷》开元七年云："九成宫在岐州麟游县西一里，见《元和郡县图志》卷二。岐王，李范。《旧唐书》本传：'开元初，拜太子少师，带本官，历绛、郑、岐三州刺史。'同书《玄宗纪上》：开元六年十二月'以太子少师兼郑州刺史岐王范为岐州刺史。'范为岐州刺史，故借当州闲置之九成宫避暑。李范以开元八年归朝，诗当七年夏作。"时王维"已为岐王府属，随王在岐州"[②]。按，本节第一点例二论述过，《编年史》误释王维"调太乐丞"之"调"为调动，因谓王维开元九年登第前"已为官"，此例称维开元七年"已为岐王府属"，正与开元九年登第前"已为官"的说法相照应，然而，称开元七年维"已为岐王府属"的说法也是错误的。首先，《通鉴》开元二年六月载："丁巳，以宋王（即宁王）成器兼岐州刺史……令到官但领大纲，自余州务，皆委上佐主之。是后诸王为都护、都督、刺史

---

① 岑仲勉：《金石论丛》，第217~220页。

② 陶敏、傅璇琮：《新编唐五代文学编年史·初盛唐卷》，第385~386页。

并准此。"同年七月载："乙卯，以岐王范兼绛州刺史……仍敕宋王以下每季二人入朝，周而复始。"[1] 知岐王虽为岐州刺史，实际上不理州务；玄宗有兄二人，弟二人，时皆为刺史，四人中"每季二人入朝，周而复始"，则岐王实际上每年有半年时间居于长安，疑《敕借》诗为岐王在长安时，请求玄宗借给九成宫避暑，玄宗下诏同意，岐王即将自长安返回岐州时，维因作此诗，是时他当仍居于长安，以谋求进取。另外，称王维是时"已为岐王府属"，既与唐代的铨选制度相违，也不见于任何记载。首先，王府为中央机构，当在长安，不可能都迁到岐州；其次，唐制，六品以下的岐王府属官（包括岐州州府的属官），皆由吏部经铨选后任命，非由岐王自行任命。我们知道，唐代文人入仕，主要有三种途径：一科举，二门荫，三流外入流，王维选择走的入仕道路是科举，开元七、八年王维尚未登第，连参加吏部铨选的资格都没有，岂能被吏部任命为王府属官？《通鉴》开元二年二月载："申王成义（玄宗之兄）请以其府录事（从九品上）阎楚珪为其府参军（正七品上），上许之。姚崇、卢怀慎上言：'……臣窃以量材授官，当归有司，若缘亲故之恩，得以官爵为惠，踵习近事，实紊纪纲。'事遂寝。"[2] 所谓"近事"，是指中宗时超编滥授官职，甚至纵容公主、嫔妃、外戚、宫官公开卖官（所谓"斜封官"）的紊乱纪纲、破坏铨选制行为。后来"玄宗御极，宰相姚崇、宋璟兼吏部尚书"，便革除了这一弊政（参见《通典》卷一九）。所以，开元时的岐王，是不可能自行任命王府属官的。这是一个因不明铨选制而导致误考的例子。

例四，宋之问《端州别袁侍御》："合浦涂未极，端溪行暂临。……明朝共分手，之子爱千金。"又《发端州初入西江》："问我将何去，清晨溯越溪。"又《下桂江龙目滩》："暝投苍梧郡（指梧州），愁枕白云眠。"又《经梧州》："流芳虽可悦，会自泣长沙。"又《发藤州》："丹

---

[1] 《资治通鉴》卷二一一，第 6701~6703 页。

[2] 《资治通鉴》卷二一一，第 6697 页。

心江北死，白发岭南生。魑魅天边国，穷愁海上城。"①按，本章第三节第四点论述过，宋之问《早发韶州》，为睿宗景云年间之问配流钦州途中所作。又据上述诗歌，知之问自韶州出发后，先至端州（今广东肇庆），然后自端州溯西江（今广东西江）而上赴桂州（今广西桂林），复由桂州沿漓江（桂江）而下，经梧州（今广西梧州）、藤州（今广西藤县）至钦州。②关于之问配流钦州，为什么要先到桂州，谭优学《宋之问行年考》说："《旧唐书·地理志》岭南道云：'永徽后，以广、桂、容、邕、安南府，皆隶广府都督统摄，谓之五府节度使，名岭南五管。'钦州属桂管，之问贬钦州（刺史？参军？员外置同正？史未明言），恐亦须先至广府投牒晋见府主，然后赴贬所。……之问从广州出发，水驿溯西江而上，至梧州，转溯桂水（漓江）而北至桂州都督府，谒府主后，始赴钦州。盖当时官吏赴任程序当如是也。"③这一问题，涉及唐代的刑法制度。关于之问此次赴钦州的缘由，《旧唐书》本传说是"配徙钦州"，《新唐书》本传说是"诏流钦州"，《通鉴》说是"流岭表"（见本章第三节），"配徙"即配流，配流者，将罪人发配流放至远地也，也就是判其服流刑。我国自古就有五刑的刑法制度，唐亦"立刑名之制五焉：一曰笞，二曰杖，三曰徒，四曰流，五曰死。笞刑五（注：笞十至五十也），杖刑五（注：杖六十至于百），徒刑五（注：自徒一年，以半年为差，至于三年也），流刑三（注：自流二千里、二千五百里、三千里，三流皆役一年，然后编所在为户。而常流之外，更有加役流者，本死刑，武德中改为断趾，贞观六年改为加役流。谓常流唯役一年，此流役三年，故以加役名焉），死刑二（注：绞、斩）"④。钦州离长安五千多里，则之问所服的流刑，是仅次于绞刑的最高一级流刑（三千里以上），服这种流刑的人，还须"役一年"（即服劳役一年），然后编入当地户籍

---

① 以上诸诗均见陶敏、易淑琼校注《沈佺期宋之问集校注》，第553~569页。
② 参见彭庆生《初唐诗歌系年考》，第363~365页。
③ 谭优学：《唐诗人行年考续编》，巴蜀书社，1987，第30页。
④ 《唐六典》卷六，第185~186页。

为民（"然后编所在为户"），很显然，服流刑的人，是没有官做的；既无官做，又何来"官吏赴任程序"？至于说流人须先至广府、桂府"投牒晋见府主"①，则未见于任何记载。唐代制度规定，服流刑的人，还得携带妻子一起受苦，《唐六典》卷六云："流移之人皆不得弃放妻妾及私逃还乡（注：若妻子在远，预为追唤，待至同发。配西州、伊州者，送凉府；江北人配岭南者，送桂、广府；非剑南人配姚、巂州者，送付益府，取领即还。其凉府等各差专使领送。所领送人皆有程限，不得稽留迟缓），至六载然后听仕（注：其犯反逆缘坐流及免死役流不在此例)。"②之问先至桂州，盖为取领其妻子也。又，据"至六载然后听仕"之语，也能说明流人在服流刑期间没有官职。在这个例子里，《行年考》犯了将配流与贬谪、流人与左降官混同的错误，这是不明唐代刑法制度的一个表现。

例五，王维《送孟六归襄阳》："杜门不欲出，久与世情疏。以此为长策，劝君归旧庐。醉歌田舍酒，笑读古人书。好是一生事，无劳献《子虚》。"③王辉斌《唐代诗人探赜》说："此诗表明，斯时的王维不仅已是'杜门不欲出，久与世情疏'，而且还劝孟浩然'无劳献《子虚》'……似王维之妻当丧于开元十八年，即王维当时'杜门不欲出，久与世情疏'者，乃因其妻之丧而致也。也就是说，王维开元十八年因妻丧而去职闲居于家。……李白一生凡两入长安，第一次在开元十八年夏……在李白到达长安之际时，王维于此前已因妻丧而去职且'杜门'家中。"④按，此例为误释原诗之意加上不明唐代丧制，故所考距实际甚远。王维此诗前四句译成现代汉语是："关上门不要外出，长久地和世情疏离。把这么做当作良策，我劝你还是返回故乡隐居。"则首二句说的是王维为孟浩然所出的还乡闭门隐居的主意，并非王维自指。又，唐

---

①　参见彭庆生《初唐诗歌系年考》，第363~365页。

②　《唐六典》卷六，第190页。

③　《王维集校注》卷一，第87~88页。

④　王辉斌：《唐代诗人探赜》，贵州人民出版社，2005，第74~75页。

人居官丧妻，并不去职。《通典》卷一〇八《开元礼纂类三·杂制》云："居官遭丧：凡斩衰三年、齐衰三年者，并解官。……及父为长子、夫为妻，并不解官，假同齐衰周也。"又云："给假：凡齐衰周，给假三十日，葬五日，除服三日。"①"开元礼纂类"是《大唐开元礼》的缩编，《大唐开元礼》卷三《杂制》即云："凡斩衰三年、齐衰三年者，并解官。……及父为长子、夫为妻，并不解官，假同齐衰周也。"则唐时居官遭妻丧，并不去职，总共给假三十八日。这种丧制是以夫为妻纲、三从四德为思想基础的，所以不仅唐时如此，唐以后也无变化。王辉斌所谓"因妻丧而去职"的丧制，是他自己凭空杜撰的。下面，再举一个有关葬制的例子。王维《故太子太师徐公挽歌四首》其三："旧里趋庭日，新年置酒辰。闻诗鸾渚客，献赋凤楼人。北首辞明主，东堂哭大臣。"其四："风日咸阳惨，笳箫渭水寒。无人当便阙，应罢太师官。"②《新编唐五代文学编年史·初盛唐卷》天宝八载闰六月云："太子太师萧嵩卒，王维为作挽歌四首。《旧唐书·玄宗纪下》：天宝八载闰六月'戊辰，太子太师、徐国公萧嵩薨。'《全唐诗》卷一二六王维《故太子太师徐公挽歌四首》……时王维当仍在长安。"③按，《编年史》谓王维此四诗作于长安，甚是；谓王维写过此四诗后，随即以库部郎中分司东都到了洛阳，则误（参见拙作《王维集校注》修订本附录《王维年谱》）。实际上此四诗并非作于天宝八载闰六月萧嵩薨时，而是作于同年九月萧嵩下葬时。盖挽歌者，出殡时挽柩者所唱哀悼死者之歌也（《古今注》卷中："《薤露》《蒿里》，并丧歌也……使挽柩者歌之，世亦呼为挽歌。"），当作于死者下葬时，王维诗中"风日"句，即描写送葬队伍往咸阳进发的景象。唐人重丧葬之礼，《新唐书·礼乐志十》："葬有期。"《通典》卷一三四《开元礼纂类二十九·凶礼一》："王公以下皆三月而葬，葬而

① 《通典》卷一〇八，第2812页。
② 《王维集校注》卷三，第316~323页。
③ 陶敏、傅璇琮：《新编唐五代文学编年史·初盛唐卷》，第579页。

虞，三虞而卒哭。"此说又见于《礼记·檀弓上》，盖自古而然。萧嵩闰六月卒，"三月而葬"，已至九月，维诗"渭水寒"，也说明时值秋日。这时王维仍居长安，并没有分司东都。这是因不明丧葬制度而导致误考的两个实例。

例六，王维在蓝田辋川期间，写作了六十余首山水田园诗（见《王维集校注》修订本卷五）。当时他一直在朝任职，但身在朝廷，心存山野，经常在公余闲暇或休假期间回辋川闲居，流连于那里的山水风景之中。诗人在辋川的生活，可谓之"休假隐居"，也可以说是一种"亦官亦隐"。王辉斌《王维"亦官亦隐"说质疑》说："在唐玄宗执政的开元、天宝年间，朝廷所执行的乃是每工作十天才休息一日的'旬假'制。以王维当时的条件论，他若要利用一天的'休沐'时间，从长安城里赶到他构置于蓝田的那座辋川别墅去'隐居'，并保证能于翌日按时赶回上班，这显然是不可能的。"① 否定了"休假隐居"存在的可能性，从而也就否定了"亦官亦隐"。应该说，如果唐代官员的休沐时间只有旬假一项，那么"休假隐居"确实无存在之可能，然而实际情况却并不是这样。《唐六典》卷二："内外官则有假宁之节（注：谓元正、冬至各给假七日，寒食通清明四日，八月十五日、夏至及腊各三日。正月七日、十五日、晦日、春秋二社、二月八日、三月三日、四月八日、五月五日、三伏日、七月七日、十五日、九月九日、十月一日、立春、春分、立秋、秋分、立夏、立冬、每旬，并给休假一日。五月给田假，九月给授衣假，为两番，各十五日）。"② 则唐代官员除旬假外，每年尚有两次各十五日的长假，又全年的节日假合计四十九日，如果再加上《唐六典》未载的两个节日假（八月十五日千秋节休假三日、二月十五口老子生日休假一日），共有五十三日，两次长假再加上节日假，全年的假期达八十三天之多（未计旬假）。此外，官吏私家有婚、冠、祭祀、丧

① 王辉斌：《王维"亦官亦隐"说质疑》，《唐都学刊》2004年第1期。
② 《唐六典》卷二，第35页。

葬、拜扫、省亲等事，皆给假（如四时祭，各给假四日等）。唐代官吏的休假时间这么多，"休假隐居"完全可以实现。事实上，唐人自己就有"休假隐居"的说法，并认为这就是"亦官亦隐"。如李峤《和同府李祭酒休沐田居》云："列位簪缨序，隐居林野躅。……若人兼吏隐，率性夷荣辱。……暂弭西园盖，言事东皋粟。筑室俯涧滨，开扉面岩曲。"① 诗中称李祭酒（王府属官，从七品上）"休沐"时暂时回到自己的山间田庄居住为"隐居林野躅"，这就是所谓"休假隐居"；诗中又说李祭酒"兼吏隐"（吏，动词，做官），这也就是"亦官亦隐"。又如岑参《田假归白阁西草堂》云："幸有数亩田，得延二仲踪。……误徇一微官，还山愧尘容。"写诗人于放田假期间回到在白阁峰（在陕西西安鄠邑区东南）的山间别业隐居，这不正是"休假隐居"吗？这是因不明唐代休假制度而导致误考的一个例子。

三　对诗文中涉及的史事、典制等作考证时，应避免犯误用史料的错误

本章第三节我们谈到，利用本人的诗文资料进行考证，是进行唐代诗人生平事迹考证所应使用的一种主要方法和途径；又谈到，可通过对诗文中涉及的史事、典制、同时代人物等的考证，以弄清诗文的写作时间与作者的生平、活动。我们知道，这种考证需要查考和使用大量史料，而避免误用史料，则是使考证结论得以成立的关键。

误用史料大致有两种情况，一种是所用史料存在错误，使用时未作辨析。例如，上官仪《入朝洛堤步月》："脉脉广川流，驱马历长洲。鹊飞山月曙，蝉噪野风秋。"玩诗意，此诗当作于洛阳，时值秋日。刘𫗧《隋唐嘉话》卷中云："高宗承贞观之后，天下无事。上官侍郎仪独持国政，尝凌晨入朝，巡洛水堤，步月徐辔，咏诗云：'脉脉广川流……。'

---

① 《全唐诗》卷五七，第686~687页。

音韵清亮，群公望之，犹神仙焉。"① 后出之刘肃《大唐新语》卷八改"上官侍郎仪独持国政"为"上官仪独为宰相"，考上官仪为宰相在龙朔二年（662）十月（见《新唐书·宰相世系表上》），《新编唐五代文学编年史·初盛唐卷》因系仪此诗作于龙朔二年十月②。按，高宗于显庆五年（660）四月幸东都洛阳，龙朔二年三月还长安（参见两《唐书》之《高宗纪》），则龙朔二年十月高宗正在长安，上官仪亦当在长安，这就与仪此诗之诗意相违。又，《隋唐嘉话》谓仪作此诗时之官职为侍郎，《旧唐书·孝敬皇帝弘传》云："龙朔元年（661），命中书令、太子宾客许敬宗，侍中兼太子右庶子许圉师，中书侍郎上官仪……等于文思殿博采古今文集，摘其英词丽句，以类相从，勒成五百卷，名曰《瑶山玉彩》。"可证龙朔元年仪正官中书侍郎（龙朔二年二月改名西台侍郎），此诗当作于龙朔元年秋，时高宗居洛阳，仪亦当扈从在洛阳。③ 这是一个因误信《大唐新语》的不确记载而导致误考的例子。

又如，岑参《送魏升卿擢第归东都因怀魏校书陆浑乔潭》："井上桐叶雨，灞亭卷秋风。……乔生作尉别来久，因君为问平安否？魏侯校理复何如，前日人来不得书。……自料青云未有期，谁知白发偏能长。"④ 李嘉言《岑诗系年》说："《摭言》曰：'乔潭天宝十三年及第，任陆浑尉。'《新书》一九四《元德秀传》曰：'南游陆浑，乔潭等皆号门弟子。天宝十三载卒，潭时为陆浑尉，庀其葬。'案公十三载后已赴北庭，此诗明写秋景，必十三载秋公赴北庭之前所作。"（《文学遗产增刊》三辑）按，《唐摭言》的记载有误，乔潭《霜钟赋》云："潭忝预少宗伯（即礼部侍郎）达奚公特达之遇，擢秀才甲科。"（《全唐文》卷四五一）《唐语林》卷八称累为主司者："达奚珣四：天宝二年、三年、四年、五年。"可知乔潭擢第必在此数年间。又乔潭《会昌主簿厅壁记》曰："潭忝以

---

① 刘𫗧：《隋唐嘉话》卷中，中华书局，1979，第32页。
② 陶敏、傅璇琮：《新编唐五代文学编年史·初盛唐卷》，第123~124页。
③ 参见彭庆生《初唐诗歌系年考》，第102~103页。
④ 《岑参集校注》卷二，第158~160页。

词赋见知春官……乙酉岁（天宝四载）抄志于南轩之东壁。"明谓潭天宝四载已登第。又，陆浑属河南府（见《新唐书·地理志》），陆浑尉为畿县尉，是唐人眼中的"八隽"之一，新及第进士不大可能立即获得此职（说见本章第二节第三点），估计乔潭天宝三载或四载登第后，曾先当过一任别的官职，而后才升任陆浑尉，其始任陆浑尉的时间，估计在天宝十一、十二载，本诗的写作时间同。本例盖因未对《唐摭言》的错误作辨析，从而导致误考。

误用史料还有另一种情况，即史料本身无误，研究者使用时产生了错误。例如，岑参《祁四再赴江南别诗》曰："万里来又去，三湘东复西。别多人换鬓，行远马穿蹄。……怜君不解说，相忆在书题。"①闻一多《岑嘉州系年考证》曰："祁四即画家祁岳。于邵《送家令祁丞序》……曰'去年八月，闽越纳贡，而吾子实董斯役，水陆万里，寒暄浃年。三江五湖，夐然复游。远与为别，故人何情？虞部郎中岑公赠诗一篇，情言兼至，当时之绝也。'案岑公所赠诗当即《送祁四再赴江南别诗》，'三江五湖，夐然复游'即'再赴江南'也。《旧书》一八八（当为一三七）《于邵传》，'转巴州刺史，夷獠围州掠众，邵与贼约，出城受降而围解。节度使李抱玉以闻，超迁梓州，以疾不至，迁兵部郎中。'《旧书》一八三（当为一三二）《李抱玉传》，'广德元年冬，兼山南西道节度使'，则其表奏于邵受降解围，及邵辞梓州，迁兵部事，至早当在本年（按指广德二年）。本年于邵始至京师，序称公为虞部郎中，则本年公已转此官矣。"②按，此处存在对史料的误引、误用问题。《旧唐书·李抱玉传》："广德元年（763）冬，吐蕃寇京师，乘舆幸陕，诸军溃卒及材间亡命相聚为盗……乃诏抱玉兼凤翔节度使讨之。……以功迁司空，余并如故。时吐蕃每岁犯境，上以岐阳国之西门寄在抱玉，恩宠无比，迁同中书门下平章事，又兼山南西道节度使。"抱玉兼山南西道

---

① 《岑参集校注》卷四，第360页。
② 闻一多：《唐诗杂论》，第128页。

节度使显非广德元年事。《旧唐书·代宗纪》：大历五年（770）正月，"凤翔节度使李抱玉判梁州事，充山南西道节度使"。大历六年二月，抱玉上书让山南西道节度使，许之（参见《唐刺史考》卷二○五）。《旧唐书·于邵传》："入为起居郎，再迁比部郎中。……无何，出为道州刺史，未就道，转巴州。……节度使李抱玉以闻，超迁梓州，以疾不至，迁兵部郎中。西川节度使崔宁请留为支度副使。"《通鉴》谓大历二年七月崔宁始为西川节度使，则于邵"辞梓州，迁兵部事"，当在大历五、六年（邵为巴州刺史，亦当在大历五年前后）。其实，《送家令祁丞序》应是于邵出任巴州刺史前在长安为官时所作。至于岑参为虞部郎中的时间，大抵在广德二年或永泰元年（765），说见拙作《岑参集校注》修订本附录《岑参年谱》。这是一个因误引、误用史料而造成误考的例子。

又如，王维《使至塞上》云："单车欲问边，属国过居延。征蓬出汉塞，归雁入胡天。大漠孤烟直，长河落日圆。萧关逢候骑，都护在燕然。"[①] 开元二十五年（737）初夏，王维以监察御史的身份，奉命出使河西，此诗即初至凉州（河西节度使治所）时所作。史载二十五年三月，河西节度使崔希逸大破吐蕃，王维奉使问边，当与此次大破吐蕃事有关（参见拙作《王维集校注》修订本附录《王维年谱》）。戴伟华《〈使至塞上〉与崔希逸破吐蕃事无关》一文（下简称"戴文"）说，两《唐书》及《通鉴》所载河西节度使崔希逸破吐蕃的时间在开元二十五年二月或三月有误，根据《全唐文》卷三五二樊衡《河西破蕃贼露布》（下简称《露布》）这一"极其珍贵"的史料，崔希逸破吐蕃的时间应"在开元二十五年十二月"（见《历史研究》2014年第2期）。按，"戴文"既然认定崔希逸破吐蕃时间"在开元二十五年十二月"，自然以为《使至塞上》与崔希逸破吐蕃事无关，因为王维出使河西在开元二十五年

---

① 《王维集校注》卷二，第146~148页。

初夏,《使至塞上》又是他初至河西时作的。然而"戴文"实际上是误用史料,将《露布》所述破吐蕃与崔希逸破吐蕃这两件本来不相同的事,错混到了一起。先看看关于崔希逸破吐蕃的记载,《旧唐书·玄宗纪下》:"(开元二十五年三月)河西节度使崔希逸自凉州南率众入吐蕃界二千余里。己亥,希逸至青海西郎佐素文子觜,与贼相遇,大破之,斩首二千余级。"[①]《新唐书·玄宗纪》、《通鉴》卷二一四的记载与《旧纪》同。再看看《露布》对当时河西节度使破吐蕃事的描述:"朝议大夫、守左散骑侍郎、河西节度经略使、营田九姓长行转运等副使、判武威郡事、赤水军使、摄御史中丞、赐紫金鱼袋、上柱国臣某破蕃贼露布事:尚书兵部……洎我开元天宝圣文神武皇帝陛下……密发中诏,使乘不虞以袭之。臣……奉圣略,凭天威,以今月初六日戒严……十二月会于大斗之南。择精骑五千……乃遣都知兵马使、左羽林军大将军安波主帅之。……波主等将辞,臣戒之曰……尔须自大斗南山来入,取建康西路而归。……十五日至青海北界,遇吐蕃两军游奕二千余骑……自朝至于日中,凡斩二千余级。十六日进至鱼海军……斩鱼海军大使剑具一人……生擒游奕副使诺匝……斩首三千级,生俘千余人。"接下《露布》称,吐蕃莽布支率救兵潜来,围我军数重,我军奋力突围,且战且行一千余里,臣遂遣副使刘之儒等率军迎接我军归来,敌因夜遁,臣遂复遣安思顺、哥舒翰等率军追击,"斩首千余"。[②]这篇《露布》是樊衡代当时的河西节度使所作的上报尚书省兵部的告捷文书。将《露布》所记河西破吐蕃事与史书所载崔希逸破吐蕃事两相比较,不难发现存在许多差异。第一,两事发生的时间不同。希逸破吐蕃事在开元二十五年三月,而河西破吐蕃事在哪一年,《露布》中并没有说,只说在十二月,《露布》是在事件发生的当年上报的,朝廷自然知道年份,所以没有必要交代,而后人读这一文书,对其发生的年份当会感到疑惑。第二,出

---

① 《旧唐书》卷九《玄宗纪下》,第 208 页。
② 《全唐文》卷二五二,第 3571~3573 页。

师之地不同。《露布》说出师之地在大斗南，大斗即大斗军，为河西节度所统八军之一，驻扎在凉州西二百余里甘州（今甘肃张掖）、肃州（今甘肃酒泉）交界处（见《通鉴》卷二一五胡三省注），这与崔希逸的出师地"凉州南"明显不同。第三，破敌之地不同。《露布》所称破敌之地在吐蕃的据点鱼海军、游奕军，而希逸的破敌之地为青海西。第四，战果不同。希逸的战果是斩首二千余级，而《露布》所称战果则达斩首六千余级之多。

《露布》之河西节度使指何人?《露布》中只说"臣某"，而非谓"臣希逸"，所以据《露布》之文，即称河西节度使指崔希逸，缺少根据。《露布》之河西节度使，带有朝官衔左散骑常侍（原误作"侍郎"），宪衔御史中丞，大概是因为崔希逸任河西节度使时，也带有左散骑常侍与御史中丞职衔（见王维文），所以"戴文"认定《露布》之河西节度使即指崔希逸。然而，据今存很不完整的史料，我们仍可考知，开元、天宝时任河西节度使带御史中丞衔者，尚有杨执一、王君㚟、安思顺、邓景山等（参见《唐方镇年表》卷八）；带左散骑常侍衔者，尚有王倕（说见下文）。所以仅据所带左散骑常侍与御史中丞职衔，就断定《露布》之河西节度使即指崔希逸，是很不可靠的。要考定《露布》之河西节度使指何人，关键在于弄清它的写作时间。在这个问题上，《露布》所用天子尊号"开元天宝圣文神武皇帝"，为我们提供了一个重要线索。据《露布》所用天子尊号，它当作于天宝元年二月以后、七载三月以前（见《唐会要》卷一）。所以《露布》中的河西破吐蕃事，当发生于天宝元年以后。《新唐书·玄宗纪》："（天宝元年）十二月戊戌，陇右节度使皇甫惟明及吐蕃战于青海，败之。庚子，河西节度使王倕克吐蕃渔海、游奕军。"[①]《通鉴》卷二一五："（天宝元年）十二月……庚子，河西节度使王倕奏破吐蕃渔海及游奕等军。"《册府元龟》卷三七："（天

---

① 《新唐书》卷五《玄宗纪》，第143页。

宝元年）十二月，西河（当作河西）大破吐蕃，中书门下表贺曰：'臣等自今月以来，累见陇右奏大破吐蕃大岭、青海等军捷书，前至日因奏事，陛下谓臣等曰：吐蕃背恩，神人共弃，岂惟陇右频胜，三数日间，河西当有大捷。今日王倕果奏，大破吐蕃鱼海及游奕等军……。'"①这次河西破吐蕃之战，发生在十二月，破敌之地为"鱼海及游奕等军"，皆与《露布》所记合，所以《露布》所记，当即天宝元年十二月河西节度使王倕破吐蕃事。又，《玉海》卷一九一《唐河西节度副大使败吐蕃》云："纪：开元二十五年三月辛卯，河西节度副大使崔希逸及吐蕃战于青海，败之。二十六年三月癸巳，（吐蕃）寇河西，希逸败之。……天宝元年十二月……庚子，河西节度使王倕克吐蕃渔海、游奕军。"将开元二十五年与天宝元年的破吐蕃之战分得十分清楚，岂可混同？《露布》中的河西节度使，无疑指王倕，而非崔希逸。王倕任河西节度使在开元二十九年至天宝二年，崔希逸任河西节度使在开元二十四年秋至二十六年五月（见《唐刺史考》卷三九）。王倕任河西节度使时，也带左散骑常侍衔。《文苑英华》卷七九三于邵《田司马传》云："司马姓田氏……齿太学，数岁不上第，因左常侍王倕授职河西之地，乃喟然而叹，谓同舍生曰：'大丈夫立身致位，不在于此，徒索长安米耳！'遂投刺，王公见而奇之。"②《露布》称参与当时河西破吐蕃之战的有哥舒翰，《旧唐书·哥舒翰传》云："年四十，遭父丧，三年客居京师，为长安尉所不礼，慨然发愤折节，仗剑之河西。初事节度使王倕，倕攻新城，使翰经略，三军无不震慑。"③知翰初次从军赴河西，所入即王倕幕，而非崔希逸幕，由此亦可证，《露布》中的河西节度使，当指王倕。这是一个因误用史料、张冠李戴从而造成误考的例子。

---

① 《册府元龟》卷三七，第415页。
② 《文苑英华》卷七九三，第4192~4193页。
③ 《旧唐书》卷一〇四《哥舒翰传》，第3211~3215页。

第五节　从与他人的交往方面进行考证

　　一个人生活在世上，总要与他人发生联系，唐代的诗人们也是这样。从与他人的交往方面寻找线索和进行考证，也能弄清某一诗人的某些生平事迹。考察某一诗人与他人的交往，除了查考有关的传记资料（参见本章第一节）外，更主要的是须从诗人本人与他人的诗文中寻找线索。因为传记资料中提供的这方面线索较少，而诗人本人与他人的诗文中提供的这方面线索则较多。与他人的交往线索，有的保存在诗人本人的诗文中，有的则保存在他人的诗文中，所以想弄清某一诗人的某些生平事迹，光查考诗人本人的诗文是难以解决问题的。

　　诗人们的相互交往，首先反映在唱和类诗歌里。例如，杜甫《同诸公登慈恩寺塔》（题下原注："时高适、薛据先有作。"）云："高标跨苍穹，烈风无时休。自非旷士怀，登兹翻百忧。……七星在北户，河汉声西流。羲和鞭百日，少昊行清秋。秦山忽破碎，泾渭不可求。俯视但一气，焉能辨皇州？"高适《同诸公登慈恩寺浮图》："秋风昨夜至，秦塞多清旷。"岑参《与高适薛据同登慈恩寺浮图》："秋色从西来，苍然满关中。"储光羲《同诸公登慈恩寺塔》："地静我亦闲，登之秋清时。"这是诸公秋日同游慈恩寺时的唱和之作，杜、高、岑、储四人诗今存，唯薛诗今不存。据闻一多先生考证，诸公登慈恩寺塔赋诗之事，发生于天宝十一载（752），说详《岑嘉州系年考证》（见《唐诗杂论》）。据此，可知天宝十一载秋，杜、高、岑、储、薛诸公的行迹，即他们当时都在长安。这一例是游赏场合的唱和。

　　又如，贾至《早朝大明宫呈两省僚友》云："银烛熏天紫陌长，禁城春色晓苍苍。千条弱柳垂青琐，百啭流莺绕建章。……共沐恩波凤池里，朝朝染翰侍君王。"[1] 王维《和贾舍人早朝大明宫之作》云："日色才

---

[1]《全唐诗》卷二三五，第2596页。

临仙掌动，香烟欲傍衮龙浮。朝罢须裁五色诏，珮声归向凤池头。"岑参《奉和中书贾至舍人早朝大明宫》："鸡鸣紫陌曙光寒，莺啭皇州春色阑。……独有凤凰池上客，《阳春》一曲和皆难。"杜甫《奉和贾至舍人早朝大明宫》："五夜漏声催晓箭，九重春色醉仙桃。……欲知世掌丝纶美，池上于今有凤毛。"这组唱和诗的首唱者为中书舍人贾至，其余王、岑、杜三人之诗皆贾诗的和章。王维集赵殿成注曰："是时贾至为中书舍人，杜甫为右（应作'左'）拾遗，皆有史传岁月可证。王维之为中书舍人、为给事，岑参之为右补阙，其岁月无考，要亦当在是时，皆两省官也。是年（按指乾元元年）六月，甫贬华州司功参军，则四诗之唱和，正在乾元元年戊戌之春中也。"[①] 按，岑之为右补阙，在至德二载（757）六月至乾元二年（759）二月（参见《岑嘉州系年考证》），并非"其岁月无考"；又贾至自天宝十五载（756）至乾元元年春官中书舍人，乾元元年春出为汝州刺史，《早朝》诗即作于其出守之前。《旧唐书·贾至传》："至，天宝末为中书舍人。"《新唐书·贾至传》："从玄宗幸蜀，拜起居舍人，知制诰。……历中书舍人。"杜甫《送贾阁老出汝州》曰："西掖（中书省）梧桐树，空留一院阴。艰难归故里，去住损春心。……人生五马贵，莫受二毛侵。"此即送贾至出守汝州之作，时在乾元元年春（说详杜集仇注）。另"两省"指中书省、门下省，查王维本年所任官职，惟中书舍人、给事中属"两省"（中书舍人属中书省，给事中属门下省）。贾原诗"共沐"二句，"凤池"谓中书省，"染翰侍君王"指为君王草诏，即任中书舍人之职；又诗曰"共沐"，可见当时同赋的人中，非止贾一人为中书舍人。考当时同赋者除王之外，尚有岑、杜，二人是时各官补阙、拾遗，则为中书舍人者，自然非王维莫属了。王和诗"朝罢"二句，正应和"共沐"二句，盖谓贾、王二人是时皆官中书舍人也。又岑诗曰"春色阑"，知当作于春末。通过这一组唱

---

① 《王右丞集笺注》卷一〇，第215页。

和诗的相互参证，可说明乾元元年春末，王维当官中书舍人，不当为给事中。这一例是朝廷里的唱和。

再如，王维《奉和圣制从蓬莱向兴庆阁道中留春雨中春望之作应制》云："渭水自萦秦塞曲，黄山旧绕汉宫斜。……云里帝城双凤阙，雨中春树万人家。为乘阳气行时令，不是宸游重物华。"李憕《奉和圣制从蓬莱向兴庆阁道中留春雨中春望之作应制》云："云飞北阙轻阴散，雨歇南山积翠来。"[①]苗晋卿亦有同咏，王维《魏郡太守河北采访处置使上党苗公德政碑》云："（晋卿）尝《奉和圣制雨中春望》诗云：'雨后山川光正发，云端花柳意无穷。'"[②]玄宗原赋今已不存，上述三首应制诗，当作于三人同在朝廷任职时。从应制诗作者的一般情况来说，大抵多为朝廷中五品以上官员和有机会接近天子的六品以下常参官，像杜甫只在朝中当过一任拾遗，其集中就一首应制诗也没有，高适、岑参虽都曾在朝中任职，但其集中也皆无应制诗，王维自天宝元年以后，一直在朝中任职，所作应制诗达十六首，其中最早的一首，是天宝元年官补阙（六品以下常参官）时所作《三月三日曲江侍宴应制》；再从李憕的情况来看，他自开元二十八年即出为地方长官，至天宝十一载冬方入为尚书右丞，十三载秋迁京兆尹，十四载春转光禄卿，同年秋冬，为东京留守，同年十二月，安禄山陷东京，憕被执遇害。参见两《唐书》之《李憕传》、《唐仆尚丞郎表》卷八、《唐刺史考》卷一及卷四八。又考苗晋卿自天宝二载出为州郡长官，至十二、三载方入为工部尚书，寻出为东京留守，十四载迁宪部尚书兼尚书左丞。参见两《唐书》之《苗晋卿传》、《唐仆尚丞郎表》卷七及卷二一、《唐刺史考》卷四八。此三诗写春景，当作于十三载春，时王维官文部郎中，李憕为尚书右丞，苗晋卿官工部尚书。另，《苗公德政碑》云："公既去官（指离魏郡太守任，时在天宝六载），多历年所，人思愈甚，共立生祠。"知碑当作于天宝末，这与上

[①] 《全唐诗》卷一一五，第1167页。
[②] 《王维集校注》卷一〇，第1031~1079页。

述考证结论正相合。通过这三首诗的相互参证，可得知三诗的写作时间与三作者当时的职务。这一例是君臣间的唱和。

又，白居易《送陕州王司马建赴任》（题下原注："建，善诗者。"）云："陕州司马去何如？养静资贫两有余。公事闲忙同少尹，料钱多少敌尚书。只携美酒为行伴，唯作新诗趁下车。"[①]刘禹锡《送王司马之陕州》（题下原注："自太常丞授，工为诗。"）云："暂辍清斋出太常，空携诗卷赴甘棠。……两京大道多游客，每遇词人战一场。"张籍《赠别王侍御赴任陕州司马》（一作《赠王司马赴陕州》）云："京城在处闲人少，唯共君行并马蹄。……今日春明门外别，更无因得到街西。"贾岛《送陕府王建司马》云："司马虽然听晓钟，尚犹高枕恣疏慵。……杜陵惆怅临岐饯，未寝月前多屣踪。"此四诗皆送陕州司马王建赴任之作。其中白居易诗载于白集卷二六"律诗"，白集为居易所自编，集中同卷之内诗作的编次，大抵以写作时间的先后为序，如卷二六收诗一百首，其中第一首至第三十四首，作于大和二年（828），第三十五首至第七十首，作于大和三年，第七十一首至第一百首作于大和六年（其中只有《老病》一首作于大和二年），而《送陕州王司马建赴任》为第六首，无疑当作于大和二年（以上可参见朱金城《白居易集笺校》卷二六）。既知白诗作于大和二年，则刘、张、贾诗亦当作于是年，当时诸人皆居长安，王则自长安出为陕州司马；又据刘诗，王出为陕州司马前，当官太常丞，而非侍御史（或谓王自侍御史除陕州司马，非是）。这一例是送别场合的唱和。

又，孟浩然《李氏园卧疾》云："我爱陶家趣，园林无俗情。春雷百果坼，寒食四邻清。伏枕嗟公干，归山羡子平。年年白社客，空滞洛阳城。"[②]据此诗，知浩然曾久滞洛阳。关于浩然久滞洛阳的时间，可从

---

① 白居易撰，朱金城笺校《白居易集笺校》卷二六，上海古籍出版社，1988，第1787~1789页。
② 《全唐诗》卷一六〇，第1651页。

他与储光羲的唱和诗里找到答案。储光羲《洛阳道五首献吕四郎中》其一："洛水春冰开，洛城春水绿。朝看大道上，落花乱马足。"其二："剧孟不知名，千金买宝剑。出入平津邸，自言娇且艳。"其三："大道直如发，春日佳气多。五陵贵公子，双双鸣玉珂。"其四："春风二月时，道傍柳堪把。上枝覆官阁，下枝覆车马。"其五："洛水照千门，千门碧空里。少年不得志，走马游新市。"孟浩然《同储十二洛阳道》："珠弹繁华子，金羁游侠人。酒酣白日暮，走马入红尘。"[①]储十二即储光羲，储此诗的前四首，写春日洛阳道上的景色与游侠、贵公子们的行为，孟的和诗只有一首，也从游侠、贵公子的行为着笔；储诗的最后一首，应是作者自道。古称青年男子为少年，据笔者考证，储开元十四年约二十一岁，故自称"少年"；考储开元十四年登第（见顾况《监察御史储公集序》），这一年的进士试就在洛阳举行（自开元十二年十一月至十五年十月，玄宗居洛阳，故十四年的进士试就在洛阳举行），所以他便于开元十三年秋冬之际，自长安太学东行赴洛阳，十四年正月在洛阳参加进士试（以上参见拙作《储光羲生平事迹考辨》，载《文史》第12辑），二月（诗有"二月"之语）正在那里等候放榜；盖因尚未登第授官，故有"不得志"之语。储诗中之"吕四郎中"，系指吕向（参见岑仲勉《唐人行第录》），《新唐书·吕向传》："玄宗开元十年，召入翰林，兼集贤院校理，侍太子及诸王为文章。……以起居舍人从帝东巡（按，指开元十三年玄宗东封泰山），帝引颉利发及蕃夷酋长入仗内，赐弓矢射禽。向上言……帝顺纳，诏蕃夷出仗。久之，迁主客郎中，专侍皇太子，眷赉良异。"按，岑仲勉《郎官石柱题名新考订》云："《新唐书》二〇二本传，自起居舍人迁主客郎中。《旧唐书·突厥传》，开元二十年，诏都官郎中吕向等入蕃吊祭，按'二十'应正作'十九'，见拙著《突厥集史》六三五页。向官都中在主中之后，《庆唐观铭碑》阴（《山右石刻》

---

① 《全唐诗》卷一六〇，第1668页。

六）开元十七年九月向结衔为朝议郎守尚书主客郎中，详说见《壁记注补》。"① 知开元十七年吕向已官主客郎中，传文中的"久之"二字未确。至于吕向始为主客郎中的时间，应更早于十七年，《通鉴》开元十三年十一月载："张说（时为宰相）多引两省（中书省、门下省）吏及所亲摄官登（泰）山。礼毕推恩，往往加阶超入五品而不及百官。"② 吕向所官起居舍人，乃"两省吏"，品级与员外郎同（皆从六品上），为六品以下常参官，其升进由宰相提名，报皇帝批准即可；考虑到吕向随从东封曾向玄宗建言并被采纳的事实，他在东封礼毕玄宗回到洛阳后，即因"推恩"被擢为主客郎中（从五品上）的可能性极大，这也就是说，吕向始为主客郎中的时间，当在开元十三年末或十四年初。从储登第前后的行迹和吕向始为主客郎中的时间这两方面作考证，断储、孟两人的"洛阳道"诗作于开元十四年二月，应该可靠。如此，则孟久滞洛阳的时间，应在开元十三、十四年，这期间玄宗正居洛阳，故孟到洛阳，当是为了寻求出仕的门路。这一例是朋友之间的唱和。

此外，较常见的还有宴集场合的唱和。如于志宁有《冬日宴群公于宅各赋一字得杯》，令狐德棻有《冬日宴于庶子宅各赋一字得趣》，封行高有《冬日宴于庶子宅各赋一字得色》，又杜正伦、岑文本、刘孝孙、许敬宗皆有同赋，均载于《全唐诗》卷三三、卷三五。于庶子即于志宁，他于贞观五年至贞观十三年为太子左庶子，这组唱和诗即作于此期。③

总之，唱和的场合多种多样，难以备举，这里先介绍这一些。唱和诗一般都作于同时同地，但也有追和的，其作时、作地可能皆与原唱异。如王维有《偶然作》诗（共五首），约开元十五年作于淇上（参见拙作《王维集校注》修订本附录《王维年谱》），储光羲有《同王十三维偶然作十首》诗。按，同者，和也；据现有的资料，开元十五年储、王之间尚

---

① 岑仲勉：《郎官石柱题名新考订》，上海古籍出版社，1984，第180~181页。
② 《资治通鉴》卷二一二，第6766~6767页。
③ 参见彭庆生《初唐诗歌系年考》，第50~51页。

无交往，储亦未曾到过淇上，而天宝年间储隐居终南时，与王多有交往，则储诗盖和王之旧作，写作时地皆与王诗异。又如，大和二年，元稹在浙东观察使任，作《春深二十首》（已佚）寄白居易，白当时在长安，作《和春深二十首》，时刘禹锡亦在长安，有《同乐天和微之深春二十首》之作，白、刘诗今皆存，其作地异于元诗，作时亦当晚于元诗。再如，刘禹锡集中有三首"遥和"诗，作地与原唱异，作时亦当晚于原唱。

　　诗人们的相互交往，也反映在赠答类诗歌里。如宋之问《使往天兵军约与陈子昂新乡为期及还而不相遇》云："入卫期之子，呀嗟不少留。情人去何处，淇水日悠悠。恒碣青云断，衡漳白露秋。知君心许国，不是爱封侯。"[①]陈子昂《东征至淇门答宋十一参军之问》云："南星中大火，将子涉清淇。西林改微月，征旆空自持。碧潭去已远，瑶花折遗谁？若问辽阳戍，悠悠天际旗。"[②]按，玩诗意，宋之问出使天兵军（驻太原府）前，曾与即将"东征"的陈子昂约定，使还途中与子昂在卫州新乡县（今河南新乡市）相会，然之问还至卫州（治所在汲县，今河南卫辉市），子昂已北上至淇门镇（在卫辉东北五十里），故未相遇，于是作诗寄赠子昂，子昂也写诗作答。子昂的答诗称之问的官职为"参军"，《旧唐书·宋之问传》称之问"初征令与杨炯分直内教，俄授洛州参军"，则"参军"盖指洛州参军，然《旧书》本传未说明之问授洛州参军的时间，如果我们考出子昂答诗的写作时间，也就能知道之问官洛州参军的时间了。子昂诗所谓"东征"，盖指征契丹（契丹在唐之东北方）。《新唐书·则天皇后纪》：万岁通天元年（696），"九月庚子，同州刺史武攸宜为清边道行军大总管，以击契丹"。卢藏用《陈氏别传》："属契丹以营州叛，建安郡王攸宜亲总戎律，台阁英妙皆置在军麾，时敕子昂参谋帷幕。"知"东征"在万岁通天元年九月，则之问官洛州参军的时间，应在万岁通天元年前后。

---

① 陶敏、易淑琼校注《沈佺期宋之问集校注》，第 392~393 页。
② 《全唐诗》卷八三，第 898~899 页。

另外，唐人诗文中，或有述及其某亲友事迹者，这类材料能为我们提供考证作者这一亲友生平事迹的线索。如李华《登头陀寺东楼诗序》云："侍御韦公延安威清江汉，舅氏员外象名高天下，宾主相待，贤乎哉！……夏首地当邮置，吉语日闻。……江下茂树方黑，春云一色。……舅氏谓华老于文德，忘其琐劣，使为诸公叙事，不敢烦也，词达而已矣。"[①] 韦延安宝应二年（公元 763 年，是年 7 月改为广德元年）为鄂州刺史，参见《唐刺史考》卷一六四，所谓"威清江汉"，即指为鄂州刺史而言。夏首，指鄂州治所江夏县（今武汉市武昌），《楚辞·九章·哀郢》王逸注："夏首，夏水口也。"古又称汉水下游为夏水，故夏首也用以指汉水入长江之处，即夏口，《元和郡县图志》卷二七："鄂州……州城本夏口城，吴黄武二年，城江夏以安屯戍地也。"头陀寺，即在江夏县，《元和志》卷二七鄂州江夏县："头陀寺，在县东南二里。"《诗序》写春景，当作于宝应二年春三月，时李华正在江夏。又，据笔者考证，宝应二年春，李华再次奉诏入京，与相里造、范伦二侍御同行，自江州（今江西九江）溯江西上（拟至江夏，再溯汉水而上抵关中），尚未抵达鄂州武昌县（今湖北鄂州市）时，忽然病发，遂送二侍御先行，自己"卧疾舟中"（说详拙作《李华事迹考》，载《文献》1990年第 4 期）；而据《诗序》，知李华当时已经到达江夏。《诗序》所称"舅氏员外象"，盖指卢象，李华《李夫人传》云："夫人赵郡李氏……年十三，归于贵乡承范阳卢公善观。……有女一人……归于安邑令赵郡李公，遗孤检校吏部员外华，不及逮事，感慕罔极，闻于外家，十不存一，哀书大略，敢告史官。"[②] 华之外祖父名卢善观，则其舅应为卢氏无疑。李华《诗序》述及卢象，使我们得以了解卢之卒年与生前事迹。刘禹锡《唐故尚书主客员外郎卢公集纪》云："尚书郎卢公讳象……时大盗起幽陵，入洛师，东夏衣冠，不克归王所，为虏劫执，公堕胁从伍

---

① 《全唐文》卷三一五，第 3199 页。
② 《全唐文》卷三二一，第 2255 页。

中。初谪果州长史，又贬永州司户，移吉州长史。天下无事，朝廷思用宿旧，征拜主客员外郎。道病，留武昌，遂不起。故相崔太傅时为右史，方在鄂，以文志其墓。"[1]持《集纪》与《诗序》相参，可知卢与李华同时被征入京，也就是说，宝应二年春，卢已被征为主客员外郎（故称"员外象"）。他应征由吉州（今江西吉安）赴京，须先沿赣江北行至江州，再溯江西行至江夏，李华作《诗序》时，卢已行至江夏，则"道病，留武昌"之说，实未确（"武昌"当作"江夏"）。既然卢于宝应二年春三月已至江夏，且随即病不起和辞世，则他的卒年，应该就在广德元年（763）或二年。

有关诗人们相互交往的情况，可利用吴汝煜主编《唐五代人交往诗索引》（上海古籍出版社 1993 年版）进行查找。

第六节　综合利用上述各种方法和资料，从多方面取得证据

本章以上各节，我们谈了利用各种类型的传记资料进行考证的方法和应注意的问题，利用本人的诗文资料进行考证的方法和应注意的问题，还有利用唐诗人相互交往的资料进行考证的方法等，这一节我们着重要谈的是，应尽可能地把上述各种方法结合起来使用，以取得多方面的充足证据，使考证更为可信。本章第二节第四点谈到，要注意广泛搜集各种材料，切忌材料未全遽下结论，那里说的各种材料，主要是指各种类型的传记资料，而这里我们要说的，是进一步扩大材料的搜集范围，将能搜集到的有关材料，尽量搜集齐，尤其是要尽可能地将本人的诗文资料与各种类型的传记资料结合在一起，相互参证，这样得出来的结论才比较可靠。如果不能做到这些，就很可能犯据片面的资料作结论

---

[1]　陶敏、陶红雨校注《刘禹锡全集编年校注》，第 1244~1246 页。

的错误。例如，本章第二节第四点，举关于萧颖士生年的考证为例，俞纪东主要以李华《扬州功曹萧颖士文集序》中的"十九进士擢第"为据，定颖士生于开元五年（717）；笔者则将颖士文中叙及自己年龄的材料，以及李华文中叙及颖士年龄的材料，都搜集齐，然后进行综合分析并引出结论，这样得出来的结论，无疑要比俞说可靠。

又如，吴少微《和崔侍御日用游开化寺阁》云："左宪多才雄，故人尤鸷鹗。护赠单于使，休轺太原郭。馆次厌烦歊，清怀寻寂寞。西缘十里余，北上开化阁。初入云树间，冥蒙未昭廓。渐出栏楯外，万里秋景焯。"①我们先查考一下诗中的地名，以确定诗歌的写作地点。开化寺，北齐时建，隋初改名法华寺，唐初复改为开化寺，故址在今山西太原市西北郊，见《嘉靖太原县志》卷一；又诗中曰"休轺太原郭"，则诗当作于唐并州治所太原县（今太原市）。那么，作者何时居于太原县？《旧唐书·文苑传中》云："富嘉谟……长安（701~704）中，累转晋阳尉，与新安吴少微友善，同官。……少微亦举进士，累至晋阳尉。中兴（指神龙元年唐中宗复位）初，调（选）于吏部，侍郎韦嗣立称荐，拜右台监察御史。"考晋阳县（今太原市）与太原县同为唐并州治所，则诗当作于作者长安中官晋阳尉期间。崔日用原唱已佚，吴诗称崔之官衔为侍御，则他当时当官监察御史或殿中侍御史（"左宪"即左御史台，崔当时盖任左宪属官）。《旧唐书·崔日用传》："初为芮城（陕州属县）尉。大足元年（701），则天幸长安，路次陕州。宗楚客时为刺史，日用支供顿事，广求珍味，称楚客之命，遍馈从官。楚客知而大加赏叹，盛称赞之，由是擢为新丰尉。无几，拜监察御史。"《新唐书·崔日用传》所载略同。《唐会要》卷七五《藻鉴》："长安二年（702），则天令雍州长史薛季昶择寮吏堪为御史者，季昶以问录事参军卢齐卿，举长安县尉卢怀慎……新丰县尉崔日用，后皆至大官。"则崔拜监察御史，当在长安二

---

① 《全唐诗》卷九四，第1012页。

年。至其以监察御史的身份"护赠单于使",则应在长安三年秋。《旧唐书·突厥传上》载:"长安三年,默啜遣使莫贺达干请以女妻皇太子之子,则天令太子男平恩王重俊、义兴王重明廷立见之。默啜遣大臣移力贪汗入朝,献马千匹及方物以谢许亲之意。则天……重赐以遣之。"《通鉴》卷二〇七:"(长安三年)六月,辛酉,突厥默啜遣其臣莫贺干来,请以女妻皇太子之子。"突厥使臣长安三年六月抵洛阳,则其返回突厥的时间,应在同年秋;崔"护赠单于使"而途经太原,当是护送突厥使臣返回。突厥默啜遣使求和亲,则天许之,故突厥使臣返回时,则天优礼有加,除"重赐"外,又遣使护送,其人即监察御史崔日用。崔"休轺太原"时,恰在秋日(诗写秋景),而长安三年秋,吴正官晋阳尉,故得与崔唱和。[①]这是从多方面取得证据、结论比较可靠的一个例子。

再如,高适《李云南征蛮诗》序曰:"天宝十一载,有诏伐西南夷,右相杨公兼节制之寄,乃奏前云南太守李宓涉海自交趾击之。道路险艰,往复数万里,盖百王所未通也。十二载四月,至于长安,君子是以知庙堂使能,而李公效节。适忝斯人之旧,因赋是诗。"诗曰:"圣人赫斯怒,诏伐西南戎。肃穆庙堂上,深沉节制雄。遂令感激士,得见非常功。……鼓行海天外,转战蛮夷中。梯巇近高鸟,穿林经毒虫。鬼门无归客,北户多南风。蜂虿隔万里,云雷随九攻。长驱大浪破,急击群山空。饷道忽已远,县军垂欲穷。精诚动白日,愤薄连苍穹。野食掘田鼠,晡餐兼蒺藜。收兵列亭堠,拓地弥西东。……泸水夜可涉,交州今始通。归来长安道,召见甘泉宫。……相逢论意气,慷慨谢深衷。"[②]蛮,指南诏,此诗叙李宓征南诏事。夏承焘《月轮山词论集》外编《杜甫与高适》说:"《通鉴》卷二百十七,天宝十三载,记李宓征云南云:'侍御史、剑南留后李宓,将兵七万击南诏。阁罗凤诱之深入,至太和城,闭壁不战;宓粮尽,士卒罹瘴疫及饥死什七八,乃引还;蛮追击之,宓被

---

① 参见彭庆生《初唐诗歌系年考》,第 281 页。

② 高适著,孙钦善校注《高适集校注》,上海古籍出版社,2019,第 307~311 页。

擒，全军皆没。国忠隐其败，更以捷闻，益发中国兵讨之，前后死者几二十万人，无敢言者。'（按事在六月）《旧唐书》云：'李宓率兵击（云南）蛮于西洱河，粮尽军旋，马足陷桥，为阁罗凤所擒。'（按事在十三载六月，见《玄宗纪下》）《新唐书》也说：'宓败死于西洱河。'（按事在十三载六月，见《玄宗纪》）可见史书上所载李宓这场战事，实和高适这诗所说完全不同。洪迈《容斋随笔》卷四《李宓伐南诏》条，引高适这诗说：'虽诗人之言未必皆实，然当时之人所赋，其事不应虚言，则宓盖归至长安，未尝败死，其年又非十三载也。味诗中掘鼠、餐僮之语，则知粮尽危急，诗非胜归甚明。'我想：李宓大概是从云南逃归而又掩败为胜的，当时杨国忠当权，别人不敢说破；高适这诗很可能就是为他圆谎而作。若真如此，更可见高适的人品了！"① 按，洪迈认定李宓伐南诏仅只一次，故将史书所载天宝十三载六月李宓伐南诏事，与高适诗中所叙十一载李宓伐南诏事合而为一；由于高诗是"当时之人所赋"，"不应虚言"，所以洪迈认为李宓伐南诏事应在十一载，而非十三载；又据高诗中掘田鼠、餐樊僮之语，认定此战李宓既非败死，亦非如高诗所说的胜归，而是逃归。夏承焘先生接受洪说，又进一步加以发挥，认为高适这诗很可能是为杨国忠圆谎而作，高适其人人品低下。实际上这种看法，是建立在对史料的不完全掌握与误解的基础上的，并不可信。试将《通鉴》所载与高诗所叙李宓征南诏事作一番比较：第一，战争发生的时间不同，一在十三载，一在十一载；第二，进军路线不同，一自剑南节度辖区出发，由北向南推进，一"涉海自交趾击之"，即从岭南涉海至交趾（今越南北部），而后由南向北进击；第三，所用兵力不同，一"将兵七万"，一以小股部队（涉海的部队不可能多达数万）出奇兵突袭；第四，战争的结果不同，一大败被擒，一获胜而归。所以不能将这两次征南诏的战争混而为一。再从当时唐与南诏的关系来考

---

① 夏承焘：《月轮山词论集》，中华书局，1979，第191~193页。

察，《通鉴》卷二一六："（天宝十载）四月，壬午，剑南节度使鲜于仲通讨南诏蛮……进军至西洱河（洱海），与阁罗凤战，军大败，士卒死者六万人，仲通仅以身免。……阁罗凤敛战尸，筑为京观，遂北臣于吐蕃。"[①] 自南诏臣于吐蕃后，唐与南诏即处于战争状态。《通鉴》天宝十一载六月："杨国忠奏吐蕃兵六十万救南诏，剑南兵击破之于云南（治所在今云南祥云东南），克故隰州三城。"[②] 所谓吐蕃兵救南诏，盖指南诏臣服吐蕃后，唐讨南诏，吐蕃出兵救之（六十万乃夸大之词）。《通鉴》同年十月载："南诏数寇边，蜀人请杨国忠赴镇（时杨国忠在长安，遥领剑南节度使）。"以上史料说明，当时唐与南诏的战争不断，天宝十一载李宓之伐南诏，就是那时多次战争中的一次，可能因为这次战争规模不大，故史书中失载，但高适为当时诗人，对这次战争有所记叙，说明它确实存在。储光羲《同诸公送李云南伐蛮》云："昆明滨滇池，蠢尔敢逆常。……冢宰统元戎，太守齿军行。囊括千万里，矢谟在庙堂。耀耀金虎符，一息到炎荒。搜兵自交趾，茇舍出泸阳。"[③] 李云南即"前云南太守李宓"，诗中亦叙及唐军自交趾进兵事，当作于天宝十一载李宓自长安出师时（天宝十一载光羲正在长安，说见前），而高诗则作于天宝十二载四月李宓入京献捷时。综上所述，可知夏文关于高诗很可能是为杨国忠圆谎而作的说法，是根本站不住脚的。这是一个资料掌握未全即遽下结论从而致误的例子。

又，王维有《辋川集》，其序曰："余别业在辋川山谷，其游止有孟城坳、华子冈、文杏馆、斤竹岭……等，与裴迪闲暇各赋绝句云尔。"[④] 又有《辋川别业》《别辋川别业》《积雨辋川庄作》等诗。又维《请施庄为寺表》曰："臣亡母故博陵县君崔氏，师事大照禅师三十余岁，褐衣蔬食，持戒安禅，乐住山林，志求寂静，臣遂于蓝田县营山居一

---

① 《资治通鉴》卷二一六，第6906~6907页
② 《资治通鉴》卷二一六，第6912~6913页。
③ 《全唐诗》卷一三八，第1398~1399页。
④ 《王维集校注》卷五，第453页。

所。……伏乞施此庄为一小寺，兼望抽诸寺名行僧七人，精勤禅诵，斋戒住持。"①关于辋川别业与蓝田山居是否为同一个地方，王辉斌说："事实上，王维天宝九载在其母卒后上表所'施'之'庄'，非为宋之问的蓝田别墅，而是其于蓝田所自营的一处别业。《王右丞集笺注》卷十七《请施庄为寺表》一文有云……其中的'遂于蓝田县营山居一所'云云，说得极清楚，二者岂可相混？"②又说："王维在终南山应有两处庄园，一为其自营之山庄，一为所得宋之问蓝田别墅，前者为其母奉佛所居，后被施为佛寺；后者乃王维自居，其与裴迪'浮舟往来，弹琴赋诗，啸咏终日'者，当为其处。"③按，此说错误明显。《旧唐书·王维传》说："得宋之问蓝田别墅，在辋口，辋水周于舍下……与道友裴迪浮舟往来，弹琴赋诗，啸咏终日。尝聚其田园所为诗，号《辋川集》。"知王维所得宋之问蓝田别墅，即其《辋川集》（包括裴迪的同咏）和其他辋川诗中所写的辋川别业。那么，王维为其母奉佛所营之蓝田山居，又在何处？宋宋敏求《长安志》卷一六："清源寺，在（蓝田）县南辋谷内，唐王维母奉佛山居，营草堂精舍，维表乞施为寺焉。"知蓝田山居在辋谷（在蓝田县南二十里，见《长安志》）内，与辋川别业所在的"辋川山谷"是一个地方。又唐耿沣《题清源寺》："孟城今寂寞，辋水自纡余。"诗题下自注："即王右丞故宅。"知所谓"王右丞故宅"，即辋川别业、辋川庄（据耿诗"孟城"二句可知），也即清源寺、蓝田山居。又唐李肇《唐国史补》卷上："王维……得宋之问辋川别业，山水胜绝，今清源寺是也。"宋陈振孙《直斋书录解题》卷一六："辋川在蓝田县西南二十里，本宋之问别圃。维后表为清源寺，终墓其西。"则宋之问蓝田别墅即王维辋川别业，也即清源寺、蓝田山居。《新唐书·王维传》："别墅在辋川，地奇胜，有华子冈……与裴迪游其中，赋诗相

---

① 《王维集校注》卷一一，第1197~1200页。
② 王辉斌：《唐代诗人探赜》，第77页。
③ 王辉斌：《王维若干事迹考辨》，《南京师范大学文学院学报》2007年第2期。

酬为乐。……母亡，表辋川第为寺，终葬其西。"被王维表为清源寺的
"辋川第"，显然就是王维诗中的辋川别业，也即《旧唐书·王维传》中
所说的"宋之问蓝田别墅"。白居易元和十年贬江州，长庆二年赴杭州，
都走辋谷的通道，并两次寄宿于谷中的清源寺，其《宿清源寺》诗云：
"往谪浔阳去，夜宿辋溪曲。今为钱塘行，重经兹寺宿。"清源寺为王
维故宅，在王维《辋川图》（明刻石本，现藏蓝田县文物管理所）上称
"辋口庄"（宋秦观所见《辋川图》亦有辋口庄，非明刻石本所杜撰）。
其地在辋谷南口，濒临辋水，正与《旧唐书·王维传》所说辋川别业
"在辋口，辋水周于舍下"的记载相合，所以辋口庄当即王维诗中之辋
川庄，也即王维所施为寺之"庄"。《新唐书·王维传》及《直斋书录
解题》皆称王维墓及其母之坟塔，在清源寺西。据蓝田县文管所的同志
介绍，清源寺（宋代改名鹿苑寺，于乾隆四十八年重建，见冯敏昌《重
修蓝田辋川鹿苑寺并王右丞祠碑》）旧址及王维墓及母坟塔，60 年代尚
存，后有单位在此修工厂，方遭破坏。对此，1994 年版《蓝田县志》
有详细介绍，可参阅。辋川别业在蓝田县南辋谷内，辋谷是一条长二十
多华里的狭长山谷，成西北—东南走向，其东西两侧皆连绵群山，故辋
川别业又可称蓝田山居。宋之问《蓝田山庄》"辋川朝伐木，蓝水暮浇
田"也称自己在辋川的别业为蓝田山庄，可证。王辉斌拘执于蓝田山居
与辋川别业的字面之异，既不查考唐宋人的记载及其他有关资料，也不
作实地考察，就断定蓝田山居与辋川别业是两个地方，未免有点武断。
这是资料掌握未全而遽下结论的一个比较典型的例子。

第七节　唐代诗歌的编年

关于为什么要为唐代的诗歌作编年，本章开头已经论述过，这里不
再重复。

生平事迹考证与诗文编年的关系，是极其密切的。诗文编年须以生

平事迹考证为基础,如果一个诗人的生平事迹已考证清楚,那么他的不少诗歌,也就可以编年了。例如,如果我们考证出诗人岑参在安西幕府任职的时间,则他的那些叙及安西地名和安西幕府人员、写了安西风光以及其他有理由认定作于安西的诗歌,就都可以编年了。反过来,弄清某诗的编年,又可帮助我们考知作者的某一生平事迹。如本章第三节第一点我们介绍过,储光羲有《大酺得长字韵时任安宜尉》诗,我们首先考证出此诗应作于开元十八年,进一步也就获知了储光羲任安宜县尉的时间。考证某诗人的生平事迹,往往首先要从弄清其诗文作年方面着手。

进行唐代诗歌编年的方法,与生平事迹考证的方法没有什么不同。也就是说,进行诗歌编年,无非是:将诗人的诗歌与有关的各类传记资料作比对,找出其关联点,并以此为线索考证诗歌的作年;查考诗中涉及的史实、人物、地名、典章制度等,从中寻找编年的依据;将诗人的某诗歌与诗人的其他诗文互证,以及与他人的相互唱和、赠答诗文互证,从中寻找编年的线索和进行考证;等等。总之,前面几节谈过的生平事迹考证的方法,在进行诗歌编年时都适用,所以关于这个问题,这里就不准备多说了。

下面谈谈从唐人编选的唐诗选本中,寻找诗歌编年的线索。今存唐人编选的唐诗选本有十多种,其中的《翰林学士集》(见《唐人选唐诗新编》),共收太宗时君臣唱和诗五十一首,各诗作者的姓名之上都署有官衔,据各诗诗题与所署官衔可以考知,其写作时间大抵在贞观九年(635)至二十二年(648)之间。又,崔融编《珠英集》(又称《珠英学士集》)残卷(亦见《新编》),共存作者十三人,诗五十五首。《珠英集》是武则天朝参预纂修《三教珠英》的学士们的诗歌选集,《三教珠英》始修于圣历二年(699),完成于长安元年(701)十一月,同年十二月,崔融编成《珠英学士集》五卷[①],则集中今存的诗歌,皆当

---

① 参见彭庆生《初唐诗歌系年考》,第169~271页。

作于长安元年以前。还有，殷璠编《河岳英灵集》，选录王维等二十四个盛唐诗人的作品，"诗二百三十四首，分为上下卷，起甲寅（开元二年），终癸巳（天宝十二载）"。（《英灵集》叙）则见于此集的诗歌，都有一个大致的写作年代。芮挺章编《国秀集》，入选作者"凡九十人，诗二百三十首"，选诗的起讫年代为"自开元以来，维天宝三载"（《国秀集》序），则入选的诗歌，皆当作于天宝三载以前。元结编《箧中集》，收录其友人沈千运等七人的诗歌凡二十四首，集子编成于乾元三年（760），则入集的诗歌，皆当作于乾元三年以前。令狐楚编《御览诗》，入选诗人三十人，诗二百八十九首，书约撰进于元和九年至十二年（814~817），所收诗歌大多作于大历至贞元年间。高仲武编《中兴间气集》，入选诗人凡二十六人，诗总一百三十四首，"起自至德元首（756），终于大历十四年己未（779）"（《中兴间气集》序），则入集的诗歌，也有一个大致的写作年代。

接下谈唐人的有些别集，也能为我们提供一些诗歌编年的线索。唐诗人的别集，初、盛唐时代，多为诗人卒后，由其友人或亲属编集；中唐以后，有卒后由他人编集的，也有诗人生前自编的。大体说来，初、盛唐诗人的别集，多按文体编排，也有兼用分体与按内容分类编排的，它们留下的诗歌编年的痕迹很少。中唐以后诗人的别集，编排方法同于初、盛唐诗人的别集，不管是自编的还是由他人编集的，往往留下一些诗歌编年的痕迹，可供我们为唐人的诗文集编年时参用。例如，白居易生前曾多次编集自己的诗文，他临终的前一年（会昌五年，845），作《白氏集后记》云："白氏前著《长庆集》五十卷，元微之为序；后集二十卷，自为序；续后集五卷，自为记。"这一前后共七十五卷的《白氏长庆集》，绝大部分完整地保存了下来。今存最早的白集刊本为宋绍兴刻本，凡七十一卷，诗文分编，前三十七卷诗，后三十四卷文，编次已与白氏自编本不同，但诗分讽喻、闲适、感伤、杂律四类，则保存了自编本的原来面貌。白集中，同卷之内的诗作，大多按写作时间的先后编排，如卷五闲适一《招王质夫》题下注："自此后诗为盩厔尉时作。"卷六闲适二《遣怀》题下注："自此后诗在渭村作。"卷八闲适四《初领郡政衙退登东楼作》题下注："自此后诗到杭州后作。"还有，卷二六律诗共一百首的编次，亦大抵以写作时间的先后为序（参见本章第五节）。

又如，元稹曾三次自编诗文集，今传的明弘治元年杨循吉影宋抄本六十卷（1959 年文学古籍刊行社影印出版），虽已非元稹原编本之旧，却仍保存了若干编年的面貌。如此本卷六古体诗《寄吴士矩端公五十韵》题下注："此后并江陵士曹时作。"卷一〇律诗《酬翰林白学士代书一百韵》题下注："此后江陵时作。"卷一七律诗《使东川》题下注："此后并御史时诗。"再如，柳宗元的诗文集，最初由刘禹锡编成，虽然今存的宋蜀刻《新刊增广百家详补注唐柳先生文集》四十五卷，已非刘本之旧，然其卷四十二、四十三古今诗，却保存了不少柳诗编年的原貌，如卷四十三绝大多数诗皆作于永州，而卷四十二除少数诗篇外，皆召还京师与再贬柳州后所作。又，韦应物的诗文集，原为何人所编，现已弄不清楚，今存的南宋刻书棚本《韦苏州集》十卷，已经宋人改编，分十四类编次，但一类之内，仍略存原集编年的次第，如卷一燕集类，除最后两诗外，其余各诗皆以写作时间的先后为序；卷二寄赠类上、卷三寄赠类下，除少数诗例外，其余各诗亦皆以写作时间的先后为序。总的说来，我们通过对上述这类诗文集编次的仔细观察、研究，寻其轨迹，找出规律，是可以从中获得诗歌编年的线索的。

此外，唐人还有若干自编的诗文选集，也可给我们提供一些诗文编年的线索。如皮日休《文薮序》曰："咸通丙戌（七年，866）中，日休射策不上第，退归州东别墅，编次其文，复将贡于有司。发箧丛萃，繁如薮泽，因名其书曰《文薮》焉。"[①] 按，据此《序》，知《皮子文薮》十卷（今存），乃咸通七年作者为纳省卷之用而自编选的集子，考日休咸

---

① 皮日休：《文薮序》，见皮日休著，萧涤非等整理《皮子文薮》，上海古籍出版社，1981，第 2 页。

通八年登第（见《登科记考》卷二三），则集中之诗文，皆当作于咸通七年以前；然集中之《河桥赋》序曰："咸通癸巳岁（十四年），日休游河桥……著《河桥赋》。"疑癸巳为癸未（咸通四年）之误，也可能《文薮》中，曾杂入日休登第后的作品。又如唐许浑《乌丝栏诗自序》云："大中三年（849）守监察御史，抱疾不任朝谒，坚乞东归。明年少闲，端居多暇，因编集新旧五百篇，置于几案……时庚午（850）岁三月十九日，于丁卯涧村舍，手写此本。"《乌丝栏诗》编成于大中四年，距许浑辞世尚有十年，所收许诗自然不全，但许浑手书的《乌丝栏诗》今有残卷留存（即《唐许浑乌丝栏诗真迹》，见南宋岳珂编《宝真斋法书赞》卷六），存真迹一百七十一首，则今存许浑诗凡见于《真迹》者，皆当作于大中四年以前，这就可为许诗的编年提供一些依据。

宋人编辑的唐诗人别集，也有采用编年的方式编排的。最突出的就是杜甫的集子，《旧唐书》本传说："甫有集六十卷。"这个六十卷本杜集在唐代未见流传，当时流传较广的是樊晃编的《杜工部小集》六卷，收杜诗仅二百九十篇。到了宋代，搜辑杜诗、编纂杜集成为一时风尚，各种新编的杜集相继出现。如黄伯思编的《校定杜工部集》，编年编排，为杜集编年之始，可惜这个本子没有流传下来。赵次公撰《新定杜工部古诗近体诗先后并解》，为今存最早的杜集不分体编年注本；此本为明抄残帙，后经林继中辑补，成《杜诗赵次公先后解辑校》，1994年由上海古籍出版社出版。宋代的杜集编年注本，尚有《王状元集百家注编年杜陵诗史》、蔡梦弼《杜工部草堂诗笺》等。以上这些本子，为杜诗的编年奠定了基础。

第二章　唐诗的辑佚和辨伪

第一节　唐诗辑佚的方法和所据的资料

由于各种原因，如战乱、水火之灾、历时久远、没有刻本等，唐人的诗歌在流传过程中，出现了亡佚的情况。有整书亡佚者，如中唐诗人元宗简，白居易编辑其诗文集三十卷，并为之作序，盛赞其诗文"轴轴金玉声"（《故京兆元少尹文集序》），然至今已全部亡佚。有部分亡佚者，如盛唐诗人苑咸，《新唐书·艺文志四》说："《苑咸集》，卷亡"，今存苑咸诗只剩两首。可以说，唐代几乎所有的诗人，包括最著名的诗人，其诗歌都存在亡佚的情况，只是有的亡佚得多，有的亡佚得少而已。唐诗的辑佚，就是要从今存的有关文献中，钩稽、辑录出唐诗人已亡佚的诗歌，补入各自的集子里。这项工作，始于宋人。宋人为唐诗人编刊集子，一般除了找到一个较好的本子作底本外，还要参考别的能够找到的本子和有关的资料，辑补入底本所无的作品。如王维集今存最早的刻本，为北宋蜀刻本《王摩诘文集》，其后南宋麻沙本《王右丞文集》，即源于蜀刻本，但编刊时，又辑补了七首王维诗·（参见拙作《王维集校注》修订本附录《王维集版本考》）。

清代康熙四十六年刊印的《全唐诗》，以明胡震亨《唐音统签》和清初季振宜《唐诗》为底本，再加校补而成。《全唐诗凡例》说："集外逸诗，或见于他书，或传之石刻，应旁加搜采，次第补入，以成全书。"

说明《全唐诗》编纂时，也做过辑佚工作，但由于仓促成书，辑补远未全备。自《全唐诗》编成后，人们辑补唐人佚诗的工作，大多就以《全唐诗》为基础来进行。最早从事《全唐诗》辑补工作的是日本学者市河世宁（上毛河世宁），他利用日本文献《千载佳句》等，于天明八年（清乾隆五十三年）纂辑成《全唐诗逸》三卷。自 20 世纪 60 年代至 80 年代，先后有王重民《补全唐诗》《敦煌唐人诗集残卷》，孙望《全唐诗补逸》二十卷，童养年《全唐诗续补遗》二十一卷出版（中华书局将上述几种辑佚著作合为《全唐诗外编》一书，于 1982 年出版），辑出的佚诗数量大增。由于陆续发现孙、童二书存在若干误辑的情况，中华书局于是约请陈尚君对这两本书进行校订和纠误，并将经修订后的这两本书，加上陈尚君自作的《全唐诗续拾》（下文简称《续拾》）六十卷，与经刘修业整理的王重民《〈补全唐诗〉拾遗》（其中包括《敦煌唐人诗集残卷》），合为《全唐诗补编》（下文简称《补编》）一书，于 1992 年再行出版。上述学者，都在辑补唐人佚诗的工作上作出了贡献，尤其是《续拾》一书，涉猎的资料极其广泛，收获甚丰，贡献更大。《补编》出版以来，仍有不少有关唐诗辑佚的文章，不断在各种报纸杂志上发表，说明唐代还有不少佚诗，有待于我们继续加以发掘。

唐诗辑佚的基本方法和工作步骤，主要有以下几项。

第一，确定辑佚所据的资料并进行查考。原则上说，今存之书，皆可作为辑佚的资料，但我国今存的典籍极为丰富，所以我们需要先确定一些主要的辑佚目标，先由此入手查考，再逐步扩大范围，这样做更有利于整个辑佚工作的进行。至于辑佚所据的具体资料，等下面再专门说明。搜辑唐代佚诗，大致有两种做法，一种是先有针对性地确定若干辑佚书目，然后逐一进行查考；另一种是本无意于辑佚，但在阅读、浏览中，发现了佚诗的某些线索，而后再作进一步的查考。对于搜辑佚诗来说，两种做法都是有效的。这一项是搜辑佚诗工作的第一步。

第二，对前一步查考出的疑似唐代佚诗进行考证，辨其真伪与归属。查考出的疑似唐代佚诗大抵有三种情况。第一种情况是，其作者已见于《全唐诗》。那么首先就要查一下此一疑似佚诗是否已见于《全唐诗》中该作者的集子，或其他作者的集子（即作者是否互见，如互见，应尽可能辨明归属），如果均未见，则此诗是佚诗的可能性就大增；接下还要查一下此诗是否见于先唐人或宋及宋以后人的诗中，如果皆未见，则此诗便可以确定为真佚诗了。第二种情况是，其作者未见于《全唐诗》。那么首先就必须对作者的生平事迹进行考察，以确定他是否真是唐人，如果真是唐人，就要进一步查一下其诗是否已见于《全唐诗》中其他作者的集子（如果已见于其他作者的集子，须辨明归属），以及是否见于先唐人或宋及宋以后人的诗中，如果皆未见，则此诗便也可以确定为真佚诗了。第三种情况是，其作者为世次无考者，或无名氏。那么首先就必须对这一"佚诗"的所出之书作考察，弄清它的可靠性，还要考察一下这一所出之书对"佚诗"的时代是如何记述的，如"佚诗"所出之书为唐宋典籍，或出土文字、敦煌遗书，一般说来，可靠性就较高。如果认为这一"佚诗"还比较可靠，那就要接着查一下它是否已见于《全唐诗》，以及是否见于先唐人或宋及宋以后人的诗中，如果皆未见，则此诗也就可以当作佚诗来处理了。这一项是搜辑佚诗工作的最为关键和繁难的部分。在没有电子检索文本存在的情况下，这项工作不但繁难，还很容易出错。

第三，收尾工作。譬如，追寻查实之佚诗的最早出处；如果佚诗有多个出处，应尽可能将其查出，并作比勘，纠正误字，写成最接近原貌的定本；对佚诗的完缺作辨析，并加注说明，如佚诗是多个断片，应考察它们之间的关系（是否为同一首诗），并研究有无缀合的可能；最后，佚诗应详注出处（包括书名、作者、卷数、篇名等，如有必要，还应注所用版本）。

在搜辑唐代佚诗时，还涉及一个问题应该明确，即诗与非诗的界限。清编《全唐诗凡例》说："《唐音统签》有道家章咒、释氏偈颂二十八卷，（季振宜）《全唐诗》所无，本非歌诗之流，删。"可见《全唐诗》不收释氏偈颂，而《续拾》则"收入了较多数量的偈颂"（《续拾·前言》），唐代的释氏偈颂，虽确有诗律化倾向，但也有些偈颂只是用诗歌形式来宣传佛教思想，并没有多少文学意味，所以我个人认为，新编全唐诗收录偈颂的标准，宜从严掌握。又，《续拾·前言》说："本书还收录了一些天文、医药、农牧、艺术方面的歌诀，这些作品文学价值虽不高，但作为社会实用的诗歌，对研究者还是有用的。"此类方术医农等歌诀（包括道教炼丹口诀），大都只是利用诗歌的形式来宣讲某些专业的知识，缺少诗歌之所以成为诗歌的特质，如果认为它们对研究者有用，可另外编成专门的歌诀集子，似不必收入全唐诗中。我担心这类诗歌与偈颂收多了，会使新编全唐诗显得庞杂。我的意见不一定可行，姑且提出来供进一步讨论。

唐诗辑佚所据的资料，主要有以下几类。

第一，总集别集类。指传统四部分类法中的总集别集。总集如宋李昉等编《文苑英华》，姚铉编《唐文粹》，郭茂倩编《乐府诗集》，洪迈编《唐人万首绝句》，孔延之编《会稽掇英总集》，蒲积中编《古今岁时杂咏》，明张之象编《唐诗类苑》，佚名编《诗渊》（残存稿本）等；唐诗选本（传统四部分类法中将其列入总集类）如上海古籍出版社编《唐人选唐诗》十种，傅璇琮编《唐人选唐诗新编》，宋王安石编《唐百家诗选》，周弼编《唐三体诗》，金元好问编《唐诗鼓吹》，元杨士弘编《唐音》，方回编《瀛奎律髓》，明高棅编《唐诗品汇》等，都是唐诗辑佚需用的重要资料。例如，《文苑英华》卷二〇五录颜曹《古意》一首，细玩《英华》之编次，颜应为初唐人，然其人其诗，《全唐诗》中皆无，陈尚君《续拾》卷七因据以作为佚诗辑录[1]。又如，《续拾》卷八，据《诗渊》辑得宋之问佚诗十六首，皆不见于《全唐诗》宋之问卷。[2]

---

[1]　陈尚君辑校《全唐诗补编》，中华书局，1992，第740页。
[2]　陈尚君辑校《全唐诗补编》，第762~765页

再如，孙望《全唐诗补逸》卷七，据韦庄《又玄集》(《唐人选唐诗》中的一种）卷中，辑得李绅不见于《全唐诗》的佚诗一首。①

据别集辑录唐人佚诗，主要有两种情况。一种是据新出现的唐人诗文集足本辑补佚诗。如王绩的诗文集，最初由吕才编成《王无功文集》五卷，到中唐时，陆淳将其删削成《东皋子集略》三卷，两种版本同时流传；但自元代以后，五卷本罕见著录，它是否存世，已成疑案，三十多年前，人们发现五卷本尚有三种清抄本存世，因据以辑补王绩佚诗六十七首（《全唐诗》王绩集所用底本为三卷本）。②又如，《全唐诗》收张祜诗只有两卷，孙望《补逸》卷八至卷十一，据南宋蜀刻本《张承吉文集》十卷，辑得张祜佚诗四卷。③另一种是据与《全唐诗》所用底本不同的唐人集别本辑补佚诗。例如，文化艺术出版社2001年版《增订注释全唐诗》卷三九，据《广东丛书》本《曲江集》卷三、四部备要本《曲江集》卷三等，辑得张九龄佚诗二首《答王维》与《照镜见白发联句》。④

第二，集部诗文评类。这类书中，在辑补唐人佚诗上较有价值的有：唐张为撰《诗人主客图》，宋计有功撰集《唐诗纪事》，托名陈应行编《吟窗杂录》，阮阅编《诗话总龟》，葛立方编《韵语阳秋》，胡仔编《苕溪渔隐丛话》，魏庆之编《诗人玉屑》，何溪汶编《竹庄诗话》，蔡正孙编《诗林广记》等。例如，高适《赠任华》，《全唐诗》及今存高适集诸本皆不载，今人整理高适诗，即据《唐诗纪事》卷二二，将其辑补入集。又如，陈尚君《续拾》卷二五，据《诗话总龟》卷二七，辑得元稹七绝佚诗二首。⑤

第三，笔记、小说类。关于唐宋笔记、小说，本书第一章第一节已

---

① 陈尚君辑校《全唐诗补编》，第172页。
② 见韩理洲《王无功文集·前言》，载王绩撰，韩理洲校点《王无功文集》，上海古籍出版社，1987。
③ 陈尚君辑校《全唐诗补编》，第178~221页。
④ 见陈贻焮主编《增订注释全唐诗》，文化艺术出版社，2001，第333~334页。本书所引《增订注释全唐诗》均据此版，下文简称"2001年版《增订注释全唐诗》"。
⑤ 陈尚君辑校《全唐诗补编》，第1033页。

经作了一些介绍。这类书中，在辑补唐人佚诗上较有价值的有：唐张鷟撰《朝野佥载》，刘𫐉撰《隋唐嘉话》，封演撰《封氏闻见记》，刘肃撰《大唐新语》，段成式撰《酉阳杂俎》，范摅撰《云溪友议》，五代王定保撰《唐摭言》，何光远撰《鉴诫录》，孙光远撰《北梦琐言》，宋李昉等编《太平广记》，钱易撰《南部新书》，释文莹撰《玉壶清话》，王谠撰《唐语林》，曾慥编《类说》，吴曾撰《能改斋漫录》，姚宽撰《西溪丛语》等。例如，童养年《全唐诗续补遗》卷九，据《鉴诫录》卷九，辑得李山甫七古佚诗一首。[1] 又如，《续拾》卷一八，据《能改斋漫录》卷一一，辑得韦应物五绝佚诗一首。[2]

第四，子部类书类。如唐欧阳询编《艺文类聚》，徐坚编《初学记》，宋李昉等编《太平御览》，王钦若等编《册府元龟》，祝穆编《事文类聚》，潘自牧编《记纂渊海》，王应麟编《玉海》，明官修《永乐大典》，清官修《古今图书集成》等，都是唐诗辑佚需用的重要资料。例如，童养年《续补遗》卷一，据《太平御览》卷五五八《礼仪部》，辑得李百药五绝佚诗一首。[3] 又如，孙望《补逸》卷一二，据《永乐大典》卷三〇〇四，辑得李商隐五律佚诗一首。[4]

第五，史部地理类。这类书籍很多，其中有全国范围的总志，如宋乐史撰《太平寰宇记》，王象之撰《舆地纪胜》，祝穆撰《方舆胜览》，明李贤等撰《明一统志》，清官修《嘉庆重修大清一统志》等；有省一级的通志，如清郝玉麟等编《广东通志》等；有府州郡志，如宋范成大撰《吴郡志》，清郑珍等撰《遵义府志》，王闿运撰《桂阳州志》等；有各地的县志，如清章学诚撰《永清县志》等；有水道、名山志，如宋陈圣俞撰《庐山记》，清徐松撰《西域水道记》等；有名胜古迹志，如明曹学佺撰《蜀中名胜记》，清毕沅撰《关中胜迹图志》等。还有乡镇志、

---

① 陈尚君辑校《全唐诗补编》，第438页。
② 陈尚君辑校《全唐诗补编》，第921页。
③ 陈尚君辑校《全唐诗补编》，第326页。
④ 陈尚君辑校《全唐诗补编》，第224页。

寺观志、祠庙志等等。总之，门类很多，数量巨大，它们都可能成为辑补唐人佚诗的有用资料。例如，童养年《续补遗》卷三，据《蜀中名胜记》卷二五，辑得严武五言排律佚诗一首。[①] 又如，《续拾》卷一一，据宋敏求《长安志》卷一五，辑得王翰七绝佚诗一首。[②]

第六，子部释道家类。释家类书籍，集中保存在佛教的《大藏经》中，一些重要的佛教典籍，如唐释道世撰《法苑珠林》，宋释赞宁撰《宋高僧传》，释普济撰《五灯会元》等，也有单刻本。道家类书籍，集中保存在《道藏》（有《正统道藏》《万历续道藏》）中，一些重要的道教典籍，如宋张君房撰《云笈七签》，元刘大彬撰《茅山志》等，也有单刻本。佛、道藏中，收录了不少僧人道士的诗歌，间或也收录一些非僧人道士的诗歌，是辑补唐人佚诗的有用资料。例如，《续拾》卷一四，据《五灯会元》卷一一《风穴延沼禅师》，辑得寒山五古佚诗一首；又据《五灯会元》卷一五《洞山晓聪禅师》，再辑得寒山五古佚诗一首。[③] 又如，《续拾》卷一一，据《历世真仙体道通鉴》卷三三，辑得张九龄七绝佚诗一首。[④]

第七，石刻文献。这里说的石刻文献，主要指墓碑、墓志，还有诗碑等，收录这类石刻文献文字的著作，明清以来有不少，如清王昶编《金石萃编》，陆耀遹编《金石续编》，陆增祥编《八琼室金石补正》等；专录某一地区石刻文献文字的著作，数量更多，如清阮元编《两浙金石志》，毕沅编《关中金石记》等；还有《全唐文》中的碑志，《唐代墓志汇编》，以及大量新出土墓志等（参见本书第一章第一节），这一些都可供我们辑补唐人佚诗之用。例如，孙望《补逸》卷三，据《金石萃编》卷六一，辑得韦元旦佚诗《五言夏日游神泉诗》一首。[⑤] 又如，王

[①] 陈尚君辑校《全唐诗补编》，第365页。
[②] 陈尚君辑校《全唐诗补编》，第812页。
[③] 陈尚君辑校《全唐诗补编》，第870页。
[④] 陈尚君辑校《全唐诗补编》，第818页。
[⑤] 陈尚君辑校《全唐诗补编》，第117~118页。

维《魏郡太守河北采访处置使上党苗公德政碑》云："尝奉和圣制《雨中春望诗》云：'雨后山川光正发，云端花柳意无穷。' 又奉和行幸诗云：'接仗风云动，迎军鸟兽舞。'"（《王维集校注》卷一〇、《全唐文》卷三二六）据此碑，可辑得苗晋卿佚诗两联。

第八，敦煌遗书。敦煌遗书为唐代佚诗之渊薮，今人已从中辑出不少唐代佚诗，以后或许还有进一步发掘的余地。例如，《全唐诗》无王梵志诗，今人从敦煌遗书中辑得王梵志诗共三百九十首；前面介绍过的王重民的两种唐诗辑佚著作中的佚诗，皆自敦煌遗书中辑得；孙钦善《高适集校注》，自敦煌遗书中辑得高适佚诗六首。又如，《续拾》卷五四"无世次下"，据敦煌写本伯三六一九，辑得萧沼缺题七律佚诗一首。① 按，《全唐诗》无萧沼诗，岑参有《天山雪歌送萧沼还京》诗（"沼"原作"治"，系形近而误，据《唐诗纪事》卷二三所引改），作于在北庭幕府任职期间，查萧沼此诗也是边塞之作，则他当是天宝末年岑参在北庭幕府任职时的同僚。

第九，域外汉籍。域外汉籍是指流传于国外的我国古代典籍，以及外国人用汉文写成的书籍。此类书中，在辑补唐代佚诗上较有价值的有：日本藏唐写本《翰林学士集》，日本文化厅藏唐写本《新撰类林抄》，日本藏唐抄本《唐诗卷》《杂抄》，大江维时编《千载佳句》，藤原公任编《和汉朗咏集》，日僧空海撰《文镜秘府论》等，另有韩国崔致远著《桂苑笔耕集》，徐居正等编《东文选》等。例如，孙望《补逸》卷一九，据《桂苑笔耕集》，辑得崔致远（新罗人）在唐时所作诗歌六十首。② 又如，《续拾》卷一五，据《新撰类林抄》卷四，辑得皇甫冉五律、七绝佚诗各一首。③ 总的说来，可供辑补唐代佚诗之用的域外汉籍，还有待于进一步发掘。

---

① 陈尚君辑校《全唐诗补编》，第 1593 页。
② 陈尚君辑校《全唐诗补编》，第 307~316 页。
③ 陈尚君辑校《全唐诗补编》，第 880 页。

第二节　唐诗辑佚应注意的问题和易犯的错误

唐诗辑佚应注意的问题和易犯的错误，大致有下面几条。

第一，应尽力避免漏辑。《全唐诗》由于仓促成书，漏辑甚多，现在我们做《全唐诗》的辑补佚诗工作，自当尽量求"全"。具体说来，就是在翻查某部可供唐诗辑佚之用的书籍时，不要漏过任何可能存在佚诗的地方，在没有电子检索文本存在的情况下，要做到这点很难，现在已有了《全唐诗》的电子检索文本，不妨先对所有疑似佚诗的诗句，用电脑进行检索，以确定它是否已见于《全唐诗》，如果不见于《全唐诗》，就当抓住不放，作进一步的查考，只要不怕麻烦，勤于检索，可能存在佚诗的地方，应该就不会被漏掉。另外，还要扩大翻查范围，多翻阅一些可能提供佚诗的书籍，尽量不要漏掉哪怕只有一本的这种书籍。

第二，应避免误辑非佚诗。所谓误辑非佚诗，是指所辑佚诗，已见于《全唐诗》本人卷中或他人卷中，并非真佚诗。已见于《全唐诗》本人卷中的"佚诗"，如童养年《续补遗》卷一，沈佺期《句》："静夜思鸿宝，清晨朝凤京。"录自《艺林伐山》卷一一。[①] 按，沈佺期《同工部李侍郎适访司马子微》云："紫微降天仙，丹地投云藻。上言华顶事，中问长生道。华顶居最高，大壑朝阳早。长生术何妙，童颜后天老。清晨朝凤京，静夜思鸿宝……。"（《全唐诗》卷九五）则《句》已见于沈佺期本人诗中，非佚句。又如，《续补遗》卷三，王维《赠张諲》："屏风误点惑孙郎，团扇草书轻内史。"录自《唐才子传》卷二、《唐诗纪事》卷二〇。[②] 按，王维《故人张諲工诗善易卜兼能丹青草隶顷以诗见赠聊获酬之》云："不逐城东游侠儿，隐囊纱帽坐弹棋。……屏风误点惑孙郎，团扇草书轻内史。故园高枕度三春，永日垂帷绝四邻……。"（《全唐诗》卷一二五）知《赠张諲》已见于王维诗中，非佚句。再如，《续

---

① 陈尚君辑校《全唐诗补编》，第338页。
② 陈尚君辑校《全唐诗补编》，第374页。

补遗》卷一一，蕙兰《怨李亿》："易求无价宝，难买有情郎。""蕙兰消歇归春圃，杨柳东西绊客舟。"出自《诗话总龟》卷四二"怨嗟门"引《南部新书》。①陈尚君《〈全唐诗续补遗〉删去诸诗的说明》说："蕙兰，即鱼玄机。……所补二联《全唐诗》卷八〇四已收。"②按，鱼玄机《赠邻女》云："羞日遮罗袖，愁春懒起妆。易求无价宝，难得有心郎……。"《寄子安》云："醉别千厄不浣愁，离肠百结解无由。蕙兰销歇归春圃，杨柳东西绊客舟……。"则《怨李亿》已见于鱼玄机诗中，非佚句。这类已见于《全唐诗》本人卷中的"佚诗"，多为断句，往往无题或题与原题异，所以不易查到，从而造成了以非佚诗为佚诗的错误。

已见于《全唐诗》他人卷中的"佚诗"，在不存在电子检索文本的情况下，更难于查到，所以这类辑佚者所辑的"佚诗"，较之上述已见于本人卷中的"佚诗"，数量要大得多，情况也较为复杂。有整首诗见于《全唐诗》他人卷中的"佚诗"，如孙望《补逸》卷五，岑参《送萧李二郎中兼中丞充京西京北覆粮使》："霜简映金章，相辉同舍郎。天威巡虎落，星使出鸾行。樽俎□金策，京坻阅见粮。归来虏尘灭，画地奏明光。"注谓"士礼居抄本《岑嘉州集》有此诗"。③按，此诗载于《全唐诗》卷三五七刘禹锡卷中，题作《送工部萧郎中刑部李郎中并以本官兼中丞分命充京西京北覆粮使》，又见于《刘梦得文集》卷六，显系士礼居抄本误收，《补逸》据之作岑参"佚诗"辑补，误。又如，《补逸》卷六，欧阳詹《宜阳所居白蜀葵花咏简诸公》："丹丹众芳歇，亭亭虚室前。敷荣时已背，幽赏地宜偏。红艳世方重，素花徒可怜。何当君子顾，知不竞暄妍。"录自《分门纂类唐歌诗》残本第五册《草木虫鱼类》卷四。④按，此诗见于《全唐诗》卷三一六武元衡诗中，题作《宜阳所居白蜀葵答咏柬诸公》，"丹丹""暄妍"，《全唐诗》分别作"冉冉""喧

---

① 陈尚君辑校《全唐诗补编》，第 515 页。
② 陈尚君辑校《全唐诗补编》，第 612 页。
③ 陈尚君辑校《全唐诗补编》，第 111 页。
④ 陈尚君辑校《全唐诗补编》，第 118 页。

妍"，皆是；此诗又见于席刻本《武元衡诗集》卷上，明非欧阳詹佚诗（参见陈尚君《〈全唐诗补逸〉中删去诸诗的说明》）。再如，《续补遗》卷三，崔国辅《侠客行》："玉剑膝前横，金杯马上倾。朝游茂陵道，夜宿凤凰城。豪侠多猜忌，无劳问姓名。"出自《文苑英华》卷一九五。[①]按，此诗见于《全唐诗》卷一四五李嶷诗中，题作《少年行三首》之三，《河岳英灵集》卷下同，《国秀集》卷中则作李嶷《游侠》一首，亦显非崔国辅佚诗（参见陈尚君《〈全唐诗续补遗〉删去诸诗的说明》）。又，有断句已见于《全唐诗》他人卷中之"佚句"，如《续补遗》卷一，张九龄《岘山汉水》："岘山思驻马，汉水忆回舟。丹壑常如霁，青林不换秋。"录自《舆地纪胜》卷八二襄阳府。[②]按，此断句见于《全唐诗》卷一二四徐安贞诗中，题作《题襄阳图》，诗云："画得襄阳郡，依然见昔游。岘山思驻马，汉水忆回舟。丹壑常含霁，青林不换秋⋯⋯。"《唐诗纪事》卷二五录作徐安贞《画襄阳图》，文字同，则非张九龄佚句明矣（参见陈尚君《〈全唐诗续补遗〉删去诸诗的说明》）。又如，《续补遗》卷一，沈佺期《句》："五湖三亩宅，万里一归人。"出自《诗人玉屑》卷三。[③]按，此《句》见于《全唐诗》卷一二六王维《送丘为落第归江东》诗："怜君不得意，况复柳条春。为客黄金尽，还家白发新。五湖三亩宅，万里一归人⋯⋯。"显非沈佺期之佚句。再如，陈尚君《续拾》卷一六，钱起《芝草》："岂如玉殿生三秀，讵有铜池出五云。陌上尧樽倾北斗，楼前舜乐动南薰。"录自《全芳备祖后集》卷一一《芝草》。[④]按，此断句见于《全唐诗》卷一二八王维《大同殿柱产玉芝龙池上有庆云神光照殿百官共睹圣恩便赐宴乐敢书即事》诗："欲笑周文歌宴镐，遥轻汉武乐横汾。岂如玉殿生三秀，讵有铜池出五云。陌上尧樽倾北斗，楼前舜乐动南薰⋯⋯。""岂如"二句述"大同殿柱产玉芝龙池上

---

① 陈尚君辑校《全唐诗补编》，第370页。
② 陈尚君辑校《全唐诗补编》，第335页。
③ 陈尚君辑校《全唐诗补编》，第337页。
④ 陈尚君辑校《全唐诗补编》，第896页。

有庆云"，"陌上"二句写"圣恩便赐宴乐"，作钱起佚句辑录显误。以上六例误辑的原因，一是"佚诗""佚句"所出之书记载有误，二是辑佚者不知这些"佚诗""佚句"已见于《全唐诗》他人卷中，因而轻信了所出之书的错误记载。上述辑佚所据的资料，多为他书引文，而非本人集子的收录；一般说来，本人集子的收录（如《全唐诗》中唐人诗集所用的底本，多是经过挑选的较佳本子），较之他书引文，要可靠一些。

误辑非佚诗，还有另外一种情况，即所辑"佚诗"，已见于《全唐诗》他人卷中，而其作者，则事迹无考，甚至于子虚乌有。例如，《续补遗》卷一一，朱超《和于武陵夜泊湘江》："楚人歌竹枝，游子泪沾衣。异国久为客，寒宵频梦归。一封书未达，千树叶皆飞。南渡洞庭水，更应消息稀。"录自《古今图书集成·山川典·湘水部》。[1] 按，此诗即《全唐诗》卷五九五于武陵《客中》诗（唯"达"字作"返"），又影宋书棚本《于武陵诗集》、《文苑英华》卷二九四、《唐百家诗选》卷七、《唐诗纪事》卷五八亦皆作于武陵诗；《古今图书集成》所称此诗之作者朱超，"唐未闻有朱超其人"（见陈尚君《〈全唐诗续补遗〉删去诸诗的说明》），很可能是子虚乌有。

第三，应防止误辑非唐人诗。所谓误辑非唐人诗，是指将非唐人诗当作唐人佚诗辑录。有将先唐人诗当作唐人佚诗辑录者，如《补逸》卷六，张籍《赠故人马子乔六首》其一："踯躅城上羊，攀隅食玄草。俱共日月辉，昏明独何早。夕风舒野籁，飞尘被长道。亲爱难重见，怀忧坐忘老。"（其余五首从略）录自《永乐大典》卷三〇〇五，九真，人字。[2] 按，此为南朝宋鲍照诗，见徐陵《玉台新咏》卷四、《鲍参军集》卷六等，显非张籍佚诗。又如，《续补遗》卷三，吴筠《登二妃庙》："朝云乱入日，帝女湘川宿，折菡巫山下，采荇洞庭腹。故以轻薄好，千里命舻舳。何事非相思，江上葳蕤竹。"录自《古今图书集成·山川

---

① 陈尚君辑校《全唐诗补编》，第 508 页。
② 陈尚君辑校《全唐诗补编》，第 130 页。

典·湘水部》。① 按，此实为南朝梁吴均诗（见陈尚君《〈全唐诗续补遗〉删去诸诗的说明》），也非吴筠佚诗。再如，《续补遗》卷九，萧倣《冬夜对妓》："银龙衔烛烬，金凤起炉烟。"录自《诗人玉屑》卷三。② 按，此联诗出自北齐萧放《冬夜咏妓诗》："佳丽尽时年，合瞑不成眠。银龙衔烛烬，金凤起炉烟……。"见《初学记》卷一五、《文苑英华》卷二一三等，明非萧倣佚句（参见《〈全唐诗续补遗〉删去诸诗的说明》）。有将宋及宋以后人诗当作唐人佚诗辑录者，如《补逸》卷一三，罗隐《倣玉台体》其一："一寸春霏拂绮寮，蕙花江上雪初销。伤心燕子重来地，无复人吹紫玉箫。"（其二从略）录自《永乐大典》卷二六〇五，七皆，台字。③ 按，此实为宋张良臣诗，见宋陈起编《江湖小集》卷九一《张良臣雪窗小集》、陈思编《两宋名贤小集》卷三〇六《雪窗小稿》等，题皆作《玉台体》，非罗隐佚诗无疑（参见陈尚君《〈全唐诗补逸〉中删去诸诗的说明》）。又如，《续补遗》卷七，张登《醉题》："闲游灵沼送春回，关吏何须苦见猜。八十老翁无品秩，三曾身到凤池来。"出自《唐才子传》卷五。④ 按，据宋释文莹《湘山野录》卷中载，此实为北宋退傅张士逊所作（参见《唐才子传校笺》第五册《张登传》陈尚君补正），亦非唐张登佚诗。再如，《续补遗》卷一三，韩偓《刺桐花》："闻道乡人说刺桐，叶先花后始年丰。我今到此忧民切，只爱青青不爱红。"录自《舆地纪胜》卷一三〇泉州。⑤ 按，宋祝穆《方舆胜览》卷一二、陈景沂《全芳备祖前集》卷一九、明徐应秋《玉芝堂谈荟》卷三〇、彭大翼《山堂肆考》卷二〇一、清厉鹗《宋诗纪事》卷六等共七种典籍，皆谓此诗为宋丁谓作，非韩偓佚诗。⑥ 以上六例误辑的原因，

---

① 陈尚君辑校《全唐诗补编》，第 383 页。
② 陈尚君辑校《全唐诗补编》，第 481 页。
③ 陈尚君辑校《全唐诗补编》，第 224 页。
④ 陈尚君辑校《全唐诗补编》，第 433 页。
⑤ 陈尚君辑校《全唐诗补编》，第 536 页。
⑥ 参见吴在庆《韩偓疑伪诗文考辨》，载氏著《韩偓论稿》，中华书局，2017。

一是"佚诗""佚句"所出之书记载有误，二是辑佚者不知这些"佚诗""佚句"已见于非唐人诗中，因而轻信了所出之书的错误记载。

第四，应对佚诗所出之书的可靠性作考察，避免盲目信从。一般说来，佚诗所出之书，都有其正确之处，也有其错误之处，但也有一些佚诗所出之书，错误相当多，因此我们利用它们作辑佚时，务必多方查证，谨慎从事，以免以讹传讹。譬如《永乐大典》是佚诗的渊薮，但它卷帙浩繁，成于众手，编者水平参差不齐，所以错误也很多。前面提到的南朝宋鲍照诗误作张籍，宋张良臣诗误作罗隐，都是例子。又如，《补逸》卷五，王维《江上别流人》："以我越乡客，逢君谪居者。分飞黄鹤楼，流宕苍梧野。驿使乘云去，征帆沿溜下。不知从此分，还袂何时把？"录自《永乐大典》卷三〇〇六，九真，人字。[1] 按，此实为孟浩然诗，见宋蜀刻本《孟浩然诗集》卷下、《全唐诗》卷一五九孟浩然卷，《大典》误。再如，《补逸》卷五，孟浩然《寻裴处士》："涉水更登陆，所向皆清贞。寒草不藏径，灵峰知有人。悠哉炼金客，独与烟霞亲。……对此钦盛事，胡为劳我身？"录自《永乐大典》卷一三四五〇，二寘，士字。[2] 按，此实为孟郊诗，见《孟东野诗集》卷九、《全唐诗》卷三八〇孟郊卷，《大典》亦误（见陈尚君《〈全唐诗补逸〉中删去诸诗的说明》）。又，《分门纂类唐宋时贤千家诗选》（又称《后村千家诗》），是唐宋诗辑佚经常要利用的一部书，旧署"后村先生编集"，但根据李更、陈新同志的考证，此书实出自书贾之手，托名借重后村（宋刘克庄）以射利，其中署名的紊乱、错误，触处皆是。[3] 下面举几个唐诗辑佚的例子略作说明。例一，陈尚君《续拾》卷二六，王涯《宫词》："帘外微明烛下妆，殿明放锁待君王。玉阶地冷罗鞋薄，众里偷身倚玉床。"

① 陈尚君辑校《全唐诗补编》，第 103 页。

② 陈尚君辑校《全唐诗补编》，第 108 页。

③ 参见李更、陈新校证《分门纂类唐宋时贤千家诗选校证》"点校说明"，人民文学出版社，2002。

出自《分门纂类唐宋时贤千家诗选》卷一六。① 按，此诗见于宋张耒《柯山集》卷四，题作《宫词效王建五首》其二，非王涯佚诗，《千家诗选》误。例二，《续拾》卷三六，唐彦谦《雪》："客来迷旧径，虎过识新踪。浦近浑无鹤，林疏只有松。"出自《分门纂类唐宋时贤千家诗选》卷一三。② 按，宋唐庚《眉山诗集》卷四《雪意二首》其一云："睡眼拭朦胧，开门雪正浓。客来迷旧径，虎过识新踪。浦远浑无鹤，林疏只有松。惜琴如不解，酒兴若为供？"明曹学佺《石仓历代诗选》卷一五六录此诗亦作唐庚；而元方回《瀛奎律髓》卷二一、清《御选宋诗》卷三七则收作宋陈师道诗（文字同唐庚诗）；虽作者归属不同，但《千家诗选》的记载有误，则是显然的。例三，《续拾》卷五六，无名氏《花》："小隐园中百本花，各随红紫发新芽。东君见借阳和力，尽在公侯富贵家。"出自《分门纂类唐宋时贤千家诗选》卷七。③ 按，宋邵雍《击壤集》卷一录此诗，题作《小园逢春》（唯"尽在"二字作"不减"），则《千家诗选》的记载亦误。另外，地理类书籍也是唐诗辑佚常用的资料，但由于这类书籍的编者多为地方士绅，他们或囿于才识、闻见，或秉持为乡里增光的理念，所以常常不能避免张冠李戴的错误。前面提到的徐安贞诗误作张九龄，于武陵诗误作李超，南朝梁吴均诗误作吴筠，宋丁谓诗误作韩偓，都是例子。又如，《续补遗》卷一，陈子昂《望荆门》："楚郭微雨收，荆门遥在目。漾舟水云里，日暮春江绿。霄华静洲渚，暝色连松竹。月出波上时，人归渡头宿。一身已无累，万事更何欲。渔父自夷犹，白鸥不羁束。既怜沧浪水，复爱沧浪曲。不见眼中人，相思心断续。"出自《古今图书集成·职方典·安陆府部》。④ 按，此诗陈子昂集诸本皆不载，明活字本《刘随州集》卷一、席刻本《刘随州集》卷五、《文苑英华》卷二五二、《全唐诗》卷一四九皆作刘长卿

---

① 陈尚君辑校《全唐诗补编》，第1049页。
② 陈尚君辑校《全唐诗补编》，第1241页。
③ 陈尚君辑校《全唐诗补编》，第1639页。
④ 王重民等辑录《全唐诗外编》，中华书局，1982，第344页。

诗，题为《江中晚钓寄荆南一二相识》，当是。再如，《续补遗》卷五，韩翃《丹阳送韦参军》："丹阳郭里送行舟，一别心知两地秋。日晚江南望江北，寒鸦飞尽水悠悠。"录自《重修丹阳县志》卷三四。[1] 按，此实为严维诗，见《全唐诗》卷二六三，席刻本《严维诗集》、《万首唐人绝句》卷二七亦皆作严维，当可信（见陈尚君《〈全唐诗续补遗〉删去诸诗的说明》）。总之，地理类书籍的错误也较多，我们利用它们作辑佚时，应当小心，不能轻信。

第三节　唐诗辨伪与伪诗产生的原因和情况

今存的唐人诗文集与《全唐诗》中，都羼入了不少非作者本人的诗作，把这些伪作从唐人的集子里和《全唐诗》中剔除，这就是辨伪需要完成的工作。辨伪是唐诗文献整理的一个重要环节，通过这个环节，对资料的真伪进行鉴别，可为研究工作提供正确的材料，避免研究为虚假的材料所误；从研究者的角度来说，任何研究都必须注意所用材料的真伪，否则就不可能得出正确的结论。记得从前读过的一种文学史，曾将王涯的《塞上曲二首》《塞下曲二首》，当作王维少年时代的作品而大谈特谈，让人读了不免觉得有点可笑，这就是不进行辨伪造成的后果。

清代学者编纂《全唐诗》时，曾做过一些唐诗的辨伪工作，《全唐诗·凡例》说："唐高祖赐秦王诗云：'盛德合皇天，五宿连珠见。和风拂世民，上下同欢宴。'见于《册府元龟》，明胡震亨谓唐初无五星联聚之事，疑其伪托，今删去。"又说："六朝人诗，误入《全唐》（季振宜编《全唐诗》）者，如陈昭及沈氏、卫敬瑜妻、吴兴神女之类，并应刊正。""六朝人诗，原集误收，如吴均《姜安所居》、刘孝胜《武陵深行》误作曹邺诗，薛道衡《昔昔盐》误作刘长卿诗，并应刊正。""唐

---

[1]　王重民等辑录《全唐诗外编》，第409页。

并无其人，而考其诗乃六朝人作，如杨慎即陈阳慎，沈烟即陈沈炯，概删。""唐并无其人，而误认题中字为撰人姓氏者，如上官仪集中《高密公主挽词》作高密诗；亦有其人姓名在诗题中，而误认为撰人者，如王维集中《慕容承携素馔见过》诗作慕容承诗之类，概删。"上述情况说明，无论是编纂唐人诗文集还是唐代诗歌总集，都必须做辨伪工作。可惜《全唐诗》成书仓促，其编纂者并未做好这项工作，《全唐诗》中仍有许多伪作没有得到甄别和剔除。

　　唐人诗文集与《全唐诗》中伪作多的最直接原因主要有二。一是编纂者水平不高，工作粗疏，因失考误断而导致收入伪诗。我们知道，唐时印刷术尚未普及，诗集只能靠传抄流传，保存不易，若遇战乱，往往散佚，如王缙曾说，其兄王维的诗文，"天宝事（按指安史之乱）后，十不存一"（《旧唐书·王维传》）；五代时战乱频仍，唐人诗文集遭遇的损坏、散失更加严重。到了宋代，印刷术流行，宋人开始搜辑、编集和刊行唐人诗文集，由于搜罗未广，鉴别不精，集中往往羼入一些伪作。及至明代，时人也整理、刊刻了不少唐人诗文集，明人编刻唐集，虽重视重辑，但务求多收，以此标榜，往往不作甄辨、鉴别，因此严重存在误收他人诗作的情况。例如宋之问集，明崦西精舍刊本二卷（张元济定为明嘉靖刊本），分体编排，收诗一七六首，其中《下山歌》既收于七古又收于七绝，为本集重收；又误收他人诗二十四首，其中误收沈佺期诗十首（《有所思》《长安路》《折杨柳》《芳树》《花落》《王昭君》《铜雀台》《牛女》《巫山高》《寿阳王花烛图》），误收李峤诗六首（《奉和九日侍宴应宴》《奉和九日登慈恩寺浮图应制》《送沙门泓景道俊玄奘还荆州应制》《春日芙蓉园侍宴应制》《咏笛》《咏钟》），误收刘希夷诗（七古《有所思》）、贾岛诗（《江亭晚望》）、张九龄诗（《旅宿淮阳亭口号》）、王昌龄诗（《驾出长安》）、王无竞诗（《内题赋得巫山雨》）、康庭芝诗（《望月有怀》）、李乂诗（《奉和幸韦嗣立山庄侍宴应制》）、唐太宗诗（《钱中书侍郎来济》）各一首。之问集尚有嘉靖朱警刊《唐百家诗》本，嘉靖黄埻刊

《十二家唐诗》本，万历杨一统刊《唐十二家诗》本，万历许自昌辑《前唐十二家诗》本等，收诗数大体同于崦西精舍本，仅个别诗篇有所删汰，收诗的误滥情况，并未从根本上改变。崇祯中张燮重辑之《宋学士集》，虽删去上述二十四首误收诗中的十一首，但又误辑入隋尹式作《别宋常侍》诗一首，故误收诗仍有十四首。以上参见陶敏等《沈佺期宋之问集校注·前言》及《宋之问集校注·备考诗文》（中华书局 2001 年版）。

　　唐人诗文集与《全唐诗》中伪作多的另一个主要原因，是后人有意作伪。例如戴叔伦诗集，宋时已散佚，今传戴集，是明人重辑的，其中以明弘治、正德间刊行的活字本《戴叔伦诗》二卷为最早。此本收诗一三〇首，可确指为他人所作者即达四十一首，其中误收唐皇甫冉诗一首（《送王司直》）、太易诗一首（《赠司空拾遗》）、清江诗二首（《送车参军江陵》《登楼望月寄凤翔李少尹》）、白居易诗一首（《荔枝》），失名诗四首（《听霜钟》《晖上人独坐亭》《送崔融》《游少林寺》）；误收宋王安石诗三首（《草堂一上人》《题黄司直园》《北山游亭》），周端臣诗一首（《旅次湖南寄张郎中》），又元丁鹤年诗五首（《二灵寺守岁》、《画蝉》、《题天柱山图》、《暮春感怀》二首）；误收明刘崧诗十四首（《过龙湾五王阁访友人不遇》《寄赠翠岩奉上人》《重游长真寺》《晚望》《寄万德躬故居》《寄司空曙》《寄刘禹锡》《赠徐山人》《题友人山居》《过柳溪道院》《题稚川山水》《题鹤林上人》《寄孟郊》《别郑谷》），张以宁诗六首（《雨》《崇德道中》《舟中见雨》《江干》《送僧南归》《独坐》），汪广洋诗二首（《兰溪棹歌》《苏溪亭》），刘绩诗一首（《忆原上人》）。上述伪诗在收入活字本时，往往经过编集者的改窜，如周端臣《朱门》："朱门茅屋偶为邻，北阮那怜南阮贫。却是梅花无世态，隔墙分送一枝春。"（宋陈起编《江湖后集》卷三）活字本收入此诗时，将诗题改为《旅次湖南寄张郎中》，导致题与诗意风马牛不相及，又改"朱门茅屋"为"闭门茅底"，可谓不词。又如刘崧《刘槎翁先生职方诗集》卷六《寄范实夫》，此本收入时改题为《寄司空曙》；同卷《寄旷伯逵》，此本收入时改题为《寄刘禹锡》；刘崧《槎翁诗集》卷五《寄旷伯逵》，此本收入时改题为《寄孟郊》；同书卷七《再别同夫三首》其二，此本收入时改题为《别郑谷》，范实夫、旷伯逵、同夫皆明刘崧之友人，编集者明显是怕露出造假的马脚而将其改成唐诗人名，这说明诸诗的误收并非无心之失，而是有意作伪。此外，活字本中尚有多首未找到真正作者的非唐人诗，如《江上别刘驾》《宿无可上人房》《冬日有怀李贺长吉》《吊畅当》等，其中刘驾、无可、李贺与戴叔伦时代不相及，《吊畅当》称畅当为"江南一布衣"，与其生平严重不符，都是伪作。此本看来是书贾为了牟利而七拼八凑和蓄意伪造编成的。以上参见蒋寅《戴叔伦诗集校注·前言》及卷四"伪作部分"。①

下面再举一个作伪的例子。陈尚君《续拾》卷八，据民国五年刊陈祯祥撰《颍川陈氏开漳族谱》，辑得陈元光《题龙湖》等佚诗共四十三首（原注："出《龙湖公集》。"）。谢重光《〈龙湖集〉的真伪与陈元光的家世和生平》谓"此集乃后人伪作"②。彭庆生《初唐诗歌系年考》则认为"谢说言之有理，惜证据尚不充分，且间亦有误"③。下面笔者拟根据自己的研究，参考谢、彭二人的意见，扼要总结出几条断《龙湖公集》为伪作的根据。在谈这些根据之前，有必要先对陈元光的时代、官职和所率部队的驻地等作一些交代。陈元光《请建州县表》云："泉、潮守戍、左玉钤卫翊府左郎将臣陈元光言，伏承永淳二年（683）八月一日制，臣进阶正议大夫、岭南行军总管者，受命战竞，抵官弥惧。"④泉、潮即泉州、潮州，初唐时泉州的治所在闽县（今福州），辖境相当今福建全省，到了开元十三年（725），才改名福州，辖境也缩小。参见《元和郡县图志》卷二九、两《唐书》之《地理志》等。潮州治所在海阳（今广东潮安），辖境相当于今广东梅州、潮州市及汕头市部分地区。太宗贞观元

---

① 戴叔伦著，蒋寅校注《戴叔伦诗集校注》，上海古籍出版社，1993。
② 谢重光：《〈龙湖集〉的真伪与陈元光的家世和生平》，《福建论坛》1989年第5期。
③ 详见彭庆生《初唐诗歌系年考》，第179~180、199~201、216~217页。
④ 《全唐文》卷一六四，第1674页。

年（627），分天下为十道，其十曰岭南道，潮州属岭南道，没有疑问。泉州唐初也属岭南道，《旧唐书·地理志》："贞观初，置泉州。……开元十三年，改为福州……旧属岭南道，天宝初，改属江南东道。"正因为泉、潮都属岭南道，所以担负泉、潮戍守之责的陈元光，被授以岭南行军总管的职务。我们知道，初唐时为因应内外征战的需要而设置的将军府署，称行军幕府，幕府的统帅叫行军总管，这种幕府是临时性的，征战结束，幕府随即撤销。岭南行军幕府最初设立于总章二年（669），当时潮州"蛮獠"啸乱，高宗敕元光父陈政为岭南行军总管，率兵平乱，政卒，元光代领其众，事见何乔远撰《闽书》卷四一（福建人民出版社1994年版）。由于潮州的"蛮獠"之乱始终未能彻底解决，所以岭南行军幕府的存续时间也较长。永隆二年（681），元光平定潮寇，不久上表朝廷，请求设置漳州（漳州故地原为唐初泉州之辖区）。垂拱二年（686）十二月，漳州设立，元光遂以岭南行军总管，兼任漳州刺史。那么，岭南行军总管的府署及其所统军兵驻扎在哪里呢？《福建通志》卷三："云霄山，在（漳浦）城南七十里，高耸云汉，故名。山下有城，今为重镇，即古怀恩县地。又南为将军山……唐将军陈元光征蛮时，筑城于此。"又卷六云："云霄镇城，唐为故州地（漳州旧治）。"按，岭南行军总管的府署即设在云霄镇城（民国时立为云霄县，即今福建云霄县），漳州初置，治所也设于此（唐初为怀恩县地，开元二十九年省怀恩县，其地并入漳浦），云霄城临漳江，州即因漳江而得名。云霄离潮州极近，潮州有寇乱，由此出兵甚利便，故行军幕府设此。

下面谈断《龙湖公集》为伪作的根据。一是官名不合。如《和王采访重九见访》云："河北推儒雅，嵩高降岳神。……乔木家声旧，严招帝命新。……是日登高节，伊谁送酒颓？江州华胄使，携榼再殷勤。"（见《续拾》卷八）王采访当指王姓采访使，玩诗意，时王氏盖奉帝命出使南海，因访陈元光。《旧唐书·地理志一》："开元二十一年（733），分天下为十五道，每道置采访使。"《新唐书·百官志四下》："（贞观初）

置十道按察使，道各一人。开元二年，曰十道按察采访处置使，至四年罢……十七年复置十道、京都两畿按察使，二十年（当作二十一年）曰采访处置使，分十五道……乾元元年（758），改曰观察处置使。"则采访使的官号，到玄宗开元时才有，然而景云二年（711）元光已卒。《酬裴使君王探公》："百粤临南海，儒冠任使轺。……冰鉴秋霄察，君门万里遥。"（见《续拾》）诗中所叙节候（秋日）、地区（南海）皆与上诗合，"任使轺"与上诗之"严轺"亦相应，则"王探公"当即上诗之"王采访"，然称采访使为"探（疑为"採"字之误）公"，从未见过。二是地名不合。如《晓发佛潭桥》云："朝暾催上道，兔魄欲西沉。……峰攒仙掌巧，露重将袍阴。农唤耕春早，僧迎展拜钦。"（《补逸》卷一据沈定均《漳州府志·艺文志》辑补）《福建通志》卷八："漳州漳浦县：佛潭桥，元至正（1341~1368）间建。"则诗当非元光所作。三是地理位置不合。如《候夜行师七唱》其六云："戍楼西北望泉山，十载干戈暑又寒。……河腹冰坚防虏骑，边陲雨冻弊征鞍。"其七云："灰飞葭管阳初复，拍落梅花歌未残。歌啸未残胡虏却，东南取道夕长安。"泉山，《太平寰宇记》卷一〇二："泉山，在州（泉州治所晋江）北五里。"泉山在云霄"戍楼"东北，作"西北"虽不准确，大致还说得过去，但称此地"冰坚""雨冻"，就完全说不过去了；又，说自戍守地东南取道，晚上就到达长安，则这个戍守地应该在长安西北（称"胡虏"不称"蛮獠"，也可说明这一点），然而这与"戍楼西北望泉山"之语，不是大相径庭吗？四是气候不合。云霄一带是无雪霜冰冻的，然而《龙湖公集》中诗却写道："不敢希酿泉，忻然睹香雪。圭璧充庭辉，山林变瑶阙。"（《观雪篇》）"风生云无帐，雪压碧油幢。"（《平獠宴喜》）"雪尽青山昏，师旋赤眉至。"（《旋师之什》，以上均见《续拾》）可谓匪夷所思。五是与元光家世、生平不合。《故国山川写景》云："第宅参文武，姻娅半帝王。"《语州县诸公敏续》其二："定策参耆宿，输忠奉简书。弥年勋业懋，开国负称孤。"按，元光曾祖陈茂，"家世寒微"，隋时官至太府卿

（见《隋书》卷六四本传），祖武德二年（620）卒于梁州总管任，父政与己皆官至岭南行军总管（参见岑仲勉《元和姓纂四校记》卷三），其家族并不曾有"姻娅（姻亲）半帝王"的记载；又"称孤"，即称王、称帝，所谓"南面称孤"也，元光唐时未曾封王，安得自谓"开国负称孤"？六是用语不合典制。如《候夜行师七唱》其一："振振龙江修战具，移文凤阙请增兵。"移文者，往平级官署发送公文也。边将奏请朝廷增兵，岂能称"移文"？七是叙事不合史实。如《喜雨次曹泉州》其二："羲和停火轮，霖霖深民福。年康收筐文，庭实陈秋获。……愿皇钦福多，锡民无灾寞。载答圣皇恩，转输赴河洛。""次曹"费解，疑"次"指次韵，"曹泉州"谓曹姓泉州刺史；河洛，指东都洛阳。此诗意谓，老天下雨，旱情消失，秋日获收成后，为报答皇恩，将运输粮食到东都。按，福建山多地少，一向缺粮（今日犹然），岂能往东都运送粮食？据《元和郡县图志》卷二九载，开元时福、泉、漳三州向朝廷运送的贡品为蜡、甲香、鲛鱼皮、海蛤、蛇胆等，无粮食；又，福建山多路远，交通极为不便，倘若运粮出省，转运路上粮食就会被消耗殆尽，所以"转输赴河洛"根本不可能。八是生造词语甚多。例如："胸篆飞瑞烟，蟥珠媚远日。掩嫣笼白鹇，盐章闹鹨鹧。"（《南獠纳款》）"迅烈驱黎瘴，委蛇陟翠微。"（《山游怀古》）"父老吹龙笛，官僚仗虎犀。"（《教民祭蜡》）"窍甗成堆玉，坊戍未砌阶。"（《半径庐居语父老》其一）"孤随不尊士，幽谷多豪杰。"（《神湖州三山神题壁》其一）"姝子干旌纸，妖淫桯栝凶。"（《至人行》）"夜祀天皇弘德泽，日将山獠化缟民。"（《候夜行师七唱》其三）"侮凌烽火心如水，变幻风云眼未花。……较斧开林驱虎豹，施罟截港捕鱼虾。"（同上其四）"故园橙桔小春闹，圣席圆汤冬至闲。"（同上其六，以上皆见《续拾》）按，"胸篆"，篆当指盘香，但加一胸字，则意不可晓，古书中未见有这种用法，且篆指盘香，也是宋代才有；"黎瘴"，疑指黑色瘴气或黎族聚居地的瘴气，但古书中未见有这一词语；"圆汤"，或指鱼圆子汤，但"圆子"一语，似是近代才有。"盐章""虎犀""不尊士""干旌纮""侮凌烽火""较斧"等，皆意不可晓，古籍中也未见有此等词语。元光"出自书生，迨及童年，滥膺首选"(《请建州县表》)，《闽书》卷四一也说他"通儒术，习韬钤，年十三则已领乡荐第一"，则其作诗遣词，当不会如此谰劣。最后，《龙湖公集》不见于任何史志和古代目录著录，且《文苑英华》等唐宋总集也从未收录过元光诗，所以大致可确定《龙湖公集》为陈氏后裔所伪托。《和王采访重九见访》云："明径通桂掖，飞幰渡荆津。"笔者将"桂掖"二字用《四库全书》电子版进行全文检索，发现此词语只有五个用例见于明人书中，一个用例见于清人书中，则《龙湖公集》的作伪时间，或在明代。

唐诗辨伪工作的第一步，是首先要将伪诗找出来。伪诗或存在于今存的唐人诗文集与《全唐诗》中，或存在于今人的唐诗辑佚著作中。伪诗大致可分为三种，一种是非唐五代人作品，另一种是唐五代人重出作品，还有一种为作品之年代与作者无考者。对《全唐诗》中的非唐五代人作品，陈尚君《〈全唐诗〉误收诗考》(见其所著《唐代文学丛考》，中国社会科学出版社 1997 年版) 已作了很好的清理，内分：一、唐以前作者因事迹失考而误作唐人收入者；二、唐以前作者诗误归唐人名下而收入者；三、隋唐时代作者在隋代所作诗；四、宋及宋以后人因事迹失考而误作唐人收入者；五、宋人姓名与唐人相同而误收其诗为唐人诗；六、宋初人误作唐末五代人收入者；七、由五代入宋者入宋后所作诗；八、宋及宋以后人诗误作唐五代人诗收入者；九、仙鬼之诗必出于宋及宋以后人之手者；十、宋及宋以后人托名唐五代人(仙)所作诗。通计全文，共考出非唐五代人诗七百八十二首，取得了很突出的成绩。对孙望《补逸》、童养年《续补遗》中的非唐五代人作品，陈尚君也作了很好的清理，详情见其所作《〈全唐诗外编〉修订说明》[1]。确定《全唐诗》及今人的唐诗辑佚著作中误收的非唐五代人作品的关键，在于找到

---

[1]　见陈尚君辑校《全唐诗补编》，第 561~635 页。

这些作品的来源，即其原始出处，在不存在电子检索文本的情况下，做这项工作的难度极大，今天我们如果继续进行陈尚君所做的这项工作，可充分利用各种古籍的电子版进行检索，这样难度就减少了许多。

《全唐诗》中存在大量重出诗（六千多首）。所谓重出诗，就是同一首诗，既载于这个诗人的集子，又见于其他诗人的集子，有一诗见于两家的，也有一诗见于三家或四家的。这一重出情况，《全唐诗》编者在诗题下注出了一部分，多数则失注，或单注一方。孙望《补逸》、童养年《续补遗》中辑补的佚诗，有一部分已见于《全唐诗》他人集中，这就造成了新的重出情况。这一情况辑补者有的发现了，有的则未发现。我们知道，既然诗篇重出，其中也就存在着真伪的问题，也就需要做辨伪的工作。所以唐诗辨伪的一个重要方面，就是首先要把重出诗找出来。因为不找出重出诗，你就不大会知道作品存在着真伪问题，也就不会去做辨伪工作了。那么，如何才能找到《全唐诗》中的重出诗呢？1985 年，河南大学出版社出版了河南大学唐诗研究室编撰的《全唐诗重篇索引》，这本书对我们寻找《全唐诗》中的重出诗，很有帮助，但书中所载诗篇重出情况，尚有遗漏。2001 年文化艺术出版社出版的《增订注释全唐诗》，凡遇重出情况，皆在题下或注中作出说明。现今我们则可利用《全唐诗》电子版来掌握诗篇重出情况，例如，欲知某诗是否与《全唐诗》中的他人诗篇重出，只要从该诗中挑出一至二三句（同一诗分别收入不同诗人的集子，往往文字略有差异，所以只挑出一句进行检索，可能还解决不了问题），分别输入《全唐诗》电子版进行全文检索，就能知道该诗是否与他诗重出，以及重出的具体情况。

第四节　唐诗辨伪的方法与应注意的问题

这里所说的唐诗辨伪方法，包括对重出诗进行甄辨的方法，以及对非重出的误收诗（包括非唐五代人诗和作品之年代、作者无考的诗）进行甄辨的方法。佟培基著《全唐诗重出误收考》（陕西人民教育出版社1996年版）对《全唐诗》中的重出、误收诗进行了全面的清理和甄辨，是我们研究唐诗辨伪问题应当参考的。下面笔者拟根据自己的研究，参考学界已有的成果，将唐诗辨伪的方法与应注意的问题，归纳成几个方面的内容，举各种具体的例子予以说明。

第一，根据本人诗集诸本和唐宋人编的集部总集类与诗文评类书籍的收录情况，来辨别作品的真伪。本人诗集诸本中，应特别注意刊行时间较早的一些本子的收录情况；唐宋人编的集部总集类书如《文苑英华》等，诗文评类书如《唐诗纪事》等，还有少量明人编的总集类书如《诗渊》等的收录情况（以上参见本章第一节），都可以帮助我们辨别作品的真伪，下面略举数例加以说明。

例一，《游悟真寺》诗重出，既载于《全唐诗》卷一二七王维集中，又载于卷一二九王缙集中。按，此诗唐韦庄《又玄集》卷中、《唐诗纪事》卷一六、《唐诗品汇》卷七六，皆作王缙，《文苑英华》卷二三四则作王维；考王维集诸本中，宋蜀刻本卷九收作王维，南宋麻沙本卷五录此诗，却署上"王缙"名，到了元刊刘须溪校本卷五，则径直删去此诗。或因其时误传此诗为王维所作，故麻沙本编者特在王维集中收录此诗，并署上"王缙"之名，以正视听。又，《宝刻丛编》卷八引《京兆金石录》云："唐《悟真寺》五言诗，唐王缙撰。"则此诗当以作王缙为是。

例二，《美人春卧》《名姝咏》《艳女词》三诗重出，既载于《全唐诗》卷二〇二梁锽集，又载于卷三三三杨巨源集。按，三诗皆描写美女，无任何具体的时、地、人物、史事等的线索可供查考，故辨别真伪之依据，唯在于追寻其最早出处。梁锽集虽早已亡佚，但集部总集类书中收载了这三首诗，其中《美人春卧》见于唐芮挺章编《国秀集》卷下（此集收诗止于天宝三载），作梁锽，又三诗均见于唐令狐楚编《御览诗》，皆作梁锽，《御览诗》尚收载杨巨源诗十四首，其中并无此三诗；

另《文苑英华》卷二〇五、《唐诗纪事》卷二九录此三诗，皆作梁锽，则此三诗当以作梁锽为是。

例三，《全唐诗》卷五三五许浑《李定言自殿院衔命归阙拜员外郎迁右史因寄》云："白笔南征变二毛，越山愁瘴海惊涛。才归龙尾含鸡舌，更立螭头运兔毫。阊阖欲开宫漏尽，冕旒初坐御香高。吴中旧侣君先贵，曾忆王祥与佩刀。"卷四九七姚合七绝《寄右史李定言》云："才归龙尾含鸡舌，更立螭头运兔毫……。"此诗与许浑七律诗中二联重。按，从许、姚二诗人之本集所载来看，宋蜀刻本、书棚本、元大德增广本许浑集皆收此首七律，尤其是许浑手书《乌丝栏诗真迹》（共 171 篇，见宋岳珂编《宝真斋法书赞》卷六）有这首七律，更成为此诗当归属许浑的确证；而《四部丛刊》、汲古阁本姚合集俱不载七绝《寄右史李定言》，可见它当非姚合所作。再从他书所载来看，宋缺名《翰苑新书前集》卷九载七绝《寄李定言右史》，作许浑，金元好问《唐诗鼓吹》卷一载七律《李宣自殿院衔命归阙拜外郎》，亦作许浑；而元富大用《古今事文类聚新集》卷二四载七绝《寄右史李定言》，则作姚合，这大概是许浑七律中二联误作姚合诗之始。

第二，参考唐宋人的有关记载，以辨别作品的真伪。这里说的有关记载，主要指传记类和笔记类资料。唐宋人生活的年代距离作品的写作时间较近，故其记载有较高的参考价值。下面略举二例说明。

例一，《全唐诗》卷五二宋之问《送沙门泓景道俊玄奘还荆州应制》云："三乘归净域，万骑饯通庄。就日离亭近，弥天别路长……。"诗重见卷五八李峤集，"泓景"作"弘景"。按，宋释赞宁《宋高僧传》卷二四《唐荆州白马寺玄奘传》云："释玄奘，江陵人也。……与道俊同被召，在京二载。景龙三年二月八日……奘等告乞还乡，诏赐御诗，诸学士大僚奉和。中书令李峤诗云：'三乘归净域，万骑饯通庄……。'"则此诗当为李峤所作，《文苑英华》卷一七七、《唐诗纪事》卷一〇亦收作李峤。

　　例二,《全唐诗》卷四八九舒元舆《赠李翱》云:"湘江舞罢忽成悲,便脱蛮靴出绛帷。谁是蔡邕琴酒客,魏公怀旧嫁文姬。"卷四九二殷尧藩《潭州席上赠舞柘枝妓》曰:"姑苏太守青娥女,流落长沙舞柘枝。坐满绣衣皆不识,可怜红脸泪双垂。"以上二诗又见卷八〇二舞柘枝女《献李观察》:"湘江舞罢忽成悲,便脱蛮靴出绛帷……。"诗后注云:"李观察翱答诗云:'姑苏太守青娥女,流落长沙舞柘枝……。'"按,唐范摅《云溪友议》卷上"舞娥异"条云:"李八座翱潭州席上有舞柘枝者,匪疾而颜色忧瘁,殷尧藩侍御当筵而赠诗曰:'姑苏太守青娥女,流落长沙舞柘枝。满座绣衣皆不识,可怜红颜泪双垂。'明府诘其事,乃故苏台韦中丞爱姬所生之女也。……遂于宾榻中选士而嫁之也。舒元舆侍郎闻之,自京驰诗赠李公曰:'湘江舞罢忽成悲,便脱蛮靴出绛帷。谁是蔡邕琴酒客,魏公怀旧嫁文姬。'"事又见宋王谠《唐语林》卷四、《唐诗纪事》卷三五,则据笔记等之记载,《赠李翱》当为舒元舆所作,而非舞柘枝女所作;"姑苏太守青娥女"诗当为殷尧藩所作,而非李翱所作。

　　第三,联系作者的时代和生平活动,以辨别作品的真伪。李嘉言《〈全唐诗〉校读法》曾提出一个公式:"甲集里的诗,其诗意与甲的行事不相合,则此诗往往为乙诗误入。"[①]其意与本条所述,大致相同。下面略举二例加以说明。

　　例一,《全唐诗》卷一二六《送元中丞转运江淮》云:"薄赋归天府,轻徭赖使臣。欢沾赐帛老,恩及卷绡人。去问珠官俗,来经石劫春。东南御亭上,莫使有风尘。"诗重见卷二三七钱起集。元中丞即元载,或谓元载"转运江淮"(为江淮转运使)时,王维已卒(王卒于上元二年七月),诗当为钱起所作。按,《旧唐书·元载传》云:"载智性敏悟,善奏对,肃宗嘉之,委以国计,俾充使江淮,都领漕辇之任,寻

---

　　① 李嘉言:《〈全唐诗〉校读法》,载《李嘉言古典文学论文集》,上海古籍出版社,1987,第210页。

加御史中丞（御史台副长官，正五品上）。数月征入，迁户部侍郎、支使并诸道转运使。"《通鉴》肃宗上元二年（761）建子月（十一月）："丁亥，贬（刘）晏通州刺史……。戊子，御史中丞元载为户部侍郎，充勾当度支、铸钱、盐铁兼江淮转运等使。载初为度支郎中，敏悟善奏对，上爱其才，委以江淮漕运（即任江淮转运使），数月，遂代刘晏，专掌财利（晏贬通州刺史前，为户部侍郎兼判度支等，故云）。"根据上述记载，知元载始为江淮转运使兼御史中丞，在上元二年十一月之前"数月"，是时维当尚在世，有可能作此诗；而上元二年，钱起在蓝田为县尉（参见傅璇琮《唐代诗人丛考·钱起考》），既未居长安，又沉沦下僚，与元地位悬隔，不大可能在长安作此送元赴任之诗。又，诗的最后二句说："在东南方的御亭驿一带，切不要让它有战乱发生！"王维当时官尚书右丞（正四品下），地位、资历、年龄都高于元载，故有"莫使有风尘"这样的口气，而钱起当时位卑禄微，年龄也小于元载，不会用"莫使有风尘"这样的口气说话，所以此诗当非钱起所作。

例二，《全唐诗》卷一九七张谓《早春陪崔中丞浣花溪宴得暄字》云："旌旗临溪口，寒郊斗觉暄。红亭移酒席，画鹢逗江村。云带歌声飐，风飘舞袖翻。花间催秉烛，川上欲黄昏。"诗重见卷二〇〇岑参集，题作"早春陪崔中丞同泛浣花溪宴"。浣花溪在成都西，一名百花潭，又名濯锦江。按，张谓一生未曾到过成都，参见《唐才子传校笺》第二册卷四张谓传傅璇琮笺证及第五册张谓传陶敏补正；而岑参则曾居成都约一年，永泰元年（765）十一月，岑参出为嘉州刺史，因蜀中之乱（崔旰杀剑南节度使郭英义，蜀中大乱），行至梁州而还；大历元年（766），朝廷以宰相杜鸿渐为剑南西川节度使，入蜀平乱，杜表岑为幕府僚佐，遂同入蜀，七月抵成都，八月，杜务姑息，以旰为成都尹、西川节度行军司马（安史之乱后，行军司马的地位提高，多为储帅），大历二年四月，杜请入朝奏事，以旰为西川留后，六月，杜至长安，荐旰才堪寄任，上因留杜复知政事，七月，以旰为西川节度使，岑遂赴嘉州刺史之任（参见拙作《岑参集校注》修订本附录《岑参年谱》）。诗曰"早春"，当作于大历二年（767）春，时岑在成都杜鸿渐幕府任职；"崔中丞"，即指旰（大历三年入朝后赐名"宁"，见《新唐书》本传），《旧唐书·代宗纪》载："（大历三年四月）剑南西川节度使兼御史大夫崔旰来朝。"知旰为西川节度使时，带宪衔御史大夫，而其官西川节度行军司马时，疑当带宪衔御史中丞。又，大历二年春，张谓正任潭州刺史（见《唐刺史考》卷一六六），不可能到成都作此诗。此例系据张、岑两人的生平活动，来确定作品的归属。

第四，对诗中涉及的史事、人物、地理等进行考证，以判别作品的真伪。下面略举数例说明。

例一，《全唐诗》卷五四崔湜《幸梨园亭观打毬应制》云："年光陌上发，香辇禁中游。草绿鸳鸯殿，花明翡翠楼。天杯承露酌，仙管杂风流。今日陪欢豫，皇恩不可酬。"重见卷八一乔知之集，题作《梨园亭子侍宴》。《文苑英华》卷一七五收崔湜此诗，诗题下校曰："集作《梨园亭子侍宴应制》。"按，作《梨园亭子侍宴应制》是，因崔湜诗中无一语言及"打毬"也。梨园在太极宫西，禁苑之内（参见《雍录》卷九），关于此次梨园亭宴集，《旧唐书·中宗纪》载：景龙三年（709）"（正月）乙亥，宴侍臣及近亲于梨园亭"。《册府元龟》卷一一〇"宴享二"所载同。崔诗所写，乃此次宴集景象；是时崔官中书侍郎兼检校吏部侍郎[1]，为近侍，故得与宴。又，乔知之已于天授元年（690）被杀[2]，故重收此诗作乔知之，非是。另，《文苑英华》卷一七五收录武平一、沈佺期《幸梨园亭观打毬应制》各一首，武诗曰："令节重遨游，分镳戏彩毬。"沈诗曰："宛转萦香骑，飘飖拂画毬。"皆写打毬，与崔诗当非同时作，《唐诗纪事》卷九云："（景龙四年正月）七日，重宴大明殿，赐彩缕人胜。又观打毬。"武、沈诗或作于是时。

---

① 参见《唐仆尚丞郎表》卷一〇，第563页。
② 彭庆生：《初唐诗歌系年考》，第214~216页。

　　例二，敦煌唐写残卷有《冀国夫人歌词》七首①，李嘉言《岑诗系年》曰："闻一多先生曰：'敦煌唐写残卷影片此六（应为七）首（第五首全缺）不著名氏，在岑参《江行遇梅花之作》后，又格调视余篇较高，疑亦岑诗。'案，裴冕于两京平后封冀国公，则此诗当作于乾元元年或广德二年前后公居长安时。"②按，此例为非重出的新辑佚诗，对其真伪作甄辨的方法，大致同于对重出诗真伪作甄辨的方法；要弄清这七首诗是否为岑参所作，首先应对"冀国夫人"为何人进行考证。《歌词》第六首云："甲士千群若阵云，一身能出定三军。仍将玉指调金镞，汉北巴东谁不闻！"所述恰与崔宁妾任氏的事迹相合，《旧唐书·崔宁传》载："初，宁入朝（事在大历三年四月，见前），留弟宽守成都。泸州杨子琳乘间以精骑数千突入成都，据城守之。宽屡战力屈，子琳威声颇盛。宁妾任氏魁伟果干，乃出其家财十万募勇士，信宿间得千人。设队伍将校，手自麾兵，以逼子琳。子琳惧，城内粮尽，乃拔城自溃。"又宋任正一《游浣花记》亦曰："每岁孟夏十有九日，都人士女丽服靓妆，南出锦官门……大梵安寺，罗拜冀国夫人祠下。……冀国姓任，本汉（溪）上小家女。……会崔宁节度西川，微服行民间，见女，心悦之，赂其家，纳以为妾。宁妻死，遂为继室。累封至冀国。"（《成都文类》卷四六）则"冀国夫人"当为崔宁继室任氏，李说误。唐制，国公之妻例封国夫人，任氏之封冀国夫人，当在崔宁封冀国公之后。《全唐文》卷三四四颜真卿《杜济神道碑》云："今司空、冀国公崔宁既诛（郭）英乂，请知使事，公坚卧不起。"碑文作于大历十二年十一月杜济下葬之前，其时崔宁已封冀国公，则任氏之封冀国夫人，大抵应在此时或稍前。又，《歌词》第七首云："自怜丞相歌钟贵，却笑阳台云雨寒。"丞相指崔宁，其为丞相在大历十四年，《通鉴》大历十四年六月载："西川节度使崔宁、永平节度使李勉并同平章事。"则《歌词》的写作时间，当在大历十四

----

① 徐俊：《敦煌诗集残卷辑考》，第749~750页。

② 李嘉言《岑诗系年》，载《文学遗产增刊》三辑，作家出版社，1956。

年六月以后，其时岑参已卒多年（岑卒于大历四年岁末），不可能作此《歌词》。又，《歌词》既"不著名氏"，自然当属无名氏之诗。

例三，《全唐诗》卷三五七刘禹锡《宿诚禅师山房题赠二首》其二："不出孤峰上，人间四十秋。视身如传舍，阅世似东流。法为因缘立，心从次第修。中宵问真偈，有住是吾忧。"重见卷四六二白居易补遗卷，题同，诗仅此一首。按，考出诚禅师山房在何处，即可知此诗之归属。考禹锡自永贞元年（805）十一月贬为朗州司马，至元和九年（814）冬奉诏还京，居朗州（今湖南常德）达十年，其间常游枉山，有《谒枉山会禅师》《善卷坛下作》等诗，《太平寰宇记》卷一一八朗州武陵县："枉山在郡东十七里，有枉水出焉。"《方舆胜览》卷三〇常德府："武陵县东十五里枉山之上有善卷坛。"诚禅师山房即在枉山上，此诗曰"不出孤峰上"，孤峰为枉山峰名，《嘉靖常德府志》卷二："善德山，府东南五十里，一名枉山。山有乾明寺、白龙井。寺后冈峦，瞰江壁立，名曰孤峰。"考白居易行迹未至朗州，且此诗见刘集正集卷二二，为组诗之一，而白集正集无之，仅见于汪立铭辑《白香山诗集》补遗卷，故诗当为刘作无疑。参见陶敏等《刘禹锡全集编年校注》卷三。

第五，以本人或同时代人的有关诗作相互参照，以定真伪。下面举例说明。

例一，《全唐诗》卷四二卢照邻《酬杨比部员外暮宿琴台朝跻书阁率尔见赠之作》："闲拂檐尘看，鸣琴候月弹。桃源迷汉姓，松树有秦官。空谷归人少，青山背日寒。羡君栖隐处，遥望白云端。"重见卷一二六王维集，"杨比部员外"作"比部杨员外"，首句作"旧简拂尘看"。按，王维又有《同比部杨员外十五夜游有怀静者季》云："岂知三五夕，万户千门辟。夜出曙翻归，倾城满南陌。……独有仙郎心寂寞，却将宴坐（坐禅）为行乐。倘觅忘怀共往来，幸沾同舍甘藜藿。"玩诗意，此和诗当是作者在长安与杨员外同为员外郎时所作，诗中称"比部杨员外"好尚寂寞，有退隐和安于贫贱之志；而本诗则谓"比部杨员外"已退隐："桃源迷汉姓，松树有秦官。……羡君栖隐处，遥望白云端。"二诗诗意相互关联，因此其中之"比部杨员外"当是一人，其作者亦皆当以作王维为是。又，王集宋元诸本及《文苑英华》卷三一四皆以此诗为王维所作，而《四部丛刊》影印《幽忧子集》不载此诗，也可为佐证。此例是以本人的有关诗歌作参照，以定真伪。

例二，《全唐诗》卷二四八郎士元《送李骑曹之灵武宁侍》："一岁一归宁，凉天数骑行。河来当塞曲，山远与沙平。纵猎旗风卷，听笳帐月生。新鸿引寒色，回日满京城。"重见卷八一三无可集，题作《送李骑曹之武宁》，"武宁"，当从题下校语作"宁武宁省"。按，张籍有同送诗五律《送李骑曹灵州归觐》："翩翩出上京，几日到边城？渐觉风沙起，还将弓箭行。"（《全唐诗》卷三八四）姚合也有同送诗五律《送李琮归灵州觐省》："饯席离人起，贪程醉不眠。风沙移道路，仆马识山川。"（《全唐诗》卷四九六）又，贾岛《送李骑曹》云："归骑双旌远，欢生此别中。萧关分碛路，嘶马背寒鸿。……贺兰山顶草，时动卷帆风。"（《全唐诗》卷五七二）玩诗意，李骑曹当之灵州，则贾岛此诗亦为同送之作。灵武，唐郡名，即灵州，治所在今宁夏灵武西南，唐时为朔方节度使治所。据陶敏考证，李骑曹名琮，为李听之子，李听元和十五年（820）六月至长庆二年（822）二月为灵州大都督府长史、朔方节度使，琮赴灵州，盖为觐省其父；又姚诗"李琮"，当为"李琮"之形误字。[①]考无可为贾岛从弟，与姚、张等同时，且多有往还，而郎士元天宝十五载（756）登第，与姚、张等时代不相及，故诗当为无可所作。此例是以他人的有关诗歌作参照，以定真伪。要从这个方面来辨别诗歌的真伪，首先必须将与本人有关的他人诗歌找出来，如何将这些诗歌找出来，可查看本书第一章第五节的论述。

第六，就唐人诗集的编纂特点归纳通例，以助辨伪。如李嘉言

---

① 陶敏：《全唐诗人名汇考》，辽海出版社，2006，第779页。

《〈全唐诗〉校读法》就归纳出一条通例："甲集附载乙诗，其题下的署名遗漏，因而误为甲诗。"除了署名遗漏，还有另外一种署名与题目误连的情况。例如，《全唐诗》卷一二六王维《留别丘为》："归鞍白云外，缭绕出前山。今日又明日，自知心不闲。亲劳簪组送，欲趁莺花还。一步一回首，迟迟向近关。"重见卷一二九丘为卷，题作《留别王维》。按，今存的一些王维集最早的本子，如宋蜀刻本《王摩诘文集》、南宋麻沙本《王右丞文集》、元刊《须溪先生校本唐王右丞集》、明弘治吕麐刊刘须溪校本、明刊《王摩诘集》十卷本等，此诗皆列于《送丘为往唐州》后，麻沙本且以《留别》为诗题，"丘为"为作者姓名。《送丘为往唐州》曰："宛洛有风尘，君行多苦辛。四愁连汉水，百口寄随人。槐色阴清昼，杨花惹暮春。朝端肯相送，天子绣衣臣。"寻绎诗意，《送丘为往唐州》是送行者的赠别诗，作者为王维，此诗则是行者的留别诗，作者为丘为。唐人诗集多附载他人的同咏、赠答之作，此条就是本人集中附载他人的同咏、赠答之作因而致误的一个明显例子。

也有误用上述通例而造成错误的情况，如《全唐诗》卷一四九刘长卿《杪秋洞庭中怀亡道士谢太虚》云："漂泊日复日，洞庭今更秋。青枫亦何意，此夜催人愁。……羽客久已殁，微言无处求。空余白云在，容与泛孤舟。千里杳难望，一身当独游。故园复何许？江海徒迟留。"重见卷七七二谢太虚诗，题作《杪秋洞庭怀王道士》，诗中"羽客"作"谢客"。按，《唐诗纪事》卷七一录此作谢太虚诗，仅此一首，其生平不详，《全唐诗》编者因据之收入卷七七二"无世次爵里可考"卷；而《文苑英华》卷三〇五收此诗，作刘长卿，宋蜀刻本《刘文房文集》亦收此诗，"羽客"均作"谢客"，谢客，谢灵运，喻指谢太虚，则所怀对象为谢太虚，非王道士（王当为亡之音误字）。追查此诗之归属产生错误的原因，或是《纪事》作者误用上述通例，以为题目与署名误连，因而将其断开，导致谢太虚成为作者。

另外，唐时歌人截取当时文人之诗而播之曲调，在乐府诗中颇多见，《乐府诗集》收载这些作品时，往往以曲调命名，而其作者则多空缺，《全唐诗》编者或不知此例，因而导致误署作者姓名和重出。例如，《乐府诗集》卷八〇"近代曲辞二"在张说《破阵乐二首》之后，收《战胜乐》《剑南臣》《婆罗门》《浣纱女二首》《回纥》《长命女》《醉公子》《一片子》《濮阳女》《簇拍相府莲》等二十首诗，皆无作者姓名，其中《婆罗门》实李益《夜上受降城闻笛》诗;《浣纱女二首》其二乃王维《奉和圣制上巳于望春亭观禊饮应制》诗之前四句;《长命女》为岑参《宿关西客舍寄东山严许二山人》诗之前四句;《一片子》则截取王维《春日上方即事》诗之后四句而成;《簇拍相府莲》共八句，其前四句即王维《息夫人》诗;等等。又同卷在张祜《上巳乐》之后，收《穆护砂》《思归乐二首》《金殿乐》《胡渭州二首》《戎浑》《墙头花二首》《采桑》《杨下采桑》《破阵乐》等十二诗，皆无作者姓名，《全唐诗》编者不知《乐府诗集》上述体例，遂将十二诗全部收入卷五一一、五一〇张祜集中，因而造成误收和重出，如其中《思归乐二首》其一实韩偓《大酺乐》诗，其二为王维《送友人南归》诗之前四句;《墙头花二首》其二实崔国辅《怨词二首》其一;《戎浑》乃王维《观猎》诗之前四句;等等。以上情况，我们使用《全唐诗》时，不能不加以注意。

以上所谈的各种辨伪方法，应尽可能地结合起来使用，以便从多方面取得证据，让结论更加可靠。在这里，笔者还应指出一点，即不管采用何种辨伪方法，都必须以对诗意的正确理解为前提，如果误解诗意，则得出的结论也就很难成立。举一例说明，《全唐诗》卷二三九钱起《和王员外雪晴早朝》："紫微晴雪带恩光，绕仗偏随鸳鹭行。长信月留宁避晓，宜春花满不飞香。独看积素凝清禁，已觉轻寒让太阳。题柱盛名兼绝唱，风流谁继汉田郎。"此诗在《全唐诗》中未重出，但有学者认为它不是钱起所作。吴企明曰："岑仲勉先生《唐史余渖》卷三引黄朝英《缃素杂记》言'唐故事中书省植紫微花'为证，以为《和王员外雪晴早朝》诗'紫微晴雪带恩光，绕仗偏随鸳鹭行'确系钱珝所作。企按：这里的王员外，指王钜，与钱珝同时任职于中书省，是同僚，又是好友。钱珝有《授考功员外郎王钜驾部员外郎知制诰》（见《文苑英华》卷三百八十二、《全唐文》卷八百三十一）可证。当是王钜先有《晴雪早朝》诗，钱珝和作，'紫微晴雪带恩光'云云，点出这位王员外已入中书。惜乎王钜此诗，今已不传。"① 按，岑说非是。紫微有多种含义，紫微本星座名，《晋书·天文志上》："紫宫垣十五星……一曰紫微，大帝之坐也，天子之常居也。"因紫微乃"大帝之坐"，故又用以喻指帝王宫禁，《后汉书·霍谞传》注："天有紫微宫，是上帝之所居也，王者立宫，象而为之。"《文选》王延寿《鲁灵光殿赋》张载注："紫微，至尊宫。"李白《宫中行乐词》："小小生金屋，盈盈在紫微。"此诗题中称"早朝"，则紫微当指皇宫（唐时早朝在大明宫举行），不可能指中书省，诗曰"绕仗偏随鸳鹭行"正写早朝情状，"晴雪带恩光"，言晴雪似带皇帝恩泽，"积素凝清禁"，更直接道出时在宫禁，这同所谓"王员外已入中书"实在毫不相干。又，佟培基曰："（诗尾联）田郎指后汉时田凤。《三辅决录》二云：'田凤为尚书郎，仪容端正，每入奏事，灵帝目送之，因题殿柱曰：堂堂乎张，京兆田郎。'汉代尚书郎掌录文书，此诗即用田凤故事，当指掌制诰之中书舍人。王纮为祠部员外郎，据《旧唐书·职官志二》，'掌祠祀、享祭、天文、漏刻、国忌、庙讳、卜筮、医药、僧尼之事。'故以田凤典故比拟不大切合。而王钜任中书舍人、知制诰，此诗当为钱珝和王钜所作。"② 按，佟说亦误。《通典》卷二二："后汉尚书侍郎三十六人，主作文书起草。"唐尚书省左右司、六部诸司皆有郎官，其职掌各异，与后汉尚书郎的职掌也不同，唐诗中用汉尚书郎故实，多指其在唐为尚书省诸司郎官，从未见过以之指"掌制诰之中书舍人"者，更不可能细及唐某司郎官的职掌（如祠部掌祠祀等事之

---

① 吴企明：《唐音质疑录》，上海古籍出版社，1986，第45~46页。
② 佟培基：《全唐诗重出误收考》，陕西人民教育出版社，1986，第178页。

类），如岑参《和邢部成员外秋夜寓直寄台省知己》云："笔为题诗点，灯缘起草挑。"直接用汉尚书郎掌起草文书的故实，但只是用来指成员外时为尚书郎，并非指成是时"掌制诰"。考察《全唐诗》中用田凤这一典故的所有例句，可以肯定只有两种含义，而无一例是指"掌制诰"者。一种是指其为尚书郎，如李乂《饯唐永昌》："田郎才貌出咸京，潘子文华向洛城。"李适同题诗题下注："自尚书郎为令。"则"田郎"句，盖指唐自尚书郎出为永昌（即洛阳）令。韦庄《九江逢卢员外》："陶潜岂是铜符吏，田凤终为锦帐郎。"下句盖谓卢员外终于升为尚书郎。钱起《和韦侍御寓直对雨》："兰滋人未握，霜晓鹗还栖。伫见田郎字，亲劳御笔题。"侍御，指监察御史或殿中侍御史，握兰为汉尚书郎故实，兰未握，盖谓其尚未入尚书省为郎官也，"伫见"二句，则谓期望韦升为尚书郎。另一种是称其有容仪、风度，杜甫《赠田九判官梁丘》："陈留阮瑀谁争长，京兆田郎早见招。"时田梁丘为河西节度判官，与尚书郎无涉，此处盖赞赏其有容仪、风度。至于钱起此诗的尾联，则兼有上述两种含义。综上所述，吴、佟认为此诗为钱珝所作的理由，是建立在误解诗意的基础上的，所以很难成立。

岑参《和祠部王员外雪后早朝即事》云："长安雪后似春归，积素凝华连曙辉。色借玉珂迷晓骑，光添银烛晃朝衣。西山落月临天仗，北阙晴雪捧禁闱。闻道仙郎歌《白雪》，由来此曲和人稀。"岑此诗与前述钱诗，均为七律，皆写雪后早朝，两人所和诗的作者，都是"王员外"，两诗用语，也有不少相似之处，如岑诗曰"北阙晴雪"，钱诗曰"紫微晴雪"；岑诗曰"积素凝华"，钱诗曰"积素凝清禁"；岑诗曰"雪后似春归"，钱诗曰"花满不飞香"；岑诗写"西山落月"，钱诗也写晓月；又两诗皆写及雪光和早朝仪仗，因此很可能是同和之作。李嘉言《岑诗系年》曰："王员外谓王纮。《郎官石柱题名》祠部员外郎王纮名在公后，则此诗当作于广德元年以后大历元年以前。"按，"王纮"，《郎官石柱题名》赵魏、王昶录本俱作"王统"，岑仲勉《郎官石柱题名新考订》

云:"赵钺疑王纮之误。"① 赵说近是,大历元年以前,钱起当已自蓝田尉(畿县尉)入朝为拾遗,故得以作此和诗。

最后,就唐诗辨伪应注意的问题,再提出以下两点意见。其一是,古代学者常据诗歌风格、文辞工拙等来判断作品的真伪,这是很不可靠的。如关于李白《答王十二寒夜独酌有怀》,《分类补注李太白诗》元萧士赟注说:"按此篇造语用事,错乱颠倒,绝无伦理,董龙一事,尤为可笑,决非太白之作。乃元儒所谓五季间学太白者所为耳,具眼者自能别之,今厘而置诸卷末。"明朱谏《李诗辨疑》卷下也说:"士赟此论大概得之。"② 一篇李白很重要的诗作,就这样轻易地被萧士赟、朱谏给否定了,其判断真伪之主观随意,令人惊异,所以一般说来,我们不能以诗歌风格、文辞工拙等作为辨别真伪的依据。其二是,重出诗甄辨是一项细致复杂的考证工作,必须找到比较充分的证据,方可下结论,如果证据不够充分,则宁可阙疑,不必强为甄辨。

---

① 岑仲勉:《郎官石柱题名新考订》,第 162 页。
② 以上见詹锳主编《李白全集校注汇释集评》第 5 册,百花文艺出版社,1996,第 2710 页。

第三章　唐诗的校勘

第一节　唐诗为什么必须校勘

什么是校勘？校勘古称校雠，《文选·魏都赋》李善注、《太平御览》卷六一八引刘向《别录》曰："雠校，一人读书，校其上下，得谬误为校。一人持本，一人读书，若怨家相对，故曰雠也。"这里分释校、雠二字，其实它们的意义是相同或相近的。校是比对、考核之意，雠也是比对的意思。《玉篇》："雠，对也。"《古今韵会》："雠，犹校也，谓两本相覆校，如仇雠也。"校雠后来称作校勘，勘字之义与校、雠之义基本相同，《说文》："勘，校也。"《玉篇》："勘，覆定也。"所谓覆定，即查核、考察而定其是非之意。古书在流传过程中产生许多不同的本子，校勘就是用各种不同的本子，以及一个本子的上下文和其他有关的资料相互比对，得出异文（同一处的不同文字），而后分析、判断其是非，写成新的符合原貌的正确本子，它是整个古籍整理工作的一个不可或缺的环节。

上面说过，校雠与校勘是异名同实的。但历史上一般相沿把校雠看作兼该目录、版本、校勘三位一体的学问。汉代刘向、刘歆父子当年校理群书，始则搜罗众本，次则比勘异同，而后是正讹误，写成定本，复撮其旨意，撰为叙录，最终则寻源流、别部类，编成系统目录。我们知道，未有版刻以前，古书依靠传抄，多单篇流传，文字及篇章的异同极多，所以校理群书，首先必须广搜众本，然后经过比勘、整理，写成定本，这样才便于收藏和编目。古代秘阁藏书，大抵都是这样做的，一直到清代编纂四库全书，仍然是这样做的。由于上述这种搜罗众本、校勘与编目相互联结的情况，所以历史上相沿把目录、版本、校勘统归为校雠，这也可以说是广义上的校勘，宋郑樵《通志·校雠略》、清章学诚《校雠通义》等，就都是在广义上使用"校雠"这一概念的。但是，校勘与目录、版本毕竟有区别，所以近代的发展趋势，是将这三者分开来，与目录、版本分开来的校勘，也可以说是狭义的校勘。本章所述，就属于狭义的校勘，但也不能说这种校勘与目录、版本没有关系；可以说，如果不具备一定的目录、版本知识，也是做不好这种校勘的。

古书，包括唐人诗集，为什么必须校勘？这是因为古书在流传过程中，产生了许多错乱的现象，必须通过校勘纠正这些错乱，才能为读者提供一个正确无误的文本。古书的错乱现象，基本上可以归纳为以下四种。

第一，衍。又称羡、剩，就是多出的文字。如《全唐诗》卷八六张说《送郭大夫元振再使吐蕃》云："犬戎废东献，汉使驰西极。长策间（原作'问'，据《文苑英华》卷二九六改）酋渠，猜阻自夷殄。……远图待才智，苦节输筋力。……知君万里侯，立功在异域。"按，据《全唐文》卷二三三张说《兵部尚书代国公赠少保郭公行状》、《通鉴》卷三〇五及三〇六载，郭震字元振，以字行，武后万岁通天元年（696）九月，吐蕃遣使请和亲，"太后遣右武卫胄曹参军（正八品下）贵乡郭元振往察其宜"（《通鉴》），此即元振首次出使吐蕃；元振归来后，建议朝廷行离间计，谓"必可使其上下俱怀猜阻矣"（《行状》）；圣历二年（699），"吐蕃君臣果相疑贰"（《行状》），杀其大将论钦陵，四月，钦陵弟"赞婆率所部千余人来降，太后命左武卫铠曹（即胄曹）参军郭元振与河源军大使夫蒙令卿将骑迎之"（《通鉴》），此即张说诗之所谓"再使吐蕃"，张说作这首送别诗时，元振官位不过正八品下，距御史大夫尚远，又元振行大（见《唐人行第录》），则"夫"字当为衍文。又如，《全唐诗》卷一八六韦应物《移疾会诗客元生与释子法朗因贻诸祠曹》云："对此嘉树林，独有戚戚颜。抱瘵知旷职，淹旬非乐闲。……英曹幸休暇，悢悢心所攀。"按，祠曹即祠部，为礼部四司之一，唐代只有一个祠部，其上加一"诸"字，于义不通，宋乾道递修本《韦苏州集》卷一、《唐诗品汇》卷一四均无"祠"字，则"祠"字为衍文。作者大历九年至十二年为京兆府功曹参军（参见陶敏、王友胜《韦应物集校注》附录六《简谱》），"诸曹"即指京兆府属官功曹、仓曹、户曹、田曹、兵曹、法曹、士曹参军，而诗末二句之"英曹"，系赞诸曹参军才能出众。

第二，脱。又称夺、漏，即脱漏文字；已脱漏待补之文字，用"□"号（空缺号）表示，称作阙文。简策时代由于韦编断烂，脱落一简至数简之文字，称作脱简。此语沿用到后代，则指字数较多的脱文。到了版刻时代，有脱一叶至数叶者，称为脱叶或阙叶。例如，《全唐诗》卷二四八郎士元《酬二十八秀才见寄》："昨夜山月好，故人果相思。……永意能在我，惜无携手期。"按，"二十八"为行第，其上当脱一姓字，此字或一时难以补上，则宜加一"□"号，以明已脱待补之意。又如，同上卷郎士元《赠韦司直》："闻君感叹二毛初，旧友相依万里余。……客来吴地星霜久，家在平陵音信疏。昨日风光还入户，登山临水意何如？"韦，《全诗》校曰："一作韩。"按，作"韩"是，盖"韩"字脱去左半而误为"韦"也。郎士元又有《送韩司直路出延陵》云："游吴还适越，来往任风波。……季子留遗庙，停舟试一过。"按，前一诗称"韦司直"客居吴地年岁久，此诗谓"韩司直""游吴还适越"，诗意两相关联，亦可为"韦"当作"韩"字之一证；然《全诗》卷一四八此诗又重作刘长卿，且《文苑英华》卷二七二收作皇甫曾，唐姚合《极玄集》卷下、宋赵师秀《众妙集》、计有功《唐诗纪事》卷二七则收作皇甫冉，考前一诗《英华》卷二五四亦收作皇甫冉，则此二诗很可能都是皇甫冉所作。

再如，赵殿成《王右丞集笺注》卷二六《工部杨尚书夫人赠太原郡夫人京兆王氏墓志铭》："夫人讳某……乃为铭曰：天生淑德，实俾宜家。特能柔顺，深弃娇奢。……繁华贵里，寂寞安禅。朝含香兮礼闱，夕青琐兮黄扉。方天公兮密启，建出牧兮高麾。俄入守兮京兆，赐黄金兮被皂衣。……愁魂兮归来，江南不可以久留。"按，《墓志》谓王氏奉佛，师事大照，《铭》亦称其"寂寞安禅"，而自"朝含香兮"句以下，却称墓主曾为尚书郎、给事中，出为地方长官，入为京兆尹等等，《铭》之体裁也由四言变成骚体，很显然，这前后两部分不可能是同一文，然而赵殿成在注中却无一语说明。据王维集宋蜀刻本、明十卷本等，王氏墓志之《铭》，在"寂寞安禅"句下，尚有"食必箪笥，衣无重采"等十二句，均为四言，接着下连《唐故京兆尹长山公韩府君墓志铭》一文，此文之《铭》曰："帝周发之苗裔兮，受介圭以建侯。……登麒麟兮割白虎，冠獬豸兮奋苍鹰。朝含香兮礼闱……。"说明自王氏墓志"食必箪笥"句以下，至韩府君墓志之"冠獬豸兮奋苍鹰"句，赵注本共脱去八百余字，适为两叶（每叶两面），遂导致"朝含香兮"句以下十八句，误与王氏墓志之"寂寞安禅"句连成一文。寻其致误之由，系因赵本的文章部分，仅据顾氏奇字斋本一个本子，未找到其他本子作对校，而奇字斋本据以刊刻的本子有脱叶，顾氏未曾发现。

第三，误。又称讹、谬，即古书传抄、翻刻过程中产生的误字。如《全唐诗》卷五六王勃《杜少府之任蜀州》："城阙辅三秦，风烟望五津。……海内存知己，天涯若比邻。无为在岐路，儿女共沾巾。""州"字下《全唐诗》校曰："一作川。"按，作"州"误，据《元和郡县图志》卷三一、《旧唐书·地理志》，垂拱二年（686），割益州四县置蜀州，而王勃卒于仪凤二年（676），则其在世时，尚无蜀州之名。又如，《全诗》卷五〇有杨炯《送郑州周司空》，"司空"下《全唐诗》校曰："一作司功。"岑仲勉《读全唐诗札记》云："余按明童氏刊本《盈川集》亦作司功，司功参军为州属，故称之者常以州名冠，如同人《送梓州周司功》是也。三公（按，司空为三公之一）显官，固不必冠籍，况炯同时并无周司空其人乎！"岑说是。

第四，窜。又称倒，即文字窜乱，上下颠倒。错简也属窜乱的一种，简策时代由于韦编断烂，使一简至数简文字上下倒置，称作错简。此语沿用到后代，则指窜乱较多的文字。到了版刻时代，有一叶至数叶倒置者，称为错叶。例如，《全唐诗》卷一二六王维《送李判官赴东江》："闻道皇华使，方随皁盖臣。封章通左语，冠冕化文身。树色分扬子，潮声满富春。遥知辨璧吏，恩到泣珠人。"东江"下《全唐诗》校曰："一作江东。"按，王维集诸本皆作"江东"，当系"东江"之误倒。江东，古指长江下游南岸地区；东江，又称龙江，在广东东南部，自博罗县西流，经增城市入海。《水经注》卷三八《溱水》："东溪亦名东江，又名始兴水。"诗中特别提到李判官"通左语（异族语言）"，又言其"化文身""恩到泣珠人"，古谓粤地之民"文身断发"（《汉书·地理志》），又"泣珠人"指南海中鲛人，则李所赴之地，当为东江无疑。又如，《全唐诗》卷二三七钱起《送边补阙东归省觐》："凤凰衔诏下，才子采兰归。斗酒百花里，情人一笑稀。""情人"下《全唐诗》校曰："一作人情。"按，"人情"当为"情人"之误倒。古时"情人"多指感情深厚之友人，不同于今日之仅指恋人，韦应物《送汾城王主簿》："芳草归时遍，情人故郡多。"两诗之"情人"，皆指故乡之友人，"一笑稀"，盖谓友人欣喜相会之机会稀少也。

以上四种基本的错乱现象中，以第三种最为常见。应该指出，古书（包括唐人诗文集）具体存在的错乱情况，较为复杂，有时一句之内，两种以上类型的错乱同时存在，并非如前面所叙的那么单纯。例如，《全唐诗》卷八四陈子昂《古意题徐令壁》云："白云苍梧来，氛氲万里色。闻君太平世，栖泊灵台侧。"题下校曰："一作《题著作令壁》。"《诗式》卷五作《古意题徐著作壁》。按，唐人诗文中称"令"而冠以姓者，皆指中书令或县令，无所谓"著作令"之职；唐秘书省有著作局，其主管官员为著作郎，佐官有著作佐郎，凡唐人诗文中称"某著作"者，即某著作郎或著作佐郎之省称。然子昂生活的时代，又未见有徐姓为著作郎或著作佐郎者。《旧唐书·儒学传下》载："（郎）馀令少以博学知名，举进士。……累转著作佐郎。撰《隋书》未成，会病卒。"据《唐代墓志汇编》垂拱〇三七《朝散大夫行著作佐郎中山郎馀令故妻赵国李道真之墓》，知垂拱三年（687），郎馀令正在著作佐郎任，而是时子昂也在朝为麟台正字，得以作此题壁之诗。诗题疑当作《古意题郎著作馀令壁》，"徐令"盖即"馀令"之讹，又脱"郎著作"三字；而另一"一作"之题，则脱"郎""馀"二字。①

古书的错乱情况是复杂的，有时还很严重，达到讹谬满纸、不可卒读的地步。有时某些错误虽只有一字之差，却不可小看，如王维《与工部李侍郎书》曰："宿昔贵公子，常下交布衣，尽礼髦士，绝甘分少，致醴以饭，汲汲于当世之士，常如不及，故夙著问望，为孟尝、平原之俦。""下交"赵殿成注本作"不交"，据宋蜀刻本、《全唐文》改。按，工部李侍郎即李遵，为唐宗室，王维《书》中赞其能礼贤下士，有战国孟尝君、平原君之风；而作"不交"，则一字之差，意思相反，并导致与"尽礼髦士"以下数句扞格，于义难通。所以一字之差，也不可忽视。俞樾为孙诒让《札迻》写的《序》说："夫欲使我受书之益，必先使书受我之益，不然割申劝为周田观（《逸周书》），而肆赦为内长文（《汉书·武帝纪》），且不能得其句读，又乌能得其旨趣乎！"这话告诉我们，欲读书、治学，需先校书，否则讹误满纸，连断句都困难，又哪里谈得上得其旨趣呢！古代的学者，常用校书的方法来读书，精校某书与精读某书和精研某书是相互联系着的。精校某书，实际上也就精读了某书，而精读某书，又为精研某书，准备了条件。

古书在流传过程中普遍存在的错乱现象，对于我们整理、研究和继

---

① 参见陶敏、傅璇琮《新编唐五代文学编年史·初盛唐卷》，第217页。

承古代优秀的文化遗产，有着许多不良的影响。所以我们要研究和继承古代优秀的文化遗产，就要先通过校勘发现和纠正古书中存在的错乱现象。校勘是发现和纠正古书错乱的基本方法和途径，它的意义和作用，主要在于提供正确无误或错误较少的文本或资料，为学术研究创造良好的条件。从研究者的角度来说，其研究如果不注意校勘问题，也很容易犯据误本书作研究、下结论的错误。校勘又是古籍整理工作的第一步，它为其他古籍整理工作的进行奠定基础。如为古书作注释，若未经校勘，文本有误，则注释也就很难下手，硬要下手的话，就极易犯牵强附会的毛病。可以说，误文是产生牵强附会注释的温床。

第二节　校勘的基本方法之一：本书版本对校法

校勘如何进行，有哪些具体的方法和步骤？关于校勘的具体方法，陈垣《校勘学释例》卷六《校法四例》中，将其总结、归纳为四种：对校法、本校法、他校法、理校法。这四种方法是历史上形成的，我们为某一书作校勘时，应根据该书的具体情况，综合和灵活地使用这几种方法。关于对校法，《释例》说："昔人所用校书之法不一，今校《元典章》所用者四端：一为对校法。即以同书之祖本或别本对读，遇不同之处，则注于其旁。刘向《别录》所谓'一人持本，一人读书，若怨家相对者'，即此法也。此法最简便，最隐当，纯属机械法。其主旨在校异同，不校是非，故其短处在不负责任，虽祖本或别本有讹，亦照式录之；而其长处则在不参己见，得此校本，可知祖本或别本之本来面目。故凡校一书，必须先用对校法，然后再用其他校法。"[1] 对校法是集合本书的各种不同的版本对校，为了将它与他校法区分开来（他校法是搜罗他书的引文和有关资料与本书对校），不妨直陈其义，称为"本书版本

---

[1]　陈垣：《校勘学释例》卷六，中华书局，1959，第144页。

对校法"。"凡校一书，必须先用对校法。"所言极是。此法也确实"最简便，最隐当"，但也最烦琐，最耗时费力。此法也并非都"纯属机械法"，其中也有较复杂、丰富的内容。此法堪称校理一书发现并纠正其中错误的一项最为重要的基础工作。本书版本对校法的工作内容和环节，大抵可分为以下几项。

一　了解、搜集一书的各种不同版本

一部唐人诗文集，从产生到现在，一般都历经传抄翻刻，校注整理，出现过各种不同的本子，某些名著，版本甚至多达数十种至上百种。这么多版本，当然不会都用来对校，但为了给选择用以对校之善本的工作打下广泛、坚实的基础，在了解、搜集版本的最初阶段，还是应该尽可能地将一书的各种不同版本搜集全。

首先，我们可以利用各种目录，来了解某部唐人诗文集今存的各种版本。有些唐人诗文集，已有人做过版本的总结、整理工作，如郑庆笃等的《杜集书目提要》(《齐鲁书社》1986 年版）等，我们自然可以参用，但大部分今存唐人诗文集的版本，还是需要我们自己动手进行了解和搜集。我们可以利用全国各大图书馆的藏书目录，如中国国家图书馆、北京大学图书馆、上海图书馆等的善本书目，还有《中国古籍善本书目》《中国丛书综录》等，来了解和搜集某部唐人诗文集今存的版本，并在广泛查阅各种目录的基础上，开列出一份此集今存各种版本的清单，以便为下一步的工作作好准备。

其次，我们还应查阅明清以来各大藏书家的藏书目录、善本书书目、藏书题跋记，以及近代的有关版本目录，如叶盛《菉竹堂书目》，陈第《世善堂藏书目录》，毛扆《汲古阁珍藏秘本书目》，钱谦益《绛云楼书目》，钱曾《述古堂藏书目》《读书敏求记》，季振宜《季沧苇藏书目》，徐乾学《传是楼宋元版书目》，黄丕烈《荛圃藏书题识》《士礼居藏书题跋记》，杨绍和《海源阁藏书目》《楹书隅录》，陆心源《仪顾堂题跋》，瞿镛《铁琴铜剑楼藏书目录》，邵懿辰等《增订四库简明目录标注》，等等。查阅这类书的主要目的，是为了弄清明清藏书家见过的版本，在我们今天的图书馆里是否还有，如果没有，就要作进一步的追寻，看看是真的失传了呢，还是在私人手中，没有被挖掘出来，总之，这类书可为我们搜罗善本提供线索；另外，对于版本时代的鉴定，也很有帮助。

下面，举一个王维集版本的搜罗和考证的例子，来对本书版本对校法所涉及的问题，作进一步的说明。先将王维集今存各种版本的清单，开列于下：

1.《王摩诘文集》，十卷，北宋蜀刻本。每半叶十一行，行二十字。前有王缙进集表、代宗答诏。现藏中国国家图书馆，上海古籍出版社、国家图书馆出版社有影印本。

2.《王右丞文集》，十卷，南宋麻沙本。每半叶十一行，行十七至二十字不等。前有王缙进集表、代宗答诏。原为陆心源藏书，今存日本静嘉堂文库。

3.《王右丞文集》，十卷，述古堂影宋抄本。每半叶十一行，行十八字。现藏中国国家图书馆。

4.《须溪先生校本唐王右丞集》，六卷，元刊本。每半叶八行，行二十字。止诗六卷，无文，上有刘须溪评点。现藏中国国家图书馆，《四部丛刊》有影印本。

5.《唐王右丞诗刘须溪校本》，六卷，明弘治甲子（1540）吕夔刊本。每半叶十行，行二十字。有刘须溪评点。现藏中国国家图书馆。

6.《王摩诘集》，六卷，明刻本。每半叶九行，行二十字。各卷前均署"须溪刘辰翁评点"，为合刻刘须溪点校书九种之一。书藏中国国家图书馆。

7.《唐王右丞诗集注说》，六卷，句吴顾可久注说，附刘须溪评点。明嘉靖己未（1559）洞易书院刊本。每半叶九行，行十七字。书藏中国国家图书馆。

8.《唐王右丞诗集》，六卷，明顾可久注，万历十八年（1590）吴氏漱玉斋刊本。此为洞易书院刊本之覆刻本。

9.《王摩诘集》，十卷，明刊本。每半叶十行，行十八字。卷首有王缙进集表、代宗答诏。无序跋，不著刊书年月与刊刻者姓名。前六卷诗，后四卷文。书藏中国国家图书馆、北京大学图书馆。

10.《王摩诘集》，十卷，明刊本。每半叶十行，行十八字。卷首有王缙进集表、代宗答诏。无序跋，不著刊书年月与刊刻者姓名。书藏北京大学图书馆。此本字体稍异于前一本。

11.《王摩诘集》，十卷，墨笔抄本。每半叶十行，行十八字。何焯曾两用此本与两种宋椠影抄本对校。此本原为铁琴铜剑楼藏书，今存中国国家图书馆。

12.《王摩诘集》，十卷，明刊《唐十二家诗》本。每半叶十行，行十八字。卷首有王缙进集表、代宗答诏。无刊书年月与刊刻者姓名。现藏北京大学图书馆。

13.《王摩诘集》，二卷，明张逊业辑校《十二家唐诗》本。嘉靖三十一年（1552）江都黄埠东壁图书府刊。每半叶九行，行十九字。现藏中国国家图书馆。

14.《王维集》，一卷，明万历十二年（1584）杨一统刊《唐十二家诗》本。每半叶九行，行二十字。现藏北京大学图书馆。

15.《王摩诘集》，二卷，明万历三十一年（1603）许自昌刊《前唐十二家诗》本。每半叶九行，行十九字。现藏北京大学图书馆。

16.《王摩诘集》，二卷，明郑能重刊《前唐十二家诗》本。每半叶九行，行十九字。中国国家图书馆藏有一此书之残本，仅存王、孟、高、岑四家。

17.《王摩诘集》，六卷，明嘉靖十六年（1537）陈凤等刻，与《孟浩然集》合刊。有诗无文，每半叶十行，行十八字。卷首有陈凤序，序后有王缙进集表、代宗答诏。今藏中国国家图书馆。

18.《王摩诘集》，六卷，明铜活字本。有诗无文，无刊刻年月与刻书者姓名。每半叶九行，行十七字。书藏中国国家图书馆。

19.《王右丞诗集》，二卷，清康熙三十四年（1695）汪立名刻《唐四家诗》本。卷首有尤侗《唐四家诗序》，又有汪立名自序。"四家"指王、孟、韦、柳。每半叶十行，行十九字。现藏中国国家图书馆。

20.《王右丞集》，六卷，清项氏玉渊堂刊本。有诗无文，诗分体。卷首有王缙进集表、代宗答诏。每半叶十一行，行二十一字。现藏中国国家图书馆。

21.《类笺唐王右丞集》，明顾起经编注。其中《诗集》十卷，有注；《文集》四卷，无注；又有《右丞诗画评》《唐诸家同咏集》《唐诸家题赠集》《右丞年谱》《外编》各一卷。前有顾起经序，嘉靖三十五年（1556）顾氏奇字斋刊。每半叶九行，行十八字。现藏中国国家图书馆、北京大学图书馆。

22.《王摩诘诗集》，七卷，明凌蒙初刊朱墨二色套印本。有刘须溪评，又附姑苏顾璘评。有诗无文，无刊刻年月。每半叶八行，行十九字。现藏中国国家图书馆。

23.《王右丞集笺注》，诗文二十八卷，卷首、卷末各一卷，清赵殿成注，乾隆二年（1737）赵氏刻本。每半叶十行，行二十字。上海古籍出版社有铅印本。

24.《王维诗》，四卷，《全唐诗》本。

25.《王维文》，四卷，《全唐文》本。

将今存的某唐人诗文集的版本搜集齐全后，就可以开始进行下一步的工作了。

二　弄清某唐集今存各本的相互关系，考证和归纳其版本源流系统

在搜集齐某唐集现存的各种版本之后，就要进一步弄清它们之间的

相互关系，考证和归纳版本的源流系统。所谓考证版本源流，是指考证版本的来龙去脉和相互之间的历史渊源关系，即丙本出于乙本、乙本又出于甲本的这种传承的关系。所谓归纳版本系统，是指将现存版本，按其传承关系，归纳成几个类别系统。每个类别系统的版本出于一源，有较多的共同特点；虽然它们之间也有差异，但共同的特点是更为主要的。这项工作做好了，可为下一步的工作（选择校勘的底本和校本）奠定坚实基础。

考证版本源流，必然涉及版本年代的鉴定问题。鉴定版本的年代，是一门专门的学问，我们应该有所了解，所以这里略作介绍。版本年代鉴定的依据，主要有下面几个方面。

第一，牌记。牌记往往记载书籍的刊刻者、刊刻时间和刊刻地点等，如王维集顾可久本（即本节第一部分编号 7 的图书，简称"上文第 7 种"，下文以此类推）有"嘉靖己未岁季冬月几望洞易书院梓行"的牌记，交代了刊刻者和刊刻时间。

第二，序跋。如吕夔刊本（上文第 5 种），书前有《重刊王右丞诗集序》，交代了此本的刊刻时间（弘治甲子）和来源（据刘须溪校本重刊）。序跋与牌记的作用一样，但刊刻者有时为了促销，也有在其中作假的。如清项氏玉渊堂本（上文第 19 种），为一分体诗集六卷本，但首叶却有"依宋本重刊"的牌记。考唐集宋元旧本，诗歌多分类编排，如王集宋蜀刻本、麻沙本、元刊本（上文第 1、2、4 种），皆如此，所谓"依宋本重刊"，恐是有意冒充古本的作伪行径。

第三，避讳字。主要指行文中遇到君主及其祖先的真名或嫌名（音同、音近的字），必须设法避免其直接出现。避免其直接出现的方式，主要是改字、缺笔、空字等。因此我们可以根据书籍中出现的讳字，来推断它的刊刻年代。关于这一点，可参阅陈垣《史讳举例》（科学出版社 1958 年版）一书。

第四，刻工。古刻本多于版心下部刻记刻工姓名，某一刻工大抵都有其特定的活动地域与年代，其一生当会参与刊刻许多书籍，其中只要有一本可确知刊刻的年代与地点，则他所参与刊刻的其他书籍，也就大致可推知刊刻的年代与地点了。为了便于利用刻工鉴定版本年代，现当代学者对历代版本的刻工进行了搜集、整理，编制成刻工表，颇便于我们鉴定版本年代时参考。如何槐昌《宋元明刻工表》（载《图书馆学研究》1983 年第 3 期），共收刻工六千余人，在所有刻工表中，所收刻工的数量最多。

第五，宋以来官私藏书目录的著录、明清藏书家的题跋和藏印。其中往往有对于版本年代的鉴定意见，可供我们鉴定版本时参考。

第六，版式、行款。版式包括版框高宽、四周栏线（四周单边、左右双边、四周双边）、版心情状（白口、黑口、单鱼尾、双鱼尾等）等。行款指每半叶几行行几字。版式、行款各具有时代特点，但也并非一律，无绝对定式。

第七，纸张、墨色、字体。纸张、墨色各具有时代和地域的特点，字体也具有时代的特点，但也并非一律。

以上所述各项依据，鉴定版本时应该综合使用，这样才能从多方面取得证据，使鉴定有较强可靠性。这里应特别指出一点，即有些唐集版本，不著刊书年月与刊刻者姓名，也无上述第一至第四项依据，所以只好从上述第六、七项依据入手来鉴定版本。进行这一类型版本鉴定的人，不仅要靠知识，更要靠具有目验过几百种古本的经验，这也就是说，大抵只有在大图书馆善本室工作的人，才具有获得这种经验的条件，才能进行这种鉴定。因为今天我们到大图书馆善本室看书，一般只能看到古本的缩微胶卷，并不能接触到原本，更不可能通过目验大量古本以获取经验。不过这也没有什么关系，现在大图书馆善本室的藏书，大抵都经过版本学家的鉴定（如中国国家图书馆善本部的藏书，大抵都经过著名版本学家赵万里、冀淑英等的鉴定），他们的鉴定成果，一般都反映在藏书目录上，我们（古籍整理工作者）不妨先相信这些鉴定成果，等对某集的各种版本进行比勘和考证后，如果发现鉴定存在问题，再来作进一步的研究也不迟。虽然我们没有目验过大量古本的经验，但在鉴定版本方面，也不是完全不能有所作为的。

那么，考证唐集的版本源流，归纳其版本系统，应该从何处入手呢？首先，我们可利用《旧唐书·经籍志》以下的官私藏书目录和题跋记，以及有关的序跋资料，来了解某集在历代的流传情况，如初编时是怎样一个情况，有多少篇多少卷，到宋代刊刻时，有没有什么变动，到了明代，又出现过哪些新的版本，等等。了解了某集在历代的流传情况后，我们可进而把今存的版本，与历史上曾流传过的版本作比较，看看它们之间有无联系和共同点，从而找出今存版本的源（即今存的某本出自历史上的哪一本，与历史上的哪一本相近）。一般说来，同源的版本较为接近，所以这一工作，也有助于我们弄清今存版本之间的相互关系。

考证唐集的版本源流，归纳其版本系统，应该做的一项更为主要的工作，是对某集今存的各种版本作实际比勘，掌握各本之间的异同情况，并根据这些异同情况，对它们之间的相互关系作出判断。一般说来，可从以下几个方面对某集今存的各种版本进行比勘：（一）有无序跋、牌记、目录等；（二）篇卷数目与序次；（三）版式、行款、字体等；（四）文字面貌。可先挑选少量篇卷进行比勘，以掌握各本的文字异同情况。大致说来，同一源流系统的版本，其篇卷数目、序次和文字面貌大体相同。有些忠实的覆刻本，上述四个方面往往完全相同，甚至连错字、异体字都一样。当然，同一源流系统的版本之间也有差异，但多半是文字上的小异，这可能是翻刻时经过校勘改定的缘故。至于不同源流系统的版本，则往往在上述几个方面存在较大差异。此外，还有一种校本，可能参用过不同系统的版本进行校订，其文字面貌不一定同于某一系统的版本，但一般也都以某一系统的版本作为校订的工作底本。

下面，兹以拙作《王维集校注》的版本考证为例，对上述问题作进一步说明。

　　《旧唐书·王维传》云："代宗时，（王）缙为宰相。代宗好文，常谓缙曰：'卿之伯氏，天宝中诗名冠代，朕尝于诸王座闻其乐章，今有多少文集，卿可进来。'缙曰：'臣兄开元中诗百千余篇，天宝事后，十不存一。比于中外亲故间，相与编缀，都得四百余篇。'翌日上之，帝优诏褒赏。"王缙《进王右丞集表》云："臣缙言：中使王承华奉宣进止，令臣进亡兄故尚书右丞维文章……臣近搜求，尚虑零落，诗笔共成十卷，今且随表奉进。"知《王维集》最初由王缙在代宗朝编成，共十卷，诗文凡四百余篇。此集编成后的流传情况如何？《新唐书·艺文志》："《王维集》十卷。"《崇文总目》卷五："《王维文集》十卷。"宋晁公武《郡斋读书志》卷一七："《王维集》十卷。"诸书著录的卷数，均与王缙编本合，但内容、编次是否完全一致，已难以弄清。又，宋陈振孙《直斋书录解题》卷一六云："《王右丞集》十卷。……建昌本与蜀本次序皆不同，大抵蜀刻唐六十家集多异于他处本，而此集编次尤无伦。"谓宋时有建昌本与蜀本两种本子。蜀本即今存之《王摩诘文集》（上文第1种），那么建昌本呢？宋蜀刻本卷后有顾广圻跋云："予读《文献通考》引《书录解题》云；'建昌本与蜀本次序不同，大抵蜀刻唐六十家集多异他处本，而此集编次尤无伦。'乃悟题摩诘集者蜀本也，题右丞集者建昌本也。建昌本前六卷诗，后四卷文，自是宝应二年（763）表进之旧，而蜀本第二以下全错乱，故直斋以为尤无伦也。"（亦见顾广圻《思适斋集》卷一五）则今存之麻沙本《王右丞文集》（上文第2种），当渊源于建昌本。

　　下面先谈**宋蜀刻本**（上文第1种）。此本卷后顾广圻跋云："右《王摩诘文集》十卷，每卷有二泉主人听松风处、子京项墨林鉴赏章、宋本甲等印，第五卷有款云袁褧观及袁氏尚之印，今藏汪氏（士钟）艺芸书舍，与前收《读书敏求记》所载《王右丞文集》，皆宋本而迥乎不合。"杨绍和曾收藏此本，其《楹书隅录》卷四云："此本乃北宋开雕，其间佳处，实建昌本所从出之源，宋椠中之最古者也。"看法与顾广圻不同。此本卷一赋、歌、诗、赞，收诗三十三首，赋一篇，哀辞一篇，赞二篇；又，卷末在"翰林学士知制诰王涯"名下，录《献寿辞》《游春辞》等七绝十五首，《太平乐》《送春辞》等五绝十五首。卷二书、序、记、文、赞，收文二十八篇。卷三表状、露布，收文二十篇。卷四应制、应教、唱和、酬答，收诗五十四首，又连珠词五首。卷五寄赠、山水，收诗四十四首。卷六山水下，收诗六十七首。卷七碑，收文五篇。卷八墓志，收文八篇。卷九饯送、留别、游览，收诗八十九首。卷十逆旅、杂题、哀伤，收诗七十九首。与赵殿成注本（上文第 23 种）正编相较，宋蜀刻本缺诗七首（《达奚侍郎夫人寇氏挽歌二首》《恭懿太子挽歌五首》），多文一篇（《唐故京兆尹长山公韩府君墓志铭》）。宋蜀刻本诗文混编，而非先诗后文，诗分类不分体，文则分体，故直斋以为"编次尤无伦"。此本虽也有十卷、诗文四百余篇，但应是宋人重编的，因为王缙不可能把自己作的《游悟真寺》诗（参见本书第二章第四节）收入王维集中（见宋蜀刻本卷九），更不可能将宪宗元和时的翰林学士王涯的诗作编到王维集里。大概经历唐末、五代的动乱后，王集在传抄中已出现不少伤损、歧异，宋人于是多方搜集王维诗文，将其重加编订刊行。此本与宋蜀刻本《李太白文集》版式、行款一致，但刊刻年代并不相同，《李太白文集》刊于南宋高宗时[1]，此本则约刊于北宋仁宗（1023～1063）时。从讳字来看，宋真宗讳"恒"、仁宗讳"贞""祯"此本皆缺笔，而英宗讳"曙"、徽宗讳"吉""黠"、钦宗讳"桓"、高宗讳"苟""觏"等皆不缺笔。杨绍和称"此本乃北宋开雕"，甚是。此本刻印俱精，颇有佳字，然误字亦甚多。

下面谈**南宋麻沙本《王右丞文集》**（上文第 2 种）。此本递经季振宜、徐乾学、黄丕烈、汪士钟、陆心源等收藏，他们大都认为此本系南宋麻沙本。钱曾《读书敏求记》卷四曰："《王右丞文集》十卷……此刻

---

[1] 詹锳:《〈李白集〉版本源流考》，载詹锳主编《李白全集校注汇释集评》第 8 册，百花文艺出版社，1996。

是麻沙宋版，集中《送梓州李使君》诗，亦作'山中一半雨，树杪万重泉'，知此本之佳也。"顾广圻《百宋一廛赋》云："王沿表进，移气麻沙；秀句半雨，夙假齿牙。"黄丕烈注："《王右丞文集》十卷……传是楼（徐乾学）旧物也。……此刻是麻沙宋版，《送梓州李使君》诗，亦作'山中一半雨，树杪万重泉'云云。"陆心源《仪顾堂题跋》卷一〇云："《王右丞文集》十卷，次行题曰尚书右丞赠秘书监王维，宋刊本。……宋讳有缺有不缺，南宋麻沙坊本，往往如此。卷二第十三叶之第十八行，接连卷三，其卷四、五、六、七、八、九、十仿此，亦宋本式也。卷六末有跋云：'韦苏州诗，韵高而气清；王右丞诗，格老而味长，虽皆五言之宗匠，然互有得失，不无优劣。以标韵观之，右丞远不逮苏州，至其词不迫切而味甚长，虽苏州亦不及也。'凡七十余字，为元以后刊本所无。……向为季沧苇所藏，卷中有季振宜藏书五字朱文长印，季振宜字诜兮号沧苇朱文长印；后归徐健庵，有乾学之印白文方印，健庵二字白文方印；道光中归黄荛圃（丕烈），有百宋一廛朱文长印，荛圃过眼白文方印。前有顾千里（广圻）题语，后有黄荛圃题语。"日本河田罴《静嘉堂秘籍志》卷一〇云："《王右丞文集》十卷，宋刊，二本。宋麻沙刊本。徐健庵旧藏，顾氏（广圻）手跋曰：'此麻沙宋刻王右丞诗文全集十卷，道光丙戌岁，从艺芸主人（汪士钟）借出，影写一部，复遍取他本，勘其得失，虽宋刻亦有误，而不似以后之妄改，究竟为第一也……。'黄氏（丕烈）手跋曰：'此宋刻《王右丞文集》十卷，二册，顷余友陶蕴辉从都中寄来而得之者也……。'……按此南宋麻沙本，每叶二十二行，每行二十字，版心有字数及刻工姓名。"

关于此本是否出自建阳麻沙书坊，是否刊于南宋时，中外学者尚有不同看法。日本米山寅太郎《宋本王右丞文集复制解题》："可以认为这个本子的避讳不及南宋。卷八之中的《为相国王公紫芝木瓜赞并序》之中（第十七叶第十行），有'寄重股肱，故得太上御名祥，荐臻灵物'的部分。如在'太上御名祥'的地方填上'祯祥'两个字（祯是仁宗讳。后世的刻本中这两个字作'嘉瑞'），而且，把'太上'认为是皇帝的父亲的意思的话，可以认为这个本子的刊刻时期不是南宋而是更早时期的北宋的英宗到神宗时代。"① 按，早于麻沙本的宋蜀刻本，作"故得嘉瑞荐臻，灵物昭格"，则未必以作"太上御名祥"为正确；又，《解题》以太上皇释"太上"，然仁宗并未当过太上皇，《汉书·淮南厉王刘长传》："欲以亲戚之意望于太上，不可得也。"师古注："太上，天子也。"则"太上御名"乃泛指宋天子之名，而非谓今上御名。笔者手头有一此本之复印本，经仔细查阅，此本确乎如陆心源所说，"宋讳有缺有不缺"，避讳既不严，也不规范，所以仅据"太上御名"四个字，很难确定此本即刊于"北宋的英宗到神宗时代"。傅增湘目验过此本，其《藏园群书经眼录》云："《王右丞文集》十卷……按此书刊工古朴，当为南渡初镂，虽偶有补刊之叶，亦复疏隽可喜，顾千里跋乃谓为麻沙本，何耶！"以为此本非麻沙本。傅熹年《参观静嘉堂文库札记》（下）亦云："此书原版窄版心，无刊工。补版中，刊工名完整者有江陵、余兆、余彦、吴正、成信、杜明、阮光、官先、刘光、黄石等人。其中余彦见于南宋绍兴（1131～1162）间赣州州学刊《文选》，江陵、杜明、刘光三人见于南宋孝宗时刊《三朝名臣言行录》，余彦、江陵二人又见于北宋巾箱本《孟东野诗集》补版中，孟集补版以刊工综合考之，亦补刊于江西。"又云："值得注意的是此本与北京大学图书馆所藏北宋末刊本《孟东野诗集》在版式刊工上颇多相同。……颇疑此王集与孟集情况相同，均为北宋末年江西所刊经南宋递修之本。如此推测成立，则此集实为现存王维集最古之本，其时代尚在宋蜀刻《王摩诘文集》之前。"② 按，以上学者皆不知此本卷六末的那段七十余字的关于王维、韦应物诗优劣的评语（见前），出自张戒《岁寒堂诗话》卷上，张

---

① 〔日〕米山寅太郎：《宋本王右丞文集复制解题》，《静嘉堂稀觏书之七·宋版·王右丞文集二册》，日本雄松堂书店，1977。
② 傅熹年：《参观静嘉堂文库札记》，《书品》1991 年第 2 期。

戒（？~ 1178）为南宋初期人，《诗话》卷上又曰："乙卯冬，陈去非（与义）初见余诗，曰：'奇语甚多，只欠建安六朝诗耳。'余以为然。"乙卯即绍兴五年（1135），《诗话》之成书，无疑当在绍兴五年之后，而此本之刊刻时间，则必更后于《诗话》的成书时间，故其时代，绝不可能在宋蜀刻本之前。又，傅熹年称此本原版无刊工，补版方有刊工，而经笔者仔细查看手头的复印本，发现此本的绝大多数版片都有刊工（其中有少数版片的刊工字迹模糊），仅个别版片无刊工；刊工姓名多书单字，如吴正多书作"吴"，官先多书作"先"，除上述傅熹年提到的刊工外，尚有若干单字刊工，如"仁""祥""俊""通""发""周""水"等，不知其全名。按照傅氏的说法，则此本的绝大多数版片都是补刻的，若果如此，理应重刊更佳，何必补版、递修？所以我的看法正相反：有刊工的是原版，无刊工的是补版，补版数量很少。傅增湘目验过此本后曾说："虽偶有补刊之叶，亦复疏隽可喜。"（见前）补刊之版只是"偶有"，与我的看法正好一致。上面提及的卷六末刻有张戒评语一叶的刊工，为"先"，即官先，则这一叶应是原版，而非补版。傅氏所言此本的刊工年代，为南宋绍兴间至孝宗（1163 ~ 1189）时，这与笔者所考《岁寒堂诗话》的成书年代，大抵相合。又，傅氏谓此本为江西刊本，有一定道理。如果此说能成立，则此本或许就是直斋所说的建昌（宋建昌军，治所在今江西南城）本，而非渊源于建昌本的麻沙本。当然，一个刊工的工作年限有四五十年，赣、闽又相邻，刊工自江西流转至建阳麻沙镇的可能性也是存在的。

下面，拟将蜀刻本（上文第 1 种）与麻沙本（上文第 2 种）作一番比勘，以进一步弄清这两本的相互关系。麻沙本前六卷为诗，后四卷为文，卷一篇目、序次全同蜀刻本，唯削去王涯之诗。卷二、三、四篇目、序次全同蜀刻本卷四、五、六（此三卷为诗）。卷五篇目、序次同蜀刻本卷九（此卷为诗），唯附载的同咏崔兴宗《留别》，此本误作王维《留别崔兴宗》。又误收的王缙《游悟真寺》诗，此本虽仍收录，但于题下署了"王缙"之名。卷六篇目、序次同蜀刻本卷十（此卷为诗），唯此本于卷末增录了《达奚侍郎夫人寇氏挽歌二首》《恭懿太子挽歌五首》。卷七、八、九篇目、序次全同蜀刻本卷三、二、七（此三卷为文）。卷十篇目、序次同蜀刻本卷八（此卷为文），唯此本无《唐故京兆尹长山公韩府君墓志铭》一文。看来，此本实源于蜀刻本（即杨绍和所谓蜀刻本"实建昌本所从出之源"），是以蜀刻本为底子又作了如下的一些更动后刊刻的：（一）按照先诗后文的原则调整了各卷的序次，使蜀刻本诗文混编的"无伦"面貌大为改观，但各卷内的篇目、序次同蜀刻本并无多少差异；（二）在诗集卷末补录了七首诗；（三）删除了王涯的作品；（四）纠正了蜀刻本的一些错误。如《游悟真寺》诗的归属，又蜀刻本卷九《留别丘为》，此本以《留别》为诗题，丘为为作者姓名，甚是。当然，较之蜀刻本，此本也产生了一些新的错误（见前）。在文字上，此本与蜀刻本既有许多相同之处，又有不少异处。估计此本在刊刻时，又曾参校过别的本子，所以它在校勘上的作用，并非蜀刻本所可替代。

下面介绍**述古堂影宋抄本《王右丞文集》**（上文第 3 种）。钱曾《述古堂藏书目》卷二："《王右丞文集》十卷，二本，宋本影抄。"陈揆《稽瑞楼书目》："《王右丞文集》十卷，述古堂影宋本，二册。"此本后归瞿镛，今藏中国国家图书馆。瞿镛《铁琴铜剑楼藏书目录》卷一九云："《王右丞文集》十卷，影宋抄本。题尚书右丞赠秘书监王维撰，前有宝应二年弟缙进集表及答诏。其书编次，分类不分体，旧为述古堂藏本，遵王氏（钱曾）为（谓）出宋时麻沙本，而'山中一半雨'不作'一夜雨'，足征其本之佳。卷首有牧翁（钱谦益）题记云：'《王右丞集》，宋刻仅见此本。考《英华辨证》字句与此互异，彼所云集本者，此又不载，信知右丞集好本，良不易得也。'"此本分卷、篇目、序次全同麻沙本（上文第 2 种），卷六末，亦有录自《岁寒堂诗话》的一段评语。麻沙本之行款为每半叶十一行，每行十七至二十字不等，此本为每半叶十一行，每行定为十八字。两本之文字亦同，偶亦有异处，多系抄书者抄写时随手改易之故。如《春过贺遂员外药园》，麻沙本作"前年槿篱故，今作药栏成。……柘浆菰米飰，蒟酱露葵羹。"此本"故"作"外"，"柘"作"蔗"，"飰"作"饭"。按，"柘"通"蔗"，"飰"同"饭"，这是抄写时改为通行字，而作"外"，则可能因认为作"故"文义难通，遂据他本加以改动（下一元刊诗集本正作"外"）。总之，两本异处很少，说述古堂本是麻沙本的影抄本，还是贴切的。

接下介绍**元刊须溪先生校本**（上文第 4 种），此本有诗无文，为诗集本。上有刘须溪（辰翁，字会孟，号须溪，南宋末年人）评点。陆心源《仪顾堂题跋》卷一〇云："《须溪先生校本唐王右丞集》六卷，题曰唐尚书右丞赠秘书监王维，元刊本。……卷五《送梓州李使君》'山中一半雨，树杪百重泉'，不作'山中一夜雨'，与宋本同。……盖亦从宋麻沙本出耳。"按此本之分卷、收诗篇目及序次全同麻沙本前六卷，可证陆说不误。不过，此本文字与麻沙本又不完全相同，证明须溪先生在编辑时确曾作过校勘。

下面谈**吕夔刊刘须溪校本**（上文第 5 种），书前吕夔《重刊唐王右丞诗集序》云："诗凡六卷……刘须溪盖尝校之。宋元旧刻，岁远不存，近刻于蜀，字划颇舛误脱落，夔以督甓分司，迎銮公暇，特加披阅，粗为辨正。遂出俸资之余，令善小楷者书之，镂人翻刻如本。"此本为须溪校本之翻刻本，其分卷、收诗篇目及序次全同元刊本，文字上同元刊本的歧异也极少。

又，**《王摩诘集》六卷**（上文第 6 种），为合刻刘须溪点校书九种之一。此本分卷、收诗篇目及序次全同元刊本，文字亦与元刊本大抵一致。

下面谈**顾可久《唐王右丞诗集注说》**（上文第 7 种），此本以刘须溪校本为底子作注刊行，书前有江阴张衮《新刻王右丞集注说序》。此本分卷、收诗篇目及序次全同元刊本，也属于须溪校本系统。

又，**吴氏漱玉斋刊本**《唐王右丞诗集》（上文第 8 种），此本为顾可久《唐王右丞诗集注说》（上文第 7 种）之覆刻本。

以上自第 1 种至第 8 种共 8 个本子，可归纳为一个类别系统：不分体诗文全集本与诗集本。其中以第 1 种蜀刻本为最早，第 2 种麻沙本与第 3 种述古堂抄本均出自蜀刻本，二者同其有传承关系；第 4 种元刊诗集本又出自麻沙本前六卷，与其有传承关系；接下来第 5 种至第 8 种，皆属须溪校本系统，同元刊诗集本一脉相承。

下面谈明人重编的分体诗文全集本和诗集本。

明刊《王摩诘集》十卷（上文第 9 种），此本前六卷诗，分体编次，卷一、二五古，卷三七古，卷四五律，卷五五言排律，卷六七律、五绝、七绝。此本收诗，较麻沙本少二首：《资圣寺送甘二》《叹白发》（七绝）。又麻沙本之《留别崔兴宗》，此本以《留别》为诗题，崔兴宗为作者姓名，甚是。另蜀刻本所载王涯诗，麻沙本已删除，此本又悉收入。表面看来，此本诗歌分体编排，序次多与麻沙本异，然经过仔细比勘，却可发现，此本前六卷的序次，同麻沙本有很密切的关系。例如，此本卷一、二五古一体的序次，与麻沙本全书五古的序次相同。其他各体的序次，也是如此，只有少数几首诗的序次例外。可以说，此本的编者，是拿了麻沙本或一个与麻沙本非常接近的不分体本，由卷一至卷六，依原顺序将各体分别抄出，编成新的分体本的。又此本后四卷文，收文的篇目和序次，俱与麻沙本后四卷同，只是此本卷八之末，多《皇甫岳写真赞》《裴右丞写真赞》《宋进马哀辞》三文（此三文麻沙本皆编在卷一），又麻沙本卷二《连珠词五首》，此本未收，另卷十多《唐故京兆尹长山公韩府君墓志铭》一文。综上所述，此本当是根据麻沙本或一个与麻沙本很接近的本子改编的。改编时，编者大抵曾参考各本，对篇目作过一些调整；又，在文字上，此本与宋蜀本、麻沙本、元刊本大抵各有同异，说明改编此集时，编者曾对其文字做过一些校订工作。不过有一点令人遗憾，那就是上述宋元旧本诗题下的一些注语，此本大都给删掉了。

此本无刊刻年月与刊刻者姓名，故关于它的年代，版本学家们有不同的说法。邵懿辰《四库简明目录标注》著录王维集有"明正德仿宋本，十卷，无注，二十行十八字"，所指即此本。北大图书馆所藏此本，函内亦夹有"明正德仿宋刊本"的藏签。又《西谛书目》集部著录："《王摩诘集》十卷，明嘉靖刊本，四册。"余以郑振铎著录的这一嘉靖本（今藏中国国家图书馆）同此本对勘，发现二者都是用同一书版刷印的。中国国家图书馆藏有一种行款与此本相同的明刊《高常侍集》，上有郑振铎跋，云："高适集，有明活字版本，凡八卷，有诗无文。……曾在北京隆福寺修绠堂架上，见有明正德、嘉靖间覆宋刻本一部，亦是十卷，有诗有文。一时匆促，未及购之。今天是夏历戊戌元旦，偕赵万里君游厂甸，偶忆及此书，因亟往修绠堂取之归。……一九五七年夏，曾在藻玉堂取得一部明正德刻本《王昌龄集》，凡三卷。每半叶十行，行十八字，与此本正同。闻正德时曾刻王、高、孟、岑四集，惜予仅得王、高二集。颇疑此种十行十八字盛唐人集，当不止是四家，且似不限于盛唐一代，朱警刻的《唐百家诗集》，亦是十行十八字，疑均出于南宋的书棚本。"可见明代刻的十行十八字的唐人诗集非止《王摩诘集》一种。这些集子的刊刻年代虽不易确断，但大抵当在正德、嘉靖间则无问题。

明刊《王摩诘集》十卷（上文第 10 种），此本书名、行款、分卷、篇目、序次及文字全同上文第 9 种明刊《王摩诘集》十卷，唯字体稍异，是第 9 种的一个忠实覆刻本。又，中国国家图书馆藏有两种明刻《王摩诘集》，皆六卷，十行十八字，有诗无文。细察此两种本子，可知原来是利用第 9 种与第 10 种这两个本子前六卷的版片刷印的。

墨笔抄本《王摩诘集》十卷（上文第 11 种），此本行款、分卷、篇目及序次皆同明刊十卷本（上文第 9 种），唯卷十有脱叶（所脱之文，即《唐故京兆尹长山公韩府君墓志铭》）。值得注意的是，此本有何焯校。原藏铁琴铜剑楼，瞿镛《铁琴铜剑楼藏书目录》卷一九云："《王摩诘集》十卷，校宋本。此传录义门何氏（何焯）校本，卷后有题记云：

《摩诘集》，先借毛斧季十丈宋椠影写本，属道林叔校过。康熙己亥又借退谷前辈从东海相国架上宋椠本手抄者再校此集，庶可传信矣。'"按，所云何焯题记书于卷六末。何氏两用此本与宋椠影抄本对校所得之异文，俱以朱笔直记于行旁（因俱用朱笔书写，故前后两次校勘的异文，已无从区分），现在需要弄清楚的是，何氏两次校勘所用的宋椠影抄本，是否就是我们前面介绍过的本子（上文第 1 种与第 2 种）？关于何校所据本的来源，杨绍和《楹书隅录》卷四云："惟义门跋但谓借毛斧季宋椠影写本及退谷前辈从东海相国架上宋椠本手抄者校过，其为蜀与建昌，殊未之及。……且东海相国者，健庵司寇之弟立斋（徐乾学之弟元文，号立斋，官至文华殿大学士）先生也。《百宋一廛赋》注云'传是楼旧物'，则所据之宋椠（抄本），仍即遵王藏本（述古堂抄本）耳。"谓康熙己亥所校之本，乃系据南宋麻沙本手抄者。考此本卷四《留别丘为》，朱笔所改，同于述古堂抄本，可证杨说不误。又，从毛斧季那里借来的宋椠影抄本为何本？斧季名扆，汲古阁主人毛晋之子。毛扆《汲古阁珍藏秘本书目》著录："《王右丞文集》，四本，影宋版，精抄。"依顾广圻之说，此本当属建昌本系统。另《天禄琳琅书目》卷四云："《王摩诘文集》，一函四册。唐王维著，十卷。前维弟缙进书表、代宗答诏。……此书前后无序，未审为宋代何时刊本。自元明以来，刻维集者甚多，今得此影抄，以留宋椠面目，亦超出于诸家之上矣。琴川毛氏抄本。"琴川毛氏指毛晋，晋常熟人，琴川即常熟别称。据《天禄琳琅》的记述和顾广圻之说，此本应属蜀本系统。这样看来，毛氏曾有过两种不同的影宋抄本。那么何焯所借于毛氏者，到底是两种中的哪一种呢？考此本卷十的脱叶，有以朱笔抄补的《唐故京兆尹长山公韩府君墓志铭》一文，此文麻沙本无，而蜀刻本有，文字同何氏所抄补的相合，因此何氏所借，应是一个蜀本的影抄本。综上所述，何校所据本，盖即蜀刻本（上文第 1 种）与麻沙本（上文第 2 种）之影抄本。

　　明刊《唐十二家诗》本《王摩诘集》十卷（上文第 12 种），此本书名、行款、分卷、篇目、序次、文字全同明十卷本（上文第 9 种），实为诗文全集本，而非诗集本。此一《唐十二家诗》，凡四十九卷，十六册。无刊书年月与刊刻者姓名。卷首有墨笔抄补总目，移录如下：《王摩诘集》十卷（四册），《宋之问集》二卷（一册），《孟浩然集》四卷（一册），《卢照邻集》二卷（一册），《骆宾王集》二卷（一册），《高常侍集》十卷（二册），《陈伯玉集》二卷，《杜审言集》二卷（以上二集合一册），《沈云卿集》三卷（一册），《岑嘉州集》八卷（二册半），《王勃集》二卷，《杨炯集》二卷（以上二集合一册半）。各集均十行十八字，版式亦同，唯一的差异是：王、孟、高、岑四集版心无鱼尾，其他八集则有单鱼尾。除抄补总目外，卷内无任何《唐十二家诗》之标志，故可分可合，合之为《唐十二家诗》，分之可作别集单行。十二家集中，大抵多是据正德、嘉靖间的十行十八字本唐人诗集或诗文全集的旧版刷印的，所以卷内无任何《唐十二家诗》之标志。

张允亮《故宫善本书目》著录：“《唐十二家诗集》，四十九卷，二十册。不著编者名氏。明正德刻本。”又《西谛书目》集部著录：“《十二家唐诗》，存四十四卷（其中《王摩诘集》缺前五卷），明刊本，八册。”细目列各集卷数，俱同上文第 12 种北大藏本《唐十二家诗》，唯十二家之序次，与第 12 种异。此二种十二家诗皆四十九卷，与第 12 种内容一致，当是用同一旧版刷印的，只是刷印、刊行的时间不同，所以装订时各集的序次与分册亦有所变动。

明张逊业辑校《十二家唐诗》本《王摩诘集》（上文第 13 种），此本只录诗赋，无文，诗分体编次，各集一律分上、下两卷。十二家之序次为：王勃、杨炯、陈子昂、骆宾王、卢照邻、杜审言、沈佺期、宋之问、孟浩然、王维、高适、岑参。各卷前均署“永嘉张逊业有功校正，江都黄埻子笃梓行”，各叶上书口皆刻“东壁图书府”五字。《王勃集》前有张逊业撰《王勃集序》，末署“时嘉靖壬子岁（1552）秋日”。其他各集无序。此本书名、篇目、序次、文字俱与明十卷本（上文第 9 种）、北大藏《唐十二家诗》本（上文第 12 种）前六卷同，唯分卷有异。此本将明十卷本与北大藏《唐十二家诗》本原一至三卷的赋和古体诗归并为卷上，四至六卷的近体诗归并为卷下；又把原卷六的七律，移到五律后、五言排律前。但各体中诸诗的序次，皆未更动。根据以上情况，不难推知，此本当是以明十卷本或北大藏《唐十二家诗》本前六卷为底子改编的。

　　杨一统刊《唐十二家诗》本《王维集》（上文第 14 种），此书十二家之序次为：王（勃）、杨、卢、骆、陈、杜、沈、宋、孟、王（维）、高、岑，稍异于张逊业本（上文第 13 种）。各集皆一卷，分体编次。《王勃集》前有合肥黄道日序、东郡孙仲逸序、杨一统自序。孙仲逸《刻唐十二家诗序》曰："都有唐诸作而鬻之，则兹集数人为首。今海内人士，不翅沉酣枕藉之，故江都之刻（即张逊业本），不数载已复初木。余友人杨允大（一统）再刊于白下，而校加精焉，属不佞序之首简。……万历甲申（1584）玄提月。"知此书是以张逊业本为底子，经校勘后刊刻的。卷首《唐诗十二名家叙略》，称此书的校勘，由杨一统等五人分别担负，其中《王维集》的校者为孙仲逸。此本虽不分卷，然收诗的篇目、序次俱同张逊业本，文字亦与张本大抵一致。

　　许自昌刊《前唐十二家诗》本《王摩诘集》（上文第 15 种），此书《王勃集》前有《新刻前唐十二家诗叙》，末署"万历癸卯（1603）孟夏长洲许自昌书"。又各卷前均署"明长洲许自昌玄祐甫校"。此书十二家之序次同杨一统本（上文第 14 种），而王集之书名、行款、分卷、篇目、序次、文字则均同张逊业本（上文第 13 种），当是据张本翻刻的。

　　郑能重刊《前唐十二家诗》本《王摩诘集》（上文第 16 种），王重民《中国善本书提要》著录，美国国会图书馆藏有两种郑能刊《前唐十二家诗》，皆九行十九字，题"晋安郑能拙卿重镌"，俱录有万历三十一年（1603）许自昌序。其中一种，卷末多一牌记，云"闽城琅嬛斋板，坊间不许重刻"。按，中国国家图书馆藏有一此书之残本，仅存孟、王、高、岑四集（中国国家图书馆善本部目录署作《唐四家诗》，非是），各集卷首均署"晋安郑能拙卿重镌"，岑集卷末且有"闽城琅嬛斋板，坊间不许重刻"的牌记。此书无刊刻年月，但录有许自昌序，且王集之书名、行款、分卷、篇目、序次、文字均同许自昌本（上文第15种），系据许本翻刻无疑。

陈凤等刊《王摩诘集》六卷（上文第17种），此本有诗无文，与《孟浩然集》合刻。此本卷首有南阳府推官陈凤撰《刻王孟集序》，云："寅长屠公出赀为倡刻置郡斋，别驾胡景颜氏、窦汝成氏咸乐相焉，乃命郡博士吴定甫视其役，命凤纪其成。王集凡六卷，孟集四卷，为板二百，适有馈苏刻者，遂取以即工，故其精倍他刻云。皇明嘉靖丁酉（1537）秋七月十有九日。"此本书名、行款、分卷、篇目、序次与明十卷本（上文第9种）前六卷全同，文字亦与明十卷本大体一致，二者无疑当属同一系统。

明铜活字本《王摩诘集》六卷（上文第18种）。此本无刊刻年月与刻书者姓名。《中国版刻图录》有明铜活字本《岑嘉州集》书影，其提要云："铜活字本唐人集，传世颇罕，前人多误认为宋刻本。原书全目，已不可考。范氏天一阁藏三十四家，北京图书馆藏四十六家。观字体纸墨，疑弘（治）、正（德）间苏州地区印本。"此本行款与《岑嘉州集》同，刊印年代或大体接近。此本有诗无文，分体编次，各体之卷次，同于明十卷本（上文第9种）前六卷。收诗较明十卷本前六卷多《资圣寺送甘二》一首，少《游春曲二首》之一、《太平乐二首》《游春辞二首》《闺人春思》《赠远二首》等八首（这八首是被麻沙本删除的王涯诗）。又明十卷本五古中《送康太守》《送权二》《早入荥阳界》《郑霍二山人》四首，此本编入五排；《崔录事》《成文学》二首，此本编入五律。此本各卷诗之序次基本同明十卷本，仅个别地方有歧异。又文字亦基本同明十卷本，如《送梓州李使君》诗，二本皆作"山中一夜雨"。综上所述，此本当源于明十卷本或一个与明十卷本很接近的明分体诗集本。

汪立名刻《唐四家诗》本《王右丞诗集》二卷（上文第19种），

此本卷首有尤侗《唐四家诗序》，又有汪立名自序，末署"康熙乙亥（1695）长至后十日天都汪立名西亭书"。"四家"即王维、孟浩然、韦应物、柳宗元。此本上下两卷，分体编次，卷上五古、七古，卷下五律、五排、七律、五绝、七绝。除赋一篇不收外，其余篇目、序次俱同明十卷本（上文第9种）前六卷，当是据其改编刊刻的。

清项氏玉渊堂刊本《王右丞诗集》六卷（上文第20种），首叶署"依宋版重刊""项氏玉渊堂"。此本分卷、篇目、序次全同明十卷本（上文第9种）前六卷，文字也无多少歧异，盖据明十卷本前六卷重刊无疑。

以上所叙上文第9种至第20种王维集版本，可归纳为一个类别系统：明人重编的分体诗文全集本与诗集本。其中第9、10、11、12四种为分体诗文全集本，它们大抵是根据宋麻沙本或一个与麻沙本很接近的本子改编的，故同麻沙本有传承关系，但改编时又曾参考过别的本子，所以与麻沙本又不尽相同。第13种至第20种，皆分体诗集本，虽然各本也有差异，但都同明十卷本前六卷有传承关系；其中第13种至第16种《唐十二家诗》诸本，彼此差异很小，堪称一脉相承。

最后，介绍几种明清人重编校刻的异于上述两个版本系统的本子。

奇字斋刊《类笺唐王右丞集》（上文第21种），前有顾起经序，序后署"嘉靖卅四年（1555）涂月白分锡（山）武陵家墅刻"。卷首有"无锡顾氏奇字斋开局氏里"，详记参与校刻之事者的姓氏，其下题"自嘉靖三十四年十二月望授锓，至三十五年六月朔完局"。此书《诗集》十卷，有顾起经注，先分体，后分类，卷一、二五古，卷三七古，卷四、五五律，卷六、七五排，卷八七律，卷九五绝，卷十七绝。卷首《凡例》云："是集旧本系六卷，只分古、律、排、绝体，今析为十卷，类为五十四。"篇目全同明十卷本（上文第9种）前六卷，而序次则俱与他本异。《文集》四卷，无注，依赋、表、状、露布、书、序、记、赞、碑墓志、哀词、祭文的顺序编次，篇目亦同明十卷本后四卷（唯缺

《长山公韩府君墓志铭》一文），而序次则与之异。《凡例》又云："宋本、川本、吴本、广信本、扬州本、刘校本六家刻，题篇各别，如《文粹》《英华》《英灵》《友议》《本事诗》《乐府集》《万首绝句》《唐诗纪事》《合璧事类》《吟窗杂录》……凡二十家，多纪公诗，具列异同，兼述训解，今孅用互订，内字未妥，即以诸家校，其善者而从之。"知此集是一个汇采众书之长的综合性校本。不过，顾氏校此集时，还是曾选用某一个本子为底本的。由以下种种情况判断，这个底本应是明十卷本或一个同明十卷本十分接近的本子。第一，此本诗文篇目及诗歌各体间的顺序均同明十卷本。第二，此本文字同于明十卷本之处较同于他本之处为多。第三，凡明十卷本未收的作品，此本俱录入《外编》。如《资圣寺送甘二》、《叹白发》（七绝）、《奉和圣制圣札赐宰臣连珠词五首应制》，均载于宋蜀刻本、麻沙本、元刊本（上文第1、2、4种），无疑系王维所作，但因明十卷本不载，此本即录入《外编》。此本立《外编》一卷，在诸本中是独树一帜的。《外编》收诗十七首、文四篇，其中有的录自明十卷本以外的本子，如《淮阴夜宿二首》等五首，此本注云："宋本作公诗。"则系录自宋本者；然今存的宋蜀刻本、麻沙本皆不载这五首诗，可见顾氏所见的宋本，与今传的宋本不同。有的采自《云溪友议》《文苑英华》《万首唐人绝句》《诗人玉屑》《冷斋夜话》《唐诗品汇》等书。这些作品中，有的可确断为王维所作，如《送孟六归襄阳》《相思》《失题》等；有的则显然不是王维的作品，如《淮阴夜宿二首》《冬夜寓直麟阁》《感兴》等。

凌蒙初刊《王摩诘诗集》七卷（上文第22种），此为诗集本，无刊刻年月，分体编次，五古、七古、五律、七律、五排、五绝、七绝各一卷。收诗篇目较明十卷本（上文第9种）、奇字斋本正编（上文第21种）多《过太乙观贾生房》《相思》《山中》《书事》《失题》五首（此五首皆载于奇字斋本《外编》），少《春日直门下省早朝》《口号又示裴迪》二首。卷后有凌蒙初跋，云："今刘本止七卷，考缙表云诗笔十卷，岂并文赋他作之类为十耶？兹卷悉因刘从所校也，文赋诸篇，刘无评语，及余人和章，刘本所无，故俱不赘及。"谓此本承袭刘校本。按，今传多种刘须溪校本（见前），皆六卷，不分体，载有"余人和章"，文字又多与此本异，故此本当非据今传之刘校本翻刻无疑，或当时别有一七卷之须溪校本耶？又，此本序次多异于他本，文字与上述诸本也各有不同之处，且存在一些诸本皆同、此本独异的情况，如《宿郑州》："朝与周人辞，暮投郑人宿。"下一"人"字此本独作"地"。《故人张諲工诗善易卜兼能丹青草隶顷以诗见赠聊获酬之》："屏风误点惑孙郎，团扇草书轻内史。""轻"此本独作"惊"。不过，此本文字上同于奇字斋本之处较同于他本之处为多，且有一部分诗歌的序次与奇字斋本同（七律序次全同奇字斋本，五律序次有部分同奇字斋本）。据以上情况推断，此本应该也是一个曾参考过多种不同本子的综合性校本。

清赵殿成注《王右丞集笺注》二十八卷（上文第 23 种），此本前十五卷诗，以刘须溪校本、奇字斋本、顾可久本、凌蒙初本互校，择善而从。四本之中，赵氏以为须溪本最善，故多从之。然赵氏所见须溪本非上文第 4 种元刊须溪本。赵殿成此书《笺注例略》云："同时诗人唱和，须溪本作夹行细书，附录于本诗之后。"今传元刊须溪本附载他人唱和之什，皆作大字书，与维本人之诗无异，故知赵氏所见者非元刊。此外，赵氏又广求宋、元、明人的各种诗文总集、选集、诗话、笔记等有关资料，以为校勘之助。此本之诗分体编次，序次多与他本异。《笺注例略》又云："是编自十四卷以前之诗，皆须溪本所有者。……其别本所增及他籍互见者，另为《外编》一卷。"是集卷一五为《外编》，收诗四十七首。其中《游春曲二首》《献寿辞》等三十首（皆王涯、张仲素诗）载于明十卷本（上文第 9 种）、奇字斋本正编、凌蒙初本；《淮阴夜宿二首》《相思》等十五首见于奇字斋本《外编》。另外，又据《诗隽类函》《唐诗类苑》补入《赋得秋日悬清光》一首，据《事文类聚》补入《疑梦》一首。此本后十三卷文，赵氏用以互校的四个本子中，唯奇字斋本有文，《笺注例略》云："诗集多有他本可校，文集自武陵本（即奇字斋本）外，余皆缺如也。"是故此本文之各体排序、篇目、序次、文字皆同奇字斋本，"惟《送晁监还日本国序》拔置诗前，以相系属"（《笺注例略》）；又据须溪本补录《连珠词五首》，据《文苑英华》增录《宫门误不下键判》一篇。又卷二八录《画学秘诀》一篇、《石刻二则》，此三文诸本皆不载，仅《石刻二则》见于奇字斋本《外编》，故《四库提要》卷二九云："集外之诗，既为《外编》，其论画诸篇亦集外之文，疑以传疑者，而混于文集，不复分别，体例亦未画一。"此本文章部分，赵氏以意考证，纠正了奇字斋本误字六十有六，然因仅据这一个本子，未得他本对校，所以集中存在的误字尚多。又奇字斋本缺《长山公韩府君墓志铭》一篇，此本亦未能据他本补录。综上所述，此本也是一个综合性校本。

《全唐诗》本《王维诗》四卷（上文第24种），此本分体编次，卷一五古、七古，卷二五律、卷三五排，卷四七律、五绝、七绝。收诗篇目较麻沙本（上文第2种）、元刊本（上文第4种）少《留别崔兴宗》一首，多《过太乙观贾生房》、《送孟六归襄阳》、《东溪玩月》、《相思》、《书事》、《阙题二首》（其一即《山中》，其二为伪诗）、《伊州歌》（即《失题》，以上除《阙题二首》其二外，皆载于奇字斋本《外编》）、《赋得秋日悬清光》、《疑梦》等十首。至于诸诗序次，则变动甚大，与诸本皆不同。我们知道，清康熙时编纂的《全唐诗》，是以季振宜《全唐诗》、胡震亨《唐音统签》为基础增订而成的。御制《全唐诗序》云："朕兹发内府所有《全唐诗》（季氏所编），命诸词臣合《唐音统签》诸编，参互校勘，搜补缺遗，略去初、盛、中、晚之名，一依时代分置次第。"季氏是大藏书家，其《全唐诗》以著名学者钱谦益汇集的《唐诗》残稿为基础编成，而钱氏之书的初、盛唐部分，又承继了明吴琯等编刻的《唐诗纪》的成果。吴琯《刻唐诗纪凡例》云："是编多本人原集或金石遗文。"又云："是编校订，先主宋版诸书，以逮善本。有误斯考，可据则从，其疑仍阙，不敢臆断，以俟明者。"可见编者在搜求善本和校勘上是下过不少功夫的。又胡氏学问渊博，家富藏书，其编《统签》，在资料的搜辑和校勘上，也用功甚深。《全唐诗》的编纂，除以质量较高的季、胡两书为前资外，还参校过其他一些善本，《全唐诗凡例》云："诗集有善本可校者，详加校定。如善本难觅，仍照《全唐》《统签》旧本，以俟考正。"所以，这个本子无疑也是一个综合性校本。此本在校订时，能注意吸取各本之长。如蜀刻本、麻沙本、元刊本诗题下的注语，此本都保留了。又如，此本从蜀刻本、明十卷本删去《留别崔兴宗》一首，从麻沙本、元刊本删去王涯、张仲素诗三十首，皆极是。此本文字，大抵不主一本，择善而从；又在字、句下注出不少异文，在校勘上具有参考的价值。

《全唐文》本《王维文》四卷（上文第 25 种），此书清嘉庆年间编成。王集收文较赵注本（上文第 23 种）少《送衡岳瑗公诗序》《宋进马哀辞》二篇，多《长山公韩府君墓志铭》《代陈司徒谢敕赐麟德殿宴百僚诗序表》《招素上人弹琴简》三篇。《全唐文凡例》云："诗序已见《全唐诗》者……不复更登。"《送衡岳瑗公诗序》《宋进马哀辞》皆见于《全唐诗》，故此集不录。增收的三篇文章中第一篇见于蜀刻本、明十卷本，其余二篇各本俱未收录。《全唐文》除录入别集以及总集中的唐文外，又广泛搜辑散见于《永乐大典》、金石碑板、子史杂记、释藏道藏中的唐文，故收载的作品数量，一般较唐人的别集为多。不过《代陈司徒谢敕赐麟德殿宴百僚诗序表》一篇，实非王维所作，系误收。此本王集的序次、文字，同各本皆不尽一样。《全唐文凡例》云："文字异同，碑碣以石本为据，余则择其文义优者从之，若文义两可，则著明一作某字存证。"知此本曾作过校勘，并在字、句下注异文，因此具有一定的参考价值。

以上所叙上文第 21 种至第 25 种王维集版本，都是不主一本的综合性校本，都不能归入前述两个版本系统中的任何一个系统。这五个本子既互有关联，又不尽相同，不能相互替代。

考证唐集的版本源流，归纳其版本系统的主要作用，在于帮助我们在校勘时选择恰当的底本和校本。一部集子往往有很多版本，我们既不可能也无必要一一校遍，而应选择其中有代表性的重要版本进行比勘。所谓有代表性，是指通过对选用的这些版本的比勘，就能够反映出此集的文字全貌，不至于会遗漏重要的异文。如果我们对某集的版本源流系统不清楚，那么校勘时选择底本与校本，就存在很大的盲目性，就很容易犯以下两种错误：一种是所用校本的范围甚窄，遗漏掉某一源流系统的本子；二种是侈陈众本，不得要领，未能做到以简驭繁。所以考证和归纳好版本源流系统，可使我们的校勘工作，达到既基础广泛，得以吸取各本之长，又选择精严，避免劳而少功，使工作陷于烦琐。

三 确定校勘的底本、主要校本和参考校本

在考证和归纳好某集的版本源流系统后，就可以着手确定校勘的底本和校本了。什么是校勘的底本？比如有甲、乙、丙、丁四本，选择甲本为底本，就是校勘时，将甲本逐一与乙、丙、丁三本全面对勘，分别记录下异文；校录完异文后对原文加以改定，也在甲本的文字基础上进行。所以底本是一个联系各校本的中心，通过它与各校本的对勘，得以将各本的异文集中到一起。那么，什么样的本子适合做底本呢？我们一般选择内容完足、错误最少的本子作底本，具体说来，大抵有以下几种本子可作底本。第一，最古最善之本。一般说来，一书的最古版本，往往是后出各本的祖本，同时又是较接近原书面貌、错误较少的善本。虽然古本也有不少错误，但少有后出之本的妄改，错误之迹往往可寻，较易于发现和纠正。第二，经后人整理过的精校本。有时，某些经后人整理过的精校本，改正了古本的不少错误，总体质量超过古本，也可作为校勘的底本。第三，错误较少的通行本。如果某集无经后人整理过的校本，古本又收藏于善本室，不易得到，为了工作的方便，不妨选择错误较少的通行本作为底本。

下面介绍什么是主要校本和参考校本。主要校本是用来和底本全面对勘的本子。选择主要校本的原则是，依靠它和底本的全面对勘，能够反映出本集各本的文字全貌，各本的异文，基本上包括在底本和主要校本异文的范围内。具体说来，我们首先应选择各版本源流系统中，最具有代表性的本子，即本系统的祖本，以及虽源于祖本却与它有较多差异的重要别本，作为主要校本。一般说来，某集的古本如果有多种，则除用作底本者外，其余皆应列为主要校本，因为这些本子时代早，异文较有价值；此外，后出的重要校本，也应列为主要校本。至于主要校本的数量，则应视各书今存的版本情况而定，一般说来，如果一书选择四个主要校本，已能反映出各本的文字全貌，也就无必要再增选其他的主要校本了。参考校本是不与底本进行全面对勘的本子。底本和主要校本以外的本子，如果与底本或某主要校本差异极小，我们宜弃而不校，如果尚有某些参考价值，则可列为参考校本备用。一般说来，在底本与主要校本全面对勘之后，若仍有一些文字疑不能明（如空缺字、意不可通之字），就应查看参考校本的文字，如参考校本确有可取，则当择善而从。

这里还有一点应该说明，即从工作进程来说，并不一定要等版本源流系统完全归纳清楚之后，才动手选择底本和主要校本，进行具体的对校工作，也可边对校边考证版本源流系统。如果某集很清楚有几个古本，不妨从中选择底本，立即与其他古本进行比勘，然后再了解其余版本的具体情况，归纳版本的源流系统，并扩大校勘范围，增选必要的主要校本。有的唐集今存的本子不多，也可每本都进行比勘，不一定非考证版本源流不可。

下面以拙著《王维集校注》为例，对上述问题作进一步说明。王维集校勘的底本，我没有选用最古的蜀刻本，而选用赵殿成注本，原因如下。第一，我开始作王集的校勘时，蜀刻本的影印本尚未出版，不具备用它作底本的条件。第二，蜀刻本误字甚多。误字多，则需要记录异文的地方就多，需要改定和作校勘记的地方也多，这对校者来说，要多花费时间与精力；对读者来说，校勘记多，也会增加负担。第三，赵注本是一个经赵殿成整理过的综合性校本，误字较少，同时又是一个通行本，很容易得到。王集的主要校本，我首先选用第一个类别系统（不分体诗文全集本与诗集本）中的蜀刻本、麻沙本、元刊本。其中蜀刻本、麻沙本是最古的本子，元刊本是不分体诗集本中的祖本。接着选用第二个类别系统（分体诗文全集本与诗集本）中的明十卷本，此本可以说是这个类别系统版本中的祖本。最后选用三个综合性校本：奇字斋本、凌蒙初本、《全唐诗》本，这三个本子都是分体本，与第二个类别系统的版本关系颇近，但因参校过多种不同本子，又与这一系统的版本存在较多差异，所以将它们都选为主要校本。这样诗集的主要校本共有七个，应能反映出今存各本的文字全貌。至于王维文，也以赵注本为底本，但不选用奇字斋本为主要校本（因为这两本完全一样），而以蜀刻本、麻沙本、明十卷本、《全唐文》本为主要校本。

四　进行具体的版本对校与异文记录工作

校勘的底本和主要校本确定后，就可以开始进行底本与各主要校本的逐字逐句的对校工作了，接着还得将对校后所得异文，记录下来，汇集到一起。所谓异文，是指校本与底本不同的文字，包括校本比底本少的字，多的字，不同的字，次序不同的字句，等等。校录异文的具体方式，一般是将所得异文，直接记录到底本上，或注记于字旁行间，或书写于天头地脚。各个校本的异文都汇集到底本上，应想法加以区别，区别的方法主要有二：一是用不同颜色的笔标示不同的本子，如甲本用红笔、乙本用蓝笔、丙本用黑笔等，采用这种方法，可自己设定一些符号，直接在字旁行间勾划校改；二是直接标明某本（可用简称）文字如何，如云"某字，某本作某""某本某下有某字""某本无某字"等，采用这种方法，宜于将异文书写于天头地脚。

本项工作是整个校勘工作中非常重要的一环，其作用是将各本的异文汇集到一起，为最后的校订文字提供依据。异文的校录工作必须做到准确、细致，巨细不遗，绝不能任意取舍，不但像之乎者也一类虚词，不能省去不录，就是校本中的异体字、缺坏字、明显误字，也应照录不误。因为这些字，有时候可以为我们纠正讹误提供线索。如岑参《武威送刘单判官赴安西行营便呈高开府》："塞驿远如点，边烽互相望。""互"宋刊本作"㸦"，其他本子或作"牙"。按，"㸦"即"互"的异体字，有一个"㸦"字在，立即可以判断"牙"字为误文（"㸦""牙"形近而误，也可能因不识"㸦"字而误改为"牙"）。又如高适《武威作二首》其二："晋武轻后事，惠皇终已昏。豺狼塞瀍洛，胡羯争乾坤。四海如鼎沸，五原徒自尊。""五原徒自尊"，敦煌写本（伯3862）作"五凉更自尊"。按，"凉"即"凉"字，"凉"之右半"京"，俗或作"京"，碑志、书法中恒见。此诗咏晋惠帝时的五胡入华事，五原（古关塞名）在今内蒙古五原县，与诗题之"武威"相距甚远；五凉，指"五胡十六国"时的前凉、后凉、东凉、西凉、北凉，辖地在今甘肃武威、张掖、青海乐都一带，敦煌写本作"五凉更自尊"，是。我们校勘此诗时，应照原样录下"凉"字，不得改为通行的"凉"字，因为"原""凉"形近，致误之迹可寻，若改为"凉"字，致误之迹便不可寻了。当然，像笔者前面所说的那样一一备细记录，很可能有些记录到最后也没有用处，但在异文校录阶段，什么记录有用，什么记录无用，很难判断，所以还是备细记录为好，否则，很有可能将一些真正有用的记录忽略掉。

五　本书版本对校法的作用和局限

整个校勘工作的内容，基本上可分为发现错误和纠正错误两个部分，这两个部分的工作，都离不开版本对校。首先，可以说，版本对校是发现古书错误的一个最基本的方法。我们平时阅读古书，都有一种经验，即遇到读不通的地方，就很自然地考虑到其中可能有讹误，应用这种方法（属理校法）也能发现一些古书的错误，但很有限，而且不大可靠，因为读不通的地方，不一定有误，读得通的地方，也不一定无误。《校勘学释例》说："有非对校决不知其误者，以其文义表面上无误可疑也。"[1] 所言甚是。因此，单凭个人阅读时的感觉来判断古书是否有讹误是不行的，必须找到一个能够全面、准确地发现古书讹误的方法，这就是版本对校法。通过各种版本的对校，会发现许多异文，而有异文必定有错误，在各种异文中，可能有一个是正确的，其余错误，也可能都是错误的，绝不可能都是正确的。可以说，通过版本对校，发现了异文，也就发现了错误。当然，用别的校勘方法，如他校法、本校法、理校法，也能发现古书的错误，但他校材料零星、片断，不能与本书进行全面比勘，所能提供的异文很有限；本校应用范围不广，所能提供的异文更少；理校在发现错误方面有局限性，已如上述。版本对校法在发现错误方面有两个很明显的优点，一是能够较全面、准确地发现错误，二是能够最简便、有效地发现错误，只要把各本从头到尾一字不漏地进行比对，就能发现错误。所以，只要有不同的版本，就应该首先采用版本对校法来发现错误，至于其他校勘方法，在发现错误方面，只能起到补充和辅助的作用。

其次，版本对校可为纠正古书错误提供依据。通过版本对校发现错误后，如何来纠正错误呢？仍然离不开版本对校所提供的异文。在一般情况下，纠正古书错误的方式，不是离开异文去作这样或那样的推想，而是对异文进行分析研究，判断其中的是非。即使所有的异文都是错误的，仍然可以为我们提供纠正错误的线索（从对错误异文的比较、审究中，往往可以推知正确的原字）。如果连这种全错的异文也没有，那么纠正错误就很困难了。在缺乏异文根据的情况下改字，极易犯臆改的毛病。

---

[1] 陈垣:《校勘学释例》卷六，第144页。

版本对校法的首要局限，正如陈垣先生所说，是此法的"主旨在校异同，不校是非"，它能够提供异文，却不能判断异文的是非，判断异文的是非要依靠理校法。所以版本对校法应与其他校勘方法结合起来使用，否则，校勘就不可能完成纠正古书错误的任务。版本对校法的另一个局限，是对今存版本状况的依赖较大，如果一书今存的版本数量既少，刊行的时间又晚，那么此书错误的发现和纠正，肯定会受到很大的影响。

第三节　校勘的基本方法之二：他校法与本校法

先谈他校法。《校勘学释例》说："他校法者，以他书校本书。凡其书有采自前人者，可以前人之书校之，有为后人所引用者，可以后人之书校之，其史料有为同时之书所并载者，可以同时之书校之。此等校法，范围较广，用力较劳，而有时非此不能证明其讹误。丁国钧之《晋书》校文，岑刻之《旧唐书》校勘记，皆此法也。"[①] 他校法是搜罗他书称引本书之文与有关资料和本书对校，可直称为他书引文与有关资料校勘法。在史籍的校勘中应用此法很普遍，而在文学典籍中应用此法则不如史籍普遍。下面我们着重谈谈如何应用他校法来校勘唐代诗文，也即如何搜求和应用他校资料来校勘唐代诗文，纠正其中的错误。本书第二章第一节我们介绍过有九类文献，可供唐诗辑佚之用，大抵说来，这几类文献中收载的唐诗，如果不见于《全唐诗》，即可辑佚，如果见于《全唐诗》，即可用作他校资料。下面择要介绍几种可用作他校资料的文献。（一）集部总集类，如《文苑英华》《唐文粹》《乐府诗集》《唐人万首绝句》《诗渊》等；唐诗选本（也属总集类）如《唐人选唐诗》《唐百家诗选》《唐诗品汇》等。例如，《全唐诗》卷二八五李端《张左丞挽歌

---

① 陈垣：《校勘学释例》卷六，第146~147页。

二首》其一："素旆低寒水，清箫出晓风。"其二："祸集钩方失，灾生剑忽飞。……门吏看还葬，宫官识赐衣。"①《文苑英华》卷三一〇收录其一作《张丞相挽歌》。按，"张丞相"指张镒，《旧唐书·德宗纪上》："（建中三年四月）戊寅，以中书侍郎、平章事张镒兼凤翔尹、陇右节度使。……（四年十月）壬子，凤翔军乱，杀节度使张镒。"②张镒为乱兵所杀，与诗中"祸集""灾生"之语合，诗云"素旆低寒水"，与张卒于十月之时令合，又张镒死于凤翔，因自凤翔还葬长安，这同诗中"门吏"二句亦合，则作"张丞相"者是。又如，《全唐诗》卷五二宋之问《登禅定寺阁》："梵宇出三天，登临望八川。"《国秀集》卷上收此诗作《登总持寺阁》。按，《唐两京城坊考》卷四长安永阳坊载："半以东，大庄严寺。……西，大总持寺。隋大业三年，炀帝为文帝所立，初名大禅定，寺内制度与庄严寺正同，亦有木浮图，高下与西浮图不异。武德元年改为总持寺。……《景龙文馆记》曰：隋主自立法号，称总持，呼萧后为庄严，因以名寺。"则应作"总持寺"，宋之问另有《奉和圣制闰九月九日登庄严总持二寺阁》（《全唐诗》卷五二），亦可证。（二）集部诗文评类。如《唐诗纪事》《诗式》《吟窗杂录》《诗话总龟》《诗人玉屑》等。例如，《全唐诗》卷一二八王维《哭孟浩然》："借问襄阳老，江山空蔡州。""州"，《唐诗纪事》卷二三作"洲"。按，作"洲"是，习凿齿《襄阳耆旧传》："后汉蔡瑁字德珪，襄阳人……家在蔡洲上，屋宇甚好。"《水经注》卷二八《沔水》："沔水（即汉水）又东南迳蔡洲，汉长水校尉蔡瑁居之，故名蔡洲。"又如，《全唐诗》卷九七沈佺期《昆明池侍宴应制》："春杖过鲸沼，云旗出凤城。……柳拂旌门暗，兰依帐殿生。"《诗式》卷四"昆明池"上多"春日"二字。按，应据《诗式》增"春日"二字，这与诗中所写春景正相合。（三）子部类书类。如《初学记》《太平御览》《永乐大典》等。例如，《全唐诗》卷九七沈佺期《则

---

① 《全唐诗》卷二八五，第3267页。
② 《旧唐书》卷一二《德宗纪上》，第332~337页。

天门赦改年》:"圣人宥天下,幽钥动阛狘。……笼僮上西鼓,振迅广阳鸡。"《初学记》卷二〇收录此诗,题作《则天门观赦》,"广阳"作"广场"。按,武后于永昌元年(689)正月朔御则天门赦天下(见《通鉴》卷二〇四),此诗"笼僮(鼓声)"二句,即写作者所见发布赦令仪式上立金鸡、击捆鼓的情状,《新唐书·百官志三》少府中尚署载:"赦日,树金鸡于仗南,竿长七尺,有鸡高四尺……击捆鼓千声,集百官、父老、囚徒。"故诗题"则天门"下应据《初学记》增一"观"字;又,未闻广阳以产鸡闻名,故"广阳"亦应据《初学记》作"广场"。又如,同上卷五二宋之问《幸少林寺应制》:"绀宇横天室,回銮指帝休。""帝休",《永乐大典》卷一三八二四作"帝州"。按,帝州,谓京都,指洛阳,"回銮"句谓天子车驾将自少林寺回洛阳,而作"帝休"则颇费解,故应据《永乐大典》改为"帝州"。

除上述三类文献外,尚有以下六类文献,也可提供他校资料:笔记小说类、史部地理类、子部释道家类、石刻文献、敦煌遗书、域外汉籍。限于篇幅,对这六类文献中的他校资料,就不再举例说明了。

下面,另介绍几种可为我们校勘唐诗提供他校资料的文献。(一)各类传记资料中的引文。包括正史传记、唐宋元人撰的唐人传记(包括诗人专传、书画家专传等)、唐人年谱中的引文等(参见本书第一章第一节)。例如,《全唐诗》卷二九三司空曙《为李魏公赋谢汧公》:"白雪高吟际,青霄远望中。谁言路遐旷,宫征暗相通。"[1]《历代名画记》卷一"叙画之兴废"云:"汧公手斫雅琴,尤佳者曰响泉,曰韵磬。汧公在滑州,魏公在西川,金玉之音,山川亡间,尽缄瑶匣,以表嘉贶。西川幕客司空曙赋曰:……(即此诗)。"按,在滑州之汧公,指李勉,勉封汧国公(见《新唐书》本传),自大历八年(773)至兴元元年(784)为永平军节度使、滑州刺史(见《唐方镇年表》卷二)。《唐国史补》卷

---

[1]《全唐诗》卷二九三,第3340页。

下："李汧公雅好琴，常斫桐……多至数百张，求者与之。"① 在西川之魏公，指张延赏，延赏自大历十四年（779）至贞元元年（785）为西川节度使、成都尹（见《唐方镇年表》卷六），其官西川节度使时，封魏国公（见《全唐文》卷四六一陆贽《张延赏中书侍郎平章事制》）。盖李汧公勉赠自制琴与张魏公延赏，西川幕客司空曙因为张魏公赋诗谢汧公，则此诗诗题之"李"字显误，当据《名画记》改为"张"。又如，《全唐诗》卷二五三阎防《百丈溪新理茅茨读书》："浪迹弃人世，还山自幽独。始傍巢由踪，吾其获心曲。……养闲度人事，达命知止足。不学东周儒，俟时劳伐辐。"《唐才子传》卷二"阎防"："（防）于终南山丰德寺结茅茨读书，百丈溪是其隐处，题诗云："浪迹弃人世，还山自幽独。始傍巢由踪，吾其获心曲。"又云："养闲废人事，达命知止足。不学鲁国儒，俟时劳伐辐。"按，"东周"指洛阳，"鲁国"为孔子故乡，其地深受儒家学派的影响，《汉书·儒林传》谓战国时"儒学既绌"，"然齐鲁之间，学者犹弗废"，"及高皇帝诛项籍，引兵围鲁，鲁中诸儒尚讲诵习《礼》，弦歌之声不绝"；《史记·货殖列传》也说："邹鲁滨洙泗，犹有周公遗风，俗好儒，备于礼。"所以《唐才子传》引作"鲁国儒"应该是正确的；"伐辐"语出《诗·魏风·伐檀》，旧注谓伐檀可为车辐车轮，喻"以俟世用"（毛传）也，"俟时"句即指"鲁国儒"学习儒经，等待时机出仕，而阎诗称"不学"，则表示决心归隐，不复出仕；"东周"《唐诗纪事》卷二八作"东国"，"东国"亦当指鲁国，疑"鲁国"误为"东国"，"东国"又误为"东周"也。又"度人事"，《唐才子传》作"废人事"，《纪事》同。按，"废人事"与首句"浪迹弃人世"意近，当是。另，宋人撰的唐人年谱，常称引谱主诗文，也可为他校资料。如宋程俱《韩文公历官记》、洪兴祖《韩子年谱》所引韩愈诗文，即可用以校韩集。（二）古注引文。主要指宋人撰

---

① 《唐国史补》卷下，第58页。

的唐集注本中的引文。例如，《全唐诗》卷九七沈佺期《移禁司刑》："司寇宜哀狱，台庭幸恤辜。汉皇虚诏上，容有报恩珠。"宋郭知运编注《九家集注杜诗》卷三四《舟中出江陵南浦奉寄郑少尹审》"浩荡报恩珠"句下，注云："沈佺期云：汉皇灵沼上，容有报恩珠。"按，《三辅黄图》卷四引《三秦记》云："昆明池中有灵沼，名神池……原人钓鱼，纶绝而去，梦于武帝，求去其钩。三日，戏于池上，见大鱼衔索。帝曰：'岂不穀昨所梦耶？'乃取钩放之。间三日，帝复游池，池滨得明珠一双，帝曰：'岂昔鱼之报耶？'"则作"虚诏"非是，当据九家注改作"灵沼"。（三）唱和赠答诗对校。例如，《全唐诗》卷一唐太宗《秋日即目》，题下注："《英华》作《秋日即事》。"按，《全唐诗》卷三五有许敬宗《奉和秋日即目应制》，卷四〇有上官仪《奉和秋日即目应制》，皆奉和太宗此诗，则太宗原唱诗题当作《秋日即目》。即目者，谓眼前所见也。三诗皆写眼前所见秋景，诗题正当作"即目"。（四）典故及脱意前人之诗句的出处或后代用例，也可用为他校资料。例如，《全唐诗》卷一九八岑参《入剑门作寄杜杨二郎中时二公并为杜元帅判官》："不知造化初，此山谁开坼。双崖倚天立，万仞从地辟。……与时忽开闭，作固或顺逆。""作固"，他本或作"作因""负固"；"或"，他本或作"明""仍"，或空缺。按，"与时"二句，谓剑门关随时势的变化而忽开忽闭，防守（作固）剑门者有顺有逆（指自为割据），语本晋张载《剑阁铭》："惟蜀之门，作固作镇；是曰剑阁，壁立千仞。穷地之险，极路之峻。世浊则逆，道清斯顺。闭由往汉，开自有晋。"则作"与时忽开闭，作固或顺逆"是，作其他异文皆非是。又如，同上卷二〇一岑参《春梦》："洞房昨夜春风起，故人尚隔湘江水。枕上片时春梦中，行尽江南数千里。""故人尚隔"下，《全唐诗》校云："一作遥忆美人。"按，宋范成大《湘阴桥口市别游子明》诗有"遥忆美人湘水梦，侧身西望剑门诗"之句，即脱胎于此诗，又《河岳英灵集》卷上收此诗，亦作"遥忆美人"，则作"遥忆美人"是。

　　下面应指出一点，即他书引文的情况比较复杂，其较之原著，往往有所删节、改动。从引书者方面来看，受其引书的目的、态度等因素的影响，未必都忠实于原著；从被引的书和引书之书（类书、古注本身）方面来看，其在编纂和流传过程中，也会产生许多错误。下面略举一例说明，李益《从军诗序》云："君虞长始八岁，燕戎乱华。出身二十年，三受末秩；从事十八载，五在兵间。故其为文，咸多军旅之思。自建中初……（此下凡45字，从略）。凡所作边塞诸文及书奏余事，同时幕府选辟，多出词人。或因军中酒酣，或时塞上兵寝，相与拔剑秉笔，散怀于斯文。率皆出于慷慨意气，武毅犷厉。本其凉国，则世将之后，乃西州之遗民与？亦其坎壈当世发愤之所致也。时左补阙卢景亮见知于文者，令余辑录，遂成五十首赠之。"①《唐诗纪事》（《四部丛刊》影印本）卷三〇引《从军诗序》云："益录其从军诗赠左补阙卢景亮，自序云：吾自兵间，故为文多军旅之思。或军中酒酣，塞上兵寝，投剑秉笔，散怀于斯文。率皆出乎慷慨意气，武毅果厉。本其凉国，则世将之后，乃西州之遗民欤？亦其坎轲当世发愤之所致也。"《纪事》所引，就对原文作了不少删改。正因为这样，我们利用他书引文进行校勘时，务须审慎从事，切不可犯轻信他书引文的毛病。姚永概《慎宜轩文集》卷一《书〈经义述闻〉〈读书杂志〉后》云："古书讹误至不可读，好古者搜集他本或类书注语之引及者，雠校而增订之，于是书诚有功矣。若其书本自可通，虽他书所引，间有异同，安知误不在彼，能定其孰为是非哉！王氏信本书之文，不及其信《太平御览》《初学记》《白帖》《孔帖》《北堂书钞》之深，斯乃好异之弊。"②这意见不无道理，可供我们参考。一般说来，在本书之文确不可通的情况下，才据他书引文加以改动，这样做，就大致不会犯轻信他书引文的毛病。

---

① 见范之麟《李益诗注》附录一，上海古籍出版社，1984，第145页。

② 姚永概：《书〈经义述闻〉〈读书杂志〉后》，载姚永概《慎宜轩文集》卷一，民国五年铅印本。

最后，略述他校法的作用和局限。他校法的作用，与本书版本对校法一样，都是提供异文，发现错误，提供纠正错误的依据。但是，他校法也具有本书版本对校法所无法替代的某些作用，此即"有时非此不能证明其讹误"者。如果一书无别本可校，或虽有别本可校，但其数量少、质量差，所能提供的异文很有限，这样本书版本对校法就难以有效地进行，在此种情况下运用他校法，常常可为我们提供若干对校法无法提供的异文。如唐代的中小诗人，有的今存的集子数量很少，有的则根本无集子留存，那么我们就只能使用他校法，来发现其今存诗歌的文字讹误了。他校法的局限，也与本书版本对校法一样，"主旨在校异同，不校是非"，它能够提供异文，却不能判断异文的是非，判断异文的是非要依靠理校法。他校法比起对校法，还有以下两个局限：一是他校资料，颇难搜集（现在可利用电脑检索进行搜集）；二是他校资料零星、片断，无法与底本进行全面比勘。

下面谈本校法。《校勘学释例》说："本校法者，以本书前后互证，而抉摘其异同，则知其中之缪误。吴缜之《新唐书纠缪》，汪辉祖之《元史本证》，即用此法。此法于未得祖本或别本以前，最宜用之。"[①] 本校法不是用本书的不同版本互校，而是用本书前后相关的篇章与文字互校，所以只要有一个本子，校勘就得以进行。此法的应用范围不如其他几种校勘方法广，只有本书的内容或文字前后存在某种关联的关系或重出的现象，使用本校法发现错误才成为可能。本校法在史籍中，特别是正史中，应用最为广泛。正史皆按照本纪、表、志、传的体例来安排史料，有时同一个事件，在纪、表、志以及多篇传中都有记述，所以它们之间可以互证互校。唐代诗文的校勘，较少使用本校法，然有时也可使用此法来发现和纠正错误。例如，《全唐诗》卷一六〇孟浩然《上巳洛中寄王九迥》，诗题下校云："一作王迥十九。"按，同上卷一五九有孟

---

① 陈垣：《校勘学释例》卷六，第145~146页。

浩然《登江中孤屿赠白云先生王迥》、《白云先生王迥见访》（诗云："家在鹿门山，常游涧泽水。"）、《鹦鹉洲送王九之江左》，卷一六〇有《游精思观回王白云在后》《春中喜王九相寻》《同王九题就师山房》《赠王九》等，据上述诸诗，可知王迥排行九，号白云先生，襄阳人，则作"王迥十九"误矣。又如，《全唐诗》卷四四七白居易《登阊门闲望》："阊门四望郁苍苍，始觉州雄土俗强。……曾赏钱唐嫌茂苑，今来不敢苦夸张。"[①]"嫌"字下校云："一作兼。"按，阊门为苏州西城门，茂苑即苏州长洲苑，诗为宝历元年（825）白居易为苏州刺史时所作。同上卷四四三白居易《初到郡斋寄钱湖州李苏州》云："霅溪殊冷僻，茂苑太繁雄。唯此钱唐郡，闲忙恰得中。"诗为长庆二年（822）居易为杭州刺史时所作。霅溪，在湖州境，入太湖。此四句意谓，霅溪（代指湖州）特别清冷偏僻，故事少官闲；茂苑（代指苏州）太繁华，故事多官忙，只有这钱唐郡（杭州），闲忙适中，四句含有戏谑之意（诗题下作者自注："聊取二郡一哂，故有落句之戏。"）。称钱唐郡"闲忙恰得中"，即所谓"赏钱唐"，称"茂苑太繁雄"，正是"嫌茂苑"之意，则作"嫌"者是，作"兼"者乃形近而误。再如，《王右丞集笺注》卷一八《奉敕详帝皇龟镜图状帝皇龟镜图两卷令简择讫进状》云："右某官宣口敕语看可否者。……谨与某等议，窃以名为帝王图者，盖龟可以卜也，镜可以照也，以前代帝王行事善恶，以卜后代，以前代帝王行事善恶，以照后代，可以知盛衰兴亡，故其行事似尧舜者必盛，似汤武者必兴……如卜之必知，如照之必见，故谓之'龟镜图'。伏如所示之图，谓之'自古帝皇图'即可矣，谓之'龟镜图'，伏恐稍乖名实。"[②]按，寻绎王维此状之上下文义，以及状题与题下注语（题中"帝皇龟镜图两卷"以下十三字，当为注语）之意，可知状中之"名为帝王图者"，当为"名为帝皇龟镜图者"之脱误。

---

① 《全唐诗》卷四四七，第5021页。
② 《王右丞集笺注》卷一八，第371~373页

本校法不受版本条件的限制，若一书无别本可校，最适宜用此法。举一个元杂剧的例子说明。《元刊杂剧三十种》本关汉卿《关张双赴西蜀梦》第四折【端正好】云："任劬劳，空生受，□□儿有国难投。梗亡在三个贼臣手，无一个亲人救。"按，"□□"二字《元刊杂剧三十种》本缺坏，难于辨认，《关张双赴西蜀梦》又只有《元刊杂剧三十种》这一种本子，且亦无他校资料可供参证，只好使用本校法尽可能补上这两个缺坏字。此剧第四折下文【滚绣球】云："官里恨不休、怨不休，更怕俺不知你那勤厚，为甚俺死魂儿全不相偢（视）?"此剧写关张遇害后灵魂双赴西蜀，托梦与刘备，故有"死魂儿"之语，则这两个缺坏字，无疑当作"死魂"。以上参见北京大学中文系《关汉卿戏剧集》编校小组编校《关汉卿戏剧集》①，笔者当年乃编校小组成员之一，关汉卿此剧即笔者所校。本校法的作用也和他校法一样，主要是提供异文，发现错误，提供纠正错误的依据，它不能离开理校法单独定是非。本校法的主要局限是，它所能发现的错误很有限（史籍尤其是正史除外），而且，本校资料不是明摆着的，需要校者自己去寻找和发现，否则，此法也就难以有效地进行。

第四节　校勘的基本方法之三：理校法

关于理校法，《校勘学释例》说："段玉裁曰：'校书之难，非照本改字不讹不漏之难，定其是非之难。'所谓理校法也。遇无古本可据，或数本互异，而无所适从之时，则须用此法。此法须通识为之，否则卤莽灭裂，以不误为误，而纠纷愈甚矣。故最高妙者此法，最危险者亦此法。昔钱竹汀先生读《后汉书·郭太传》，太至南州过袁奉高一段，疑其词句不伦，举出四证，后得闽嘉靖本，乃知此七十四字为章怀太子注

---

① 北京大学中文系《关汉卿戏剧集》编校小组编校《关汉卿戏剧集》，人民文学出版社，1976，第461~462页。

引谢承《后汉书》之文，诸本皆傫入正文，惟闽本独不失其旧。今《廿二史考异》中所谓某当作某者，后得古本证之，往往良是，始服先生之精思为不可及。经学中之王、段，亦庶几焉。"①据以上所述，《释例》所称理校法，应包含两方面的内容，一是根据上下文义来发现和校正讹误，二是以文义判定异文的是非。笔者这里所说理校法，拟再增加一项内容，即以文例（主要指研究和归纳写作通例）来发现和纠正错误。下面，分别就上述三个问题，举例作进一步说明。

一　根据上下文义来发现和校正讹误

本章第二节我们谈过，平时阅读古书，都有一种经验，即遇到读不通的地方，就很自然地考虑其中可能有讹误；如遇某词语联系上下文义释之，确不可通或不连贯，那么文字就一定有讹误。例如，《全唐诗》卷一唐太宗《辽城望月》："玄兔月初明，澄辉照辽碣。……驻跸俯九都，停观妖氛灭。"②辽城即今辽宁朝阳，诗作于贞观十九年（645）太宗亲征高丽时。按，辽东、高丽皆无所谓"九都"之地，"九都"当为"丸都"之形讹。《三国志·魏书·毌丘俭传》："（毌丘）俭遂束马悬车，以登丸都，屠句骊所都。"又《东夷传》："高句丽……都于丸都之下。"《通典》卷一八六《东夷下·高句丽》："献帝建安中……伊夷模更作新国，都于丸都山下。"《新唐书·地理志七下》："自鸭渌江舟行百余里，乃小舫溯流东北三十里至泊汋口，得渤海之境。又溯流五百里，至丸都县城，故高丽王都。"丸都故址在今吉林集安西北，公元209年高句丽自国内城（今集安东）移都于此，427年迁都平壤。又，《全唐诗》卷八四陈子昂《送著作佐郎崔融从梁王东征》序曰"方且猎九都，穷踏顿"，"九都"亦"丸都"之误。又如，《全唐诗》卷九六沈佺期《从幸香山寺应制》："南山奕奕通丹禁，北阙峨峨连翠云。岭上楼台千地起，

---

① 陈垣:《校勘学释例》卷六，第148~149页。
② 《全唐诗》卷一，第5~6页。

城中钟鼓四天闻。"今存沈集诸本皆作"千地起"。按，"岭上楼台"指香山寺（在洛阳龙门）建筑，谓其"千地起"实于义难通，故疑"千地"为"十地"之形讹。此诗写佛寺，第四句之"四天"即四禅天，乃佛家语，而第三句之"十地"，亦佛家语，二者正好相对。十地，佛教称菩萨修行所经历的十种境界，这里借指佛寺所在之地。后笔者查阅敦煌遗书《珠英集》残卷，发现集中收载此诗，第三句正作"十地"，而非"千地"。[①] 再如，赵殿成《王右丞集笺注例略》云："诗集多有他本可校，文集自武陵本（即顾氏奇字斋本）外，余皆缺如也。顾氏自言参订之功……总五十九字……乃今读之，其差误处尚多，以意考证，又得六十六字。"谓右丞文集，仅找到一个奇字斋本，未得他本对校，遂用理校法（以意考证），校改了六十六个误字。如《笺注》卷二十《赞佛文》："惟娘子舍诸珍宝，涂彼戒香，在微尘中，见亿佛刹，如献珠顷，具六神通。"赵殿成校云："顷，顾本作须；具，顾本作臭，俱讹，今校正。"按，依顾氏奇字斋本原文，意实不可通，当有误，赵校据古书形近而误的常例，改"须"为"顷"，改"臭"为"具"，甚是。"献珠顷"用《法华经》卷四所载，龙女以宝珠献佛，随即成佛之事。[②]

这里附带说明一点，即所谓上下文义，有时不能仅仅理解为上下相邻几句的文义，而应适当扩大一下上下文义的范围，因为有时某些错乱的发现和纠正，必须通研全篇才能解决问题。又，根据上下文义发现错误后，可从形近、音近等的角度来推求产生错误的原因，从而勘正其误（参见上述所举各例）。当然，有时这种对讹误的勘正，尚不能成为定说，而只是一种合理的假设，虽然如此，这对我们阅读古书，仍然是有帮助的。

以文义来发现和纠正讹误，尚有一些其他内容，如从本书思想内容的研究出发来校正错误，根据本书的注文来校改正文等，因为它们在唐

---

① 见《唐人选唐诗新编》，第49~50页。
② 参见拙作《王维集校注》修订本，第787页注释。

诗的校勘上很少使用，这里就不准备多叙了。

二　以文义判定异文的是非

通过本书版本对校及他校发现异文后，应从文义的角度来分析异文，判定其中的是非。大致说来，文义通者为是，不通者为非。例如，《全唐诗》卷一九九岑参《与独孤渐道别长句兼呈严八侍御》："轮台客舍春草满，颍阳归客肠堪断。……桂林葡萄新吐蔓，武城刺蜜未可餐。"此诗天宝十五载（756）春作于轮台（今新疆乌鲁木齐）；"刺"，他本或作"邿"，或作"剌"。按，"剌"即"刺"之俗体字，《元和郡县图志》卷四〇谓西州前庭县（原高昌县，治今吐鲁番东南哈剌和卓城）"泽间有草，名为羊刺，其上生蜜，食之与蜂蜜不异，名曰刺蜜。"刺蜜为西域土产，这与诗作于轮台其地相合；然"武城"为何地（当非"子之武城，闻弦歌之声"之武城）亦应考出，才能证明岑此诗作"刺蜜"正确。冯承钧、陆峻岭《西域地名》增订本谓，武城当在哈剌和卓西五里，因斯坦因曾于其地获得"西州高昌县武城城主范羔墓志"[1]。"桂林"亦当为西域地名，柴剑虹谓即"洈林"之误，洈林为西州交河县（在今吐鲁番西）下属城名。[2]综上所述，岑此诗当以作"刺"为是，作"邿""剌"皆因形近而致误。又如，《全唐诗》卷三〇一王建《新晴》："夏夜新晴星校少，雨收残水入天河。檐前熟著衣裳坐，风冷浑无扑火蛾。""熟著"下校云："一作著熟。"按，唐时称夏衣为"生衣"，"熟衣"与"生衣"相对，当指秋衣，如同上卷四五一白居易《西风》："西风来几日，一叶已先飞。新霁乘轻屐，初凉换熟衣。"卷四五八白居易《感秋咏意》："炎凉迁次速如飞，又脱生衣著熟衣。"卷七四七李中《秋雨》："爽欲除幽簟，凉须换熟衣。"皆可证。王建此诗写夏夜雨后新晴，风冷天凉，故"著熟衣裳"坐于檐前；如作"熟著衣裳"，则颇不合情

---

[1]　冯承钧原编，陆峻岭增订《西域地名》（增订本），中华书局，1980，第7页。
[2]　《岑参集校注》（修订本），第211页。

理，因为作者非幼童，著衣岂有熟练与否之别？故此诗当以作"著熟衣裳"为是。上一节论述他校法时所举各例，都涉及以文义判定异文是非的问题，所以这里就不再多举例了。

下面应指出一点，即以文义判定异文的是非，并非易事，正如段玉裁所说，校书之难，在于"定其是非之难"。定是非之难就难在，异文何者为是，何者为非，何者为可通，何者为不可通，并不易判定；凡唐诗文之解读所能遇到的各种难题，诸如词义训释、典故查找，还有人物、史事、典制、年代、名物、天文、地理、历算等的考证等等，判定异文的是非时都会遇到，正因此，校者对异文的是非作出误判的情况屡见不鲜。要达到对异文是非的正确判定，须具备两个条件，一是校者学有根柢，具备较广博的学识；二是持审慎态度，不是随便凭己意揣度，而是勤于查考，注意充分占有资料，找到可靠的根据，然后才下结论。这样，就可避免犯妄断的毛病。

三 以文例来发现和纠正错误

所谓文例、文义，实际上很难截然分开。这里所说的以文例来发现和纠正错误，主要指研究和归纳一代或数代的写作通例，用它来校正文字讹误。下面归纳几种在唐诗文中习见的写作通例，各举例说明如何利用这些通例来发现和纠正错误。

（一）根据对文来发现和纠正文字错误。对文是汉语独有的修辞手法，诗（尤其是近体诗）、赋、骈文皆严格求偶对，散文也每有一些对偶句、排比句等，所以可利用它们来发现和纠正文字错误。例如，《全唐诗》卷一二六王维《淇上即事田园》："屏居淇水上，东野旷无山。日隐桑柘外，河明间井间。""日隐"，南宋麻沙本作"白日"。按，"日隐"一联为律诗第二联，应偶对（日隐对河明），作"白日"则失对，当非是。又如，同上卷二〇六李嘉祐《夜闻江南人家赛神因题即事》："南方淫祀古风俗，楚妪解唱迎神曲。鎗鎗铜鼓芦叶深，寂寂琼筵江水绿。……月隐回塘犹自舞，一门依倚神之祜。韩康灵药不复求，扁鹊医方曾莫睹。""灵"字下校云："一作卖。"按，此诗虽为七古，却多对偶句，从语法结构上看，"扁鹊医方"为"曾莫睹"之前置宾语，而"不复求"之前置宾语，只能是"韩康灵药"，若作"韩康卖药"，则既与"扁鹊医方"失对，上下句的语法结构也变得不一致，故知作"卖"者非是。在根据对文来发现和纠正错误时，有一个问题应该注意，即校勘中对文的利用，应与文义的审究结合起来，不能将对文绝对化，无视文义，唯求偶对。如《全唐诗》卷一二六王维《酬比部杨员外暮宿琴台朝跻书阁率尔见赠之作》："旧简拂尘看，鸣琴候月弹。桃源迷汉姓，松树有秦官。""源"字下校云："一作花。""树"字下校云："一作径。"按，"桃源"一联为律诗第二联，应偶对，如仅从偶对着眼，则此处似当以作"桃花""松树"或"桃源""松径"为是，然"桃源迷汉姓"，盖用陶渊明《桃花源记》的典故，"松树有秦官"则用秦始皇上封泰山，下山时"风雨暴至，休于树下，因封其树为五大夫"（《史记·秦始皇本纪》）的故实，故从文义的角度考虑，此处无疑应作"桃源""松树"，若唯求偶对，改为"桃花""松树"或"桃源""松径"，显然有损于诗意的表达。律诗虽严格求对，但唐人诗中对仗不工整的情况也并不鲜见，所以这里不能将求偶对置于第一位。

（二）根据诗歌格律（用韵情况与平仄格式）来发现和纠正文字错误。先谈根据用韵情况来发现和纠正文字错误。诗歌的本质特点之一是用韵，骈文也有用韵的，所以根据用韵情况来校正文字讹误，当会有成效。例如，《全唐诗》卷八三陈子昂《答韩使同在边》："汉家失中策，胡马屡南驱。闻诏安边使，曾是故人谟。废书怅怀古，负剑许良图。出关岁方晏，乘障日多虞。""谟"，明弘治本《陈伯玉文集》作"谋"。按，"谟""谋"义同，但此诗押"虞"韵，而"谋"为"尤"韵，如作"谋"，则失韵，故当以作"谟"为是。接下谈根据近体诗的平仄格式来发现和纠正错误，例如，《全唐诗》卷二二六杜甫《野望因过常少仙》：

"野桥齐度马，秋望转悠哉。竹覆青城合，江从灌口来。入村樵径引，尝果栗皱开。""皱"字下校云："一作园。"[①] 按，此诗为平起式五律，"入村"一联为颈联，其平仄格式为：平平平仄仄，仄仄仄平平，"皱"字为对句第四字，应为平声，后人或因"皱"字为去声，遂改为平声字"园"，殊不知"皱"字尚有平声一读。栗皱，谓栗子带刺的外壳，同上卷八三二贯休五律《湖头别墅三首》其一云："饥鼠掀菱壳，新蝉避栗皱。""栗皱"之"皱"，正应读平声，则作"皱"字不误；从文义衡量，也以作"栗皱"为是。在根据诗歌格律来校正文字讹误时，必须了解古今音的不同，否则就容易以不押韵为押韵，或以押韵为不押韵；又声调古今也有变化，如古之入声字（仄声），现今有的已成为平声字了。另外，古体诗的用韵，比律诗稍宽，样式也较律诗多，这些我们在根据用韵情况来校正讹误时，都应该弄清楚。

（三）利用避讳知识来校正文字讹误。避讳指行文中遇到君主及其祖先的真名或嫌名（音同、音近的字），必须设法回避，不令其直接出现。唐时关于避讳的法令不严，有嫌名不讳、二名不偏讳的规定，然而实际的习尚却并非如此，而是嫌名仍讳，二名亦偏讳。例如，《全唐诗》卷一九九岑参《优钵罗花歌》序云："天宝庚申岁，参忝大理评事，摄监察御史，领伊西北庭支度副使。""庚申"，《四部丛刊》影印明刊七卷本作"景申"。按，天宝无庚申岁，"景申"即丙申，为天宝十五载（756），唐人避唐高祖李渊父李昞讳，改昞、丙、秉、炳皆为"景"，后人不明此例，因误改为"庚申"。又如，《全唐诗》卷二三五贾至《自蜀奉册命往朔方途中呈韦左相文部房尚书门下崔侍郎》云："古来有屯难，否泰长相因。夏康缵禹绩，代祖复汉勋。"代祖，2001 年版《增订注释全唐诗》卷二二四注云："代祖，汉文帝刘恒，初封代王。"[②] 按，此注系因不明唐讳而误，"代祖"即世祖，因避唐太宗李世民讳，改"世"

---

① 《全唐诗》卷二二六，第 2444 页。
② 陈贻焮主编《增订注释全唐诗》，文化艺术出版社，2001，第 356 页。

为"代"。世祖即后汉光武帝,《后汉书·光武帝纪》曰:"世祖光武皇帝,讳秀……高祖九世之孙也。"下面略述校勘时遇到避讳字应该如何处理的问题,因避讳而改易前代书籍中之文字者,一般应回改,恢复其原貌;如果有些因避讳而更改的人名、地名等已经习用,也可考虑不回改。因避讳而更改本朝本代之人名、地名、官名、物名、纪年、词语等者,则不应加以改动,以存一代之故实。

(四)根据一代的俗语、口语、常语等来校正文字讹误。唐诗中常有一些俗语、口语等,后人不明其义,每妄改之。例如,《全唐诗》卷三六五刘禹锡《寄湖州韩中丞》:"老郎日日忧苍鬓,远守年年厌白蘋。终日相思不相见,长频相见是何人?""频"字下校云:"一作头。"按,"长头"之"头"为后缀,含"时"意,如《全唐诗》卷四五九白居易《赠梦得》:"为我尽一杯,与君发三愿。一愿世清平,二愿身强健。三愿临老头,数与君相见。"同卷《哭刘尚书梦得二首》其一:"同贫同病退闲日,一死一生临老头。""临老头"即"临老时"。同上卷四一七元稹《酬乐天重寄别》:"却报君侯听苦辞,老头抛我欲何之?"同上卷二七一窦常《酬舍弟牟秋日洛阳官舍寄怀十韵》:"老头亲帝里,归处失吾庐。""老头"即"老时"。同上卷六五二方干《谢王大夫奏表》:"非唯言下变荣衰,大海可倾山可移。……死灰到底翻腾焰,朽骨随头却长肥。""随头"即"随时"。王重民《补全唐诗》樊铸《及第后读书院咏物十首上礼部李侍郎》其十:"物情翻覆难可论,莫言权势长头存。"刘盼遂注云:"'长头'二字乃俗语,'头',尾声。"所言甚是。又《全唐诗》卷二九八王建《织锦曲》:"大女身为织锦户,名在县家供进簿。长头起样呈作官,闻道官家中苦难。回花侧叶与人别,唯恐秋天丝线干。""长头"即"长时"。盖后人不明"长头"之义,因妄改为"长频"。[①]又如,《全唐诗》卷九四王适《古别离》:"频年雁度无消息,罢

---

① 参见杨建国编著《全唐诗"一作"校证集稿》,山东教育出版社,1997,第114~115页。

却鸳文何用织?""却"字下校云:"一作去。"按,"罢却"犹罢去、罢了,后人盖因不明"却"字之义,而改为"去"。陆游《老学庵笔记》卷四云:"鲁直(黄庭坚)诗有《题扇》'草色青青柳色黄'一首,唐人贾至、赵嘏诗中皆有之,山谷盖偶书扇上耳。至诗中作'吹愁去',嘏诗中作'吹愁却','却'字为是。盖唐人语,犹'吹却愁'也。"又云:"今世所道俗语,多唐以来人诗。"[1] 所言甚合唐语实际。本条所说根据唐代的俗语等来校正讹误,是要以对唐代俗语等的深入研究为基础的,在这方面,前辈学者已作出了突出的成绩(如张相《诗词曲语辞汇释》、蒋礼鸿《敦煌变文字义通释》等对唐代俗语等的研究和整理),但也还有待于我们作进一步的研究。

最后,谈一下理校法的作用和局限。理校法的主要作用是判定异文的是非,理校是校勘过程中不可或缺的一个环节,离开它,校勘就不能最终完成纠正错误的任务。单独使用理校法有时也能发现一些文字讹误,理校能突破本书版本条件差以及他校资料缺乏的限制,在一定范围内单独发现错误,而不必非求之于版本对校与他校不可。优秀的校勘学家往往能在无古本、善本对校的情况下,独用理校法发现错误,并就如何纠正错误作出推断,而一旦发现古本、善本,与之相校,每宛然暗合,此即为前人所赞叹的校勘绝诣。理校法也有其局限,首先是独用理校法所能发现的错误很有限,因为有很多错误,并不会形成文义不通的现象。例如,前面谈过的赵殿成《王右丞集笺注》的文集部分,仅得一个奇字斋本,未有他本对校,赵氏因"以意考证",凡校改误字六十六个,但他对这六十六个误字的校改,并不都正确,而且未校出的误字还很多,以《大唐大安国寺故大德净觉禅师碑铭》一文为例,"女谒寖盛","寖"赵本误作"寝";"固分珪组","固"赵本误作"同";"应焚香而忽涌","焚"误作"闻";"闻东京有赜大师","赜"误作"颐";

---

① 陆游《老学庵笔记》卷四,中华书局,1979,第50~51、53页。

"为其上首"，"为其"误作"共为"；"或名亚红莲"，"亚"误作"讵"；"犹依舍利"，"依"误作"衣"；"姐归凤阙"，"姐"误作"各"；"去日留钏"，"钏"误作"训"。一篇文章中，未校出的误字即达十个之多。[①]其次是独用理校法很难完成纠正错误的任务，前面我们说过，根据上下文义发现错误后，可从形近、音近等的角度来推求产生错误的原因，从而勘正其误，但从形近或音近的角度来推定的正字都不会只有一个，所以如无异文根据，推定的正字也难于证成，往往只是一个合理的假设而已。因此，各种校勘方法应该结合起来使用，版本对校、他校需要依靠理校来判定是非，而理校也需要依靠版本对校、他校来提供异文根据。如无异文根据，有时尚能判其非，却很难定其是。理校是一种研究性很强、难度颇大的校勘方法，故《释例》说"此法须通识为之"，"最高妙者此法，最危险者亦此法"，正因此，我们使用此法时，宜慎而又慎，尽力避免犯妄断的错误。

第五节　古书致误原因的知识及其在校勘上的作用

前几节，我们讲了古书的四种基本的错乱现象，又介绍了发现和纠正古书错乱的几种途径——四种校勘方法；下面我们准备谈谈古书发生错乱的原因，以及掌握这方面的知识在校勘上的作用。

先谈古书发生错乱的原因。清代学者在校勘上取得了突出成绩，他们不仅对许多古书作了精到的校勘，还在自己丰富的校勘经验的基础上，对古书发生错乱的原因进行了归纳和总结，如王念孙《淮南内篇杂志后序》、王引之《经义述闻·通说下》、俞樾《古书疑义举例》等，就都归纳和总结了若干古书致误原因的通例，这些对于我们发现和纠正古书错乱，颇具有启发意义。

---

① 以上参见《王维集校注》修订本，第854~883页。

王念孙在《淮南内篇杂志后序》中说:"是书自北宋已有讹脱……推其致误之由,则传写讹脱者半,冯意妄改者亦半也。"[1]下面拟采用王念孙的这一概括,将古书致误的原因,归纳成以下两个大的方面进行论述。

一 传写讹误

这是指古书在传抄、刊刻过程中自然产生的无心之误。这种错误形成的原因是复杂多样的:如古书本身多形近、音近字,传写时容易产生错误;古书本身在行款、格式等方面存在着一些易于引起混淆的因素;抄刻者在学力、工作态度、工作方法上存在缺陷;书籍、印版在长期流传过程中会有自然耗损;等等,以上这些原因往往是相互交织着的。这种在传抄、刊刻过程中产生的无心之误,大致可分为以下几种类型。

(一)文字形误。指因字形相近引起传抄、刻版之误。形误在所有错乱现象中所占的比重最大。汉字的形体结构复杂,形近义异的字特别多,因此传抄、刻版时易产生混淆。又,汉字在历史发展进程中经历了各种变化,出现过多种不同的字体,如篆书、隶书、楷书、行书、草书,还有许多异体字等等。文字形误是与字体联系着的,一些与唐人的著作没有关系的文字形误(如篆字、隶书形近致误),这里就不作介绍了,只举例略述一些唐人诗文集中常见的文字形误。

前一节所举九都与丸都、千地与十地,就是一般文字(楷体)形误的例子。下面再举几个例子。如《全唐诗》卷八八二补遗一薛曜《登绵州富乐山别李道士策》:"送君从此路,城郭几千年。""策",康熙扬州诗局本作此字,中华书局校点本改作"策"。[2]按,"策"同"策",为异体字,而"策"当为"荣"之形讹字。此诗作者薛曜字升华,为宰相薛元超之子,尚城阳公主,元超自高宗龙朔三年(663)至上元元年(674)居蜀中,先为简州(今四川简阳)刺史,后配流嶲州(今四川西

---

① 王念孙:《读书杂志·淮南内篇弟廿二》,江苏古籍出版社,2000,第962页。
② 《全唐诗》卷八八二补遗一,第9968页。

昌），薛曜曾于此期间入蜀省觐，路过绵州（今四川绵阳），时王勃也在绵州，作有《秋夜于绵州群官席别薛升华序》《秋日别薛升华》诗。李荣为长安东明观道士，绵州巴西（今绵阳）人，是时盖返故里后又欲回京，故薛曜于富乐山（在巴西县东五里）送之。[①] 此为异体形误的例子。

又如，《全唐诗》卷一二六王维《故太子太师徐公挽歌四首》其四：“无人当便缺，应罢太师官。”“无”，宋蜀刻本作“尤”。按，作“尤”意不可通，“尤”当为“无”之形讹字。此为简体形讹的例子。

再如，同上卷五八李峤《送李邕》：“落日荒郊外，风景正凄凄。……殷勤御沟水，从此各东西。”诗题下校云：“一作送李安邑。”按，《旧唐书·李邕传》云：“邕少知名。长安初（701），内史李峤及监察御史张廷珪，并荐邕词高行直，堪为谏诤之官，由是召拜左拾遗。……以与张柬之善，出为南和令。”因与张柬之善而出为南和令，当在张柬之被诬获罪流放岭外并遇害时，即神龙二年（706）七月，参见《通鉴》卷二〇八。寻绎诗意，此诗当为李峤在长安送李邕赴南和时所作。“邕”一作“安邑”，盖因“邕”字漫漶而一字误为两字也。

（二）音误。主要指抄写时因音同音近而引起的文字讹误。抄写时往往默诵于口，而应之于手，很容易随音而写，误成音同音近的别字。例如，《全唐诗》卷三九陈子良《新成安乐宫》：“春色照兰宫，秦女坐窗中。”“成”，《文苑英华》卷一九二、《乐府诗集》卷三八俱作“城”。按，作“城”是，《乐府诗集》曰：“《古今乐录》曰：‘王僧虔《技录》有《新城安乐宫行》，今不歌。’《乐府解题》曰：‘《新城安乐宫行》，备言雕饰刻镂之美也。’”[②]《乐府诗集》又录有梁简文帝、阴铿《新城安乐宫》诗各一首。“城”作“成”，系因音同致误。又如，《全唐诗》卷一二五王维《蓝田山石门精舍》：“道心及牧童，世事问樵客。”“世事问樵客”，王维集宋蜀刻本作“世士文惟必”。按，“世士文惟必”不

① 彭庆生：《初唐诗歌系年考》，第120~122页。
② 郭茂倩：《乐府诗集》卷三八，中华书局，1979，第565~566页。

词，明显有误。"士文"系"事问"之音误字；"惟"乃"樵"之形误字；"必""客"俱入声字，疑因古时方音接近而致误。此条为音误与形误相兼的例子。字音因时因地而有不同，有时今音不近，无由产生音误，古音却相近，可能产生音误，故欲知音误，需明古音；音误还与抄写者的方音有关，《校勘学释例》说："何谓方音相似？如'吏''例'、'记''继'、'程''陈'、'点''典'诸字，以广州音读之，不相混也，今沈刻元典章多混之，知必与抄者之方音相似也。"① 又，古代同音通假字很多（尤其在先秦两汉时代），所以我们作校勘时，应特别注意，不要将同音通假字当作音误字而加以改动。如《全唐诗》卷四三九白居易《重题》其三："匡庐便是逃名地，司马仍为送老官。心泰身宁是归处，故乡何独在长安？""何"字下校云："一作可。"按，此为作者重题庐山香炉峰下新筑草堂之作，作"何"非是，当以作"可"为是。"可"，古通"何"，《晏子春秋·外篇上二》："天之变，彗星之出，庸可悲乎？"王念孙曰："'可'，读'何'，'何''可'古字通。"（《读书杂志·晏子春秋二》）"可"通"何"，唐宋时尚然，如欧阳修《与吴正肃书》云："累日不瞻奉，渴仰可胜！"此例盖因后人不知"可"通"何"，以为作"可"费解，遂改为"何"也。

（三）古书的行款格式、书写样式等因素引起的错误。下面介绍两种与唐人的诗文集关系较密切的此类错误。1.古人书中往往有正文、注文（包括作者自注），正文用大字写，注文用小字写，如果抄写时忘了区分大小两种字，就会造成注文误入正文或正文误入注文的错误。如《全唐诗》卷一四七刘长卿《朱放自杭州与故相里使君立碑回因以奉简吏部杨侍郎制文》云："片石羊公后，凄凉江水滨。好辞千古事，堕泪万家人。"② 相里使君即相里造，曾官杭州刺史，卒后朱放为其立碑于杭州；吏部杨侍郎指杨炎，"吏部杨侍郎制文"七字，交代碑文乃杨炎

---

① 陈垣：《校勘学释例》卷二，第23页。
② 《全唐诗》卷一四七，第1483页。

所撰，应是题下注语，因未作小字而阑入题中。2.古书中遇阙字，每作"□"号以待补，抄刻者不慎，极易误为口字；阙字也有空格（不用"□"号）以待补者，抄刻者不慎，亦极易误连，如《全唐诗》卷一九八岑参《行军诗二首》其一："儒生有长策，无处豁怀抱。块然伤时人，举首哭苍昊。"《四部丛刊》影印明刊七卷本岑集，于"无处"句下、"块然"句上空十字，明阙二句待补，而《全唐诗》却直下联录，掩盖了阙文的痕迹。

此外，还有几种典型的抄写时特有的错误。如涉上下文而误，这是指抄写者目有所视，原作中上下文某字在自己脑中留有印象，如精神不集中，便容易将原作中的另一字错写成自己脑中留有印象的某字。如《全唐诗》卷一二五王维《送友人归山歌二首》其一："愧不才兮妨贤，嫌既老兮贪禄。誓解印兮相从，何詹尹兮何卜。"末句前一"何"字，王维集宋蜀刻本作"向"。按，末句两用"何"字，不词，当有误。"詹尹"，指楚国太卜（国家掌卜筮的官）郑詹尹，《楚辞·卜居》记屈原曾往见郑詹尹问卜。"向詹尹兮何卜"，是说归隐的决心已下，还往太卜那里去问什么卜？玩诗意，应以作"向"为是。此处"向"字盖涉下文之"何"字而误。又如因同字而脱、因重写而衍，假设某书稿某叶第五行有一"之"字，第六行也有一"之"字，抄稿者抄至第五行的"之"字，略作停顿，而后接着往下抄，但看错了行，而从第六行的"之"字下接着抄，这样就造成脱文，此即"因同字而脱"；假如抄稿者抄至第六行的"之"字，略作停顿，而后接着往下抄，但看错了行，而从第五行的"之"字下接着抄，这样就造成衍文，此即"因重写而衍"。以上几种错误，今人抄稿子时同样会出现，应该容易理解。

二　有意妄改

下面要谈的已非无心之误，而是有心之误，即有意妄改。妄改也发生在古书流传过程中，古时刻书，每延人校勘，而校勘者往往有妄改的情况（明人刻书，尤喜窜易）；未有版刻以前，儒生自抄（或请人代抄）、自读、自改的情况也常见。从校改者的角度来看，他们大抵是以为古书有误，因而加以改动，但由于他们水平的限制，改后的实际结果，往往是形成妄改。下面将妄改问题，分成以下几个方面进行论述。

（一）因不明文义而妄改。正如本章第四节所说，文义的内容很广泛，包括词义训释、典故查找，以及人物、史事、典制、年代、名物、天文、地理、历算等的考证等等，限于篇幅，这里无法逐项举例说明，仅略举数例，以见一斑。例一，《全唐诗》卷一〇七徐坚《奉和圣制送张说巡边》："至德抚遐荒，神兵赴朔方。……累相承安世，深筹协子房。""安世"下校云："一作开地。"①按，"安世"即汉张安世，宣帝时"为大司马、车骑将军，领尚书事"，"职典枢机"，《汉书》卷五九有传。此处作者借用汉时同姓达宦名臣张安世、张良故事以称美张说，此乃后人不识"安世"为人名，因就诗之"巡边"主题，妄改"安世"为"开地"。例二，同上卷一九八岑参《送祁乐归河东》："置酒灞亭别，高歌披心胸。君到故山时，为谢五老翁。"末句宋刻本作"为君谢老翁"，《四部丛刊》影印明刊七卷本作"为吾谢老翁"。按，河东，郡名，即蒲州，乾元三年（760）升为河中府，《元和郡县图志》卷一二河中府永乐县（今山西芮城县西永乐镇）："五老山在县东北十三里，尧升首山观河渚，有五老人飞为流星上入昴，因号其山为五老山。"则作"为谢五老翁"是，末二句意谓，君到故乡河东时，请到五老山上代向五老翁致意。此例涉及地理与典故，校改者盖因不晓"五老翁"之意，而妄改为"为吾（君）谢老翁"。有一旧选本录此诗作"为吾谢老翁"，并解"老翁"为祁乐之父，殊可笑。例三，同上卷三五七刘禹锡《病中一二禅客见问因以谢之》："劳动诸贤者，同来问病夫。添炉烹雀舌，洒水净龙须。""烹雀"二字下校云："一作捣鸡。"按，雀舌，以嫩芽焙制成的上等茶。沈括《梦

---

① 《全唐诗》卷一〇七，第1111~1112页。

溪笔谈》卷二四《杂志一》："茶芽，古人谓之'雀舌'、'麦颗'，言其至嫩也。"[①] 僧人来问病，诗人炉上添火烹制上等茶以待之，则作"烹雀舌"是；鸡舌，即鸡舌香，又称丁香，乃丁香（常绿乔木，生于热带地区）树之种子，汉尚书郎奏事时，口含此物，欲其气息芬芳（见应劭《汉官仪》），则鸡舌不是用来熏香的，与"添炉"毫不相干。此条涉及名物考证，盖校改者不明"雀舌"为何物，遂妄改为"鸡舌"，并改"烹"为"捣"。例四，同上卷三〇〇王建《昭应官舍》："眇身多病唯亲药，空院无钱不要关。文案把来看未会，虽书一字甚惭颜。""虽"字下校云："一作须。"按，作"须"是。"须"有"虽"义，如王维《燕支行》："教战须令赴汤火，终知上将先伐谋。"李商隐《中元作》："羊权须得金条脱，温峤终虚玉镜台。"张相《诗词曲语辞汇释》论此甚详，不复赘述。此条为因不明"须"字有"虽"义（虚字用法）而妄改。又，前述本节"可"改为"何"例，为因不识通假字而妄改。第四节"却"改为"去"例、"长头"改为"长频"例，为因不知唐代俗语之义而妄改。

（二）以为词义相仿而妄改。上一条说的是，校读者因不明文义，以为原文有误而妄加改易；此条说的则是，校读者并不以为原文有误，然出于某种主观的考虑，或以为原字不甚佳，或以为原意不够显豁等等，于是自作聪明，妄加改易。改者或以为改后的文字与原文之意相仿，无关紧要，实则有失原作文字之真，不足为训。下面略举数例说明。例一，《全唐诗》卷一二六王维《冬晚对雪忆胡居士家》："隔牖风惊竹，开门雪满山。""门"字下校云："一作帘。"同卷《过香积寺》："古木无人径，深山何处钟。""深"字《文苑英华》卷二三四作"空"。同卷《山居即事》："绿竹含新粉，红莲落故衣。""绿"字宋麻沙本、元刊本王集皆作"嫩"。以上门与帘、深与空、绿与嫩，形、音皆不相近，无由致误，这些异文的出现，大抵皆由校读者以为词义相仿而妄改

---

① 沈括：《梦溪笔谈》，中华书局，2015。

造成。虽然这些异文中，何字符合原作文字之真，已不易判断，但我们还是应该尽力寻找根据，以期恢复原作面貌。如第一例，诗写寒冬深夜窗外风雪交加，此时房门自然是紧闭着的，只有清晨"开门"，才能见到"雪满山"；笔者检索了《全唐诗》中所有含"开帘"二字的诗句，其潜台词都是门未关，帘（门帘，在门外）阖着，然后"开帘"见到外面的景象，这就与王维此诗所描写的时间（寒冬深夜）与天气（风雪交加）环境不合，故应以作"开门"为是。第二例，写作者"数里入云峰"，忽闻幽深的山里不知何处响起钟声，才知山中有佛寺；"何处钟"的感受，正是山深造成的，所以"深山"与"何处钟"配合得极好，改作"空山"，就没有这样的艺术效果了。第三例，新生竹的表皮上有一层白色粉末，故云"嫩竹含新粉"，作"嫩"合理，当是；校读者大概为求与下句之"红"字相对，因妄改为"绿"。上述三例，与陶渊明"采菊东篱下，悠然见（一作望）南山"（《饮酒二十首》其五）之例相似，宋苏轼、晁补之、蔡宽夫皆力辨陶诗作"见"之佳与作"望"之误，说明"见""望"虽意义相仿，亦当努力辨析，复其原作文字之真。例二，《全唐诗》卷一九九岑参《青门歌送东台张判官》："花扑征衣看似绣，云随去马色疑骢。""绣"字下校云："一作锦。"按，锦绣每连言，"锦"与"绣"意义相仿，似乎作"绣"、作"锦"皆可，实则作"锦"大失原意，断不可从。东台，即东都留台，御史台设在洛阳的分支机构，作者所送者张判官，当系东台御史兼都畿道采访处置使判官；[①]"花扑征衣看似绣"，暗用"绣衣直指"典故，汉时派遣侍御史为"直指使"，到各地审理重大案件，穿绣衣，以示尊宠，称"绣衣直指"（见《汉书·百官公卿表》），此句隐指张在东台为御史，若改作"锦"，便丧失此意（下一句隐用"骢马御史"典故，二者正相呼应）。此例说明，有校读者改字后自以为与原字意近无大关系，实则相去甚远者，所

---

① 参见《岑参集校注》（修订本），第159页。

以校勘时，切不可放弃对意义相仿之异文的认真辨析，否则，很容易造成误断的弊病。例三，敦煌唐写本陈子昂《谏雅州讨生羌书》："将仕郎守麟台正字臣陈子昂昧死上言……臣子昂诚惶诚恐，死罪死罪。""臣子昂诚惶诚恐死罪死罪"十一字，子昂集诸本皆无。按，此十一字系校读者以为无关要义而妄删者，后汉蔡邕《独断》曰："凡群臣上书于天子者有四名：一曰章，二曰奏，三曰表，四曰驳议。……表者上言'臣某言'，下言'臣某诚惶诚恐，顿首顿首，死罪死罪'。"则此十一字虽为奏疏套语，删之亦有失原作之真。

　　（三）因刊误而致误。此条指的是，古书在流传过程中产生了错误，校读者欲订正之，然校改不当（妄改），结果或以新的错误代替旧的错误，或旧的错误没有纠正，又滋生新的错误。下面略举二例说明。例一，《全唐诗》卷三一六武元衡《送陆書还吴》："君住包山下，何年入帝乡？成名归旧业，叹别见秋光。""書"字下校云："一本下有记字。"[1]按，陆書未详为何人，"書"疑为"畫"之形讹字，陆畫，陆元方（两《唐书》有传）五世孙，苏州吴县人。《新唐书·宰相世系表三下》陆氏："畫，监察御史。"诗云"君住包山（即太湖中西洞庭山）下"，与畫为苏州吴县人正相合，参见陶敏《全唐诗人名汇考》（辽海出版社2006年版）。"陆書"一本作"陆書记"，盖因校读者以为未见唐时有陆書其人而妄加一"记"字。然作"陆書记"亦误，书记即掌书记，为节度使僚佐。诗云"成名"，唐时盖指科举登第而言，武元衡生活的时代，已实行新及第进士的守选制，新及第进士、明经，都必须守选若干年，才能授官。[2]"成名归旧业"，即指陆登第后归故乡守选，可见陆当时并未居官，所以称陆为"书记"，与诗意不合。此即校改不当，以新的错误代替旧的错误的一个例子。例二，同上卷二七一窦群《冬日晓思寄杨

---

　　①　《全唐诗》卷三一六，第3553页。

　　②　参陈铁民《守选制与唐代文人的诗歌创作研究》第一章第三节，中国社会科学出版社，2021。

二十七鍊师》："雨霜地如雪，松桂青参差。鹤警晨光上，步出南轩时。所遇各有适，我怀亦自怡。愿言缄素封，昨夜梦琼枝。"[①]"鍊师"，《窦氏联珠集》校云："一作谏卿，殆非。"按，唐人中未见有杨姓行二十七者，"杨"当为"羊"之音讹字，"羊二十七"即羊士谔，见《唐人行第录》；"鍊师"，《联珠集》称"一作谏卿"，甚是，据《唐尚书省郎官石柱题名考》卷一一所考，士谔字正是谏卿。窦群此诗原文当作"寄羊二十七谏卿"，"羊"误为"杨"后，"谏卿"也随之产生错误，推其致误之迹，疑"谏卿"形近而误为"鍊卿"，校读者或以为"鍊卿"不知何指，因臆改为习见的"鍊师"。"鍊师"是对道士的尊称，然窦群诗中无一语言及道士之事，且窦群与羊士谔素有交往，窦群集中有《雨后月下寄怀羊二十七资州》，士谔集中有《和窦吏部雪中寓直》《小园春至偶呈吏部窦郎中》《酬吏部窦郎中直夜见寄》《寄黔府窦中丞》等诗，皆可证；又《旧唐书》之《李吉甫传》《窦群传》《吕温传》亦言及两人交往之事，所以作"鍊师"显然是妄改。此即旧的错误没有纠正，又滋生新的错误（误上加误）的一个例子。

一般说来，无心之误往往伴随着文义不通的现象，比较容易发现和纠正；有心之误则往往表面上文通字顺，看不出疑义，因而比较难于发现和纠正。

古书致误原因的知识在校勘上的作用主要有两个方面，一个方面是，在有异文时，古书致误原因的知识，可以帮助我们审定其中的是非。如《全唐诗》卷二一一高适《塞上》："常怀感激心，愿效纵横谟。倚剑欲谁语，关河空郁纡。"[②]"河"，敦煌唐写本作"阿"，《文苑英华》卷一九七、《诗渊》地理门[③]作"山"。按，阿，大陵也；作"关河""关阿""关山"，意皆可通，但从致误原因方面来考察，当作"阿"。"阿"

---

① 《全唐诗》卷二七一，第 3040 页。

② 《全唐诗》卷二一一，第 2189~2190 页。

③ 《诗渊》第 3 册，书目文献出版社，1985，第 1985 页。

因形近误作"河"，因义近改作"山"，故作"阿"是；若原作"河"，则"河"因形近可误为"阿"，却不大可能误为形义皆远的"山"；若原作"山"，则"山"因义近可改为"阿"，却不大可能误为形义皆远的"河"。这是以"河""山"两个异文，证成作"阿"是，可称之为异文互证。又，我们以文义判定异文的是非后，如能进一步解释错误形成的原因，亦可使校订更可信，更具有说服力。另一个方面是，在无异文时，古书致误原因的知识，可帮助提供发现错误、纠正错误的线索，形成合理的假设。如本章第四节"九都"乃"丸都"之误、"千地"乃"十地"之误、本节"李策"乃"李荣"之误的例子，都可说明这个问题。总而言之，古书致误原因的知识，对于校勘富有启发意义，从事校勘工作，必须掌握这方面的知识；当然，也不能滥用这方面的知识，在运用这方面的知识来发现和纠正错误时，务必使自己的校订建立在可靠的本书文义内证的基础之上，否则，就很容易犯臆断的毛病。

第六节　校勘应遵循的原则和校勘记的撰写

校勘应遵循的原则，是指整个校勘工作过程自始至终应遵循的根本准则。校勘记的撰写，是校勘工作的最后总结，校勘的成果主要通过它来体现。

一　返真是校勘应遵循的根本原则

所谓返真，是指恢复原作的本来面貌，这是校勘的目的。古书在长期的流传过程中，出现了许多错乱，通过校勘纠正这些错乱，使古书恢复其本来的面貌，这就是我们所追求的返真。返真不仅是校勘的目的，也是进行具体校订时应遵循的根本原则，校订是否正确、可靠，唯一的标准就是，是否恢复了原作的本来面貌。当然，真正达到返真是困难的，但它应该成为我们的校勘工作追求的一个终极目标。

下面就涉及返真的一些问题进行探讨。首先，谈谈返真与作者的原误。几乎所有的作者在写书时，都会出现一些错误，如记述失实，材料的运用有误，立论不正确，看法相互抵牾，等等，校勘时遇到这类问题，皆当一仍其旧，而不应加以改动。校勘只管诸本文字之是非，不管"立说之是非"，这个界限必须划清。作者的上述这类原误，不属于校勘订正的范畴，如发现，可在校记或注释中作说明，而对原文则不能有所改动。如《全唐诗》卷一二五王维《老将行》："卫青不败由天幸，李广无功缘数奇。"赵殿成注："天幸乃去病事，今指卫青，盖误用也。"按，《史记·卫将军骠骑列传》曰："大将军（卫青）姊子霍去病……所将常选（选择精锐）。然亦敢深入，常与壮骑先其大军，军亦有天幸，未尝困绝也。……由此骠骑（骠骑将军霍去病）日以亲贵，比大将军。"盖因卫青、霍去病合传，故导致作者误记。此例为作者原误，校订时对原文不应加以改动。当然，对作者写作过程中明显的无心之误，如笔误等，可径行改正。

其次，谈谈类书、诗文评类等书中的引文，是否应据本集的文字来加以改动的问题。先举一个例子说明。《唐诗纪事》（《四部丛刊》影印本）卷三〇引李益《从军诗序》云："益录其从军诗赠左补阙卢景亮，自序云：吾自兵间，故为文多军旅之思。或军中酒酣，塞上兵寝，投剑秉笔，散怀于斯文。率皆出乎慷慨意气，武毅果厉。本其凉国，则世将之后，乃西州之遗民欤？亦其坎轲当世发愤之所致也。"上海古籍版的《唐诗纪事》（据《四部丛刊》本排印），将上述这段文字（指"自序云"以下）校改为："自序云：从事十八载，五在兵间，故为文多军旅之思。或因军中酒酣，或时塞上兵寝，投剑秉笔，散怀于斯文。率皆出乎慷慨意气，武毅犷厉（下与《四部丛刊》本同，不详引）。"上海古籍版校改的依据，是清张澍编《李尚书诗集》所收《从军诗序》（参见本章第三节所引）。按，本章第三节已谈过，他书引文的情况比较复杂，其较之原著，往往有所删节、改动，如上述计有功在《纪事》中所引之《从军诗序》，就作了不少删节、改动，在这些删节、改动里，有编者计氏的意图在，所以校勘时，不应据本集文字将其一一补齐、改回，假如据本集文字将其一一补齐、改回，不就成了校者在编《纪事》，而非计氏在编《纪事》了吗？所以，类书、诗文评类等书中的引文，当然应该用本集的文字来进行校勘，如果这些引文中确有不可通之字，也可据本集的文字加以改动，但如果这些引文本自可通，便不应据本集的文字加以改动。否则，就有失原编者文字之真，与返真的原则相违。类书中的引文，较之原著，删改之处往往更多，我们对类书作校勘时，也宜遵循上述原则，切忌随意据本集文字来改动类书引文。

那么，如何做才能达到或接近达到返真呢？首先，应广集异文资料。因为有异文，就能发现错误，并为纠正错误提供依据；如果异文资料不全面不完整，则发现错误与纠正错误便都会受到影响，返真也就不易达到。关于这一点，本章第二、三节已经谈过，这里就不多说了。其次，须正确地分析异文。其中最基本的一条是，以文义判定异文的是非。异文中，如果有一个文义可通，其余几个文义确不可通，一般情况下，自然是文义通者为是，文义确不可通者为非；但也有另外一种情况，即多个异文皆于义未安，或文义可通者似未必是，这就须要应用古书致误原因的知识，对异文进行仔细、认真分析，从而推知正确的原字。这点本章第四、五节已经谈过，此处也不多说了。

下面着重谈谈如何正确地分析义得两通的异文。分析义得两通的异文，也应力求返真，不能以为反正义得两通，随便选择其中一个定为正文文字即可。下面举例说明。先谈只有两个两通异文的例子。第五节中论述过的王维诗"门"与"帘"、"深"与"空"、"绿"与"嫩"三个例子，都只有两个两通异文，笔者皆联系全诗的境界，仔细体悟上下文义，选出与上下义义最为贴合、比较接近原貌的"门""深""嫩"三字定为正文文字。又如，王维《送梓州李使君》："山中一半雨，树杪百重泉。"① "半"或作"夜"，是作"一半雨"好，还是作"一夜雨"好，学

---

① 《王维集校注》卷七，第653~657页。

术界有过一些争论，从版本学的角度来考察，王集的宋元刻本，如北宋蜀刻本、南宋麻沙本、元刊刘须溪校本皆作"半"，今存的所有明刻本和《全唐诗》则作"夜"；从致误原因来考察，"半""夜"形音皆不相近，所以这一两通异文的产生，应是后人的改动，如原作"一夜雨"，文从字顺，后人不大可能改作"一半雨"，如原作"一半雨"，则校读者有可能认为不大讲得通，因而改为"一夜雨"，所以求"返真"的话，当作"半"，作"夜"乃系明人妄改。下面再举一个例子。《全唐诗》卷二五三王之涣《凉州词二首》其一："黄河远上白云间，一片孤城万仞山。羌笛何须怨杨柳，春风不度玉门关。""黄河远上"下校云："一本作黄沙直上。"叶景葵《卷盦书跋》"跋万首唐人绝句"条曰："诗句有一字沿讹，而为后人所忽略者。如王之涣《凉州词》'黄河远上白云间'，古今传诵之句也。前见北平图书馆新得明铜活字本，'黄河'作'黄砂'，盖本作'沙'，讹作'河'，草书形近之故。今检此本（《万首唐人绝句》）亦作'沙'，所据必为善本。向诵此诗即疑'黄河'两字与下三句皆不贯串，此诗之佳处，不知所在。若作'黄沙'，第二句'万仞山'便有意义，而第二联亦字字皆有着落。第一联写出荒寒萧索之象，实为第三句'怨'字埋根，于是此诗全体灵活矣。"[1] 按，《全唐诗》卷二一四高适《和王七玉门关听吹笛》云："胡人吹笛戍楼间，楼上萧条海月闲。借问落梅凡几曲，从风一夜满关山。"此诗与王之涣诗皆押间、山韵，则王七即王之涣（参见《唐人行第录》），王诗原题应作《玉门关听吹笛》；之所以以《凉州词》为题，乃因经歌人播唱而以乐曲命名（此曲为西凉府都督郭知运所进，见《乐府诗集》卷七九）。诗的首二句即写玉门关。首句写玉门关的地理环境，玉门关汉址在今甘肃敦煌西北小方盘城，唐址在今甘肃安西双塔堡附近，其周围都有沙漠，故有"黄沙直上"之语。"黄沙直上（《万首唐人绝句》作'远上'）白云间"，言沙漠

---

[1]　叶景葵：《卷盦书跋》，上海古籍出版社，2006。

辽阔，与天相接，与岑参诗"黄沙碛里客行迷，四望云天直下低"（《过碛》）、"平沙莽莽黄入天"意近；次句接写玉门关关城，由于关临沙漠，故有"一片孤城"之语。这两句前后贯串，刻画出玉门关一带荒凉萧索的景象，"为第三句'怨'字埋根"。末二句是说，羌笛吹奏着哀怨的折杨柳曲，好像在埋怨这里连杨柳也没有一棵，然玉门关外无春风，杨柳自然不生长，又何须埋怨呢？作排遣语，反见愁怨益深。此诗作"黄河""黄沙"意皆可通，但联系全诗的境界，仔细体悟上下文义，应以作"黄沙"为是。或谓作"黄河"意象佳、格调高，但玉门关一带并无黄河；分析义得两通的异文，有一个通行的做法，即必以思想性艺术性高者为是，而不问其是否合乎原作之真，这样做，恐怕有违于校勘的返真原则。当然，有的时候也可以这样做，但必须有一个前提，即该例异文，确实没有可能恢复原貌，达到返真。另外，有的异文虽未必符合原作之真，但长期以来，已为人们所熟悉和接受，也可不再加以改动。

下面谈有三个以上异文的例子。三个或三个以上的异文中，有三个异文皆义得两通者，也有只有两个义得两通其余不可通者，不管属于哪种情况，都可运用异文互证的方法，以求返真。所谓异文互证，是指异文的产生，都有其原因，异文在形、音、义方面，总存在某种联系，所以可用异文参互作证的方法，来帮助我们判定其中的是非。如前一节所举高适《塞上》之例，凡有三个异文，义皆可通，我们即用异文互证的方法，判定作"阿"符合原貌。又如，《全唐诗》卷四三一白居易《郡中即事》："遥思九城陌，扰扰趋名利。今朝是雙日，朝谒多轩骑。""雙"字下校云："一作隻。"朱金城《白居易集笺校》云：马元调本、《全唐诗》俱作"雙日"，宋绍兴本作"隻日"，那波道园木作"直日"。[①]按，作"雙日""隻日"似皆可通，作"直日"则明显不可通；如以异文互证的方法定其是非，则当以作"隻日"为是。盖原作"隻日"，因形近而误

---

① 朱金城笺校《白居易集笺校》卷八，第435~436页。

为"雙日",因音近而误为"直日"也。若原作"雙日",则因形近可误为"隻日",却无由误为形音皆远的"直日"也。稽之史籍,《宋史·张洎传》曰:"自天宝兵兴之后,四方多故,肃宗而下,咸隻日临朝,雙日不坐。"更可证作"隻日"是。再如,赵崇祚《花间集》卷八孙光宪《思帝乡》:"如何,遣情情更多,永日水堂帘下,敛羞蛾。"[①]"水堂帘下",今传绍兴十八年晁谦之跋本(1148)等三种南宋刻本皆然;明正德覆晁本(1521)、明玄览斋巾箱本(1608)作"水尚帘下";明茅一桢校本(1580)、汤显祖评本(1602)、雪艳亭活字本(无年月)作"水晶帘下"。按,自文义考察,作"水尚帘下"不可通,作"水堂帘下"可通,韦庄《荷叶杯》"水堂(临水之堂)四面画帘垂"可证,作"水晶帘下"亦可通,但何者为是,尚待作进一步研究;用异文互证的方法作研判,原文当作"水堂帘下",因形近而误为"水尚帘下",由于义不可通,后人遂臆改为"水晶帘下";如联系《花间集》的版本源流进行考察,可知最早的晁谦之跋本等皆作"水堂",正德覆晁本因形讹误为"水尚",由于义不可通,翻刻正德本的茅一桢校本遂臆改为"水晶",汤显祖评本、雪艳亭本皆在茅本后,因沿其误。由这一个例子也可以说明,分析义得两通的异文时,应联系其出处(包括本书的各种版本与他书)进行考察。

如果义得两通异文的是非确实不易判定,返真的目标的确难以实现,那么在这样的情况下,原书正文的文字应该如何选定呢?一是可按照通行的做法做(见前),二是可暂选择古本、善本的文字作为正文文字,三是采取存疑的态度,具体的做法是,保留底本原貌,只在校记中注出异文与自己的校勘意见,而不改动底本原文。

二　校改方式与校勘记的撰写

整个校勘工作,大致包含以下三个相互联结的工作环节。第一个环

---

① 赵崇祚辑《花间集》,文学古籍刊行社,1955。

节，包括确定校勘的目的（校本用途、读者对象），了解、搜集本书的各种版本及有关资料，考证版本源流、归纳版本系统，选出校勘的底本和主要校本，这是校勘的准备与开始阶段。第二个环节，进行本书版本的对校与他校，将校勘的异文汇集成异文长编，并在这个基础上，对本书的文字作具体的校订，这是全部校勘工作的中心。第三个环节，根据校订的结论进行校改，写成新本，并在新本的基础上撰写校勘记；如严守底本文字，不加改动，则在底本的基础上撰写校勘记，这是校勘的总结阶段，全部校勘的成果，主要通过这个环节体现。下面介绍这第三个环节的工作内容。

所谓校改方式，是指对原书文字的处理方式。叶德辉《书林清话》附《藏书十约·校勘》云："今试言其法：曰死校，曰活校。死校者，据此本以校彼本，一行几字，钩乙如其书，一点一画，照录而不改，虽有误字，必存原本，顾千里（广圻）、黄荛圃（丕烈）所刻之书是也。活校者，以群书所引改其误字，补其阙文，又或错举他刻，择善而从，别为丛书，版归一式，卢抱经（文弨）、孙渊如（星衍）所刻之书是也。斯二者，非国朝校勘家刻书之秘传，实两汉经师解经之家法，郑康成注《周礼》，取故书、杜子春诸本，录其字而不改其文，此死校也；刘向校录中书，多所更定，许慎校《五经异义》，自为折衷，此活校也。"[1] 所谓死校、活校，实即处理原书文字的方式，死校严守底本文字，即使有错误，亦不作改动；活校则多所更定。自然，"死校"不尽"死"，并非仅胪列各本异同，不参以己见，而是将己见置于校记中，不据以改动原书文字。"活校"亦不尽"活"，仍需有"据此本以校彼本，一行几字，钩乙如其书"的"死校"功夫。近现代常用的校改方式，主要有两种，无以名之，姑称之为"合校"与"参校"。

（一）**合校**。合校不主一本（不以某一本为校订基础），合校众

---

[1] 叶德辉：《书林清话》，北京燕山出版社，2008。

本，择善而从，兼用群书所引及诸家校勘意见，以改误字。此法多所更定，当属活校范围。采用此法进行校勘时，可以没有底本，也可以有底本（校本多时，为了工作方便，宜确定底本，但它只起过录异文的作用）。校订后写成的新本，是择取各本之善形成的，从中看不出底本的原貌，所以也可以说，合校是不保留底本原貌的。例如赵殿成《王右丞集笺注》的诗歌部分，以刘须溪校本、奇字斋本、顾可久本、凌蒙初本合校，择善而从（参见本章第二节），就是这样。此种校改方式，由于不主一本，择善而从，所以无所谓改字不改字的问题，而只有从某本某字的问题。但在采用诸家意见或以己意校订时，也会产生是否改动原书文字的问题。对原书文字，如无确据，不应改动，如果改动了，也应采用一定的方式标出，使原文与改文俱存，以方便读者自己定夺。如中华书局出版的校点本《三国志》，用四种最通行的《三国志》刻本（百衲本、清武英殿刊本、金陵书局活字本、江南书局刻本）合校，择善而从。又利用梁章钜《三国志旁证》、卢弼《三国志集解》所总结的清初以来顾炎武、何焯诸家的校勘意见，并加采蒋呆、翁同书、吴承仕等诸家之说，对《三国志》的原文作了进一步的校订。新本文字，凡采自上述四种版本者，即不加说明，也不作校记；而据诸家意见改定、为上述四种版本所无的文字，则概用符号标出，并作校记，这种做法可供我们参考。

（二）**参校**。参校专主一本（以某一本为校订基础），参校他本及他书引文，记其异同，定其是非。此种校改方式必有一底本，校订的结果是，或完全保留底本的原貌，或对底本的原貌有所改动。完全保留底本原貌者，是指绝对不改动底本文字，即便有讹误，亦一仍其旧，文字异同及校者的案断，完全通过校记反映。此即上文所谓的死校，也即顾广圻所说的"以不校校之。毋改易其本来，不校之谓也；能知其是非得失，校之之谓也"（《思适斋集》卷一四《礼记考异跋》）。这种校改方式源远流长，清人校书，亦每沿用这种方式，如阮元校刻宋本《十三经注疏》，就是采用此种方式，其在《重刻宋版注疏总目录》后云："刻书者，最患以臆见改古书，今重刻宋版，凡有明知宋版之误字，亦不使轻改，但加圈于误字之旁，而别据校勘记，择其说附载于每卷之末，俾后之学者，不疑于古籍之不可据，慎之至也。"[①]其异同及对是非的判定，皆载于校勘记中。一般说来，校刻难得的古本，仍可采用这种方式。又，对底本原貌有所改动者，是指原文不全依底本，对可以确定的底本中的讹误，皆加以订正，凡改动底本文字之处，一般皆作校记说明，所以读者仍可从中窥见底本原貌。此种方式对原文多所更定，当属活校范围。今人校书，多采用此种方式，如拙作《王维集校注》《岑参集校注》，即皆如此。

下面就校订时遇古体字、异体字等如何处理的问题，略作说明。首先，通假字一律保留原貌，不作改动。其次，古体字、异体字、俗体字等，一般也不作改动，因为古书的价值是多方面的，它们也是古代语言文字研究的重要资料，如果将古体字、异体字等都改为通行体，则古书作为古代语言文字研究重要资料的作用，也就丧失了。具体说来，有底本的"参校"本，保留底本的原字即可，其他校本的异体字等，一律不出校；无底本的"合校"本，可选择其中一本的文字作为正文，其他校本的异体字等，亦一律不出校。有些过于偏僻的异体字，也可根据实际情况，考虑改成规范的通行体。至于普及读物，为方便读者阅读，则可径改为通行体。

下面谈校勘记的撰写。对原书作校订后，还必须把原书各本的文字面貌和校改的根据、理由，加以概括的说明；在"以不校校之"的情况下，甚至连校订的结果也须在校记中交代，这一些，就是校勘记中应包含的内容。校勘记是在校订后写成的新本或底本的文字基础上撰写的，同时也是依照该书的校勘体例撰写的。校勘者在完成前面所说的第一个

---

① 阮元校刻《十三经注疏·重刻宋版注疏总目录》，世界书局，1935，第2页。

环节的工作后，便可以根据实际情况制定校勘体例（一般在本书的前言或凡例中加以说明），它大致应包括以下几项内容。（1）说明校勘所用的底本和主要校本，并简述其源流系统。各本如使用简称，也应作出说明。（2）说明校勘所用的他书引文和有关资料。（3）说明所参用的前人校勘成果（如果有的话）。（4）交代校改方式与校记体例。校勘体例确定后，便可以开始从事校勘记的撰写了。校勘记的样式，大致可分为繁、简两种，下面分别就此作一些说明。

（一）**繁式校勘记**。也就是全面的校勘记，原则上应将参校材料（本书的各种版本与他书的有关资料）的所有异同毫无遗漏地反映出来，即使是明显的误文也不例外；对前人的校勘意见，应择要采入，并加上校者自己的案断；论述校者校订的结论及其根据与理由，包括版本及他书引文根据，文义、文例根据等等。在列出这些根据时，不能任意取舍，只取有利于校者结论的材料，而应将与校者的结论不同的异文、异说也列出，必要时，还要对这些异文、异说进行辨析，说明它们何以是错误的。这样做的好处是，如果校者的校订结论不正确，则读者可以通过校勘记中提供的异文、异说，自己作出分析、判断，而不至为误校所误。又，校勘时会有一些理由、根据不够充分的假设性意见，虽不能依照这种意见改动原书文字，但它们仍具有参考的价值，也应在校勘记中加以反映。繁式校勘记的主要优点是，反映情况全面，态度客观，缺点是较烦琐，篇幅长。一般说来，完全保留底本原貌的"参校"类书中的校勘记，多采用繁式，如阮元《十三经注疏》校勘记，即用繁式。

（二）**简式校勘记**。这种校勘记的"简"，主要表现在两个方面，一个方面是，校勘记的条数减少。在对底本原貌有所改动的"参校"类书中，凡改动底本文字者，皆出校记，但底本不误而他本误者，不出校记，他本文字同于底本者，亦不出校，异体字、明显误字也一律不出校，这样校记的条数，便比繁式校记减去不少。但是，对底本不误而他本误者不出校记这一条，应灵活掌握，因为误与不误，校者的判断不一定都正确，所以，对于他本中某些重要的、具有参考价值的异文，即使可能有错误，还是应该出校。又，义得两通的异文，也应出校。如有前人重要的校勘意见，也可适当采入校记。"合校"类书写成新本后，对异于新本的具有参考价值的文字和两通异文，也应出校，如《王右丞集笺注》的诗歌部分，就是这样做的；而中华书局出版的校点本《三国志》的新本文字，凡采自百衲本等四种合校本者，皆不出校记，这样做，笔者以为还是有些不足或欠缺的。另一个方面是，校勘记中每一条内容、文字的简化。如改动底本文字者，只述校改的根据（原作某，据某本改），不述或不详述校改的理由；其他出校条目，则一般只记录异文，不断其是非。今人作校勘记，多采用简式。其实繁、简是相对的，校者可根据实际情况和需要，确定繁、简的程度，半繁半简，也没有什么不可以。

校勘记的位置，或置于一篇、一卷、一书之后，或随文附校，呈双行夹注形式。这两种形式各有利弊，校者可根据校记的繁简程度、篇幅长短等情况，选择其较合适之位置。

第四章　唐诗的注释

注释唐诗，会遇到许多不易解决的问题，诸如词义的训释、典故的查找，还有人名、地名、史事、典制、名物、年代、天文、历算、佛道语的考证等。有人以为注释只是语言问题，靠查查辞典就能解决，这是根本不懂注释之人的说法，可以说是大错特错。本章拟择要介绍一下注释中遇到上述问题，应该如何解决；还有诗歌的特点与解诗时应注意的问题等。下面就分成几个方面进行介绍。

第一节　唐诗中典故的查找与诠释

我们知道，古诗（包括唐诗）中常使用典故，如果不把所用的典故查出来，诗意也就弄不大清楚，所以如何查找典故，是在进行唐诗注释时经常会遇到的一个问题。

典故大抵可分为两类：事典与语典，事典指诗文里援用的古书里的故事，语典指诗文里援用的古书中的词语。典故还可分为明典与暗典两类，明典是用典明显的，凡一句话或两句话中的词语都搞懂后，整句话或两句话合起来的意思仍然弄不清楚的，都可以判定为有典故，而且是明典；暗典是用典较隐蔽的，用典而几乎看不出用典的痕迹，即使没有查出典故，句意也似乎能够讲得通的（即所谓"用古事古语暗藏其中，若出诸己"），就是暗典。事典中有明典，也有暗典，语典中也是如此。

下面举几个例子说明。

例一，《全唐诗》卷二〇〇岑参《送裴校书从大夫淄川觐省》："尚书东出守，爱子向青州。……怀中江桔熟，倚处戟门秋。更奉轻轩去，知君无客愁。"[①] 此诗为天宝四载裴敦复出为淄川郡（今山东淄博）太守，其子裴校书随从敦复赴任并归青州（今山东青州）省母，岑参为之送行时所作。[②]"怀中江桔熟"一句，既无难字，也无难词，但可感觉到其中有故事，如不将其查出，句意难明。《三国志·吴书·陆绩传》云："绩年六岁，于九江（今安徽凤阳南）见袁术。术出桔，绩怀三枚去，拜辞堕地，术谓曰：'陆郎作宾客而怀桔乎？'绩跪答曰：'欲归遗母。'术大奇之。"此句即用其事，指裴校书孝顺母亲，携带礼物归家省母。此例为事典中之明典。

例二，第三章第五节谈到岑参《青门歌送东台张判官》云："花扑征衣看似绣，云随去马色疑骢。"这两句都有典故，都隐指张判官在御史台供职。上句暗用"绣衣直指"典故（见前）；下句隐用"骢马御史"典故，《后汉书·桓荣传》载，桓典"举高第，拜侍御史，是时宦官秉权，典执政无所回避，常乘骢马，京师畏惮，为之语曰：'行行且止，避骢马御史。'"这二句语意双关，表面上是说，落花扑向旅人之衣看着好像绣衣，云影追随离去的马颜色类似骢（青白色）马，即便不知出典，句意也还算通顺，此即暗典。此例为事典中之暗典。

例三，《全唐诗》卷一二七有王维《赋得清如玉壶冰》诗，"清如玉壶冰"，语本鲍照《代白头吟》："直如青丝绳，清如玉壶冰。"此例即语典中之明典，凡以古人诗句为题的诗中其题上加"赋得"二字者，皆属此类。

例四，同卷王维《上张令公》云："尝从大夫后，何惜隶人余！"这是开元二十二年王维献给中书令张九龄的一首请求汲引的诗，"尝从"

---

① 《全唐诗》卷二〇〇，第 2070 页。
② 《岑参集校注》（修订本），第 69 页。

句，赵殿成无注，有的学者因认为这句是说，自己曾在张九龄手下任事（以为"大夫"指张九龄），这样解释，似乎也能够讲得通；但实际上这句有典故，《左传》哀公十四年载："齐陈恒弑其君壬于舒州。孔丘三日齐（同斋），而请伐齐三（按此时孔子年七十一，退居在家，特为此事而进见鲁哀公）。……公（哀公）曰：'子告季孙。'孔子辞，退而告人曰：'吾以从大夫之后也（我因为曾忝为大夫），故不敢不言。'"事亦载《论语·宪问》。此句即用其语，谓己曾忝为朝官。此例为语典中之暗典。

例五，陶敏等《宋之问集校注》卷三《下桂江县黎壁》云："吼沫跳急浪，合流还峻滩。……舟子怯桂水，最云斯路难。吾生抱忠信，吟啸自安闲。"[①]宋之问此诗作于先天元年（712）居桂州时，见《校注》附录《沈佺期宋之问简谱》；"吾生"句《校注》释曰："忠信：《论语·卫灵公》：'子张问行，子曰：言忠信，行笃敏，虽蛮貊之邦，行矣。'"按，"吾生"二句，暗用杨炯《巫峡》诗之意："三峡七百里，唯言巫峡长。……入夜分明见，无风波浪狂。忠信吾所蹈，泛舟亦何伤！可以涉砥柱，可以浮吕梁。"[②]宋、杨之诗，皆谓己遵行忠信，不惧急流险滩。杨诗为垂拱四年（688）自梓州还洛阳途经三峡时所作。[③]考杨比宋大五六岁，较宋早卒十九年，两人曾同于天授元年（690）分直习艺馆，关系十分密切（据宋之问《温泉庄卧病寄杨七炯》《祭杨盈川文》可知），故宋熟知杨《巫峡》诗，并承用其意。此例亦为语典中之暗典。

前面笔者说过，暗典即使不知出典，句意也似乎能够讲得通，这样看来，是不是暗典漏查、漏注，也没有多大关系呢？非也。暗典不查出，往往影响对诗意的正确理解，比如会遗漏掉诗句中本来含有的某些意思，有时还会导致误解诗意。如上述例二中的两个暗典如不查出，则

---

① 陶敏、易淑琼校注《沈佺期宋之问集校注》，第 567~568 页。
② 《全唐诗》卷五〇，第 611 页。
③ 彭庆生：《初唐诗歌系年考》，第 203~204 页。

诗句中隐指张判官在御史台供职的这一层意思，便会被遗漏掉。又如例三中的典故如不查出，则对"尝从大夫后"一句的理解，就会发生错误。下面再举一例，《全唐诗》卷一九九岑参《太白胡僧歌》序云："太白中峰绝顶，有胡僧，不知几百岁，眉长数寸……商山赵叟，前年采茯苓，深入太白，偶值此僧，访我而说。予恒有独往之意，闻而悦之。"①按，"独往"实为暗典，《文选》谢灵运《入华子冈是麻源第三谷》："且申独往意，乘月弄潺湲。"李善注："淮南王《庄子略要》曰：'江海之士，山谷之人，轻天下细万物而独往者也。'司马彪曰：'独往任自然，不复顾世也。'"则"独往"盖指辞官归隐，此典如不查出，则"予恒有独往之意"一句，就会被误解成指的是，我常有独自前往太白山的意图。总而言之，不管是明典也好，暗典也好，均不能漏查、漏注，否则，都会影响对诗意的理解，造成注释上的缺陷。

总的说来，在事典中，明典较多，暗典较少；而在语典中，则明典多，暗典也不少。我们拿到一首唐诗，如欲为之作注，必须对其中是否有典故作出判断，如果你判断有典故，自然接着就会尽力去查找，如果你判断无典故，那也就不存在查找典故的问题，但明典易识，暗典难知，如果你在注释中发觉，自己的解释尚有不够畅达或于义未安之处，那就应该首先怀疑是否有暗典未查出，并尽可能地作进一步的查考，这样才能避免出现典故漏查、漏注的问题。

下面，讲一讲如何查找典故。首先，可查阅一下现代工具书，如旧《辞源》、《辞海》，新《辞源》、《汉语大词典》等，还有若干专门的典故辞典，如杭州大学中文系编《古书典故词典》（江西教育出版社 1984 年版、1988 年修订版），范之麟等主编《全唐诗典故辞典》（湖北辞书出版社 1989 年版）等。但上述这类辞典所收录的典故，一般都是常用的，至于僻典、暗典（尤其是语典中的暗典），则大都未收录。所以光靠这

---

① 《全唐诗》卷一九九，第 2056~2057 页。

些辞典，无法解决所有唐诗典故的查找问题。

其次，可查阅清张玉书等奉敕编纂的《佩文韵府》。此书按平水一〇六韵排列，使用不便；1937年商务印书馆出版此书的影印精装本，后附有用四角号码编排的详细词目索引（1983年上海古籍书店又曾据此本影印），使用起来就方便多了。如拙作《岑参集校注》修订本卷一《寻少室张山人闻与偃师周明府同入都》："中峰炼金客，昨日游人间。叶县凫共去，葛陂龙暂还。"《佩文韵府》"叶令凫"条引《后汉书·王乔传》曰："乔为叶令，每月朔望，常自县诣台（尚书台）朝，帝怪其来数而不见车骑，密令太史伺望之，言其临至，辄有双凫从东南飞来。于是举网张之，但得一只舄，是先所赐尚书官属履也。"再查《后汉书·方术列传上》原文："王乔者，河东人也。显宗世为叶令。乔有神术，每月朔望，常自县诣台朝，帝怪其来数而不见车骑，密令太史伺望之，言其临至，辄有双凫从东南飞来。于是候凫至，举罗张之，但得一只舄焉。乃诏上方诊视，则四年中所赐尚书官属履也。"又"葛陂龙"条引《后汉书·方术列传》曰："费长房从市中卖药老翁游，随从入深山，后辞归，翁与一竹杖，曰：'骑此任所之，则自至矣。既至，可以杖投葛陂中也。'长房乘杖，须臾来归，即以杖投陂，顾视则龙也。"按，"叶县凫（指县令）共去"，谓张山人与周明府（明府即县令别称）同入都（东都洛阳）；"葛陂龙暂还"，指张山人（即诗中之"中峰炼金客"）暂还人间。我们在查阅《佩文韵府》时，应注意一个问题，即诗中所用词语，同《佩文韵府》里列出的词目，不一定一致。如岑此诗中用"葛陂龙"之语，而《佩文韵府》里也有"葛陂龙"的词目，两者一致，这样一下子就查到了；但也往往有不一致的时候，如此诗中用"叶县凫"的词语，而《佩文韵府》里却无"叶县凫"的词目，遇到这种情况，可在词目索引中寻找与"叶县凫"意近的词目，如从索引中可找到"叶令凫"的词目，这样典故也就查出来了。

最后，有的典故如果《佩文韵府》里也查不到，那就只好查查有关的类书了。常用的查找典故的类书有《艺文类聚》《初学记》《白孔六帖》《太平御览》《渊鉴类函》《子史精华》等。下面举一个例子说明，岑参《送襄州任别驾》云："别乘向襄州，萧条楚地秋。……莫羡黄公盖，须乘彦伯舟。"①"彦伯舟"用晋袁宏（字彦伯）月夜在舟中咏其所作咏史诗事（见《晋书·袁宏传》）。"黄公盖"亦明显有典故，查《佩文韵府》，正有"黄公盖"的词目，但在这个词目下引录的文字，只有岑参的上述诗句，这自然不解决问题，所以就只好查找类书了。然类书分类编排，卷帙浩繁，类目甚多，到底应该查哪个类目呢？要确定这一点，首先必须对原诗作一些分析，"莫羡"二句是律诗第三联，须对仗，"莫羡"与"须乘"是对文，"黄公盖"与"彦伯舟"也是对文，"彦伯"指一个人，"黄公"亦应指一个人，"舟"是物名，"盖"也应是物名。这样看来，"盖"大概是指车盖，因此可从"盖"字入手来查找，盖是车的一部分，所以应该到车类里去找，《渊鉴类函》有"车部"，在车部中又有车、轮、轴、轼、辐、盖等细目，查"盖"目，未找到这个典故，而车部"车"目引《汉书》曰："黄霸为扬州刺史，宣帝下诏赐车盖，特高一丈……以章有德。"再查《汉书·黄霸传》，其云："上擢霸为扬州刺史。三岁，宣帝下诏曰：'……其以贤良高第扬州刺史霸为颍川太守，秩比二千石，居官赐车盖，特高一丈……以章有德。'"这样"黄公盖"的典故就查到了。由于"车"目是车部的总叙，所以"黄公盖"的典故不放在"盖"目里，而置于"车"目中。现在各种古籍的电子版已有不少，可在电脑上进行检索，这为查找类书中收载的典故，带来了不少方便。我们在进行电脑检索时，可多拟定几个检索关键词，一个关键词检索不到，再换一个，这样就大抵可以将典故检索出来。

下面谈一个应该注意的问题，即《佩文韵府》和各种类书中的引文，往往有删节和改动，如上述"叶令凫"一例，《佩文韵府》所引

---

① 《岑参集校注》（修订本）卷四，第380~381页。

《后汉书》，就与《后汉书》原文不尽一致；又如"黄公盖"一例，《渊鉴类函》所引《汉书》，也与《汉书·黄霸传》的原文有差异。还有旧《辞源》、《辞海》引书，每有删节，却不用删节号。所以我们作注时，不能将从上述书中查到的引文，直接抄进注里，凡所引之书今存者，必须找来进行核对；清人作的某些唐诗注本，每存在直接抄录类书引文、不找原书进行核对的情况，这很容易造成错误，故不足取。

在唐代诗文所用典故的查找上，最常犯的错误有二，一是典故漏查，二是典故误查。典故漏查的例子，如拙作《岑参集校注》卷二《太一石鳖崖口潭旧庐招王学士》："骤雨鸣淅沥，飕飖溪谷寒。碧潭千余尺，下见蛟龙蟠。石门吞众流，绝岸呀层峦。……抱板寻旧圃，弊庐临迅湍。君子满清朝，小人思挂冠。""抱板"句，《校注》1981年版及2004年修订版均注曰："抱板：居官之意。板，同'版'，即笏，古代官员上朝时所持手板。……《后汉书·范滂传》：'滂怀恨，投版弃官而去。'"按，此条注释，多年来自觉于义未安，但因未找到"抱板"的出处，2004年《校注》修订时未作改动；后来发现"抱板"句有典故，原注遗漏了，于是在2019年出的《校注》典藏版中，将这条注释改为："抱板：抱木板行走。因'弊庐临迅湍'，又逢'骤雨'，故抱板而行，以免滑入迅湍中溺没。《山堂肆考》卷二〇'抱板泛海'条云：'（封）德彝讨辽东，舟没，众谓必死……封因抱一板泛海中……众救得免。'"典故误查的例子，如《全唐诗》卷三七王绩《赠李征君大寿》："编蓬还作室，绩草更为裳。会稽置樵处，兰陵卖药行。"2001年版《增订注释全唐诗》注云："兰陵卖药：出典不详。'兰陵'疑为'霸陵'之误。《后汉书·逸民传》载：韩康字伯休，京兆霸陵人。'常采药名山，卖于长安市，口不二价，三十余年'。"①按，此注误。"兰陵卖药"用范蠡事，《列仙传》卷上《范蠡》载："范蠡字少伯，徐人也。事周师太公望，好

---

① 陈贻焮主编《增订注释全唐诗》，第198页。

服桂饮水。为越大夫，佐勾践破吴后，乘轻舟入海，变名姓，适齐，为鸱夷子；更后百余年，见于陶，为陶朱君，财累亿万，号陶朱公，后弃之兰陵卖药，后人世世识见之。"这些漏查、误查的典故，多为僻典、暗典。怎么样才能避免发生典故的漏查、误查现象呢？我看只有两条，一条是多读书，一条是勤查考（包括利用古籍电子版进行检索），此外，恐怕再无别的什么捷径。

　　下面，谈一下典故查出后，如何对它作出正确解释的问题。我们知道，典故查出后，注释工作并未完结，还必须进一步注出这个典故用在该诗里的意思。除少数诗歌写得隐晦曲折，典故查出后，其用在该诗里的意思，仍然颇费琢磨外，一般的情况都是，只要查出典故，进一步弄清这个典故用在该诗里的意思，也就不十分困难了。当然，唐人用典，变化多端，或直用其事，或反其意而用之，或只取原典中的某一含义，或变用原典的含义，或只取原典的字面意思，所以原典查出后，也并非一眼就能看出其在该诗中的意思。但是，诗中用典的含义，与原典的本来含义，总有一定的联系，同时，所用典故与该诗上下文也有紧密联系，因此，只要我们弄清原典的含义和该诗上下文的意思（这是主要的，但有时还要联系作者的生平进行分析），也就不难弄清该诗中用典的含义了。

　　下面举例说明。如《岑参集校注》（修订本）卷四《秋夕读书幽兴献兵部李侍郎》："年纪蹉跎四十强，自怜头白始为郎。雨滋苔藓侵阶绿，秋飐梧桐覆井黄。惊蝉也解求高树，旅雁还应厌后行。览卷试穿邻舍壁，明灯何惜借余光。"[①]"览卷"二句，用西汉匡衡家贫而勤学的典故，《西京杂记》卷二："匡衡字稚圭，勤学而无烛，邻舍有烛而不逮，衡乃穿壁引其光，以书映光而读之。"这个典故的主旨是"勤学"二字，是从匡衡的角度来说的；而岑参此处使用这个典故，则主要从"邻舍"

――――――――――

　　① 《岑参集校注》（修订本）卷四，第336~337页。

的角度来说，与原典的主旨已经不同，这可以说是变用原典的含义。作者这里以"邻舍"喻李侍郎，意思是"邻舍"有"明灯"，希望不吝惜余光，分给自己一点余光，话里含有希望李提携自己之意。再联系此诗的上下文义进行分析，可以说我们对岑诗中这个典故含义的上述解读是正确的。此诗首二句慨叹自己的失志，这是希望李提携自己的出发点；三、四句既写秋景（与"秋夕"相应），又暗喻人之穷达，往往由外力造成，这与希求李提携自己之意，更有直接的联系；五、六句说，连蝉都知道往高处飞，连雁也厌恶列居行末（时岑官祠部员外郎，祠部属礼部，唐时六部中，礼、工部为"后行"），言外之意是说，希望得志，是人之常情，不足为怪，这显然同最后两句也有联系。可以说，最后两句是全诗的主旨，它们是由前六句很自然地引出来的。又如，第一章第四节我们谈过，王维《慕容承携素馔见过》云："纱帽乌皮几，闲居懒赋诗。门看五柳识，年算六身知。""年算"句，用《左传》襄公三十年所载绛县人年长事，原典确实指绛县人当时七十三岁，于是有一些研究者便将其坐实，当成考证王维生卒年的一个根据，但这与我们所确知的王维的生平事迹明显不合；在古代，七十三岁自然算年老，王维此诗中"年算六身知"的典故，不过是取原典中所蕴含的年老这一意思，以抒发年老的感慨。如果再考察一下唐人诗文中使用这一典故的含义，就更可证明笔者的上述说法正确。笔者用电脑检索过唐人使用这一典故的几乎所有例子，都指年老长寿而言，没有一例是将七十三岁当作实事来使用的。这个例子说明，唐人用典甚活，应联系诗歌的上下文义以及作者的生平实际进行解读，而不宜拘泥于原典之意，将其坐实。此外，本节提到的一些典故，如"彦伯舟""兰陵卖药"是直用其事；"葛陂龙"是变用原典之意；"黄公盖"前加"莫羡"二字，为反其意而用之；岑诗中的"抱板"，与封德彝舟没海上，因抱一板而获救得免的故事，无大关系，岑诗只是取用原典的字面意思。这些典故在各诗中的含义，都可通过联系该诗的上下文义进行分析，而获得正确的解释。

第二节　如何查考唐诗中地名

本书第一章我们谈过，查考出唐诗中的地名，有助于弄清诗歌的写作年代和诗人的生平、活动。所谓查考出地名，是指查考出该地在唐时所属的州县，以及在今日所在的地方。有人也许会认为，查地名不是很容易吗？翻一翻新《辞海》、《辞源》，还有多种地名辞典，不就可以解决问题了吗？其实，问题远没有这么简单，唐诗中的地名，有不少是很难查到其所在地方的。难查到的唐诗中地名，上述各种辞典未收的唐诗地名，主要有以下几种类型。（1）小而偏僻的地名。所谓"小而偏僻"，是指地名涵盖的范围窄，不出名，罕为人知。如乡村名、店（集镇）名、街巷名、里坊名、驿名、馆名、楼名、亭名、院名、宅名，峰名、岭名、岩名、谷名、洞名、峡名，小水名、溪名、湖名、浦名、滩名、湾名、渡名、桥名，寺名、观名、祠名、庙名，等等。上述这类地名辞典里查不到，在当代也依然如此，不难理解，如泉州市孝感巷，有哪部辞典收入这个巷名？（2）部分边疆地名。地名辞典所收，详内地，略边疆，所以不少边疆地名，辞典里查不到。（3）在历史上使用时间极短的地名。（4）地名之别称、省称，此类名称诗文中常见，但地名辞典里往往不立为词目。此外，现在的有些地名辞典不够完善，如《中国古今地名大辞典》（臧励龢等编，商务印书馆1931年版），解释比较简略，尤其是对于地理沿革，讲得不细，还有许多解释，未注明出处和依据，且存在不少错误。所以，光凭上述各种辞典，是无法完全解决唐诗地名的注释问题的。

那么，遇到上述各种辞典中查不到的唐诗地名，或虽能查到却不能完全解决注释中问题的地名，我们又应该查哪一些书呢？总的说来，应查史部地理类书籍。下面就这个问题，择要作一些说明。第一，应查一下新、旧《唐书·地理志》，还有唐人编的地理总志《元和郡县图志》等。这些书都是较完整的全国性地理总志，它们成书年代早，材料来源比较可靠，历述有唐一代地理沿革清楚而详细。例如，《全唐诗》

卷一一八孙逖《奉和登会昌山应制》："愿因山作寿，长保会昌期。"[①]
关于会昌山，《新唐书·地理志一》载："（京兆府）昭应，次赤，本新
丰……有宫在骊山下……咸亨二年始名温泉宫。天宝元年，更骊山曰会
昌山。三载，以县去宫远，析新丰、万年置会昌县。六载，更温泉曰华
清宫。……七载，省新丰，更会昌县及山曰昭应。"[②]知会昌山即骊山，
在今西安市临潼区，而会昌县即昭应县（今临潼区）；会昌这个县名只
使用了四年时间，会昌山的山名也只使用了七年，都很短，因此地名辞
典里查不到，而《新唐书·地理志》里却有明确、详细的记载。又如，
《全唐诗》卷一三六储光羲《使过弹筝峡作》："晨过弹筝峡，马足凌兢
行。"弹筝峡，地名辞典里也查不到，《元和郡县图志》卷三云："泾水
源出县（原州百泉县）西南泾谷。……又南流经都卢山。山路之中，常
如弹筝之声，故行旅因谓之弹筝峡。"《大清一统志》嘉庆本卷二五八：
"弹筝峡，在（甘肃）平凉县西一百里。"再如，《新唐书·地理志七
下》，录贾耽所考"从边州入四夷"路程云："其入四夷之路与关成走集
最要者七：一曰营州入安东道，二曰登州海行入高丽、渤海道，三曰夏
州塞外通大同、云中道，四曰中受降城入回鹘道，五曰安西入西域道，
六曰安南通天竺道，七曰广州通海夷道。其山川聚落，封略远近，皆概
举其目。"[③]这部分记载，对于我们查考边疆地名与了解唐代中外交通路
线，均有不少帮助。如《全唐诗》卷二〇一有岑参《献封大夫破播仙凯
歌六章》，关于播仙，《新唐书·地理志七下》录贾耽所考云："又一路
自沙州寿昌县西十里至阳关故城，又西至蒲昌海（今罗布泊）南岸千
里。自蒲昌海南岸，西经七屯城，汉伊修城也。又西八十里至石城镇，
汉楼兰国也，亦名鄯善，在蒲昌海南三百里……又西二百里至新城……
又西经特勒井，渡且末河，五百里至播仙镇，故且末城也，高宗上元中

---

① 《全唐诗》卷一一八，第1188页。
② 《新唐书》卷三七《地理志一》，第962页。
③ 《新唐书》卷四三下《地理志七下》，第1144页。

更名。"①指出了播仙的地理位置，其地当在今新疆且末县附近。

第二，如果查考了上面介绍的几种全国性的地理总志，还是查不到所要查的地名，或虽查到了所要查的地名，却不能完全解决注释中的问题，可再查一下宋及宋以后人编纂的各种全国性地理总志。宋人编的地理总志，有《太平寰宇记》《元丰九域志》《舆地广记》《方舆胜览》等；明人编的地理总志有《明一统志》；清人编的有《大清一统志》（乾隆本 500 卷，嘉庆重修本 560 卷），其中《四部丛刊》续编影印嘉庆本，附有索引，查起来颇方便。又，清人编的《读史方舆纪要》，亦属地理总志，也可查考。下面举例说明，如《全唐诗》卷二三七钱起《宿新里馆》："客来知计误，梦里泣津迷。"②新里馆，《太平寰宇记》卷一："新里县故城，在（开封）县东三十里，隋高帝开皇十六年，分浚仪县置，因新里为名，炀帝大业二年废，唐武德四年复置，贞观元年又废。"《大清一统志》乾隆本卷一五〇开封府："新里故城，在祥符县（即浚仪县，今开封市）东三十里。"新里馆无疑当在新里故城。又如，《全唐诗》卷一七九李白《楚江黄龙矶南宴杨执戟治楼》："故人杨执戟，春赏楚江流。"黄龙矶，《读史方舆纪要》卷二七："今有池口巡司，置于滨江黄龙矶上。"《江南通志》卷二七池州贵池县："池口镇，贵池县西北五里黄龙矶上，旧有巡司，今裁。"则黄龙矶当在今安徽池州西北长江边。再如《全唐诗》卷一三五綦毋潜《送储十二还庄城》："西坂何缭绕，青林问子家。"③庄城，《大清一统志》嘉庆本卷九一："庄城，在金坛县（今属江苏）西北，天荒荡东北，唐綦毋潜有《送储十二还庄城》诗。"以上三例中的地名，都较偏僻，地名辞典一般不收。又，《大清一统志》虽成书晚，但规模大，资料丰富，且注解地名时，常征引古地理书为证，所以我们可利用有索引的便利，先查此书，然后根据此书提供

---

① 《新唐书》卷四三下《地理志七下》，第 1151 页。
② 《全唐诗》卷二三七，第 2629 页。
③ 《全唐诗》卷一三五，第 1369 页。

的线索，再进一步查考别的古地理书。如《全唐诗》卷二〇〇岑参《春寻河阳陶处士别业》："南桥车马客，何事苦喧喧？"南桥，《大清一统志》嘉庆本卷二〇三："河桥，在孟县（今河南孟州）南。……（唐武德）三年，怀州总管黄君汉分道以舟师袭世充，断河阳（今孟州南）南桥。……《寰宇记》：'河阳有南浮桥，在县南一里，即杜预所造也。'"据此记载，我们可进一步查考《太平寰宇记》，还有《通鉴》武德三年胡三省注以及《晋书·杜预传》，然后可确定南桥即河阳南桥，在唐河阳县西南孟津，系黄河上的浮桥，晋杜预始造。

第三，如果查考了上述地理总志，还不能解决注释中的地名问题，可再查一下各种方志，有各省通志，如《畿辅通志》《广东通志》等；有各种府志、州志、郡志、县志，其中一些宋元人编的这类方志，如《景定建康志》《至大金陵新志》《吴郡志》《嘉定镇江志》《乾道临安志》《咸淳临安志》《嘉泰吴兴志》《宝庆四明志》《嘉泰会稽志》《嘉定赤城志》《景定严州续志》《剡录》《淳熙三山志》《长安志》《类编长安志》等，成书年代离唐较近，是我们应该优先查考的。例如，《全唐诗》卷二一二高适《同群公题中山寺》："超遥尽巘崿，逼侧仍岖嵚。"[①]中山寺，今人之高适集注本皆失注，《山东通志》卷三五之一下载明代公鼐《中山寺》诗云："梵宇隋唐上，浮图霄汉间。"诗题下自注："寺在蒙阴，有石刻白太傅诗。"则中山寺当在今山东蒙阴县。又如，《全唐诗》卷二〇〇岑参《还高冠潭口留别舍弟》："昨日山有信，只今耕种时。"高冠潭，《类编长安志》卷九："高冠（或作观）潭……（高冠）谷口瀑布千丈，落深潭，人望之心惊股慄，不敢逼视，谓之煎油潭。"《长安志》卷一五："高观谷水，在（鄠）县东南三十里。"《长安县志》卷一三曰："终南山自鄠县东南圭峰入（长安）县西南界，东为高冠谷，高冠谷水出焉。谷口有铁锁桥，为长安、鄠县分界。"又曰："（沣水）又北，高

---

① 《全唐诗》卷二一二，第2205~2206页。

冠谷水自西南来注之，水出南山。高冠谷内有潭，名高冠潭。"知高冠潭当在长安、鄠县（今为西安市鄠邑区）分界处的终南山中。

另外，还可利用《古今图书集成》查考唐诗地名。此书中的《方舆汇编·职方典》，凡一千五百四十四卷，相当于一部全国各种方志的汇编，其中收载的地名，比《大清一统志》更多。还有《方舆汇编·山川典》，共三百二十卷，可用来查考全国各地的山名、水名。例如，《全唐诗》卷二〇一岑参《虢州后亭送李判官使赴晋绛》："西原驿路挂城头，客散红亭雨未收。"西原，《古今图书集成·方舆汇编·职方典》卷四三八："西原，在（灵宝）县城西南，哥舒翰出关，次灵宝西原……其南薄山，北阻河。"则西原即指灵宝（唐虢州治所）西原，在今河南灵宝市西南。

又，有些难于查到的唐诗地名，可在《通鉴》胡三省注中查到。如《全唐诗》卷一二六王维《千塔主人》："船临汴河水，门渡楚人船。"[①]千塔，《通鉴》长庆二年八月："甲子，韩充入汴境，军于千塔。"胡三省注："千塔，当在汴州北。"又如，《全唐诗》卷二七九卢纶《焦篱店醉题》："洛下渠头百卉新，满庭歌笑独伤春。"[②]焦篱店，《通鉴》贞元元年八月："壬申，（马）燧与浑瑊、韩游瑰进军逼河中，至焦篱堡。"胡三省注："焦篱堡，在河中府河西县。"按，唐河中府河西县在今陕西大荔县朝邑镇，"洛"指今陕西渭河支流洛河，它流经唐河西县，当时卢纶正在河中节度使浑瑊幕中为判官，故焦篱店无疑当在焦篱堡。胡三省精于地名考证，其《通鉴》注，对于我们查考唐诗地名很有帮助。

第四，除以上所述外，尚有专题地志，如水道志中的《水经注》等、名山志中的《茅山志》等；杂地志，如《雍录》《益部谈资》等；名胜志，如《蜀中名胜志》《蜀都杂钞》等；游记，如《入蜀记》《长春真人西游记》等。例如，《全唐诗》卷一九八岑参《严君平卜肆》："不

---

① 《全唐诗》卷一二六，第1279页。
② 《全唐诗》卷二七九，第3176页。

知支机石，还在人间否?"支机石，传说中织女支织机的石头，明陆深《蜀都杂钞》云："支机石在蜀城西南隅石牛寺之侧，出土而立，高可五尺余，石色微紫，近土有一窝，傍刻'支机石'三篆文，似是唐人书迹。……此石盖出傅会，然亦旧物也。"又如，《全唐诗》卷一九九岑参《轮台歌奉送封大夫出师西征》："四边伐鼓雪海涌，三军大呼阴山动。"按，此诗作于轮台（今新疆乌鲁木齐），而阴山在内蒙古黄河之北，与轮台相去甚远，所以为此诗作注者，只好说诗中的"阴山"不是实指，但这诗里所用地名，如轮台、渠黎、金山、雪海、剑河，都在西域，何以唯独"阴山"远在内蒙古？所以不免令人疑惑。查元李志常《长春真人西游记》，其谓乌鲁木齐以东之天山东段，古亦称阴山，以此说解释岑诗中之"阴山"，或大体近之。

下面谈查考唐诗地名应注意的问题。第一，应避免出现地名的漏查、漏注。有一些小而偏僻的地名，由于记载缺乏，确实查不到，只能暂付阙如，如岑参《杨固店》："洛水行欲尽，缑山看渐微。长安只千里，何事信音稀!"[①]（《岑参集校注》修订本卷一）玩诗意，杨固店当在今河南偃师或巩义市境内，但笔者翻阅了不少书，皆未能找到相关的记载，也就只好作罢了。还有一些偏僻地名，虽难于查到但还是可以找到相关记载的，然而有些注释者却未能努力查找，轻易地就以未详二字应对，这恐怕不能不说是一个缺点。如岑参《火山云歌送别》："火山突兀赤亭口，火山五月火云厚。"赤亭，据《新唐书·地理志四》载，自伊州（治今新疆哈密）纳职县（在今哈密西南）"西经独泉、东华……三百九十里有罗护守捉，又西南经达匪草堆，百九十里至赤亭守捉，与伊（州）、西（州）路合。"其地即今新疆鄯善县东北之七克台。可见"赤亭"与前面谈到的"西原"，都是可以查出其所在的，然而马茂元《唐诗选》（人民文学出版社1960年版）对此二地，却都付之阙如，这

---

① 《岑参集校注》（修订本）卷一，第69页。

就是注释中常见的地名之漏查、漏注。又如,《全唐诗》卷一五四萧颖士《重阳日陪元鲁山德秀登北城瞩对新霁因以赠别》:"山县绕古堞,悠悠快登望。雨余秋天高,目尽无隐状。绵连潕川回,杳渺鸦路深。"此诗为颖士开元二十六年赴洛阳途经鲁山,探望挚友鲁山令元德秀时所作(参见拙作《萧颖士系年考证》,载《文史》第37辑),诗中"潕川"为水名,即今河南鲁山、叶县境内的沙河,"鸦路"与"潕川"相对,亦当为地名,然2001年版《增订注释全唐诗》于此却缺注。按,《太平寰宇记》卷八汝州鲁山县载:"三鸦路,在县西南七十里,接邓州南阳县界。"则"鸦路"当即三鸦路之省称。诗文中地名用省称,很容易导致漏查、漏注,这首诗就是一个明显的例子。

那么,怎样才能避免漏查、漏注现象的出现呢?办法恐怕唯有勤于查考,特别是应利用各种古籍的电子版进行查考,以提高工作效率,减少翻检之劳。如收入《四库全书》的史部地理类书籍,就可利用《文渊阁四库全书电子版》进行查考,其他像《古今图书集成原文电子版》《四部丛刊原文及全文检索版》《国学宝典》《汉籍全文检索系统》等,都可用来检索古地名。例如,2001年版《增订注释全唐诗》存在不少地名漏查、漏注的情况,现在作修订,就利用古籍电子版进行查考,补注了不少原来漏注的地名。

第二,应避免出现地名的误查、误注。地名的误查、误注,也是注释中常犯的错误。例如,《全唐诗》卷二一四高适《送窦秀才赴临洮》:"怅望日千里,如何今二毛。犹思阳谷去,莫厌陇山高。"阳谷,刘开扬《高适诗集编年笺注》释曰:"刘歆《甘泉宫赋》:'轶陵阴之地室,过阳谷之秋城。'在今甘肃淳化县西北(汉云阳县)。"①按,谓汉云阳县"在今甘肃淳化县西北",查一下地图,即知淳化县在陕西,不在甘肃,刘注误。又,刘歆《赋》之"阳谷"非地名,"陵阴"者,谓寒冷也,《周

_____

① 高适撰,刘开扬笺注《高适诗集编年笺注》,中华书局,1981,第246页。

书·刘璠传》："违朝阳之暄燠，就陵阴之惨烈。"可证。"阳谷"与"陵阴"相对，犹言"阳光下"；"阳谷"即旸谷，神话传说中日出之地，又用以指太阳，如唐刘商《金井歌》："瑞雪不散抱层岭，阳谷霞光射山顶。"故刘歆《赋》之"阳谷"指"阳光下"。《汉语大词典》"阳谷"条列出第四个义项，曰："地名。在今甘肃淳化县西北。"并引高适此诗为证，可谓大误！高适诗之"阳谷"，确为地名，《元和郡县图志》卷三九载："宕州……良恭县，下……本周之阳谷县也……隋开皇……十八年改为良恭县。"其地在今甘肃宕昌县西北，为蹇秀才自长安赴临洮（今甘肃临潭西南）的必经之地。此例为注释者因工作粗疏、误解文义而导致误查、误注。又如，马茂元《唐诗选》原版注岑参边塞诗中之"安西"，谓治所在今新疆吐鲁番，注"轮台"，言在今新疆轮台县；文学研究所选注《唐诗选》也说："'轮台'，唐时属庭州，隶北庭都护府，在今新疆维吾尔自治区库车县之东（今新疆轮台县即在库车县之东）。"（人民文学出版社 1978 年版）按，《中国古今地名大辞典》曰："安西镇，唐置，开元中曰四镇节度使，寻改为碛西节度使，后复曰安西节度使。……治安西都护府，在今新疆吐鲁番县西二十里。"又曰："轮台县，汉西域之地。……唐置县，并置府，后废，即今新疆轮台县。"很显然，两种《唐诗选》的上述注释，均来自《古今地名大辞典》；而《古今地名大辞典》的上述注释，都是错误的。唐安西节度使始置于景云元年（710），治所在安西都护府，而"安西大都护府，初治西州（辖今吐鲁番地区）。……又徙治高昌故地。（显庆）三年（658）徙治龟兹都督府（今新疆库车），而故府复为西州。咸亨元年（670），吐蕃陷都护府。长寿二年（693）收复安西四镇（龟兹、焉耆、于阗、疏勒）。至德元载（756）更名镇西。"[①] 则玄宗时代的安西镇治所，当在库车，不当在吐鲁番；又，唐轮台为庭州属县，庭州治所在今新疆吉木萨尔北，

---

① 《新唐书》卷四〇《地理志四》，第 1047 页。

《新唐书·地理志四》："自庭州西延城西六十里有沙钵城守捉，又有冯洛守捉，又八十里有耶勒城守捉，又八十里有俱六城守捉，又百里至轮台县。"则唐轮台县约在今吉木萨尔西三百二十里，两地皆在天山之北，而今新疆轮台县则在天山之南。冯承钧、陆峻岭《西域地名》增订本云："按唐之轮台与汉之轮台有别，唐之轮台州约当今之乌鲁木齐，与今之轮台（即汉之轮台）相距甚远。"[①]《古今地名大辞典》误将唐轮台与汉轮台混而为一。此例为注释者因对地名辞典的错误未加辨析而导致误注。再如，王维《辋川集·木兰柴》："秋山敛余照，飞鸟逐前侣。彩翠时分明，夕岚无处所。"（《王维集校注》修订本卷五）木兰柴，马茂元、赵昌平《唐诗选注》（修订本，岳麓书社1992年版）注曰："《陕西通志》卷七十三引《小辋川记》：'聚远楼之东，有庑，庑南有楼台，绕以朱栏，植玉兰环之，题曰木兰柴。'"所引这段话，见于清刘于义等编纂《陕西通志》卷七十三《古迹第二·园林·王维别墅》。按，《江南通志》卷三一载："小辋川，在常熟县虞山之麓山塘泾南。明御史钱岱创，取王摩诘辋川诸胜，绘景十二于聚远楼东壁，人呼'小辋川'。"则"小辋川"乃明钱岱仿王维辋川别业而建，其地并不在蓝田辋川山谷。又《广群芳谱》卷二五引明屠隆《小辋川记》曰："池西有榭临涧，涧前植杏树数十株，颜曰'文杏馆'。"知《小辋川记》乃屠隆所作，再查屠隆《小辋川记略》原文："小辋川者，海虞钱秀峰（钱岱号秀峰）先生所构也。……复从堂以东，则聚远楼也。……楼下绘辋川二十景于壁。楼之东有庑……庑东有台，绕以朱栏，植玉兰十环，题之曰木兰寨。"（见《重修常昭合志》卷一二），[②]考屠隆原文，开宗明义即谓小辋川乃钱岱所构，为何《陕西通志》的编者，会误将屠隆之文当作王维辋川别业的资料收入《通志》？笔者以为，《陕西通志》编者所据，当非第一手材

---

① 冯承钧原编，陆峻岭增订《西域地名》（增订本），第16页。
② 以上参见陈冠明《学术论著的因袭与创新》，载《古代文学前沿与评论》第四辑，社会科学文献出版社，2020。

料（即屠隆原文），而是经删削改动过的《小辋川记》（试将上述引文与《陕西通志》引文作一些比较，即可看出），故而致误。《通志》为官修，成于众手，出点错不足为怪；然《通志》这段引文，并非没有破绽，如王维《辋川集》序所说辋川山谷的二十处"游止"中，根本无所谓聚远楼，王维的诗文中，也无一语提及聚远楼，还有王维诗曰"木兰"，《通志》引文作"玉兰"，亦不同，况且这段引文与《木兰柴》的诗意并无关系，而王维诗的注释者，却有不少人急急忙忙地将这段文字引入注中，这是不是应该引起我们深思呢？此例为注释者因对古地理志的错误未加辨析而导致误注。

　　第三，地名相同者多（如开元寺，到处都有），注释时若遇这种情况，应联系诗歌的上下文义和作者的生平经历，对其正误作出判断。例如，《全唐诗》卷一〇一寇泚《度涂山》："小年弄文墨，不识戎旅难。一朝事鞞鼓，策马度涂山。涂山横地轴，万里留荒服。悠悠征旆远，骈骖一何速。……行闻汉飞将，还向皋兰宿。"[1]细玩"事鞞鼓""留荒服"之意，此诗当为作者从军边地时所作；史载"（张）仁愿在朔方，奏用监察御史张敬忠何鸾、长安尉寇泚……分判军事"（《旧唐书·张仁愿传》），又《通鉴》卷二〇八、二〇九载，景龙元年（707）十月，命张仁愿充朔方道行军大总管，以击突厥，二年（708）三月，张仁愿"筑三受降城（皆在今内蒙古黄河北岸）于河上"，又"于牛头朝那山（在今内蒙古巴彦淖尔市临河区黄河之北）北，置烽候千八百所"，还在灵州（治所在宁夏灵武西南）置定远东城、西城（见《元和郡县图志》卷四），则其主要活动的地区（唐初的行军总管幕府是根据征战的需要临时设置的，无固定治所），当在今内蒙古、宁夏一带。是时寇泚既入张仁愿幕府，那么他活动的地区也应一样。本诗中之"皋兰"，疑指唐之羁縻州皋兰州，《元和郡县图志》卷四："天德军，本安北都护，贞观

---

[1] 《全唐诗》卷一〇一，第1082页。

二十一年，于今西受降城（在今内蒙古杭锦后旗乌加河北岸）东北四十里置燕然都护，以瀚海等六都督、皋兰等七州并隶焉。"《新唐书·地理志七下》："皋兰州，贞观二十二年以（突厥）阿史德特健部置，初隶燕然都护，后来属。……右隶凉州都督府。"按，燕然都护总章二年（669）改名安北都护，垂拱二年（686）治所移至同城（今内蒙古额济纳旗南），景龙二年又移至西受降城；考皋兰州初隶安北都护（西受降城），后又隶凉州都督府（今甘肃武威），则其地与以上两地间的距离或相近。关于"涂山"，《元和郡县图志》卷九濠州钟离县（今安徽凤阳东）："涂山，在县西九十五里。"又《太平寰宇记》卷六陕州夏县（今属山西）、卷九六越州山阴县（今浙江绍兴）、卷一三六渝州巴县（今属重庆）皆有涂山。按，上述诸涂山，都不在边地，与本诗之诗意不合，皆非是；《元和郡县图志》卷四〇甘州张掖县（今甘肃张掖市）载："合黎山，俗名要涂山，在县西北二百里。"此诗之"涂山"，盖即要涂山之省称；《新唐书·地理志四》："（甘州）删丹（今甘肃山丹），中下。北渡张掖河，西北行出合黎山峡口，傍河东壖屈曲东北行千里，有宁寇军，故同城守捉也……军东北有居延海。"①则作者"度涂山"，当欲前往同城，而皋兰州疑即在同城附近（此地与西受降城和凉州间的距离相近）。本诗的末二句是说，听说汉飞将（疑指张仁愿麾下将军）还要住到皋兰去，而作者是时亦正往皋兰的方向走，两者相合。此例谈如何对诗中涉及的相同地名的是非作出判断。又如，《全唐诗》卷三一七武元衡《宿青阳驿》："空山摇落三秋暮，萤过疏帘月露团。寂寞银灯愁不寐，萧萧风竹夜窗寒。"②青阳驿，《方舆胜览》卷六九沔州："在顺政县（今陕西汉中市略阳县）东五十里。"《大清一统志》乾隆本卷八二池州府："在青阳县（今属安徽）境。"《景定建康志》卷一六："在句容县（今属江苏）东二十里。"《陕西通志》卷三六："绥德州（今陕西绥

---

① 《新唐书》卷四〇《地理志四》，第1045页。
② 《全唐诗》卷三一七，第3571页。

德县）青阳驿，在城。"按，武元衡于元和二年（807）十月丁卯（十三日），自宰相出为剑南西川节度使（见《旧唐书·宪宗纪上》、《通鉴》卷二三七），而在今略阳之青阳驿，正是元衡入蜀途中所经，宋石才孺《青阳驿》其一云："幸蜀奔波为禄儿，闻铃夜雨有余悲。青阳一夕难高寝，黼帾千官减盛仪。"① 知玄宗幸蜀，亦途经青阳驿，又元衡赴蜀的时间，与本诗所描写的今汉中地区的节候也相合；另元衡《题嘉陵驿》云："悠悠风斾绕山川，山驿空蒙雨似烟。路半嘉陵头已白，蜀门西上更青天。"（《全唐诗》卷三一七）嘉陵驿，在今四川广元西二里（见《明一统志》卷六八），亦元衡入蜀途中所经，同《宿青阳驿》正可相参照。总之，联系作者的生平经历作分析，元衡诗之青阳驿，当在略阳，而非其余三处地址。

第三节　如何考证唐诗中的人名

在本书第一章第三节中我们谈过，有时通过考证诗文中提及的同时代人物，就可以弄清该诗文的写作时间和作者的生平、活动。同时，弄清诗歌中提及的古今人物，还可以帮助我们较透彻地理解诗中之意。例如，《全唐诗》卷三三三杨巨源《送李舍人归兰陵里》："清词举世皆藏箧，美酒当山为满樽。三亩嫩蔬临绮陌，四行高树拥朱门。家贫境胜心无累，名重官闲口不论。惟有道情常自足，启期天地易知恩。"② 按，"李舍人"指李益，《全唐诗》卷四八六有鲍溶《窃览都官李郎中和李舍人益酬张舍人弘静夏夜寓直思闻雅琴见寄》诗，直称"李舍人益"；又《窦氏联珠集》窦牟集中有《李舍人少尹惠家酝一小榼立书绝句》，诗后附载"河南少尹李益"《答窦二曹长留酒还榼一绝》，亦可证"李舍人"即李益。崔郾《李益墓志铭》载："章武皇帝嗣统元年（宪宗元和

---

① 《全宋诗》卷二〇七四，北京大学出版社，1991，第23407页。
② 《全唐诗》卷三三二，第3741~3742页。

元年），征拜都官郎中……洎参掌纶綍……文含奇律而直在其中。未及真拜，出为河南少尹。历秘书少监，兼集贤学士。"（见王胜明《新发现的崔郾佚文〈李益墓志铭〉及其文献价值》一文，载《文学遗产》2009年第5期）参掌纶綍，指李益为都官郎中时，兼知制诰，故诸诗谓其为舍人（即中书舍人，知制诰掌草诏，亦可称中书舍人）。既知"李舍人"为李益，则"兰陵里"当指长安兰陵坊，李益有《答广宣供奉问兰陵居》云："居北有朝路，居南无住人。劳师问家第，山色是南邻。"又《喜入兰陵望紫阁峰呈宣上人》云："薙草开三径，巢林喜一枝。地宽留种竹，泉浅欲开池。紫阁当疏牖，青松入坏篱。从今安僻陋，萧相是吾师。"（以上见《全唐诗》卷二八三）兰陵坊在长安朱雀门街东第一街第六坊（见《唐两京城坊考》卷二），故诗云"临绮陌"；"兰陵居"南可望终南山紫阁峰，故诗云"当山"。是时李益当欲自洛阳（河南府治所，时益任河南少尹）还长安，故巨源作此诗送之；窦牟诗称李益为"李舍人少尹"，巨源诗称李益为"李舍人"，说明在唐人的心目中，"舍人"的官位更重要，所以李益是时虽已不再任舍人，二人仍以舍人相称。既考出"李舍人"为李益，便知此诗之首句"清词举世皆藏箧"，并非谀词，亦非虚言，因为李益在当时确实诗名甚盛。李益还京，当将任"秘书少监"，秘书少监是闲职，故诗中谓其"名重官闲"；"口不论"，盖用"阮嗣宗（籍）口不论人过"（嵇康《与山巨源绝交书》）之意。虽名重而官闲，但诗人却泰然处之，自足自乐，此即所谓"道情"，最后以安贫知足、自得其乐的隐士荣启期喻李舍人。此诗考出"李舍人"为李益后，即句句解来都很顺畅，可见对诗中提及的人物，应尽可能地加以考证，这对于我们了解诗意，无疑是很有帮助的。

唐诗中提及的人名，大致可分为两种，一种是古代人的名字，另一种是作者同时代人的名字。一般说来，前一种人的名字比较好查，后一种人的名字则比较难查，因为前一种人往往具有一定的知名度，见于某些记载，有事迹可考，如果古代人毫无名气，名不见经传，后代人一般是不会在诗文中提到他的；而后一种人经过岁月的淘洗，其中有不少人肯定已变得名不见经传，所以就比较难查。

先谈唐诗中提到的古代人物如何查找。我们这里简要地介绍几点。第一，凡见于正史的人物（包括正史中有传的人物和正史中提及的人物），可利用各史的人名索引，如《二十四史纪传人名索引》、唐以前各史的人名索引等，进行查找。第二，不见于正史的人物，可先利用《佩文韵府》及各种类书进行查找，再根据它们所提供的线索，核查原书（如果原书尚存的话）。如《全唐诗》卷一九八岑参《终南云际精舍寻法澄上人不遇……》诗云："若访张仲蔚，衡门满蒿莱。"张仲蔚，《佩文韵府》"张仲蔚"条载："《三辅决录》注：张仲蔚，扶风人也。少与同郡魏景卿隐居不仕，所居蓬蒿没人。"多种类书中的人事部隐逸门也能查到张仲蔚的事迹，其事又载皇甫谧《高士传》卷中。又如，《全唐诗》卷八二一皎然《步虚词》："予因览真诀，遂感西城君，玉笙下青冥，人间未曾闻。"西城君，《太平御览》卷六六二引《祀集仙录》云："张正礼……受西城君虹景丹，患药之难得，至广州为道士。"则西城君当为仙人。第三，唐人诗文提及古代人物，每好称其字号、别名、省称、合称等，查考时应特别注意，以免造成漏注（可利用陈德芸编《古今人物别名索引》等进行检索）。如《全唐诗》卷二〇〇岑参《西河郡太守张夫人挽歌》："从夫元凯贵，训子孟轲贤。""元凯"估计是某人的字，查《古今人物别名索引》，知晋杜预字元凯，再查《晋书·杜预传》，可知预为京兆杜陵人，"初，其父与宣帝（司马懿）不相能，遂以幽死，故预久不得调。文帝（司马昭）嗣立，预尚帝妹高陆公主，起家拜尚书郎，袭祖爵丰乐亭侯"。诗用其事，言张夫人跟从杜公（西河郡太守杜希望）后，杜便得到了高位。又如，2001 年版《增订注释全唐诗》卷二五王绩《病后醮宅》："公干苦沉绵，居山畏不延。白驴迎蓟子，青牛下葛仙。"（《全唐诗》缺此首）蓟子，寻绎上下文义，当为仙人。《太平御览》卷九〇一"骡"引《神仙传》云："蓟子训，齐人也。到京师，诸贵人欲见之，子训曰：'我非有重瞳八采，欲见我，我亦无所道。'遂去，诸贵人皆逐之。问人，云适去东陌上乘骡者，乃各走马逐之，望见子训骡徐行，而名马逐之不及，乃各罢归。"则"蓟子"当即蓟子训之省称。再如，《全唐诗》卷八一八皎然《送演上人之抚州觐使君叔》："临川内史怜诸谢，尔在生缘比惠宗。……便道须过大师寺，白莲池上访高踪。"[①]"惠宗"为何人，颇费斟酌；谢灵运曾任临川内史，大师寺应指慧远所居庐山东林寺，寺中有白莲池，乃谢灵运所开凿，则"惠宗"当与东林寺有关，"惠"盖指惠（或作慧）远，"宗"乃指宗炳，两人曾与刘遗民、周续之、雷次宗等在庐山东林寺共结白莲社，见《僧史略》卷下。此为两人合称，很容易漏注。以上三项查考，皆可利用有关古籍的电子版进行检索。

下面谈唐诗中提及的作者同时代人物如何查考的问题。本书第一章第一节我们谈过，能用来考证唐代诗人生平事迹的传记资料，共有六类，如正史传记及其他资料，唐人撰写的序文、传记、碑志、年谱等资料，等等，这些资料，对于我们查考唐诗中提到的作者同时代人物，均是应当使用的。如果唐诗中提到的作者同时代人物的姓名是完整的（有名有姓），即可利用这些资料进行查考（这些资料中有的有索引或电子版，可充分利用，以减少翻检之劳）；如果唐诗中提到的作者同时代人物的姓名是不完整的，比如只有姓＋官号或身份（如山人、处士、和尚等），还有只用别称（如单称其名或字，仅称其官职、封爵、别号）等，则往往需作一番考证，才能弄清这些人物的姓名、事迹。

那么，应如何考证唐诗中提及的那些姓名不完整的作者同时代人物呢？首要的一条恐怕是，应紧紧抓住诗歌本身所提供的线索，包括所提及人物的情况线索，还有作者本人的情况线索。例如，王维《晦日游大理韦卿城南别业四首》其一云："与世澹无事，自然江海人。……故

---

① 《全唐诗》卷八一八，第 9223~9224 页。

乡信高会，牢醴及家臣。"其二云："郊居杜陵下，永日同携手。……上卿始登席，故老前为寿。临当游南陂，约略执杯酒。归欤绁微官，惆怅心自咎。"[①]本诗所提供的韦氏的情况是，当时官大理卿，韦氏的城南别业就在其故乡杜陵，《校注》据此考曰："韦卿，疑即韦虚心。《全唐文》卷三一三孙逖《东都留守韦虚心神道碑》云：'明明天法，廷尉攸序，命公作大理司直、大理丞，以至于卿。'按据孙逖《碑》之记载及《唐仆尚丞郎表》《唐刺史考》之考证，虚心于开元二十二年为扬州大都督府长史，二十三年官兵部侍郎（正四品下），二十四年任太原尹（从三品），二十八年为工部尚书（正三品）兼东都留守，二十九年四月卒于东都。虚心任大理卿（从三品）之时间不易确考，但依唐代官员迁除常例，大抵应在其官工部尚书之前、为太原尹之后，即二十七年左右。"又，孙逖《碑》云："公讳虚心，字某，京兆杜陵人也。"与上述城南别业就在韦氏故乡杜陵的情况正相合。陶敏《全唐诗人名汇考》则据此考曰："韦卿，韦虚舟。《旧唐书》本传：'入为刑部侍郎，终大理卿。'《全唐文》卷三一九李华《荆州南泉大云寺故兰若和尚碑》：'名臣韩京兆朝宗、宋兵部鼎、韦刑部虚舟金契慈缘，而承善诱。……天宝十年二月既望……中夜而灭。……刑部韦侍郎时临荆州，躬护丧事。'其为大理卿当在天宝末。"又认为韦虚舟为虚心之弟，京兆杜陵人[②]。则所考与本诗所提供的韦氏的情况亦相合。两考皆相合，何者为是？那就要根据本诗所提供的作者情况进行考察了，《汇考》未作这样的考察，《校注》则考曰："（诗）曰：'归欤绁微官，惆怅心自咎。'知是时维在长安任'微官'，且生去官归隐之念。由王维今存的作品来考察，他自开元二十三年拜右拾遗之后至二十五年四月张九龄贬荆州长史之前，一直不曾有去官之念，至九龄贬荆州后，方产生了归隐的想法，《寄荆州张丞相》诗曰：'方将与农圃，艺植老丘园，'所以，本诗疑当作于开元二十五年四

---

① 《王维集校注》（修订本）卷二，第173~180页。
② 陶敏：《全唐诗人名汇考》，第167页。

月之后。又此诗作于正月晦日，考开元二十六年正月维在河西，故本诗约当作于开元二十七或二十八年正月，是时作者在长安为监察御史（正八品下），故称'微官'。"按，谓本诗作于开元二十七或二十八年正月的推断，与上述关于韦虚心任大理卿之时间的考证，正相吻合，可证断韦卿即虚心，当无大误。又，《汇考》称韦卿即虚舟，时当天宝末，与诗意并不相合，因为天宝末，王维先是拜文部（吏部）郎中，后又转给事中，都是正五品上的重要职务（参见拙作《王维集校注》修订本附录《王维年谱》），岂能说是"微官"？且其时王维正热衷于亦官亦隐，也无去官之念。

考证唐诗中提及的那些姓名不完整的作者同时代人物，还有另一种方法，即尽力从同时代人的诗文中，寻找那些与所考人物有关的线索，从而有助于考证。如本节前面谈过，杨巨源诗中之"李舍人"即李益，就是从鲍溶诗中以及窦牟与李益的唱和诗中找到有关的线索，从而考定的。又如，第一章第五节谈过，刘禹锡有《送王司马赴陕州》诗，王司马为何人，据白居易《送陕州王司马建赴任》、贾岛《送陕府王建司马》诗，即可考定为王建。

考证唐诗中提及的作者同时代人物的工作，大抵始于宋代，如宋人为杜甫、韩愈等人作的年谱，为杜甫、韩愈诗作的注释，都曾做过这方面的工作。嗣后，明清人为唐人诗集作的注释，也仍继续做着这方面的工作。在清代，还有专门考证唐、五代历年科举登第者的专著出现。及至现当代，更有多种专门考证唐、五代人物的专著出版，下面就此择要作一些介绍（凡本书第一章第一节已提及者此处不再涉及）。

清徐松《登科记考》 徐氏此书专考唐、五代历年之科举登第者。该书按年编次，每一年先记与科举、教育等有关的朝廷政令，次考当年之进士科、明经科、诸科（明法、史科、道举、开元礼、学究一经、童子等）、制科、博学宏词、书判拔萃等之登第者，兼及上书拜官者与知贡举者，每列入一个上述各科之登第者姓名，皆说明所根据的材料。每年的应试诗文今存者，均附载于后。登第者之编年不详者，总载于书末《附考》中。书末又有《别录》三卷，收入与唐代科举制度有关的史料、笔记和诗文等。此书取材宏富，别择谨严，态度审慎，考订精当，是研究唐代的历史与文学的必备参考书。当然，它也不可避免地会有一些缺点，主要是缺漏尚多，考出的登第者人数，大抵只有实际登第者的十分之一，同时还存在着若干误考的情况；对唐代科举制度的一些细节，也存在论述上的错误，如误将科目选之科目当成贡举科目，误将书判拔萃（科目选）与制举拔萃出类、吏部常选的平判入等混同，等等。所以我们使用此书时，还必须进行覆核、辨析。该书有中华书局点校本（1984年出版），书后附有人名索引，颇便于使用。

自20世纪40年代始，即陆续有学者对徐松《登科记考》作补缺、纠误工作，先后发表的专文，已达十多篇。21世纪初，孟二冬作《登科记考补正》（北京燕山出版社2003年版），将这十多篇文章的研究成果，在经过认真的核查、甄辨后，吸收进《补正》中；同时，又努力发掘新资料，尤其是新出土的墓志，利用它们对徐氏《登科记考》作新的补缺、纠误工作。《登科记考补正》新增补的登第者人数，已超过徐氏原书登第者人数的一半，纠正原书中错误，亦不在少数。所以使用徐松《登科记考》时，也应同时查一下孟二冬《登科记考补正》。当然，《补正》也还存在一些错误，我们使用它时，也还要作核查、辨析工作。

吴廷燮《唐方镇年表》 该书考证自景云至唐末二百年间，全国近八十个方镇之历任节度、观察使的除授与罢职年月，按时间先后编成年表，分列于各方镇之下，这对于我们查考唐代诗文中提及的方镇使府府主，有不少便利。作者搜采甚勤，但疏误也不少，我们使用时应加注意。岑仲勉有《唐方镇年表正补》一文（五万余字），可参阅。1980年，中华书局将《年表》与《正补》合为一书出版，后附人名索引，颇便于使用。

岑仲勉《唐人行第录》 唐人诗文中每以行第相称，后人往往弄不清其名，该书作者为了解决这个难题，先泛览今传的唐人诗文以及两

《唐书》、《通鉴》、《太平广记》等书，从中搜集唐人所有以行第相称的例子，然后进行归纳、排比、分析和考证，凡能考知其名者，注出其名，并说明根据；不能考知其名者，则注"名未详"。有关唐人以行第相称的情况，是相当复杂的，如有不同人而有同一行第者，有同一人而有不同行第者，还有同一人而称谓屡易者，加上传刻之误、别集编纂失当（误收）等情况羼入其中，所以欲厘清头绪、考正其名，并非易事。此书对于我们查考唐人诗文中提及的当代人物，有不少帮助，是一本必备的工具书。其中不少尚未考出其名的条目，也可为我们提供进一步考证的线索。该书有上海古籍出版社 1978 年重印本。

严耕望《唐仆尚丞郎表》 该书考证自武德至唐末近三百年间，尚书省诸各任长官（包括左右仆射、左右丞、六部尚书及侍郎）的任职起讫年月，依其职务的不同和任职时间的先后，编制成"通表"三卷（卷二至卷四），其眉目清晰，颇便查考（书末有人名引得）；复有"辑考"十八卷（卷五至卷二二），说明"通表"所示结论的材料根据。该书考证的难点在于：1. 时间长，官员多，迁转频，有任职时间极短者，考清匪易；2. 武宗以后，史料佚失特甚；3. 官名字形相近，传刻极易致误；4. 诸官衔有实职与虚衔之别，颇易混淆。虽然如此，经过作者的努力，"盖亦十得七八矣"（自序）。当然，也尚有缺考者，这是资料不足的限制。该书取材宏富，考证精当，对于我们查考唐人诗文中提及的当代人物，也是一本必备的参考书。此书有 1986 年中华书局影印本。

郁贤皓《唐刺史考》 该书考证有唐近三百年间，全国三百多个州（郡、府）的历任刺史（太守、尹）的姓名与任职的起讫年月。此书考证的难点在于：历时长，刺史数量众多，情况相当复杂，如有的刺史未曾见于史书记载，或虽有记载而任职年月不详，又有记载中仅有姓而无名的，还有姓名有误的，或姓名不误而任职年月有误的，等等。该书作者通过对各类材料的广泛搜集，与细致周密的考证，突破了上述难点，尽可能地钩稽出了唐代众多刺史的姓名与任职年月，这对于我们查考唐人诗文中提及的当代人物，有很大帮助。当然，由于资料不足的限制，缺考者尚多，如某些偏远地区的某一州刺史，约三百年间，能考出的往往只有一二十人。所以我们使用此书时，也应该注意，不能以为凡名不见于郁《考》的刺史，就不存在。该书 1987 年由江苏古籍出版社出版；2000 年安徽大学出版社又出增补本《唐刺史考全编》，后附有人名索引。

陶敏《全唐诗人名汇考》 此书着重考证《全唐诗》中提及的那些姓名不完整的作者同时代人物，主要考证这些人物的姓名、事迹，旁及诗中与人物有关的讹误、诗作的写作时间等等。在唐、五代人物的考证中，这类考证或许是难度最大的。作者不拘限于一家一集，而是将各家各集打通，相互印证；作者博采众书，脑中掌握各种材料，能在看似没有关系的不同材料里，找到相互联系，加以贯通融会。该书对《全唐诗》中提及的唐、五代人物进行全面的考证，不仅总括已有的考证成果，还富有独创新见，已经取得了这类考证所可能取得的最大成绩。因此，我们在阅读唐诗或为唐诗作注时遇到人名问题，都必须查考一下此书。下面略述使用此书时应注意的问题。

由于这类考证难度很大，加上史料不足的限制，该书所考，也就仍存在一些"不尽不实之处"（作者自序）。此书的考证成果，大抵可分为三类。一类是所考正确，应予采用。此类考证在全书中占多数。二类是所考虽不无创见，但证据不足，尚不能成为定说。例如，本节前面谈到的王维诗中的"大理韦卿"，在王维生活的年代，任过大理卿的杜陵韦氏，非止一人，该书所举出的证据，还不足以证成这人就是韦虚舟。又如，《全唐诗》卷一三八储光羲《同张侍御宴北楼》："今之太守古诸侯，出入双旌垂七旒。朝览干戈时听讼，暮延宾客复登楼。西山漠漠崦嵫色，北渚沉沉江汉流。良宵清净方高会，绣服光辉联皂盖。……期君武节朝龙阙，余欲翱翔归玉京。"[1]《汇考》曰："诗云……知张为太

---

[1] 《全唐诗》卷一三八，第 1408 页。

守并节制一方，'御'当'郎'之误。……张侍郎，张愿。《新唐书·张柬之传》：'襄州襄阳人。……子愿、漪。愿至襄州刺史。'《两浙金石志》卷二：'《唐徐峤张愿诗刻》……题云"石门山瀑布八韵敬赠（下缺）吴郡守、江东采访使张愿"。……张愿之刻当在天宝中也。'《唐文拾遗》卷二六崔归美《唐故文贞公曾孙故谷城县令张公（曛）墓志铭》：'考讳愿，皇驾部郎中、曹婺等十一州刺史、吴郡太守，兼江南东道廿四州采访黜陟使。'张愿世居襄阳……如其时非在襄州刺史任，即卸任后居襄阳。"① 按，"绣服"指御史之服，用"绣衣直指"典故（见第三章第五节）；"皂盖"指太守之车，汉时太守乘皂盖车（见《后汉书·舆服志》），是时张盖任太守，并带宪衔"侍御"，故云"绣服光辉联皂盖"，称"御"当"郎"之误，与诗意并不相合。又，谓张侍郎即张愿，却没有拿出张愿曾任侍郎的证据，《唐仆尚丞郎表》中考出的六部侍郎中，也无张愿，所以《汇考》的上述说法，尚难以证成。三类是所考有错误。例如，《全唐诗》卷一二七王维《春过贺遂员外药园》："前年槿篱故，新作药栏成。香草为君子，名花是长卿。水穿盘石透，藤系古松生。画畏开厨走，来蒙倒屣迎。……颇识灌园意，於陵不自轻。"② 卷一二六又有《送贺遂员外外甥》诗，《汇考》曰："贺遂员外，贺遂陟。《郎官石柱题名新著录》户部员外郎第六行贺遂陟，班景倩前二人；主客郎中第五行贺遂陟，李仲康前一人。班景倩开元九年尚为大理评事，见1190c。贺遂陟为员外郎在开元中后期。"按，《汇考》径称贺遂即贺遂陟，却未举出什么证据；贺遂不仅两见于王维诗，也见于李华文，《全唐文》卷三一六李华《贺遂员外药园小山池记》曰："贺遂公，衣冠之鸿鹄，执宪起草，不尘其心，梦寝以青山白云为念。……种竹艺药，以佐正性，华实相蔽，百有余品。……其间有书堂琴轩，置酒

---

① 《全唐诗人名汇考》，第 201 页。
② 《全唐诗》卷一二七，第 1291 页。

娱宾。……赋情遣辞，取兴兹境，当代文士，目为诗园。"①王维诗、李华文之"药园"，当是一地，所称"贺遂员外"，亦为一人，但王、李皆谓贺遂为"员外"，并未说他是户部员外，岂能与任户部员外的贺遂陟混同？或许是因为《郎官石柱题名》中无贺遂之名，《汇考》遂以为贺遂即贺遂陟之讹脱？然而第一章第一节我们已谈过，《郎官石柱题名》共有两石柱，一石柱已丢失，今存的一石柱，也由于字迹漫漶，残缺的题名不少，所以实际保存下来的郎官题名，大抵不到唐代全部郎官题名的十分之四，所以绝不能以为《郎官石柱题名》中无贺遂之名，其"员外"的身份就不存在，而只能是"贺遂陟"的讹脱。李华《记》中的"执宪起草"一句很值得注意，起草，指为郎官，后汉尚书郎"主作文书起草"（应劭《汉官仪》卷上），故云；执宪者，司法、执法也，《汉书·丙吉传》"廷尉于定国执宪详平，天下自以不冤"可证。唐刑部正是掌执法的机构，所以贺遂当是刑部的员外郎，而刑部四司的郎中、员外郎题名，正好都在那个已丢失的石柱上，自然不可能找到其姓名。又，李华于开元二十三年登进士第，为南和尉，天宝二年举博学宏词，擢秘书省校书郎，八载任伊阙尉，十一载拜监察御史，十四载转右补阙，安禄山军陷长安，为贼所获，伪署凤阁舍人，乾元元年贬杭州司功参军（以上见拙作《李华事迹考》，载《文献》1990年第4期）；据此，李《记》当作于天宝时华在长安任职期间（药园当在长安一带），贺遂任员外郎的时间同。至于贺遂陟，《大唐新语》卷一三《谐谑》载，"景龙（707~710）中，赵谦光自彭州司马入为大理正，迁户部郎中，贺遂涉（陟、涉疑因形近致误）时为员外，戏咏之曰……。谦光酬之曰……。"②事亦载《太平广记》卷二四九引《谭宾录》、《唐诗纪事》卷二〇；贺、赵诗载《全唐诗》卷八七〇，赵诗又载《全唐诗》卷四五，题作《答户部员外贺遂涉戏赠》；《纪事》卷二〇："（赵）谦光，登咸亨

---

① 《全唐文》卷三一六，第3211~3212页。
② 刘肃《大唐新语》卷一三《谐谑》，中华书局，1984，第190~191页。

（670~673）进士第。"则其景龙中迁户部郎中的说法应该可信。这样看来，贺遂陟（涉）为户部员外郎的时间，当比贺遂任员外郎的时间，早四十余年，两人并非同时人（据新出土的李华墓志，华生于开元二年，卒于大历九年）。又《汇考》据《题名》中贺遂陟在班景倩前二人，因定"贺遂陟为员外郎在开元中后期"，也不甚可信，岑仲勉《郎官石柱题名新考订》于"户部员外郎"下云："此司题名亦见陵乱之迹，大约大中后（三刻时）始循原轨，但不易爬梭，览者明而用之可也。"[①]则"户部员外郎"之题名次第，大抵已非原貌。综上所述，可见《汇考》的这条考证是错误的。记得几年前，曾为一家杂志的稿件作匿名评审，所审稿件的一项内容，就是据《汇考》的这条考证，指摘《王维集校注》中《春过贺遂员外药园》的注释与编年存在"错误"，这个事例说明，对《汇考》的考证成果，也要作核查、辨析工作，不宜全信或拿来就用。限于篇幅，关于这个问题就不再举例了。此书原名《全唐诗人名考证》，1996年由陕西人民教育出版社出版；后经修订，改题为《全唐诗人名汇考》，2006年由辽海出版社出版。

第四节　名物、典制与史事的考证

先谈名物的查考。唐诗中之名物如未能查到和注出，会影响对诗意的理解。如《全唐诗》卷二三七钱起《过长孙宅与朗上人茶会》："玄谈兼藻思，绿茗代榴花。"[②]2001年版《增订注释全唐诗》注云："代，继。谓赏榴花之后继品绿茗。"[③]按，此注非是，《南史·夷貊传上·扶南国》云："扶南国……其南界三千余里有顿逊国……有酒树似安石榴，采其花汁停瓮中，数日成酒。"则榴花当指酒，"绿茗"句谓以茶代酒。此

---

①　岑仲勉：《郎官石柱题名新考订》，第83页。
②　《全唐诗》卷二三七，第2627页。
③　陈贻焮主编《增订注释全唐诗》，第395页。

例盖因不明榴花为何物而导致误释。又如《全唐诗》（中华点校本）卷四四三白居易《杭州春望》："红袖织绫夸柿蒂，_{杭州出柿，蒂花者尤佳。}青旗沽酒趁梨花。"① 按，"红袖"句下自注，于"柿"字下加逗号，大误；柿蒂，指杭州出产的有柿蒂花纹的绫子，《白孔六帖》卷八："竹根、柿蒂、马眼、蛇皮，已上四种今时绫名。"此例盖因不明柿蒂为何物而导致断句与理解的错误。

下面谈如何查考名物。常见的名物，辞典一般都能查到，后出的一些辞典，如《汉语大词典》、新《辞海》，也收有一些罕见名物的词条，通过辞典查到想查的名物后，再核对一下辞典中征引的书证，一般就能解决唐诗中多数的名物注释问题。有些罕见名物，如果上述辞典查不到，可查一查各种类书与《佩文韵府》，例如，2001 年版《增订注释全唐诗》卷三四张鷟《游后园》（新补，崔十娘所咏）："旧鱼成大剑，新龟类小钱。"② "旧鱼"句，《渊鉴类函·麟介部·鱼一》引《述异记》曰："海鱼千岁化为剑鱼，一名琵琶鱼，形如琵琶而善鸣，因以名焉。"此段引文，亦见于今本《述异记》卷上。又如，《全唐诗》卷二〇一岑参《题井陉双溪李道士所居》："五粒松花酒，双溪道士家。"五粒松，《太平御览》卷九五三引周景式《庐山记》曰："又叶五粒者，名五粒松，服之长生。"又《佩文韵府》"五粒松"条引《五代史·郑遨传》曰："遨入少室山为道士时，闻华山有五粒松脂入地，千岁化为药，能去三尸，因徙居华阴。"又引宋姚宽《西溪丛话》曰："《名山记》云：松有两鬛、三鬛、五鬛者，言如马鬛形。"则五粒松当即五鬛松，又称五钗松，为松的一种。其叶针形，如鬛，五叶丛生（一丛五叶，一丛分五钗），故名。

如果查各种类书与《佩文韵府》还解决不了问题，可查一下有关的专著，例如动植物名等，可查《本草纲目》。如《全唐诗》卷八一〇灵

---

① 以上据中华书局点校本《全唐诗》，第 4959 页。
② 陈贻焮主编《增订注释全唐诗》，第 280 页。

澈《句》:"古观茅山下,诸峰欲曙时。真人是黄子,玉堂生紫芝。《题李尊师堂》。"真人即成仙之人,"黄子"呢?《本草纲目》卷九谓黄子即黄石脂,"久服轻身延年"。又如第三章第四节谈到岑参诗中提及的"刺蜜",查一下《本草纲目》,知为西域产的一种草,再根据《本草纲目》提供的线索,查《元和郡县图志》,问题就解决了。又譬如乐器、乐曲名,可查《通典·乐典》、《旧唐书·音乐志》、《新唐书·礼乐志》、唐崔令钦《教坊记》、南卓《羯鼓录》、段安节《乐府杂录》、《乐府诗集》等。如《全唐诗》卷六五一方干《李户曹小妓天得善击越器以成曲章》:"越器敲来曲调成,腕头匀滑自轻清。随风摇曳有余韵,测水浅深多泛声。"[1]越器,《乐府杂录·击瓯》:"武宗朝郭道源,后为凤翔府天兴县丞,充太常寺调音律官,善击瓯。率以邢瓯、越瓯共十二只,旋加减水于其中,以箸击之,其音妙于方响也。……击瓯盖出于击缶。"越器、越瓯,盖指越窑烧制的瓷器,可用为打击乐器。又如《全唐诗》卷一九八有岑参《秋夕听罗山人弹三峡流泉》诗,关于《三峡流泉》,《乐府诗集》卷六〇"琴曲歌辞四"载唐李季兰《三峡流泉歌》,郭茂倩曰:"《琴集》曰:《三峡流泉》,晋阮咸所作也。"然李季兰诗曰:"忆昔阮公为此曲,能使仲容听不足。一弹既罢复一弹,愿似流泉镇相续。"按,阮咸字仲容,为阮籍之侄,则不以此曲为阮咸所作;所称"阮公",疑指阮籍。

如果有些罕见名物,一时不知应查哪些书籍才能查到,不妨利用各种古籍的电子版广泛检索,这样也可以解决问题。如《全唐诗》卷七四六陈陶《和容南韦中丞题瑞亭白燕白鼠六眸龟嘉莲》:"燕鼠孕灵褒上德,龟莲增辉答无私。"[2]六眸龟,《文选》郭璞《江赋》:"若乃龙鲤一角,奇鸧九头,有鳖三足,有龟六眸。"李善注:"郭璞曰:今吴兴郡阳羡县山上有池,池中出三足鳖,又有六眼龟。"《太平寰宇记》卷九二宜

---

[1] 《全唐诗》卷六五一,第7481页。
[2] 《全唐诗》卷七四六,第8480页。

兴县："君山……山上有池，池中有三足鳖、六眸龟。"又如《全唐诗》卷一三三李颀《王母歌》："为看青玉五枝灯，蟠螭吐火光欲绝。"青玉五枝灯，《西京杂记》卷三："高祖初入咸阳宫，周行库府……有青玉五枝灯，高七尺五寸。作蟠螭，以口衔灯，灯燃，鳞甲皆动，焕炳若列星而盈室焉。"以上二例之名物，皆可利用《文渊阁四库全书电子版》检索到。

下面谈典制的考证。唐代的典章制度是很复杂的，一般说来，诗不是论文，不会直接讲述典章制度，但又往往涉及典章制度。如果我们不明典制，在注释时不能将诗中涉及的典制问题弄清楚，那么也就不能透彻地理解诗中的意思，对其准确地注出。例如，本章第一节谈过的岑参《秋夕读书幽兴献兵部李侍郎》诗云："惊蝉也解求高树，旅雁还应厌后行。"这两句表面上是说，连蝉都知道往高处飞，连雁也厌恶列居行末；但如果我们了解唐代的有关制度，就能知道这两句是话里有话，还含有另外一层意思。《通典》卷二三曰："尚书六曹，吏部、兵部为前行，户、刑为中行，礼、工为后行。"唐尚书省六部的地位与重要性是有差异的，六部侍郎的员额与品秩也有不同（如吏、兵、户部侍郎皆二人，刑、礼、工部侍郎皆一人，吏部侍郎正四品上，其余各部侍郎皆正四品下），六部中以吏、兵部地位最崇，故为前行。岑参于广德元年（763）秋始任祠部员外郎，此诗即作于任祠部员外郎时（参见拙作《岑参集校注》附录《岑参年谱》），祠部是礼部四司之一，属后行，所以"旅雁"句又含有自己不愿在礼部为郎官之意。另外，此诗是献给兵部李侍郎的，所以诗里还含有希望李侍郎提携自己之意。唐时官员的任命，兼实行荐举制，京官五品以上，有荐举权，所以岑参献诗李侍郎求汲引。

下面谈阅读或注释唐诗时，遇到典制问题，应如何解决，宜查考什么书籍？首先，应查考两《唐书》中的"志"，如官制问题，可查《旧唐书·职官志》《新唐书·百官志》；礼制问题，可查《旧唐书·礼仪志》《新唐书·礼乐志》；刑法制度，可查两《唐书》之《刑法志》；

科举、铨选制度，可查《新唐书·选举志》；兵制问题，可查《新唐书·兵志》；仪卫、车舆、衣服之制，可查《旧唐书·舆服志》《新唐书·仪卫志》《新唐书·车服志》。其他书籍，如《唐六典》，主要记述开元年间的职官制度，由于百官职掌所涉及的范围很广，故其内容也兼及唐代的多种其他制度；《唐律疏议》，主要记述唐代的法律制度，但也涉及唐代的其他多种典制；《通典》，共分九门，如有《选举典》《职官典》《礼典》《兵典》《刑法典》等，每门皆记载历代沿革，是一部典章制度通史，但也略古详今，侧重于对唐代典制的记述；《唐会要》，共立五一四个类目，其内容广及唐代的各种典章制度，详记唐代典制的沿革、损益以及有关的诏令和人事，相当于一部断代的典章制度史。此外，有些类书，如《册府元龟》，共分三十一部，一千一百余门，卷帙浩繁，资料丰富，虽着重记述人事与人物活动，但也有些部分，如《刑法部》《铨选部》《贡举部》等，涉及唐代的典章制度，且其中有一些材料，为他书所无，值得参考。另外，《通鉴》中也有一些关于唐代典制的记载，可以参考。

对上述书籍，我们都应该找来阅读或浏览一下，这样对各书便会有一个总体印象，遇到唐诗中涉及的典制问题，也就知道应当查考什么书籍了。例如关于唐代官名，如果我们读过《旧唐书·职官志》《新唐书·百官志》，了解唐代中央和地方各有哪些机构，其主要官员的名称是什么，那么查考起来，也就便当多了。如岑参曾任"右内率府兵曹参军"，如果我们知道太子属官有十率府（掌东宫兵仗、仪卫、门禁等事），也就知道岑参曾任的这个官职，应该到东宫的官属里去寻找，这样很快就可以找到。顺便说一下，唐人称官名好用别称，如果遇到这方面的问题，可查考《因话录》、《唐国史补》、《容斋四笔》（卷一五）等书。

在本书第一章第四节我们谈过，考证唐代诗人的生平事迹需明唐代典制，应注意避免因不明典制而误。我们注释唐人诗文，也同样需明唐代典制，注意避免因不明典制而误。注释唐人诗文，遇到典制问题，最常犯的错误有二，一是漏注，二是误注，应该引起我们的注意。漏注如，2001年版《增订注释全唐诗》卷八一一皎然《答裴济从事》："迟迟云鹤意，奋翅知有期。三秉纲纪局，累登清白资。"清白资，缺注。按，《唐六典》卷二尚书吏部曰："凡内外官清白著称、强干有闻，若上第（等），则中书门下改授，五品已上，量加进改；六品已下，至冬选量第加官。若第二、三等人，五品已上，改日稍优之；六品已下，不待秩满，听选，加优授焉。"[1]"清白"是从品德上说的，"强干"则从才干上说；《六典》这段话意谓，对考课成绩优异的官员，在授官上应给与优待和奖励。本诗"累登"句是说，有多次因清白而受嘉奖的资历。此例涉及考课制度。误注如，陶敏、王友胜《韦应物集校注》卷三《郡斋感秋寄诸弟》："首夏辞旧国，穷秋卧滁城。……昔游郎署间，是月天气晴。授衣还西郊，晓露田中行。采菊投酒中，昆弟自同倾。"注曰："授衣，谓制备冬衣。《诗·豳风·七月》：'七月流火，九月授衣。'"[2]按，此注误。"授衣"当指授衣假，《唐六典》卷二尚书吏部："内外官吏则有假宁之节。"注曰："五月给田假，九月给授衣假，为两番，各十五日。""昔游"六句盖谓，前一年九月，正在尚书省为比部员外郎，曾乘放授衣假时，回到长安西郊沣上善福精舍，与兄弟们一起欢聚宴饮。此例涉及休假制度。又如，2001年版《增订注释全唐诗》卷二一七杜甫《春日江村五首》其四："扶病垂朱绶，归休步紫苔。郊扉存晚计，幕府愧群材。"注曰："朱绶，系佩玉或印章的红色丝带。"按，此注非是。用以系佩玉或印章的丝带，即绶，唐时官员身上所系，有绶、玉佩、鱼袋，无印章；绶、玉佩、鱼袋皆五品以上官员身上才有，六品以下官员并无；绶之颜色为："二品、三品紫绶"，"四品青绶"，"五品黑绶"，无朱绶，以上参见《旧唐书·舆服志》；杜甫作此诗的前一年（广德二年，764）六月，被剑南节度使严武"奏为节度参谋、检校工部员外郎，

---

[1] 《唐六典》卷二，第34页。
[2] 陶敏、王友胜校注《韦应物集校注》卷三，第150页。

赐绯鱼袋"（《旧唐书·杜甫传》），工部员外郎之品秩为从六品上，尚无资格系绶和玉佩。关于"朱绂"，《汉书·韦贤传》："黼衣朱绂。"颜师古注："朱绂，为朱裳画为亚文也。亚，古'弗'字也，故因谓之绂，字又作黻。其音同声（当为'耳'字之误）。"则朱绂当为官员穿的绣有"亚"字形花纹的红色礼服，后多泛指官服，而唐人则以之指四、五品官穿的绯衣，如白居易《初除尚书郎脱刺史绯》诗云："便留朱绂还铃阁，却着青袍侍玉除。无奈娇痴三岁女，绕腰啼哭觅银鱼。"唐制，官员的服色依散官的官阶而定，如散官官阶未及五品，有赐绯之特典[①]，唐时刺史散阶未及五品者，一律赐绯，离任则停，所以居易自刺史入为尚书郎，"便留朱绂（绯衣）还铃阁"。杜甫为剑南节度参谋时"赐绯鱼袋（即赐绯衣，佩银鱼袋）"（当是严武为杜甫奏请的），故诗云"扶病垂朱绂"；杜此诗作于永泰元年（765）春，是时他已辞幕府，归浣花溪，故云"归休步紫苔"。又杜甫《寄高三十五书记》："闻君已朱绂，且得慰蹉跎。"杜牧《书怀寄中朝往还》："朱绂久惭官借与，白头还叹老将来。"二诗之朱绂皆指绯衣。此例涉及舆服制度。再如，《全唐诗》卷三四〇韩愈《寄崔二十六立之》曰："西城员外丞，心迹两屈奇。……不脱吏部选，可见偶与奇。又作朝士贬，得非命所施？""不脱"句，钱仲联《韩昌黎诗系年集释》（古典文学出版社 1957 年版）卷八、屈守元等主编《韩愈全集校注》皆引沈钦韩注曰："吏部选于孟冬，终于季春。《五代会要》二十三（当作二）有云'出选门'者，所谓脱吏部选也。《玉海》（卷一百十七）：'唐选院故事，岁揭板南院为选式，选者自通辞，不如式，辄不得调，有十年不官者。'其难也如此。……案崔立之登宏词科，便合超资授官。然中叶所重藩府辟荐，崔既无举，又经贬黜，故不脱吏部常调也。如昌黎虽试宏词不中，经辟汴、徐二府还朝，及补博士，选授御史，是其证矣。"[②] 按，两书皆以沈氏所云未得超资授

---

① 参见岑仲勉《金石论丛》，第 461~466 页。
② 屈守元、常思春主编《韩愈全集校注》，第 592~609 页。

官释"不脱吏部选",堪谓不得要领;沈氏引《五代会要》所云"出选门"释"脱吏部选",倒很正确,可惜未加以肯定和作进一步申说。"出选门"是指文官不用再参加吏部的铨选便可授官,我们知道,唐时吏部负责六品以下文官的铨选、署职,而五品以上文官的选授不由吏部,"盖宰相商议奏可而除拜之也"(陆贽《请许台省长官举荐属吏状》);又自开元四年起,六品以下常参官(如拾遗、补阙、监察御史、殿中侍御史、侍御史、起居郎、起居舍人、员外郎等)的选授,也不由吏部,而由宰相进拟,报天子批准。唐自开元十八年守选制成立之后,凡由吏部铨选授官者,都必须守选,不得连续为官;而不由吏部铨选授官的"出选门"者,则不必守选,可以连续为官,所以脱了吏部选(即成为五品以上官或六品以下常参官),便走上了一条快速升进的道路,说详拙作《守选制与唐代文人诗歌创作研究》(中国社会科学出版社2021年版)第二章第一节。据《容斋续笔》卷一二、《唐诗纪事》卷四三及韩愈诗文等的记载,崔立之贞元四年(788)登进士第,六年,又登博学宏词科,授秘书省校书郎,后除畿县尉,迁大理评事(从八品下),元和元年(806),以言事黜官,至韩愈作本诗时(元和七年,812),始起复为西城(今陕西安康西北)丞(从八品下),员外置,则崔立之登第后二十余年,所任皆八、九品非常参官,始终未能"脱吏部选",可谓"数奇",命运大不济。此例涉及铨选制度。

下面谈史事的考证。如果我们注释时不能将诗中涉及的史事弄清楚,也就必然影响到对诗意的理解。例如第一章第三节谈过的储光羲《大酺得长字韵时任安宜尉》诗:"明诏始端午,初筵当履霜。"如果我们未能将这两句诗涉及的史事查出,则此二句诗真不知何谓,全诗的意思也就搞不大清楚。那么,阅读或注释唐诗时遇到史事问题,应该查考什么书呢?主要应查考两《唐书》、《通鉴》、《通典》、《唐会要》;又类书如《册府元龟》《玉海》等,对于我们弄清唐诗中涉及的史事,也颇有用。查考史事时应该注意的问题,主要是应多查考几种书,不要浅尝辄止，因为同一件事，可能载于不同的书中，或载于同一书中的不同地方，如正史有互见之例，同一件事，可能既载于不同的列传中，又载于本纪或志中，所以查考一件事，应尽可能地将有关的记载都搜集全，然后比较其异同，进行综合的分析和决定取舍。例如第一章第六节谈过的吴少微《和崔侍御日用游开化寺阁》诗："左宪多才雄，故人尤鸷鹗。护赠单于使，休铎太原郭。"写崔日用护送单于使臣返回时途次太原。关于此事发生的时间与具体情节，我们既查考了新、旧《唐书·崔日用传》，《旧唐书·文苑传》中的《吴少微传》，又查考了《唐会要》、《通鉴》和《旧唐书·突厥传上》，然后确定本诗所写，为长安三年秋崔日用奉命护送突厥使臣莫贺干返回突厥之事。由于搜集的材料比较齐全，得出的结论也就比较可靠。还有应尽力避免史事的漏查、漏注，如第三章第一节我们所举的一个例子，2001 年版《增订注释全唐诗》卷七五张说《送郭大元振再使吐蕃》："犬戎废东献，汉使驰西极。长策间酋渠，猜阻自夷殄。""长策"二句明显涉及史事，然未查出，而只注了酋渠、猜阻、夷殄三词之词义；经查考张说《郭公行状》及有关史籍，元振于万岁通天元年（696）出使吐蕃归来后，曾建议朝廷行离间计，以使吐蕃上下"俱怀猜阻"，圣历二年（699），吐蕃果杀其大将论钦陵，钦陵之弟因率众来降，"长策"二句即言其事。另外，查考史事时，还要注意对史料的真伪正误进行辨析，关于这一点，第一章第四节已经谈过，这里就不再多说了。

第五节　词义的训释

欲弄懂一首唐诗，自然必须从弄懂其词语入手，所以正确地解释诗中词语的含义，直接关系到对诗意的正确理解，是注释中的一个很重要的环节。下面，我想根据自己搞唐诗注释的体会，归纳出几个应注意的问题，供读者参考。

第一，解释词义，毫无疑问应充分利用现有的各种字典、辞典，字典、辞典中的一个字或一个词，往往有多个义项，我们作注释时，应经过仔细的比较，从中选择出恰当的义项，如果义项的选择不恰当，注释也就会出现错误。那么，怎样才能选择出恰当的义项，避免注释中出现错误呢？关键是应注意联系诗歌的上下文，甚至全诗的意旨，来选择和确定义项，而不能就一句诗解一句诗。例如，2001年版《增订注释全唐诗》卷二四王绩《独酌》："浮生知几日，无状逐空名，不如多酿酒，时向竹林倾。"注云："无状，无善状，无成绩。《史记·贾生传》：'自伤为傅无状，哭泣。'"按，《汉语大词典》"无状"条，列七个义项，有没有功绩、没有礼貌、所行无善状、没有根据、引申为无缘故等，根据上下文义，这里不当选择无善状，因为全诗之主旨，盖谓人生短暂，无缘无故追逐空名，还不如多饮酒，故此处应该选择无缘故。又如，《增订注释全唐诗》卷三唐玄宗《同玉真公主过大哥山池》："地有招贤处，人传乐善名。……桂月先秋冷，蘋风向晚清。凤楼遥可见，仿佛玉箫声。"注云："桂月，八月。"按，新《辞源》"桂月"条，列两个义项，一指月亮（传说月中有桂树，故称），二指农历八月，根据上下文义，八月已是中秋，而非"先秋"，故选择农历八月的义项不正确。

下面附带谈一下利用辞典来解诗时应注意的一个问题，就是辞典中每个字下所列出的义项，往往比较简括、扼要，未能把这个字的所有含义全部列出，但有时这个字未曾列出的某个含义，可以在以这个字为词头组成的一些词语的解释里找到。例如"清"字，新《辞源》于其下列出十一个义项，有水澄澈、澄清、高洁、清廉、清平、清楚、纯净、清凉等，还有地名、姓、朝代名等，接着列出以"清"字为词头构成的词语，共二百多条，在《辞源》对这二百多条词语的解释中，也涉及"清"字的含义问题。如"清门"条注云："清寒门第。"即是说，"清门"义同"寒门"，"清"有寒、寒素、清寒的意思；而这个意思，就没有包括在"清"字下列出的十一个义项中。这也就是说，如果我们要查

"清"字的含义，那就不仅应查"清"字下列出的十一个义项，还应查考用"清"字为词头组成的一系列词语，因为从这些词语的解释里，我们可以找到前面十一个义项里没有列出的含义。查"清"字如此，查别的字也一样。这样做，可以在解释词语时，更充分地利用各种辞典，尽量地发挥它们的作用。

第二，利用辞典来解释词义时，有时会遇到一种情况，即辞典里虽有我们要查找的词条，但它列出的几个义项，无论哪一个，用在我们准备注释的诗歌里，都不恰当、妥帖。遇到这种情况怎么办？也只能自己搜集有关的例句，各联系上下文义进行分析，从中找到正确的解释。例如，岑参《行军九日思长安故园》："强欲登高去，无人送酒来。遥怜故园菊，应傍战场开。"诗题下自注："时未收长安。"（《岑参集校注》修订本卷三）关于"行军"，新《辞源》注曰："用兵，指挥作战。"旧《辞海》注云："谓调遣军队，犹言用兵。……按亦谓军队之出行曰行军。"文研所选注《唐诗选》解此诗曰："唐肃宗至德元年（756）九月从灵武到彭原。岑参随军。他在行军中度重阳节（农历九月九日），作此诗忆故园。岑参久居长安，故以长安为故园。"《唐诗选》盖以"军队之出行"的义项释"行军"。按，"行军"作"军队之出行"解，是现代才有的，唐时并无此义（说见后）；由于对"行军"一词的解释错误，导致《唐诗选》对本诗的理解出现一连串的问题。首先，唐杜确《岑嘉州诗集序》云："（岑参）又迁大理评事、兼监察御史，充安西节度判官。入为右补阙，频上封章，指述权佞。"据此《序》，知岑参自安西、北庭入朝后，官右补阙。右补阙为谏官，理当随侍天子，不会独自外出"行军"，而自至德二载二月至九月，唐肃宗一直在凤翔，未曾外出，所以《唐诗选》认为此诗不可能作于至德二载九月，只可能作于至德元载九月，因为此时唐肃宗曾自灵武到彭原（在今甘肃宁县），诗中之"行军"，即指作者随从肃宗从灵武到彭原。然裴荐、杜甫等《为补遗荐岑参状》云："宣议郎、试大理评事、摄监察御史、赐绯鱼袋岑参，右臣等，窃见岑参识度清远，议论雅正……今谏诤之路大开，献替之官未备……臣等谨诣阁门，奉状陈荐以闻，伏听进止。"下署"至德二载六月十二日左拾遗内供奉臣裴荐等状"（《杜诗详注》卷二五）。据此《状》，知岑参为裴荐、杜甫等举荐任右补阙，在至德二载六月十二日之后，他自北庭入朝的时间，当在二载六月以前不久，这也就是说，至德元载九月，岑参仍在北庭，不可能随从肃宗从灵武到彭原。其次，《通鉴》至德元载九月载："戊辰，（上）发灵武。……丙子，上至顺化（今甘肃庆阳）。……冬，十月，辛巳朔……上发顺化，癸未，至彭原。"据此，知肃宗自灵武出发赴彭原的时间在至德元载九月戊辰，由《通鉴》"十月，辛巳朔"的记载，可推知九月戊辰为九月十七日，这就是说，至德元载九月九日重阳节这一天，肃宗仍在灵武，并未外出"行军"，《唐诗选》的说法根本站不住脚。其实，岑参此诗当作于至德二载九月九日，当时作者随从肃宗在凤翔；"行军"一语，另有其含义，以新《辞源》、旧《辞海》所列义项释岑此诗中的"行军"一语，都不恰当。《唐诗选》由于对"行军"一语的理解错误，导致对此诗的作年与诗意的理解也跟着错了，词语训释的重要性，于此可见一斑。

那么，"行军"一语应该如何解释才对呢？我们先查一下岑参所有使用过"行军"一语的诗歌：《武威送刘判官赴碛西行军》云："火山五月人行少，看君马去疾如鸟。都护行营太白西，角声一动胡天晓。"（《校注》修订本卷一）碛西即安西，安西节度使，又称碛西节度使；都护行营，指当时的安西节度使高仙芝的行营。"碛西行军"实即"都护行营"。史载天宝十载四月，高仙芝率军远征大食（在今伊朗）；本诗作于十载五月，则其时高仙芝正在出征途中（岑参又有《武威送刘单判官赴安西行营便呈高开府》诗述其事），故曰行营。行营者，军将出征时之军营也（营随时迁徙，无固定处所）；行军者，出行（征）之军也，故与行营可以混用。唐初的军幕，皆根据征战的需要临时设置（征战结束，幕府随即解散），称行军幕府，如贞观三年，诏李靖为定襄道行军大总管，以伐突厥（见《新唐书·太宗纪》），玄宗时代，已设置固定的边镇幕府，但"行军"之称号，也仍然使用，如开元二十年，以信安王李祎为河东、河北行军副大总管，将兵击奚、契丹（见《通鉴》卷二一三）；安史之乱爆发后，边兵奉调入内地平叛，其将领多被任命为行营节度使（如安西将领卫伯玉入内地后，曾受命为四镇、北庭行营节度使，见两《唐书》本传），后来逐渐以"行营"替代"行军"的称号，"行军"的称号便罕用了。又岑参《凤翔府行军送程使君赴成州》："程侯新出守，好日发行军。"（《校注》修订本卷三）凤翔府行军，即凤翔府行营，当时长安为安禄山军所据，肃宗驻在凤翔，有重兵护卫，故曰"行军"；"好日"句是说，程使君挑选好日子从凤翔府行营出发到成州赴任，若以现代的"行军"含义来解释这首诗，可以说完全讲不通。《行军二首》其一："我皇在行军，兵马日浩浩。"诗题下自注："时扈从在凤翔。"（《校注》修订本卷三）《行军雪后宴王卿家》："晚岁宦情薄，行军欢宴疏。"（同上）此二诗与《行军九日思长安故园》之"行军"，也都指凤翔府行营。又《虢州郡斋南池幽兴因与阎二侍御道别》："胡尘暗河洛，二陕震鼓鼙。故人佐戎轩，逸翮凌云霓。行军在函谷，两度闻莺啼。"（《校注》修订本卷三）此诗之"行军"，则指卫伯玉陕州（今河南陕县）行营；据《通鉴》载，乾元二年（759）十二月，伯玉领神策兵马使出镇陕州行营，破贼将李归仁于陕州东礓子阪，上元二年（761）三月，伯玉官神策军节度使，仍屯驻陕州，又于礓子阪破史朝义，诗云"二陕（陕东、陕西）震鼓鼙"，当即指破史朝义事，而诗中之阎二侍御，是时应在卫伯玉行营为僚佐。

又如，2001年版《增订注释全唐诗》卷二三二韩翃《送中兄典邵州》："官骑连西向楚云，朱轩出饯昼纷纷。百城兼领安南国，双笔遥挥王左君。"注云："百城，众城，多城。"新《辞源》云："百城，谓多城。"《汉语大词典》云：百城，一"指各个城邑"，二"借指各地的地方长官"。按，以上对百城的解释，用于本诗都欠妥帖。《后汉书·贾琮传》载，琼有能名，拜为冀州刺史，"旧典传车（驿车）骖驾（驾三匹马），垂赤帷裳（车幔），迎于州界，及琼之部，升车言曰：'刺史当远视广听，纠察美恶，何有反垂帷裳以自掩塞乎？'乃命御者褰之（打开车幔），百城闻风，自然竦震。""百城"指冀州刺史的辖区（是时刺史辖有数郡之地）。唐人诗文中，亦相沿以"百城"指州刺史的辖区，《白氏六帖事类集》卷二一所列有关刺史的词语、典故中，即有"百城"。本诗"百城兼领"，即兼领百城之意，也就是为州刺史；安南国，谓安定南方。又张九龄《忝官二十年尽在内职及为郡尝积恋因赋诗焉》："一郡苟能化，百城岂云寡？"（《全唐诗》卷四七）王维《送封太守》："百城多候吏，露冕一何尊。"（《全唐诗》卷一二六）两诗的"百城"，都指州刺史的辖区。宋之问《称心寺》："谬以三署资，来刺百城半。"（《全唐诗》卷五三）时之问贬越州长史，长史俗称"半刺"，故云"刺百城半（领州刺史辖区的一半）"。又王维《送缙云苗太守》："露冕见三吴，方知百城贵。"（《全唐诗》卷一二五）这里的"百城"，则指州刺史。

第三，利用辞典来解释词义时，有时会遇到另一种情况，即辞典里根本没有我们要查找的词条；遇到这种情况怎么办？还是只能自己搜集有关的例句，各联系上下文义进行分析，从中找到正确的解释。搜集例句时，可以利用《佩文韵府》《骈字类编》等书以及有关的引得，现在还可以再加上一项，就是利用各种古籍的电子版进行检索。例如，王维《贺神兵助取石堡城表》云："近奉进止，差一直省往彼求觅。"又云："郡县官吏并道士、父老、百姓等一千余人，与直省李万德依此寻求。"[1]"直省"何所指，赵殿成无注，所有辞典，包括《汉语大词典》《中文大辞典》，还有《佩文韵府》，都无这一词条，《通典·职官典》《旧唐书·职官志》《新唐书·百官志》等，亦均无有关的记载；笔者正不知如何注此词语时，一日阅读《通鉴》，忽然发现卷二一二开元十三

---

[1] 《王维集校注》（修订本）卷一〇，第 971 页。

年云："上遣中书直省袁振摄鸿胪卿，谕旨于突厥。"胡三省注："以他官直中书省，谓之直省，今之直省吏职也。"以胡三省此注释王维之文，觉得很恰当，这样问题也就解决了。又如，孟浩然《卢明府九日岘山宴袁使君张郎中崔员外》："百城新刺史，华省旧郎官。"[①]华省，旧《辞海》无此词条，新《辞源》云："华省，指职务亲贵的官署。《文选》晋潘安仁（岳）《秋兴赋》：'宵耿介而不寐兮，独辗转于华省。'"《汉语大词典》之解释与书证均同于新《辞源》。按，关于"华省"，辞典或无此词条，或释义与唐人的用例不相切合，故必须自己搜集例句，联系上下文义进行分析，以确定其含义。"百城"句指袁使君新任襄州（治今湖北襄阳）刺史，"华省"句谓张郎中、崔员外原为华省郎官，郎中、员外郎皆唐尚书省属官，所以华省自然应指尚书省。又李华《尚书都堂瓦松》："华省秘仙踪，都堂露瓦松。"（《全唐诗》卷一五三）尚书都堂，尚书省官署内居中的大厅，参见《通典》卷二二；此诗题作"尚书都堂"，诗中则云"华省"，可见华省即尚书省。又苑咸《酬王维》序云："王员外兄以予尝学天竺书，有戏题见赠。"诗云："莲花梵字本从天，华省仙郎早悟禅。"（《全唐诗》卷一二九）华省仙郎指王维，时维官库部员外郎（故曰王员外），为尚书省属官（仙郎为唐人对尚书省各部郎中、员外郎的美称），故华省亦当指尚书省。唐人诗中"华省"的用例甚多，均指尚书省而言，限于篇幅，这里就不再举例说明了。唐人为什么称尚书省为"华省"？也许源自"画省"之称。《通典》卷二二载，后汉尚书郎"奏事明光殿省，省中皆以胡粉（即铅粉）涂壁，画古贤烈士。"后世因称尚书省为"画省"，而画、华音近义通，《礼记·檀弓上》"华而睆"郑玄注："华，画也。"《汉书·司马相如传上》"华榱璧珰"颜师古注："华，彫画之也。"故又称画省为华省。

第四，解释词义时，要注意古今词义的不同，并考虑到对文的因

---

① 《全唐诗》卷一六〇，第1662页。

素。词义具有时代性，往往因时而变，所以解释词义时，应注意其历史演变情况（包括注意词的每个义项适用的历史时代），注意古今词义的不同。这一点说起来都不难理解，但具体解释词义时，有时又很容易忽略。例如，本节前面谈过的"桂月"一例，新《辞源》云："二指农历八月。"但没有列举书证，《汉语大词典》列举的书证为："清厉荃《事物异名录·岁时·八月》：'《提要录》：八月为桂月。'"辞典为了揭示词源，每个义项列举的书证，一般都是出处最早或较早的，从两部辞典列举的书证看，"桂月"指八月，当是明清时代才有的，再用《全唐诗》电子版进行检索，笔者发现桂与月连成一词，《全唐诗》中仅有玄宗诗这一用例，所以前面谈过的对此诗的注释，是犯了以后起义释古语的错误。又如，本节前面谈过的"行军"一例，旧《辞海》所称"军队之出行曰行军"的解释，未列举书证（《中文大辞典》同），所以唐时"行军"是否有此含义，值得怀疑。笔者用《全唐诗》电子版进行检索，发现唐诗中"行军"一语的用例颇多，其中最多的是指官名（行军司马、行军长史之省称），其次是指"行营"，个别指"用兵"而言，未见有指"军队之出行"的，所以前面谈过的《唐诗选》对此诗的注释，可以说是犯了以今义释古语的错误。再如，岑参《敬酬杜华淇上见赠兼呈熊曜》："我从京师来，到此喜相见，共论穷途事，不觉泪满面。忆昨癸未岁，吾兄自江东，得君江湖诗，骨气凌谢公。熊生尉淇上，开馆常待客，喜我二人来，欢笑复朝夕。……三月犹未还，客愁满春草。"（《岑参集校注》修订本卷一）李嘉言《岑诗系年》："案诗曰'忆昨癸未岁'，癸未谓天宝二年，则此当作于天宝三载。"（《文学遗产增刊》三辑）按，玩诗意，本诗乃春三月作于淇上；唐杜确《岑嘉州诗集序》曰："天宝三载，进士高第。"依唐代科举考试常规，进士试例于正月举行，二、三月间放榜，放榜后还要受吏部试和等候授官，所以天宝三载春，岑参根本不可能到淇上去访友和作本诗，《系年》的说法不能成立。那么问题出在哪里呢？出在对"昨"字含义的理解错误。"昨"有二义，一指

前一天、前一年；二犹"昔"，谓以前，过去，如陶潜《归去来兮辞》
云："觉今是而昨非。""昨"即此义。"昨"作"昔"解，是古义，今已
消失，《系年》的问题，也是犯以今义释古词的错误。

对文是汉语独有的修辞手法，唐人的诗歌，不仅律诗中有对句，古
诗中也常有对句，所以我们解诗时，必须考虑到对文的因素。如岑参
《过酒泉忆杜陵别业》："昨夜宿祁连，今朝过酒泉。黄沙西际海，白草
北连天。"（《岑参集校注》修订本卷二）孤立地看，"黄沙西际海"，可
以理解成黄沙西边是海（瀚海，大沙漠），但连下句读，知为对文（律
诗第二联），"连"是动词，"际"也应是动词。"际"除有边际之意外，
还有连接之意，如《左传》定公十年："属与敝邑际，故敢助君忧之。"
所以此处即当作"黄沙西接海"解。关于对文，第三章第四节已经涉
及，这里就不准备多说了。

第五，解释词义时，应防止望文生义。例如，2001 年版《增订注
释全唐诗》卷二二八钱起《和慕容法曹寻渔者寄城中故人》："茅斋对雪
开尊（樽）酒，稚子焚枯饭客迟。"注云："枯，指枯草枯木。"按，"焚
枯"指焚枯鱼，即烤鱼干，应璩《百一诗》："田家无所有，酌醴焚枯
鱼。"因鱼干未烤好，所以"饭客迟"；而焚枯草枯木，与"饭客迟"
有何关系？又如，《增订注释全唐诗》卷七四九徐铉《和陈赞善致仕还
京口》："已驾安车归故里，尚通闺籍在龙楼。"注云："安车，安稳之
车。"按，此亦望文生义，古车立乘，可以坐乘的车称安车，《周礼·春
官·巾车》郑玄注："安车，坐乘车。凡妇人车皆坐乘。"再如，徐定
祥《杜审言诗注·望春亭侍游应诏》："帝出明光殿，天临太掖池。……
万寿祯祥献，三春景物滋。小臣同酌海，歌颂答无为。"注云："海，旧
时称大碗曰海。"[1] 按，酌海，谓以蠡（指瓠瓢一类器皿）酌（舀取）海
（用瓢量海水），喻见识短浅，《云笈七签》卷一七："不惭窥管之微，辄

---

① 徐定祥注《杜审言诗注》，上海古籍出版社，1982，第 4~5 页。

呈酌海之见。"《汉书·东方朔传》:"以管阒天,以蠡测海。"望文生义乃误释词义之一种,我们解释词义,应该尽力避免误释和漏释。

最后,谈一下语词、俗语等的训释问题。唐诗中有不少语词、俗语,"自单字以至短语,其性质泰半通俗,非雅诂旧义所能赅,亦非八家派古文所习见也"(张相《诗词曲语辞汇释叙言》),其中多有"字面普通而义别者"(同上),其特殊含义和用法每每不见于一般辞典。张相《诗词曲语辞汇释》(中华书局 1953 年版),即专门探求这类语词、俗语的含义,它释义精当,往往发前人所未发。自此书出版以来,又有多种承继《汇释》工作的专著问世,如王锳《诗词曲语辞例释》(中华书局 1986 年版)等。还有专门探考唐五代口语词义的著作——蒋礼鸿《敦煌变文字义通释》(上海古籍出版社第四次增订本,1981 年),也有重要的参考价值。一般说来,如果我们注释唐诗中的语词、俗语等,采用一般辞典里的释义,仍感到不甚妥帖,于义未安,就应该查考一下上面介绍的几种著作,以求得更确切的解释。例如,岑参《喜韩樽相过》:"三月灞陵春已老,故人相逢耐醉倒。……桃花点地红斑斑,有酒留君且莫还。与君兄弟日携手,世上虚名好是闲。"(《岑参集校注》修订本卷一)耐,新《辞源》谓有忍受、通"能"、通"奈"之含义,但用于释岑此诗皆不合宜;《汇释》卷二"耐"字条,有"耐,犹宜也"的释义,用于解岑此诗甚贴切。"世上"句有点费解,依"好"字的普通义来解释此句,均不适合,查王锳《例释》"好"字条云:"好,真,用以加强肯定的语气副词。岑参《暮春虢州东亭送李司马归扶风别庐》诗:'帘前春色应须惜,世上浮名好是闲。'好是闲,真是平常。"闲谓等闲、平常,这一解释用在岑此诗中颇为贴切。又如,《全唐诗》卷二七八卢纶《和张仆射塞下曲》其三:"月黑雁飞高,单于夜遁逃。欲将轻骑逐,大雪满弓刀。"[①] "欲"作一般的将要解,是说将军将要带领轻骑追击,只见大雪

---

① 《全唐诗》卷二七八,第 3153 页。

纷纷，落满弓刀，那么将军到底追击了没有呢？似乎没有，起码"殊有逗留之态"（贺裳《载酒园诗话又编》）；而《例释》"欲"字条云："欲，时间副词，表示动作的完成，有'已'、'已经'的意思，同一般表示'要'、'将要'的用法不同。"书中举出不少例证说明这种用法，如云："白居易《宅西有流水墙下构小楼……偶题五绝句》诗：'《霓裳》试罢唱《梁州》，红袖斜翻翠黛愁。应是遥闻胜近听，行人欲过尽回头。'欲过，已过，上文'遥闻胜近听'及下文'尽回头'可证。"以此义释卢纶诗，谓将军已带领轻骑追击，纷纷大雪落满了弓刀，写出了将军一往无前的气概。两相比较，何解为优，读者试自择焉。

第六节 诗歌的特点和注释时应注意的问题

关于诗歌的特点和注释时应注意的问题，我们这里很难一一涉及，只能择要谈谈下面几点。

一、诗和散文的表达方式不一样，诗受韵律、篇幅的限制，要求精练，可以省去的话尽量省去，叙述往往是跳跃式的；所以我们解诗时，必须仔细体会，努力把握其跳跃的层次，否则很容易造成误释。例如，岑参《还高冠潭口留别舍弟》云："昨日山有信，只今耕种时。遥传杜陵叟，怪我还山迟。独向潭上钓，无人林下期。东溪忆汝处，闲卧对鸬鹚。"（《岑参集校注》修订本卷一）明谭元春评曰："不曰家信而曰'山有信'，便是下六句杜陵叟寄来信矣，针线如此。末四语就将杜陵叟寄来信写在自己别诗中，人不知，以为岑公自道也。'忆汝''汝'字，指杜陵叟谓岑公也。粗心人看不出，以为'汝'指弟耳。八句似只将杜陵叟来信掷与弟看，起身便去，自己归家，与别弟等语，俱未说出，俱说出矣。如此而后谓之诗，如此看诗，而后谓之真诗人。"（《唐诗归》卷一三）按，此诗前四句是一层次，后四句为另一层次，前后似乎有点前言不搭后语，这就是叙述上的跳跃。谭元春谓后四句乃转述杜陵叟语，还算讲得通，但谭氏的上述说法，也有若干欠妥当处。首先，高冠潭在终南山高冠谷（谷在陕西西安鄠邑区东南），岑参登第授官前，曾隐居于此，有《初授官题高冠草堂》诗可证；高冠谷为岑参的隐居地而非其家，岑参和他的两个弟弟（岑秉、岑亚），在长安另有住宅，开元二十八年冬，王昌龄谪江宁丞，行前作《留别岑参兄弟》诗曰："长安故人宅，秣马经前秋。便以风雪暮，还以纵饮留。"可证。岑参盖欲自长安家中回到高冠谷，故"不曰家信而曰'山有信'"。又，唐人用"信"，多指信使或音讯，罕指书信，"昨日山有信"二句是说，昨日山中（高冠谷）传来消息（"遥传"二字值得注意），现在已到了耕种的时候，接下二句说，与自己同隐高冠谷的"杜陵叟"，已"怪我还山迟"，这前四句的潜在意思是说，自己就要还山了，这与诗题中的"还高冠潭口"之意正相合。后四句则写诗题之"留别舍弟"，尽管谭氏自夸只有像他那样理解这四句诗，才算不是"粗心人"，笔者还是要提出对这四句诗的另一种解释："独向"二句想象自己辞别在长安的弟弟还山后，只能独自在高冠潭上钓鱼，无人与自己在林下相会（期，会合）；最后二句抒别后思弟之情，言想念你时，就在东溪（或指高冠谷水）边对着鸬鹚闲卧着，这与诗题"留别舍弟"之语正相应。这首诗因叙述上有跳跃，其意思较难把握，易于产生不同的理解，这是很自然的，不足为奇。究竟哪一种理解更符合作者原意，读者可通过对比，自己进行选择。

又如，岑参《与独孤渐道别长句兼呈严八侍御》云："轮台客舍春草满，颍阳归客肠堪断。穷荒绝漠鸟不飞，万碛千山梦犹懒。怜君白面一书生，读书千卷未成名。五侯贵门脚不到，数亩山田身自耕。兴来浪迹无远近，及至辞家忆乡信。无事垂鞭信马头，西南几欲穷天尽。奉使三年独未归，边头词客旧来稀。借问君来得几日，到家不觉换春衣。高斋清昼卷罗幕，纱帽接䍦慵不着。中酒朝眠日色昏，弹棋夜半灯花落。冰片高堆金错盘，满堂凛凛五月寒。桂林葡萄新吐蔓，武城刺蜜未可餐。军中置酒夜挝鼓，锦筵红烛月未午。花门将军善胡歌，叶河蕃王能汉语。知尔园林压渭滨，夫人堂上泣红裙。鱼龙川北盘溪雨，鸟鼠山西洮水云。台中严公于我厚，别后新诗满人口。自怜弃置天西头，因君为问相思否？"[1]这首诗篇幅长，叙述上跳跃多，层次多，大致说来，诗的首四句，是作者自述在北庭春日思归与不得归的心情；接下"怜君"八句，写独孤渐的才学、为人，与其远游北庭及即将归乡之事；下面"奉使"二句转而自述；"借问"八句又接叙独孤渐，想象他归家后的闲散自在生活；"桂林"六句再叙北庭军中置酒钱送的景况；"知尔"四句又从独孤渐方面着笔，言其园林在渭水之滨，有慈亲（"夫人"当指太夫人，故云"堂上"）想念，并写归途中及渭水一带风物；最后四句补叙题中兼呈严武之意。1962 年笔者在北大中文系古典文献专业当研究生时，与孙钦善等三位同学合作编注了一本《高适岑参诗选》，因为"文化大革命"，此书在出版社搁置多年，到了 1981 年《诗选》列入出版计划，人民文学出版社编辑审稿时，对书中所选岑参此诗的注释（即上述对此诗层次的解读），提出了不同意见，认为："借问"句是说独孤渐来边地没有多长时间，"到家"是说独孤渐到边地后有宾至如归之感，觉得就像到家一样，"换春衣"是指独孤渐来边地时正值春天，所以"换上了春天的服装"；"高斋"六句，则写独孤渐与岑参在边地军中所过的生活，如果把这六句理解成是作者料想独孤渐归家后的生活，不仅和前面所描写的独孤渐的身份不相符（见"五侯"二句），而且和后面"知尔园林"等四句诗重复。又说："五月寒"的"五月"，正是这首诗的写作时间，边地春天来得晚，"轮台客舍春草满""桂林葡萄新吐蔓，武城刺蜜未可餐"等句，都写的是边地五月的景色。笔者经过仔细考虑，觉得上述意见不正确，所以仍然坚持了自己的看法。首先，诗中"辞家"的"家"，无疑指独孤渐的家乡，"到家"的"家"，自然也应一样，不宜同一首诗中的同一个字，却作两种不同的解释吧？觉得到了荒凉的边地，就像到

---

[1] 《岑参集校注》（修订本）卷二，第 230~233 页。

家一样，恐怕是当代人的思想，古人不大可能有这种思想，起码全部岑参诗中，是看不出有这些思想的。其次，说"高斋"六句是写独孤渐归家后的生活，是不是就和独孤渐的身份不相符呢？我以为不是。因为据诗中"知尔园林"句，知独孤氏家有园林，当然是不会太穷的；独孤氏归家时，军中特意为他置酒钱行，也可见他是一个有身份的人；又"怜君"二句写他有文才而未登第（"未成名"），"五侯"二句说他不干权贵、隐居躬耕，"数亩山田身自耕"一语，不能理解成独孤氏家穷得只有几亩山田，因为这是写诗（有夸张、想象），不是土改定成分。"知尔园林"等四句诗，点出独孤氏家的地理位置和家中慈亲对他的思念等，与"高斋"六句所写独孤氏归家后的闲散生活，并不矛盾，而且将这六句诗说成是写边地军中所过生活，也不恰当，因为军中生活不可能那么懒散、随便。复次，诗中之"轮台"，在今新疆乌鲁木齐，这里春天的气温，只比北京略低些，所以称轮台五月（阴历）葡萄才刚刚吐蔓，不符合实情；又"借问"二句是说，请问你来北庭得走多少日（由来时走多少日可推知归去走多少日），到家时不觉要换去春衣，岑参自长安到安西（今新疆库车）约走两个月（参见拙作《岑参集校注》修订本附录《岑参年谱》），独孤氏自轮台回到在"渭滨"的家（当在今陕西或甘肃渭河流域）中，应走一个多月，他三月下旬（阴历）"春草满"时自轮台出发，抵家时正好五月，故云"冰片高堆金错盘，满堂凛凛五月寒"，冰片，古人冬季以窖藏冰，夏天取置盘中，用来降温，如果轮台五月还是春天，何须以"冰片"降温？所以这位编辑的上述说法，前后多不相合。由这个例子也可看出，诗歌由于叙述上的跳跃，意思较难把握，我们解诗时必须注意仔细体会，才可能避免出现误释。

二、诗歌不同于历史，历史必须如实记载，诗歌则允许夸张、想象，故往往有虚有实；无论虚实，都出于表达感情的需要，所以我们解诗时，不可拘执，既不能认虚作实，也不能以虚为伪。例如，岑参《宿铁关西馆》："马汗踏成泥，朝驰几万蹄。雪中行地角，火处宿天倪。"

（《校注》修订本卷二）此诗作于作者赴安西途过铁门关（在今新疆库尔勒北）时，首二句是说，清晨赶路甚急，马已奔驰了好几万步，马汗把地淌湿，马蹄又将湿地踏成泥。按，马如原地踏步，则流的汗可能把地淌湿，马蹄也可能将湿地踏成泥；但马如果在路上奔驰，则马汗无论如何也不可能把地淌湿，马蹄也不可能将地踏成泥，这就是夸张，是奇特的想象，我们不能将其认作真实，但这两句诗又真切地表现了旅途中驱马疾驰的辛劳，可以说是虚中有实。又如，王之涣《凉州词二首》其一："羌笛何须怨杨柳，春风不度玉门关。"（《全唐诗》卷二五三）事实上玉门关外还是有春天，有春风的，说玉门关外无春风，是夸张的说法，是虚的，但作者却借此写出了玉门关外的荒寒萧索，表现了驻守在那里的士卒的怨苦，这些又都是真实的，并非虚假。

对于诗中常有的夸张、想象成分，我们应加以分辨，注解时不可拘泥，不可当真，不可坐实。王夫之《姜斋诗话》卷下云："其尤酸迂不通者，既于诗求出处，抑以诗为出处，考证事理。杜诗'我欲相就沽斗酒，恰有三百青铜钱'，遂据以为唐时酒价。崔国辅诗'与沽一斗酒，恰用十千钱'，就杜陵沽处贩酒，向崔国辅卖，岂不三十倍获息钱耶？求出处者，其可笑类如此。"这条是说，诗里说酒价，难免有夸大或缩小，"示豪而撒漫挥金则曰'斗酒十千'，示贫而悉索倾囊则曰'斗酒三百'"（钱锺书《管锥编·毛诗正义·河广》），所以不能信以为真，当作考证的依据。这里顺便说一下诗史互证的方法，此法拓展了学术空间，不失为一种好的方法，但使用它时也要谨慎小心，不宜把具有夸张、想象成分的诗中话，当作证史的材料。又《学林新编》云："《古柏行》曰：'霜皮溜雨四十围，黛色参天二千尺。'沈存中（括）《笔谈》云：'无乃太细长。'某按子美《潼关吏》诗曰：'大城铁不如，小城万丈余。'岂有万丈城耶？姑言其高。'四十围''二千尺'者，亦姑言其高且大也。诗人之言当如此，而存中乃拘以尺寸校之，则过矣。"（见胡仔《苕溪渔隐丛话》前集卷八）按，说诸葛亮庙里的古柏大四十围，高二千尺，是一种夸张，是极言古柏又高又大，这是不能当真的，然沈括却较真地进行计算，得出"太细长"的结论，这不是有点可笑吗？

诗中所用地名，有时也不宜坐实。如岑参《轮台歌奉送封大夫出师西征》云："轮台城头夜吹角，轮台城北旄头落。羽书昨夜过渠黎，单于已在金山西。"（《校注》修订本卷二）唐轮台在今新疆乌鲁木齐；渠黎，即渠犁，汉西域国名，故地在今新疆轮台县（即汉轮台）东北策大雅之南（属南疆，在乌鲁木齐西南）；金山，金岭，又称金娑岭，即今新疆北部之博格达山，在乌鲁木齐东。按，金山西发生战事，报警的文书（羽书）送到唐轮台，根本不经过渠黎，所以诗中之金山、渠黎，均非实指，不可拘泥。上述地名虽不可坐实，但都有一个共同点，即皆为西域地名，所以道里不合也是允许的；假如作者在上述西域地名中，忽然插入某个内地地名，那就属于胡来，超出被允许的范围了。

三、诗歌出于格律和修辞上的需要，容许倒装字句，此亦诗与散文不同的一个方面，我们解诗时应加以注意。例如，岑参《使院中新栽柏树子呈李十五栖筠》云："爱尔青青色，移根此地来。不曾台上种，留向碛中栽。脆叶欺门柳，狂花笑院梅。不须愁岁晚，霜露岂能摧！""脆叶"二句实际是说，柏树"欺门柳脆叶，笑院梅狂花（花开过繁，多不能结实）"。按，这首五律为仄起式，其五、六两句的平仄格律应为：仄仄平平仄，平平仄仄平，而"脆叶"二句的平仄，正与此相合；假如不作倒装，则"欺门柳脆叶，笑院梅狂花"的平仄就是：平平仄仄仄，仄仄平平平，这就与五律的平仄规则相违，所以必须倒装字句。这个例子是出于格律上的需要而倒装字句。又如，李颀《送魏万之京》："朝闻游子唱离歌，昨夜微霜初渡河。鸿雁不堪愁里听，云山况是客中过。"（《全唐诗》卷一三四）此诗是跨句倒装，意思是：昨夜微霜，（今）朝闻游子唱离歌，初渡河。"初渡河"的主语是"游子"，承上省去。这是一首送别诗，所以将"朝闻游子唱离歌"前置，这可以起到强调的作用，而且从实际的顺序看，也是先听到"唱离歌"，后看见"初渡河"。

再如，杜甫《秋兴八首》其八："昆吾御宿自逶迤，紫阁峰阴入渼陂。香稻啄余鹦鹉粒，碧梧栖老凤凰枝。"（《杜诗详注》卷一七）杜甫这组诗大历元年（766）秋作于夔州，第八首回忆昔日在长安与诗友畅游渼陂的景况，其中第二联意谓，香稻乃鹦鹉啄余之粒，碧梧为凤凰栖老之枝，盖举鹦鹉、凤凰以形容稻、梧之美，言香稻不是一般的稻，乃鹦鹉啄余的稻，碧梧不是一般的梧桐，是凤凰栖老的梧桐。或谓"香稻"一联乃"鹦鹉啄余香稻粒，凤凰栖老碧梧枝"之倒装，按，倒装联与原联的意思并不完全一样，将"香稻""碧梧"放到前面，表示诗人所咏的是香稻和碧梧（切合秋日之景），至于所谓鹦鹉啄余、凤凰栖老则都是虚的，并非实事（凤凰栖老更是如此）；如果把"鹦鹉""凤凰"提到前面，则所咏的对象就变成鹦鹉与凤凰，所谓鹦鹉啄余、凤凰栖老也似乎成为实事了。这首诗里也有倒装，"啄余鹦鹉""栖老凤凰"就是鹦鹉啄余、凤凰栖老的倒装。这样的倒装不至于引起误解，在诗词里是容许的，而在散文里，则一般不容许这样做（骈文除外），这就是诗与散文的不同。我们只要了解这种不同，在解诗时加以注意，一般是可以掌握这种诗词字句的倒装情况的。

　　四、诗歌重形象思维，多用具体事物的形象来表达抽象的思想感情，作者所要表达的情意，往往蕴蓄在形象里、意境（外物形象与主观情意相交融形成的艺术境界）中，让读者自己通过形象和意境去领会；由于诗人不把所要表达的情意明白道出，所以诗歌就形成了含蓄、精练的特色，正因为诗歌有这一特色，所以我们解诗时，就要注意仔细体察诗中的形象与意境，寻求其固有的含义，不能离开原诗的形象与意境随意引申，或者凭自己的主观感受来解释诗意。例如，岑参《高冠谷口招郑鄂》："谷口来相访，空斋不见君。涧花然暮雨，潭树暖春云。门径稀人迹，檐峰下鹿群。衣裳与枕席，山霭碧氛氲。"（《校注》修订本卷一）这首诗写自己来高冠谷口访友未遇，只见山涧里的花在暮雨中燃烧，水潭边的树受到春云的温暖，友人屋门前的小路人迹稀少，如屋檐般向外延伸的危峰上有鹿群走下，友人屋里的衣裳与枕席，弥漫着一片青绿色的山间云气。这诗完全是写景，通过景物形象，构建了一个恬静、优美而富有生意的境界。诗题曰"招郑鄂"，但此意诗中却无一语道出，而通过刻绘的境界来表达。体察诗中的境界，我们可以感受到诗人似乎在说：此地如此美好，你（友人郑鄂）为什么还不回来？你应该回来啊（即"招郑鄂"之意）。这只是一首小诗，也没有什么深刻的含义，但却写得既形象而又含蓄，这一点正是诗歌应具有的特征。

又如，王维《终南山》："太乙近天都，连山到海隅。白云回望合，青霭入看无。分野中峰变，阴晴众壑殊。欲投人处宿，隔水问樵夫。"（《王维集校注》修订本卷二）这首诗写游终南山的所见所感，诗中不断移动视点，从各种角度描写终南山的高大雄伟、辽阔幽深。首联视点在山下，用如椽之笔勾勒了终南山的巍峨；次联视点在山中，细腻、精到地写出了登山时的切身感受；三联视点在山顶，描写登上山巅的观感；末联写游山后欲觅宿处而隔水向樵夫打听，"见山远而人寡也"（《唐诗别裁》卷九），视点当在山下。此诗纯然写景，但却有人认为它有寄托，《唐诗纪事》卷一六："或说（王）维咏终南山诗，讥时也。诗曰：'太乙近天都，连山接海隅。'言势焰盘踞朝野也。'白云回望合，青霭入看无。'言徒有其表也。'分野中峰变，晴阴众壑殊。'言恩泽偏也。'欲投人处宿，隔水问樵夫。'畏祸深也。"赵殿成《王右丞集笺注》卷七云："其说甚凿。王友琢崖（琦）尝辟之曰：'诗有二义，或寄怀于景物，或寓情于讽谕，各有旨归。乃好事之徒，每以附会为能。无论其诗之为兴为赋为比，而必曲为之说，曰：此有为而言也，无乃矫诬实甚欤？试思此诗，右丞自咏终南，于人何预，而或者云云若是。……黄山谷谓杜子美诗妙处，乃在无意于文。彼喜穿凿者，弃其大旨，取其发兴，于所遇林泉人物，草木虫鱼，以为物物皆有所托，如世间商度隐语者，则子美之诗委地矣。'斯言也，岂仅读杜者当奉为金科哉！"按，所论甚是。诗写景物而有寄托，总会在话语里透露出一点消息，像王维这首诗全篇写景，并没有一点寄托的意思流露，却要求其寄托，这就难免陷于穿凿；前面说的《纪事》里的"或说"，在每一联诗所描写的景物中，都硬是找出了一种所谓的"寄托"，然而我们将这些"寄托"串联起来，却是互相矛盾的，如说首联是"言势焰盘踞朝野也"，次联是"言徒有其表也"，末联是"畏祸深也"，既然势焰盘踞朝野者徒有其表，则"祸深"从何而来，又有什么可畏？所以结合全篇来看，"寄托"说不仅完全讲不通，还把全诗景物形象所构成的壮美诗中画，整个给破坏了。前面我们谈过，解诗时不能离开原诗的形象与意境随意引申，《纪事》之"或说"，就是脱离原诗的形象与意境随意引申的一个例子。

再如，2001 年版《增订注释全唐诗》卷六七九吴融《御沟十六韵》："一水终南下，何年派作沟？穿城初北注，过苑却东流。绕岸清波溢，连宫瑞气浮。……只怀泾合虑，不带陇分愁。自有朝宗乐，曾无溃穴忧。不劳夸大汉，清渭贯神州。"注云："泾虑、陇愁：指中唐以来藩镇割据、吐蕃内侵之事。《新唐书·李绛传》：'今法令所不及者五十余州，西戎内讧，近以泾、陇为鄙，去京师远不千里，烽燧相接也；加之水旱无年，仓廪空虚，诚陛下焦心销志求济时之略，渠便高枕而卧哉？'李绛所忧虑之事，至昭宗时更变本加厉。"按，吴融此诗描写长安御沟之所经与景色，本无所谓寄托，而注者却将它与时局联系了起来，因而也就不能免于穿凿。我们知道，自广德元年（763）吐蕃"尽取河西、陇右之地"（《通鉴》卷二二三）后，京兆府的西边和北边，便变成了受到吐蕃威胁的边地，这就是李绛所说的"近以泾、陇为鄙"，如果"泾合虑""陇分愁"确如注者所说，是指"吐蕃内侵之事"，那么"藩镇割据"之事又从何而来？吴融诗中有哪一句会引起这样的联想？况且早在长庆时，吐蕃因为内乱国力日衰，请求与唐和盟，二年（822）即与唐订立盟约，唐承认吐蕃占领河西、陇右，吐蕃保证不再侵犯唐的边境，到昭宗（889~903）时，吐蕃内侵的威胁早已不复存在。其实"泾合虑""陇分愁"与"吐蕃内侵之事"毫无关系。泾合虑，谓泾水（浊水）

与御沟汇合的忧虑，《诗·邶风·谷风》"泾以渭浊"毛传："泾渭相入而清浊异。"释文："泾，浊水也；渭，清水也。"实际上是泾清渭浊，但古书中多称泾浊渭清，如《风俗通义·山泽·渠》云："泾水一石，其泥数斗。"张九龄《奉和圣制次琼岳韵》："咸京天上近，清渭日边临。"（《全唐诗》卷四八）杨炯《送郑州周司功》："汉国临清渭，京城枕浊河。"（《全唐诗》卷五〇）又吴融诗中亦有"清渭"之语。陇分愁，谓陇头分水鸣声幽咽的愁苦，《乐府诗集》卷二五《陇头歌辞》其三："陇头流水，鸣声幽咽。遥望秦川，肝肠断绝。"又卷二一陈后主《陇头》诗下引《三秦记》曰："其坂（陇坂、陇山）九回，上者七日乃越，上有清水四注下，所谓陇头水也。"前面我们说过，写得既形象而又含蓄是诗歌的特征，由于诗歌有这种特征，导致我们解诗时，往往会产生一些不同的理解，其中有一些不同理解是正常的，允许的，但也有一些不同理解是由误解诗意造成的，如本例，就是由于对"泾合虑""陇分愁"的理解有误，因而导致出现穿凿的毛病。类似这样的错误，我们解诗时应特别注意，尽力避免。另外，前面谈过，作者的情意，往往是通过诗中的形象和意境来表现的，读者阅读作品时，首先接触到的也是诗中的形象和意境，对此，读者每每用自己的生活经验与感受去寻绎其意蕴，这样就导致解诗时，容易夹杂进个人主观感受的成分；而个人的主观感受，与作品形象、意境里的固有含义，常常并不一致，所以我们解诗时，应努力探寻、体察原作形象、意境里的固有含义，避免以个人的主观感受，来代替原作形象、意境里的固有含义。要不然，同样很容易犯穿凿的错误。

五、解诗时，有时必须联系、参考作者的生平、思想，才能最终找到准确的解释。这一条和诗歌的特征也有一定的联系。由于诗歌讲得含蓄，意在言外，所以我们要弄清它的真正含义，有时只从语言上着眼，还是不能解决问题的。例如，岑参《寄左省杜拾遗》云："联步趋丹陛，分曹限紫微。晓随天仗入，暮惹御香归。白发悲花落，青云羡鸟飞。圣朝无阙事，自觉谏书稀。"（《校注》修订本卷三）关于此诗的含义，纪昀曰："五六寓意深微。末二句语尤婉至。圣朝既以为无阙，则谏书不得不稀矣，非颂语，乃愤语也。或乃缕陈天宝阙事驳此句，殆不足与言诗。"（方回《瀛奎律髓》纪昀评本卷二）黄彻曰："岑参《寄杜拾遗》云：'圣朝无阙事，自觉谏书稀。'退之《赠崔补阙》云：'年少得途未要忙，时清谏疏尤宜罕。'皆谬承荀卿有听从无谏诤之语，遂使阿谀奸佞，用以借口。以是知凡造意立言，不可不预为天下后世虑。"（《碧溪诗话》卷一）今人周振甫说："（'白发'二句）只好解释做感叹自己老了，却在做小官，羡慕在青云中高飞的大官。在这种羡慕里正含有向上爬的意味，那恐怕只会歌颂圣明，怎敢得罪王朝去谏争呢？所以'圣朝无阙事'，该是替唐朝掩饰的颂圣之词，而不是什么规讽了。纪昀的批语，没有联系上两句，是把末联的含意拔高了。"[①]对岑参此诗的含义，说法不一，那么究竟应该如何解释，才更符合作者的原意？

鲁迅先生说："我以为倘要论文，最好是顾及全篇，并且顾及作者的全人，以及他所处的社会状态，这才较确凿。"（《且介亭杂文二集·题未定草》）顾及作者所处的社会状态，首先就必须弄清岑参此诗的写作时间。岑参此诗作于乾元元年（758）春，当时安史之乱尚未平定，岑参自北庭还朝任右补阙谏官已有半年多时间（参见《岑参集校注》修订本附录《岑参年谱》）。顾及作者的全人，就应该联系岑参的生平、思想进行全面的分析。至德二载（757）岑参为右补阙时所作《行军二首》其一云："吾窃悲此生，四十幸未老。一朝逢世乱，终日不自保。胡兵夺长安，宫殿生野草。伤心五陵树，不见二京道。……干戈碍乡国，豺虎满城堡。村落皆无人，萧条空桑枣。儒生有长策，无处豁怀抱。块然伤时人，举首哭苍昊！"其二云："早知逢世乱，少小谩读书。悔不学弯弓，向东射狂胡。偶从谏官列，谬向丹墀趋。未能匡吾

---

① 周振甫：《诗词例话》，中国青年出版社，1962，第72~73页。

君，虚作一丈夫。抚剑伤世路，哀歌泣良图。功业今已迟，览镜悲白须。平生抱忠义，不敢私微躯。"由这两首诗不难看出，诗人面对安史之乱中国家残破、百姓遭难的景况，内心充满哀痛，同时也立下了希冀匡辅君主、挽救国家危难的志向，基于这种思想，诗人尽心谏职，"频上封章，指述权佞"（唐杜确《岑嘉州诗集序》），所以认定岑参不敢得罪王朝去谏争，是缺少根据的。下面我们再回到岑参原诗中来，"白发悲花落"，既有"感叹自己老了"之意，又有悲慨时光逝去、功业未就之意（所谓"功业今已迟，览镜悲白须"）；"青云羡鸟飞"，也许多少含有点"向上爬的意味"，但作为一个封建社会的文士，有这种思想是很自然的，就如李白、杜甫这样的伟大诗人，也不能说没有这种思想，所以根据岑参有这种思想，就断定他只会歌颂圣明，丝毫不敢谏争，恐怕缺乏说服力，有点过于简单化；"圣朝无阙事"，如果此诗作于开元、天宝时，说这句诗是歌颂圣明，或许大致不差，但此诗乃乾元元年所作，这时安史之乱尚未平定，世途多艰，"阙事"随处可见，在这种背景下说"圣朝无阙事"，恐怕应看成是一句反话，纪昀说它是"愤语"，不无道理。"自觉谏书稀"，谏书稀的原因，应该不是"谬承荀卿有听从无谏诤之语"造成的，而是由于他的谏言，不被朝廷重视和采纳的缘故，即所谓"哀歌泣良图""儒生有长策，无处豁怀抱"也，又诗人的《佐郡思旧游》也说："史笔众推直，谏书人莫窥。"可证。

由这个例子可以看出，解诗不联系作者的生平、思想，不读全集，孤立地就一首诗论一首诗，是比较危险的。

结束语

本书各章节所述，都是唐诗文献整理不可或缺的重要环节，它们是相互关联的。现以整理一部唐人诗文集为例作说明。首先，我们应对该诗文集作者的生平事迹和诗文编年进行考证，此种考证必须建立在对该作者诗文以及有关资料的正确诠解的基础之上，因此便不能不涉及注释问题；还有考证时应该搜集和利用的各种类型的资料，也是注释时不能不掌握的；同时，如果注释时弄不清作者的生平事迹与诗文编年，那诗文注释也是无法臻于高水平的。其次，编集子时如不注意辑佚和辨伪，则所编集子就既不完整，又可能羼入伪作。再次，编注一部唐人诗文集，必须作校勘，否则就会犯据误文作注的错误。最后，注释唐人诗文时有可能会遇到的各种问题，在作生平事迹考证与诗文编年时也会遇到，面对这些问题，究竟该如何解决，本书"唐诗的注释"一章中有答案。所以大抵可以说，本书各章节是一个密不可分的整体。

本书的撰写，追求科学性与学术价值。这体现在对各章内容的论述符合古籍整理的实际上，还体现在对各种用来说明问题的正与反的典型例子的选择与分析上。笔者具有从事古籍整理六十多年的直接经验，同时注意汲取他人的成功经验，进行综合、归纳和总结，力求使书中所论内容，符合古籍整理的实际；同时希望本书中对各种例子的分析做到正确、科学、合理、合情。笔者不敢说已经达于此境，但始终努力避免出错误，希望能臻于此境。

本书的论述，注重实用性。文献的整理与考证，本来就是一种实践性很强的学问，所以笔者追求让读者读了本书后，马上就能用，有立竿见影之效：没有做过古籍整理的读者读过后，敢于进行古籍整理，知道应如何做古籍整理；做过一些古籍整理的读者读过后，整理水平能马上有所提高。

本书的论述，追求通俗化。即力求将比较复杂的文献考据例证，用简洁明快的语言加以表述，使读者易于读懂和接受；通俗化亦不只是语言问题，对复杂的文献考据例证，如何表述，先说什么，后说什么，才能让读者更容易弄明白，这是笔者写作时一直反复考虑的。当然，实际的效果如何，还有待于读者的评判。

笔者撰写本书时，对于全书的字数，有一个明确的目标，即将字数控制在二十五万字左右。我觉得作为研究生的教材或参考书，字数不宜过多，所以在写作时，追求简明扼要，力避烦琐。首先，在章节内容的安排上，突出主要问题、重点问题，而不是面面俱到，有些较细小问题，相信读者自能"以三隅反"。例如，关于古书致误之由的通例，王念孙在《淮南内篇杂志后序》中归纳了六十二条，颇为繁细，不易掌握，本书则以简驭繁，根据唐代诗文的实际，归纳为传写讹误与有意妄改两个大的方面进行论述。其次，本书正反例证的选取，不求其多，而求其具有典型意义，能够较好地说明所述问题。另外，每个例证的论述也追求简约，只举出有份量的、足以证明论点的材料，而不罗列众多无关宏旨的材料以炫博洽。

以上交代本书撰写初衷和内容特色，不当之处，欢迎读者和专家批评指正。书中难免存在错误，也欢迎读者和专家不吝赐教。

责任编辑王霄蛟同志，为本书的出版付出了辛勤的劳动，谨在此致以衷心的谢意！

陈铁民

2024 年 4 月于北京西三旗寓所